사랑하는 나의 세 어머니

Mayrig by Henri Verneuil
Copyright ⓒ Editions Robert Laffont, S.A., Paris, 1985, All rights reserved.
This Korean Edition is published by Hangyeol Media in 2011 by arrangement with
SA. Editions Robert Laffont, France through Milkwood Agency, Korea.

이 책의 한국어판 저작권은 밀크우드 에이전시를 통한 SA. Editions Robert Laffont과의
독점계약으로 한결미디어에 있습니다.
신 저작권법에 의해 한국 내에서 보호를 받는 저작물이므로 무단 전재 및 복제를 금합니다.

사랑하는
나의 세 어머니

앙리 베르뇌유 지음 | 박언주 옮김

목차

프롤로그 | 7

1. 난민 | 15
2. 세 엄마 | 32
3. 무국적자 | 47
4. 이방인의 나라 | 75
5. 광기의 시대 | 116
6. 한여름의 추억 | 152
7. 희망의 방정식 | 175
8. 사랑의 이름으로 | 193
9. 이카로스의 날개 | 209
10. 인간의 세상 | 223
11. 몽상의 시절 | 238
12. 새로운 출발 | 253
13. 살아 남은 자의 슬픔 | 275

에필로그 | 304

프롤로그

　엄마는 곧 죽는다. 평생 누구한테도 폐 끼치는 일 없이 조용히 살아온 것처럼 그렇게 조용히 갈 것이다. 새하얀 시트를 덮고 누운 엄마를 바라본다. 죽음을 목전에 둔 채 더없이 편안하고 깔끔한 모습으로 엄마는 혼자만의 고독 속에 누워 있다. 사람은 죽을 때 오롯이 혼자라는 걸 나도 이제는 안다. 살짝 건드리기만 해도 눈물이 와르르 쏟아질 것만 같은, 뭐라 말하기 힘든 극도로 고통스러운 순간이다.
　흔히 숨이 끊어지기 직전에 결정적 유언을 남기는 주인공과 그 최후의 대사를 듣기 위해 모두들 긴장하는 그 숱한 비극의 한 장면이 하필 이럴 때 머릿속을 스쳐가는 건 왜일까? 죽어가는 엄마를 바라보는 내게 현실이 아닌 무대 위의 장면과 그 죽은 척하는 배우가 가증스러울 뿐이다.
　인간의 육체라는 위대한 기계 장치가 이제 작동을 멈추려 한다. 수많은 혈관과 장치들로 복잡하게 얽힌 그 시스템이 이제는 피를 심장이나 뇌로 실어다주기를 거부하는 것이다. 이런 반혼수상태에 있는 환자라면 지금 상황이 셰익스피어의 연극 무대였으면 하고 바랄지 모른다. 하지만 엄마는 아니다. 엄마는 그런 작품의 주인공처럼 근사한 최후의 대사 따위는 원하지 않을 것이다.

불쌍한 엄마의 앙상한 몸뚱이는 숨 쉬기조차 힘들어 보인다. 가쁜 호흡에 연신 작은 몸을 들썩이면서도 엄마는 산소를 조금이라도 더 마시려고 필사적으로 노력한다. 아들과 조금이라도 더 함께하기 위해서.

체중이 10킬로그램이나 빠졌지만, 가족 사랑이라면 누구에게도 뒤지지 않는 영원한 나의 '숙녀' 내 어머니가 바로 지금 내 앞에 있다. 주름 하나 없이 매끈한 처녀 적 피부를 아직도 간직한 채 말이다.

사람들이 세월을 비껴간 듯한 그 맑은 피부를 칭찬할라치면, 엄마는 살짝 부끄러워하며 이렇게 말하곤 했다.

"아시겠지만 전 화장이란 걸 한 번도 해본 적이 없답니다. 분도 한 번 안 발라봤지요. 그런 화학제품들은 피부에 하나도 좋을 게 없거든요."

엄마가 어떤 중환자를 두고 이렇게 말하는 걸 여러 번 들었다.

"그 사람, 너무 많이 변해서 못 알아보실 거예요!"

살이 빠져 얼굴 윤곽이 변하는 바람에 다른 사람들이 전혀 알아보지 못한다는 그 환자는 아마도 엄청 슬펐을 거라고 난 생각했다. 사람들로부터 잊힌다는 건 망각의 구렁텅이에 갇혀버리는 지독한 형벌이기 때문이다.

그 '너무 변해버린 환자'에 관해 기억나는 건 거의 없다. 우리랑 웃고 떠들며 이야기하는 친한 사이였는데도 말이다. 살덩이 몇십 킬로그램과 함께 그에 대한 기억까지도 모두 사라져버린 셈이다.

죽음의 망령도 육신이라는 지상 최고의 은총을 소유한 자들에게는 감히 대적하지 못한다. 아직 두 눈으로 뭔가를 바라볼 수 있고 웃을 수 있는 자들의 내면에는 희미하긴 하지만 희망의 빛이 아직 남아 있기 때문이다.

자애로운 사랑과 헌신적인 삶을 살아온 엄마의 한 세기에 가까운 인생이 이제 종착역에 닿으려 하고 있다.

하지만 지금 내 앞의 엄마는 예전과 다름없이 여전히 곱다. 달라진 거라곤 몸집이 작아지고 많이 여위었다는 것뿐이다.

창문에는 커튼을 이중으로 쳐놓았다. 반쯤 열린 커튼 옆에 스팍 부인이 앉아 있다. 간호대학을 나온 정식 간호사인 그녀는 두툼한 소설책을 읽는 중이다. 망토를 휘날리며 칼을 휘두르는 멋진 기사들과 고상하고 아리따운 귀부인들이 등장하는 연애소설일 것이다. 그녀는 이따금 책에서 눈을 떼고, 침대로 와서 섭씨 90도의 오데콜로뉴에 적신 수건을 엄마의 이마에 올려놓는다. 하지만 그런 물수건은 별다른 소용이 없다. 이불도 턱밑까지 다시 끌어올려준다. 아까 손을 봐준 후로 전혀 흐트러지지 않은 이불이다. 그러고 나서는 다시 소설책에 코를 박고 밤 근무자가 교대하러 올 때까지 기다린다. 그녀의 그런 차분하고 꼼꼼한 몸놀림에는 병마와 죽음에 익숙할 대로 익숙해진 간병인의 무덤덤함이 묻어 있다.

오늘 스팍 부인은 평소보다 좀 더 성의를 보이는지도 모른다. 환자의 아들이자 간호사 식비며 사회복지사 수당 카드에 서명하는 장본인인 내가 함께 있기 때문일 것이다.

"사는 게 다 그렇죠, 뭐. 우리 삼촌도 여든일곱에 돌아가셨거든요!"

내게 말을 붙이려고 조금 전 간호사가 한 말이다.

엄마 나이가 아무리 많다 해도 지금 그런 말이 내게 위로가 될 리 없다. 하지만 난 아무 말도 하고 싶지 않다. 87년에 걸친 충실하고 아름다운 사랑의 봉사가 이제 막을 내리려 한다. 나한테 중요한 것은 그뿐이다. 간호사는 차라리 아무 말도 하지 않는 게 더 나을 뻔했다는 걸 이제야 깨달은 것 같다. 그런 말은 이런 자리에서 특히 어울리지 않는다.

출입문의 초인종이 울렸다. 간호사가 자리에서 일어나 문을 열었다. 주치의인 아르망 박사다.

박사는 엄마를 보러 온 게 아니다. 그가 친히 방문한 사람은 이제 곧 떠날 엄마가 아니라 건강하게 살아 있는 나다. 악수를 하는 그의 손에서 평소보다 힘이 느껴진다.

박사는 이내 늘 하던 대로 기계적으로 움직이기 시작한다. 너무 많이 봐서 눈 감고도 외울 정도다. 혈압을 재고 맥박을 체크한다. 맥박도 여전하고, 박동하는 심장은 생명의 줄을 놓기 싫어 망설이는 것 같다. 앞으로 몇 분이 될지, 몇 시간이 될지, 오늘 밤은 넘길 수 있을지 아무도 모른다.

전직 종합병원 인턴, 전직 개인 병원장, 법원 소속 전문 의료인 겸 내과 의사인 이 훌륭한 아르망 박사와는 엄마에 대해 특별히 할 말이 없다. 엄마는 이른바 길고 힘든 투병 생활을 한 게 아니기 때문이다. 밑동까지 다 타버린 양초가 스르르 꺼져버리듯 지극히 자연스러운 노환으로 지극히 평화롭게 죽을 것이다.

일상적 검진만 했다고 해서 의사가 처방전을 안 줄 수는 없는 노릇이다. 박사는 어떤 연고를 처방했는데, 도대체 무슨 약인지 모르겠다.

박사를 문 앞까지 배웅한다. 문을 나가기 직전, 박사는 잠시 멈칫하더니 엄마를 병원으로 옮기는 게 어떻겠냐고 물어본다. 아무래도 시설 좋고 깨끗한 병원에 있는 것이 훨씬 편리할 거라는 얘기다.

바로 그 순간, 몇천 년 전 대서양 속으로 사라져버린 전설의 도시에서 울리는 교회 종소리가 저 깊은 바다로부터 천천히 올라와 우리 귀에까지 들리는 것처럼 내 머릿속에서 아르메니아의 교회 종소리가 울려 퍼지기 시작한다. 그건 나의 뿌리와 나의 고향, 우리의 전통을 일깨워주는 소리다. 나는 아르메니아인이고, 아르메니아 엄마라면 누구나 다른 곳이 아닌 집에서 숨을 거두어야 한다.

절대 안 될 말이다! 엄마는 기적이 일어날지도 모른다는 실낱같은 희망을 붙잡고 마지막까지 병원에 기댈 분이 절대 아니다. 이럴 경우 병원에 가면 다시는 집으로 돌아올 수 없다는 걸 모르는 사람은 없다. 그러면서도 병원을 권하는 건 살아 있는 사람들의 비굴함 때문이다. 그러니 귀가 찢어질 듯 온 도시에 호들갑스러운 사이렌을 울려대는 앰뷸런스를 탈 일도 없다. 모두가 부질없다.

간호사가 숄을 어깨에 걸치더니 처방전을 챙겨 들고 나갈 채비를 한다.

"금방 다녀올게요, 선생님."

간호사가 나간 뒤, 나는 엄마 곁으로 다가가 우리들만의 애정을 다시 확인한다.

뼈만 남은 앙상한 엄마가 시트 밖으로 천천히 팔을 내민다. 나를 못 알아본 지는 꽤 오래되지 않았나 싶다. 온통 울퉁불퉁한 핏줄밖에 보이지 않는 엄마의 손이 내 손을 찾으려고 이불 위를 이리저리 더듬는다. 폭포처럼 쏟아지는 이 사랑 앞에서 열에 들뜬 나는 엄마의 가느다란 손가락들을 가볍게 쥔다. 내가 여기 있다는 걸 확인시켜주고 싶다.

어둠이 내린 바깥에서는 도시의 불빛이 하나둘 켜지기 시작한다. 나는 안다. 이제는 저 밤의 냉기로부터 나를 보호해줄 사람도 없고, 내가 그토록 귀찮아하던 소박한 모직 스웨터를 건네줄 사람도 이제는 없다는 것을…. 그 넘치는 자식 사랑에 바보같이 투정만 부렸던 나는 소용없는 후회만 끌어안은 채 지금 혼자뿐이다.

고통이 극에 달하면, 당치도 않은 허세를 부릴 때가 가끔 있다. 지금의 내가 그렇다. 엄마와 내가 나누는 말들이 한 편의 연극 대사가 된다. 나는 마음속으로 작은 연극 한 편을 무대에 올린다. 수많은 불행이 닥쳐오고, 눈물이 쏟아지고, 결국은 슬픔 속에 온몸을 묻은 채 슬픔과 함께 동고동락하는 것으로 끝나는 그런 연극이다.

오늘 밤, 내 슬픔은 벌레처럼 내 마음을 갉아먹고 있다. 나는 이제 극장 문을 닫으려 한다. 장례를 치러야 하기 때문이다. 그 순간이 바로 코앞에 와 있다. 눈물은 나중에 또 원 없이 흘리게 되리라.

지금 생각해보니, 서로 사랑했던 그 오랜 세월 동안 우리는 사랑한다는 말을 한 번도 한 적이 없다.

너무도 분명한 영원불변의 사실을 굳이 어설픈 말로 옮길 필요는 없었던 것이다. 말은 그만큼 무의미할 뿐이다.

우리는 태어날 때부터 서로 사랑했다.

이 말 외에는 모두 사소한 덧붙임에 불과하다.

가족이라는 그 사랑의 학교에서 나는 타인에게 일어나는 일들이 내게 얼마나 큰 공포일 수 있는지 배웠다. 다른 사람의 몸이 아플 때 그들과 함께 아파하는 법도 배웠다.

우리 가족은 모두 5명이었다. 그 다섯 식구가 돈 한 푼 안 들이고 서로의 병을 치유한 이치를 아무리 똑똑한 박사들도 절대 알 수 없을 것이다. 우리 중 한 사람만 나으면 다섯이 한꺼번에 말끔히 치유되었기 때문이다.

하느님, 나의 '메이리그(Mayrig)'가 이제는 날 잊고 가게 해주십시오. 메이리그는 아르메니아 말로 엄마라는 뜻이다. 하지만 그냥 엄마라는 말로는 메이리그에 깃든 너무도 넉넉한 사랑의 울림을 모두 표현할 수 없다. 언어란 모국어 속에서 비로소 자신만의 아름다움을 찾는 것 같다.

오늘 밤, 세련되고 우아한 표현 따위는 모두 걸러낸 진실한 마음의 언어를 되찾는 순간, 내 슬픔 저 깊은 밑바닥에서 원래 모습을 갖춘 진정한 언어가 나를 찾아올 것이다.

훗날 눈물의 시간이 지나고, 그 마음의 언어가 한 편의 위대한 작품으로 다시 태어나는 날, 그 언어는 감추고 있던 약삭빠른 심술과 간사함, 교활함까지 총동원해 '먹물 꽤나 먹은 티'를 드러내고 싶어 할지도 모른다.

이제 곧 새벽이 온다. 하지만 엄마를 떠나보낸 이날은 내게 종일 깜깜한 밤이리라. 화살처럼 지나가는 지금 이 시간을 붙잡기 위해 모래시계를 다시 뒤집었다. 그건 사랑으로 충만했고 사랑 그 자체였던 내 어린 시절을 되짚어보기 위해서이기도 하다.

내게도 빨리 어른이 되고 싶어 안달하던 어린 시절이 있었고, 사춘기를 지배하던 원대한 야망은 내 사랑하는 이들의 수많은 고뇌의 밤들을 묵묵히 견뎌냈다. 그들이 늙어가고 있다는 걸 한 번도 실감하지 못했지만, 희끗희끗한 머리는 진작부터 죽음의 그림자를 예고하고 있었다.

1. 난민

 마르셀 프루스트처럼 기억에 목숨을 건 사람이 아닌 이상, 대부분의 사람에게 유년기 최초의 기억으로 남아 있는 건 어른들의 세계로부터 받은 강한 충격이다. 엄청난 두려움이나 호된 체벌도 이런 충격의 일종이고, 뭔가 새로운 것을 깨달았을 때 느끼는 경이로움, 폭력에 대한 공포, 처음 겪은 마음의 상처 따위도 그러하다.
 '내가 기억하는 가장 어렸을 적 추억은…'이라는 말은 행복했던 어린 시절로 입장하기 위한 알리바바의 주문 같은 것이다. 정직한 사람의 주문일수록 유년기의 동굴 속에 들어 있는 보물 같은 추억들은 다채롭고 강렬한 원색에 가깝다. 중간색의 어렴풋하고 단조로운 추억은 훨씬 뒤에 만들어지는 경우가 많다. 아주 어릴 때부터 남다른 관찰력을 보인다면 장차 큰 인물이 될 소지가 많다.
 자기 어린 시절을 돌이켜 그것을 교정할 수 있는 사람은 천재가 틀림없다. 그런 천재가 어마어마한 연금술을 동원해 진짜와 거짓말을 적절히 버무리면, 백년에 한 번 나올까 말까 한 걸작이 탄생할 수도 있다. 프루스트가 그런 경우 아닐까.

따라서 천재가 절대 아닌 지극히 평범한 '내가 기억하는 가장 어렸을 적 추억은…' 기억 속에 남아 있는 첫 번째 장면일 뿐이다. 호된 폭풍우에 대한 기억. 그 이전의 기억은 하나도 없다!

엄마와 아빠 그리고 이모 둘과 나는 화물선에 타고 있었다. 뱃전을 무섭게 때리는 파도 소리, 삐걱거리는 활차 소리, 배에 딸린 기계들이 뿜어대는 기분 나쁜 소리를 듣고 있자니 금방이라도 배가 두 쪽으로 갈라져 우리를 집채만 한 파도 속으로 내동댕이칠 것만 같았다.

두 이모, 안나와 카이아네는 서로를 꼭 붙잡은 채 배 안 좁은 통로에 앉았고, 난 이모들의 무릎 위에 누워 있었다. 아버지는 이따금 내 쪽으로 와서 이마를 짚어주며 날 안심시켰다. 그러곤 좁은 통로를 가득 메운 채 드러누운 사람들 속을 성큼성큼 건너 엄마가 있는 선실로 갔다. 침대 끝에 웅크린 엄마의 얼굴은 창백했다. 뱃멀미가 너무 심했기 때문이다.

나는 두 이모의 품에서 뒤척거리며 깜박깜박 졸았다. 그러다 철썩거리기도 지친 듯한 나른한 파도 소리를 들으며 스르르 잠이 들었다.

시끄러운 소리에 익숙해지면, 조용한 침묵이 더 어색한 법이다. 이상한 느낌에 눈을 떴을 때, 배는 그 자리에 멈춰 있었다. 기계 소리도 들리지 않았다. 어젯밤까지만 해도 통로에 가득했던 사람들이 하나도 보이지 않았다. 열린 창문 사이로 멋진 무지개가 보였다. 폭풍우가 지나간 하늘은 형형색색의 스카프를 두른 것 같았다. 갑판 위에는 사람들이 몰려 있었다. 한결같이 심각한 표정이었다. 놀랍도록 고요한 바다의 침묵이 사방을 에워싸고 있었다. 선원 2명이 기다란 널빤지를 하나 가져오더니 한쪽은 갑판 난간에 다른 한쪽은 바다에 수평으로 걸쳐놓았다.

그때 선실 문이 열렸다. 순간 모두의 시선이 그쪽으로 쏠렸다. 4명의 남자가 흰 천에 싸인 물체를 들고 나와 그 널빤지 위에 놓았다. 잠시 후, 선원 둘을 이끌고 나타난 선장(선원들보다 소매에 금빛 계급장을 많이 달고 있었다)이 트랩을 내려왔다. 텁수룩한 흰 수염에 헐렁한 검은 수단을 입은 나이 지긋한 아르메니아 신부님이 한 손에 십자가를 쥐고 기도를 올렸다. 평생 신을 섬기기로 서원한 신부님들은 절대 화려한 옷을 입지 않음으로써 자신의 남달리 용기 있는 소명을 보여주었다. 함께 있던 몇 사람이 아름답지만 구슬픈 노래를 부르기 시작했고, 다른 사람들은 흰 천에 싸인 그 물체 끝에 무거운 돌덩이 같은 걸 매달았다. 한 남자가 소리 내어 울기 시작했다.

잠시 후, 하늘을 향해 증기를 세 번 뿜으며 뱃고동이 울렸다. 그 소리가 마치 하늘을 원망하는 울부짖음 같았다. 바로 그때, 이모가 숄로 내 얼굴을 가려버렸기 때문에 난 그 물체를 바다로 던지는 광경을 보지 못했다. 풍덩 하는 소리만 또렷이 들렸다.

그 기나긴 항해를 하는 동안 우리는 죽은 사람들을 그런 식으로 보냈다. 얼마나 더 가야 이 유배의 여정이 끝날지 알 수 없었다.

어느 날 아침, 아버지가 일찍부터 나를 깨웠다. 피곤에 절어 볼은 쑥 들어가고, 몇날 며칠 수염을 깎지 못해 텁수룩했지만 아버지의 얼굴은 환하게 빛나고 있었다.

"이리 와보렴, 만체스(Mantchess)!"

***

'만체스.'

이것은 아르메니아 말이다. 하지만 자음 일곱 개와 모음 두 개로 이루어진 이 단어는 원래 말을 소리 나는 대로 알파벳으로 옮겨놓은 것일 뿐이다. 그러니 좀 더 설명이 필요할 것 같다.

이 말은 '우리 아들' 같은 어엿한 호칭도 아니고, 문법적 오류가 있는 속어도 아니다. '얘야' 혹은 '우리 아들내미'와도 다르다. '우리 복덩이'도 아니고, 아이가 크면 저절로 쓰지 않게 되는 '내 새끼'도 아니다.

이것은 부모님의 뱃속에서부터 울려나오는 말이다. 돌아가실 때까지 당신들과 아들을 묶어주는 호칭이라고나 할까. 그래서 아들을 이렇게 부르는 부모님과 평생을 함께한 아들은 부모님의 신체 일부가 된다. 못났든 잘났든, 똑똑하든 아니든, 다른 사람이 모두 손가락질하는 아들일지라도 부모님은 늘 그 아들에게 보답 없는 희생을 하는 분들이다.

이 말은 삶과의 단단한 결속력 같은 것을 느끼게 한다. 이 말 속에 잘난 척이나 거만함 따위는 없다. 청승맞음이나 남자들끼리의 유치한 우월감도 없다.

자기 아이들을 부르는 사랑스럽고 앙증맞은 애칭이 유난히 많은 이 서양에서도 사춘기가 되면 자립의 첫 번째 증거로 애칭 대신 이름을 부른다. 친한 친구 대하듯이 자식을 부르는 것이다.

"르네, 문 잠그는 거 잊지 마."

"줄리엣, 너무 늦지는 마라."

이런 식이다. 그러나 호칭이 달라지면 부모 자식 간의 원초적 유대감도 약간, 아주 약간은 약해지지 않을까.

하지만 아르메니아에서는 사춘기라는 애매한 시기가 닥쳐도, 자식에 대한 사랑의 호칭인 만체스는 남아 있다. 사춘기 아들과의 어색한 침묵을 채워주고 유대감을 유지해주는 것도 바로 이것이다.

불량기가 다분한 아이들도 "만체스, 너 어쩌다 그랬니?"라고 묻는 아버지의 근심 어린 눈길과 마주하느니, 차라리 '나쁜 짓은 안 하고 말지'라고 생각할 정도다.

＊＊＊

나는 아빠를 따라 갑판으로 올라갔다. 날이 어슴푸레 밝아오고 있었다. 동이 트면서 수평선이 온통 하얗게 물들었다. 저 멀리 육지가 또렷이 보였다.
"자, 봐라, 만체스. 저기가 바로 프랑스란다!
아빠와 나는 갑판 난간에 기대서서 오래오래 그곳을 바라보았다. 손에 닿을 듯한 그곳은 하지만 여간해서 가까워지지 않았다. 그동안 저 먼 동쪽 출신인 아빠는 프랑스에 대한 이야기를 이것저것 들려주었다. 아빠 이야기 속의 프랑스는 시간이 멈춰버린 곳 같았고, 로즈라는 이름의 소녀가 아침 이슬만 먹고 사는 그런 곳 같았다. 희망에 부풀어 먼 곳으로 장사를 떠났다가 불행에 빠진 뱃사람과 선장들의 이야기도 있었다.

아빠가 들려준 프랑스는 냉정한 인종차별주의자가 아니라 순하고 착한 사람들이 사는 땅이었다. 그렇게 생각하니, 눈앞의 모든 것이 아름답게만 보였다.

그때 아빠가 아르메니아 말로 들려준 그 이야기들이 무슨 뜻인지 나는 잘 알지 못했다. 다만 박자와 화음이 절묘하게 조화된 감미로운 교향곡처럼 내 귀에 울려 퍼졌던 것 같다.

우리는 그렇게 프랑스라는 나라에 왔다.

프랑스에 발을 내디딘 바로 그날, 가스통 두메르그라는 남자가 프랑스 대통령으로 뽑혔다는 것도, 레닌이라는 남자가 고르키 성에서 막 세상을 떠났다는 것도, 1달러는 15프랑이라는 것도, 모리스 슈발리에라는 가수가 아주 유명하다는 것도, 프랑스 여러 극장에서 예이젠시테인의 〈전함 포템킨〉이

상영됐다는 것도 우리는 몰랐다.

우리가 내린 곳은 마르세유라는 도시였다. 부둣가에 선 우리 다섯 식구 옆에는 싸구려 카펫으로 둘둘 말아 끈으로 얼기설기 동여맨 커다란 보퉁이가 놓여 있었다. 후줄근하기로는 그 짐짝이나 우리나 별반 다르지 않았다.

단단한 땅에 내린 엄마의 얼굴은 예전처럼 다시 발그레해졌다. 아빠는 갑자기 바빠졌다. 살 집을 구하기 위해 부두 노동자들에게 그리스 말, 터키 말, 아르메니아 말까지 동원해 수소문을 했다. 안나 이모가 중얼거렸다.

"Park es Astvadtz!"

신의 가호를 비는 아르메니아 말이었다. 카이아네 이모는 마지막 하나 남은 참깨 빵을 꺼내 나에게 주었다.

그래도 우리는 행복했다. 난 유치한 환상에 빠져 행복했고, 부모님은 '목숨 부지 능력'만이 최고인 아르메니아 땅을 떠나 마침내 '구매 능력'이 더 중요한 프랑스 땅에 도착했기 때문에 행복했다.

나는 프랑스라는 곳이 온통 새하얄 거라고 생각했지만, 입국 절차를 위해 따라 들어간 사무실은 사방이 온통 회색이었다. 무섭게 생긴 어떤 아저씨가 우리의 난민용 '난센' 여권을 꼼꼼하게 훑어보았다(난센은 노르웨이의 탐험가 이름인데, 그린란드와 북극해를 횡단한 이후에는 난민 문제에 일생을 바쳤다고 한다).

다섯 살 때까지 세상은 내가 늘 올려다봐야 할 것들이었다. 카메라로 치면 밑에서 위로 잡는 상향 촬영이라고나 할까. 그래서 어른들이 항상 실제보다 한참은 커 보였다. 그들의 권위에 복종이라도 하듯 고개를 잔뜩 젖힌 채 쳐다봐야 하는 만큼 어른은 내게 위압적인 존재이기도 했다.

사무실 창구에 앉아 있던 조사관이 그렇게 거만해 보였던 건 아마 그 때문일 것이다. 그는 엄청나게 큰 스탬프를 치켜든 채 여권 속 사진과 우리 얼굴을 꼼꼼히 대조했다. 우리 식구의 프랑스 체류는 그 스탬프가 찍히느냐 마느냐에 달려 있었다.

마침내 쾅하고 스탬프가 찍혔다. 그것이 공중에서 내려와 여권에 닿을 때까지의 동선을 나는 뚫어지게 바라보고 있었다. 뭐야! 하나도 안 찍혔잖아. 남자가 짜증을 냈다. 그는 한 번 더 찍었다. 그리고 연거푸 두세 번을 더 찍었다. 갈수록 커지는 그 소리가 내 머릿속을 쾅쾅 울렸고, 그때마다 난 흠칫 흠칫 놀랐다.

스탬프의 잉크가 말라버렸던 것이다. 남자는 어지러운 서랍 속을 마구 뒤지더니 새 잉크를 꺼냈다. 이번에는 제대로 찍혔다. 직사각형 안의 글자가 선명하게 눈에 들어왔다.

'무국적자.'

그때는 그 글자를 읽을 줄도, 무슨 뜻인지도 몰랐다.

바깥을 내다보았다. 청명한 하늘에 두루미 떼의 형체가 또렷했다. 부둣가에 검은 화물 창고가 끝도 없이 늘어서 있었다. 그 창고 뒤로 마르세유 시내가 펼쳐졌다. 전차도 있고, 여기저기 왁자지껄 사람들이 들끓고, 노점상도 있고, 마차도 다녔다. 우리가 살던 곳과 조금은 비슷해 보였다.

엄마가 가던 길을 멈추었다. 큰 건물 사이라 인적이 뜸한 곳이었다. 엄마는 원피스를 입고 있었는데, 앞 단추 여덟 개를 모두 똑같은 천으로 감쌌다. 엄마는 주위를 살피더니, 제일 아래쪽 단추를 뜯어 아빠에게 건넸다. 싸고 있던 천을 벗겨내자 금화가 나타났다. 엄마 원피스의 단추 여덟 개는 우리 식구의 '생존 비용'이었다.

아빠는 방금 입국 절차를 마친 여권과 엄마의 그 예쁜 금화를 한 남자에게 건네주었다. 나는 다른 사람들이 넘어오지 못하도록 설치해놓은 창구 끝에 까치발을 하고 붙어 서서 금화를 가진 남자의 뒷모습을 바라보았다.

이쪽에서는 잘 보이지도 않는, 타닥타닥 타자기 소리만 들리는 창구 너머 저쪽은 딴 세상 같았다. 남자가 작은 종이 다발 몇 개를 들고 다시 나타났다. 여기저기 귀퉁이가 찢겨나간 지저분한 종이들이 몇 장씩 따로 묶여 있었다.

난 다섯 살이었지만, 혀 짧은 소리로 "아빠, 저 아저씬 뭐하는 사람이야?" "엄마, 여긴 어디야?" 따위의 철없는 질문을 하는 아이는 결코 아니었.

"아빠가 저걸로 맘마랑 까까랑 사오실 거야" 정도의 대답을 들을 수준도 아니었다. 어린애나 저능아들이 쓰는 그런 말보다는 국제 통화 시스템이 어떻게 돌아가는지가 더 중요하다는 걸 알고 있었는지도 모르겠다.

그곳의 풍경을 하나도 빠짐없이 머릿속에 담은 나는 산다는 것이 무엇인지 내 나름의 철학을 얻었다. 그전까지 나는 낮과 밤이 생기는 이치, 해와 달의 미스터리를 내 멋대로 생각하고 있었다. 지구는 평평하고 자전이나 공전 따위도 없었다. 그런데 어느 순간, 갈릴레이 할아버지가 홀연히 나타나 나를 그 유치한 망상에서 끄집어내 진실의 길로 인도해주었다.

하지만 사라진 엄마의 금화 앞에서 내가 내린 조용하지만 너무도 확실한 결론은 조금 전 아빠가 뭔가 나쁜 짓을 했다는 것이었다.

종이쪽지에 주소를 써서 들고 다니면, 길을 물을 때 굳이 그 나라 말을 할 필요가 없다. 현지인 중에는 가던 길을 멈추고 친절하게 설명해주는 이들도 있기 때문이다. 사방을 둘러보며 우리가 찾는 곳이 어디쯤인지 생각하고, 턱을 긁적이며 어디로 가면 제일 빠른지도 고민해주었다. 그다음에는 손짓 발짓으로 다 해결되었다.

그 사람이 손을 쭉 뻗은 것은 똑바로 가라는 뜻이고, 손목을 여러 번 돌린 것은 한참을 가야 한다는 뜻이고, 손목을 직각으로 꺾은 것은 왼쪽으로 꺾으라는 뜻이라는 걸 난 알 수 있었다.

걷다 보니 다시 바다가 나타났다. 비유포르였다. 방파제가 바다를 양쪽으로 빙 둘러싸고 있어 작은 만처럼 생긴 항구였다. 덕분에 바다는 아주 평화롭고 잔잔했다. 이따금 잔물결이 일면서 돛단배들이 살랑거렸다. 엽서 속 풍경이 아니라 살아 있는 진짜 아름다운 바다라는 걸 말해주는 듯했다. 노를 젓는 나룻배나 모터 달린 소형 선박들이 양쪽 방파제를 오가며 사람들을 실어 나르고 있었다. 양쪽 방파제는 서로 만나면 절대 안 될 것 같았다. 그러면 마르세유 인근 출신의 작가 마르셀 파뇰의 희극《마리우스》는 전설의 배에 올라 이곳을 출발해 저 난바다로, 미지의 땅으로 떠날 꿈조차 꿀 수 없기 때문이다.

그 위대한 항해의 길목 상공에 구름다리처럼 드리운 수많은 철골과 철판, 철근, 들보와 침목, 전선, 밧줄, 볼트, 나사들이 양쪽 방파제를 이어주고 있었다. 높이 30미터쯤 되는 허공 위에 그렇게 복잡하게 얽혀 있는 철판과 전선들은 이쪽에서 저쪽까지 달리는 기차의 누추한 플랫폼 같기도 했다. 아름다운 바닷가 풍경과 영 어울리지 않는 그 너저분한 작품을 사람들은 '운반차교(運搬車橋)'라고 불렀다.

전쟁 중에는 녹색 군복을 입은 남자들이 그 다리를 폭파해버렸다. 무기를 만들 쇠붙이가 필요했기 때문이다.

그 흉물스럽던 다리도 막상 사라지고 나니 조금씩 그리워지기 시작했다. 아마 그대로 남아 있었다면 그리워하는 일 따윈 없었을 것이다. 어떻게 보면 그 다리도 전쟁의 희생자였다.

다리는 그 후로도 꽤 오랫동안 관광객들이 즐겨 찾는 마르세유의 명소였다. 미처 철거하지 못하고 허공에 매달려 있던 검은 곤돌라 줄들은 이곳 출신의 앙드레 쉬아레스로부터 "별을 낚으려고 던진 검은 낚싯줄"이라는 뜻밖의 서정적 찬사를 얻기도 했다.

아빠의 얼굴은 땀범벅이었다. 아빠는 그 황금 단추를 돈으로 바꾸고 나서 제일 처음으로 산 물건을 내게 건넸다. 둥그런 볼이 두 개 나란히 올라앉은 아이스크림콘이었다. 바닐라와 피스타치오.

"아빠는요? 아빠는 안 먹어요?"

"만체스, 아빤 지금 너무 더워. 너무 더울 때는 차가운 게 오히려 안 좋단다."

나는 아이스크림을 손에 든 채 엄마와 이모들 쪽으로 돌아섰다. 나 혼자 그런 호사를 누리는 것이 못내 불편했기 때문이다. 나도 모르게 그런 행동을 한 것은 유난히 가정교육을 잘 받았거나 예의 바른 아이여서가 아니다. 마음이 움직이는 대로 했을 뿐 다른 뜻은 없었다. 우리는 그렇게 서로 사랑했다. 죽을 때까지 함께하는 사랑, 받으면서도 늘 놀랍기만 했던 사랑, 그냥 들고 있기에도 무거운 사랑이었다.

난 비유포르 방파제 위에 서 있는 식구들을 다시 바라보았다. 욕심 없이 늘 버리고 살아가는 자신들의 삶에 대해 언제나 당당한 분들이었다.

"교양 있는 프랑스 사람은 사람들 보는 앞에서 아이스크림을 핥아먹지 않는단다."

무슨 말인지 알아들은 나는 혀를 내밀지 않고 입술로 아이스크림을 빨아 먹었다. 우유보다는 물이 더 많이 들어간 아이스크림이었지만, 시원하고 향도 있었다. 내가 살던 곳의 아이스크림이 더 맛있고 크림도 더 많이 든 것 같았다.

바로 그때, 엄청나게 덩치 큰 사람 몇 명이 하나같이 혓바닥을 날름거리며 아이스크림을 핥고 있는 모습이 보였다. 난 속으로 프랑스 본토 사람은 아닐 거라고 생각했다.

　아빠는 무거운 보퉁이를 등에 둘러멨다. 우리는 다시 걷기 시작했다. 엄마, 안나 이모, 카이아네 이모가 가볍게 성호를 그었다. 언덕 위 교회 꼭대기에 서 있는 엄청나게 큰 성모마리아를 보았던 것이다. 태양 아래에서 마리아는 눈부신 황금빛으로 빛나고 있었다. 마르세유의 수호신 노트르담 드 라 가르드 성당이었다.

＊＊＊

　다른 곳과 마찬가지로 우리가 살 집이 있는 거리도 1번지부터 시작되었다. 109번지까지는 정말 한참 걸렸다. 아빠가 어떤 집 앞에 짐을 내려놓는 순간, 그곳이 이제부터 우리가 살 집이라는 걸 알 수 있었다. 대문이 차가 드나들 수 있을 정도로 넓고 컸다. 엄마는 창문에 붙은 종이에 쓰인 글자를 손으로 짚어가며 자세히 읽었다.

　'방 세놓음, 가구 완비.'

　건물 정면은 온통 회색이고, 약간 금이 간 곳도 있었다. 제일 꼭대기 층에는 철제 발코니가 보였다.

　이모들은 밖에서 짐을 지키고, 나는 엄마 아빠를 따라 안으로 들어갔다. 아빠가 1층 출입문을 두드렸다. 현관에서부터 마늘 냄새가 진동을 했다. 문이 열리자 역겨운 기운이 목구멍까지 훅 끼쳤다.

　처음에는 후줄근한 실내화 한 켤레밖에 안 보였다. 끄트머리에 깔창이 삐죽이 나와 있었다. 고개를 들어 보니, 반쯤 열린 문 사이로 웬 여자의 얼굴이 보였다. 세입자인지, 건물 관리인인지, 건물 주인인지 알 수 없었다. 마르세유의 아파트에는 경비가 따로 없었기 때문이다. 아빠가 알아듣기 어려운 말로 몇 마디 웅얼거리자, 여자가 그 큰 문을 열었다. 곧이어 펠그랭 부인의 푸짐한 몸집이 한눈에 들어왔다. 번들번들한 얼굴에 배가 엄청 나온 뚱뚱하고 수다스러운 아줌마였다. 몸매는 크기가 제각각인 풍선 세 개를 하나씩 올려 놓은 것 같았다. 부인이 계단을 기어오르듯 힘들게 올라갔다. 그제야 아줌마의 검정색 치마에 튄 기름 자국이 선명하게 눈에 띄었다. 그녀의 육중한 체구는 난간을 움켜줘야 겨우 움직일 수 있을 정도였다. 난간을 붙잡은 손가락은 줄줄이 소시지처럼 짧고 통통했다.

창문에 붙은 종이에 적힌 내용은 정말이었다. 방이 하나 있고, 천장에 늘어진 전깃줄에는 조가비 모양의 전등갓을 쓴 전구가 하나 달려 있었다. 바닥에는 팔각형 타일이 깔려 있었다. 원래는 빨간색인데, 몇 개만 빼고는 거의 빛이 바랬다. 벽지는 컬러였지만 군데군데 뜯겨졌고, 창문은 철제 발코니 쪽으로 열려 있었다. 마지막으로 한쪽 구석에 자리 잡은 허연 세면대와 수도꼭지가 편리한 현대식 시설을 자랑하고 있었다.

가구도 있었다. 2인용 침대 하나, 기다란 소파, 테이블, 모양이 제각각인 의자 세 개 그리고 옷장 하나. 약간 특이하게 생긴 병풍이 하나 있는 걸로 보아 방을 두 개로 나누어 쓰는 것 같았다.

가스가 들어온다는 것도 거짓말이 아니었다. 복도 층계참에 '공용 주방'이 하나 있었는데, 말이 주방이지 불 두 개짜리 오븐과 식탁만 달랑 있을 뿐이었다. 같은 층에 사는 두 집이 함께 사용한다고 했다.

펠그랭 아줌마는 쉴 새 없이 떠들어댔다. 난 난생처음으로 프랑스어라는 걸 가까이에서 들을 수 있었다.

아줌마가 갑자기 손가락으로 나를 가리키며 뭐라고 말했다. 곱슬머리 꼬마가 참 똘똘하고 귀엽게 생겼네. 대충 이런 칭찬일 거라고 생각했다. 엄마는 뭐라고 대답하면서 내 머리를 쓰다듬었다. 고맙다는 말인 것 같았다.

나중에 알았지만, 그때 펠그랭 아줌마가 한 말은 부산스러운 애들은 몸서리가 난다고, 떠들지 않게 애 단속을 잘하라는 것이었다. 그리고 엄마는 내가 얼마나 조용하고 말이 없는 아인지 얘기하면서 주인아줌마를 안심시켰던 것이다. 아줌마가 터질 듯한 손가락으로 창문을 가리킬 때는 발코니에 예쁜 화분을 내놓는 것도 좋다, 그런 얘긴 줄 알았지만 그 말 역시 창밖으로 빨래를 널지 말라는 것이었다.

이처럼 나와 프랑스어의 첫 만남은 오해의 연속이었다.

잘 보면 잘 알아들을 수도 있다고 생각한 것처럼 엄마는 두 눈을 동그랗게 뜨고 아줌마의 두툼한 입술을 뚫어져라 쳐다보았다. 마늘 냄새와 사프란 향에 푹 버무린 잔소리가 폭포수처럼 쏟아지는 그 입을 말이다. 엄마는 고향 학교에서 배운 프랑스어 덕분에 세 단어 중 하나 정도는 알아듣는 듯했다. 그래서 아줌마가 무슨 말을 하는지 대충 짐작할 수 있었다. 따지고 보면 그런 소통 불능 상태는 그 시끄럽고 뚱뚱한 아줌마 탓은 아니었다. 어쨌든 여긴 프랑스이고, 프랑스에서 프랑스어를 못 알아듣는 건 우리 잘못이었기 때문이다.

아빠가 호주머니에서 아까 받은 종이 뭉치를 꺼내 그중 몇 장을 아줌마에게 건넸다. 그제야 난 이제 우리가 여기서 살아도 된다는 걸 알아챘다.

밑에서 기다리던 이모들이 계단을 올라오면서 또 한 번 작은 소란이 일었다. 펠그랭 아줌마는 우리 식구가 나까지 모두 셋인 줄 알았는데 갑자기 이모 둘이 등장했기 때문이다. 그렇다고 계약을 없던 일로 하고 돈을 되돌려 줄 것 같지는 않았다. 결국 돈을 더 얹어주고 문제를 해결했다.

엄마 원피스에는 아직 금단추가 일곱 개 남아 있었다. 불확실한 미래로부터 우리를 지켜줄 든든한 울타리 같은 것이었다.

***

당장 급한 물건부터 사야 했다. 말이 필요 없는 보디랭귀지는 길을 찾을 때처럼 물건 살 때에도 아주 요긴했다. 아빠의 보디랭귀지는 실제 행동을 그대로 베껴놓은 것처럼 표현력이 엄청 뛰어났다. 슈퍼마켓에서는 주먹을 쥐고 바닥을 문지르는 것으로 원하던 바닥 청소용 세제와 솔, 빗자루를 살 수 있었다. 한 손으로 수도꼭지 돌리는 시늉을 하고 두 손을 비벼 씻는 시늉을 하자 주인아저씨는 껄껄 웃으며 사각형의 커다란 마르세유 비누 두 장을 주었다. 마임을 하듯 몸짓으로 몇 번 대화를 하는 동안, 우리 장바구니에는 필요한 물건이 차곡차곡 쌓였다.

그런데 푸줏간에서는 사정이 좀 달랐다. 진열장을 둘러보았지만 우리가 찾는 고기는 없었다. 우리 차례가 되자 아빠는 고기 쪽을 가리키면서 뭘 찾는지 설명하려고 애썼다. 아빠는 두 손으로 허공에 뭔가를 그려 보였다. 그런데 그때만큼은 보디랭귀지가 통하지 않았다. 아빠는 하는 수 없이 터키어, 그리스어, 심지어 아르메니아어까지 동원해 그 고기 이름을 말했지만, 알아듣는 사람은 아무도 없었다.

다른 손님은 물론 모두가 딴 세상에서 온 한 남자를 물끄러미 바라보고만 있었다. 프랑스에 없는 신기한 동물 얘기라도 하는 듯 허공에 대고 두 팔을 휘두르는 아빠가 그들에게는 외계인처럼 보였을지도 모른다.

순간 가게 안이 찬물을 끼얹은 듯 조용해졌다. 그때, 아빠는 마지막 수단으로 자신의 오른쪽 허벅지를 아주 세게 그것도 세 번이나 때리면서 떨리는 목소리로 울음소리를 냈다.

"메에~."

아빠는 온몸으로 말했다. 내가 사고 싶은 것은 양의 허벅다리 고기라고.

팬터마임 공연은 거기서 끝이 났다. 무언극 배우와 그 아들은 빈손으로 가게를 나설 수밖에 없었다.

지금도 그때를 생각하면 얼굴이 화끈거린다.

＊＊＊

우리 집 창문에는 먼지와 파리똥이 켜켜이 늘러 붙어 밖도 잘 안 보일뿐더러 방에는 해도 잘 들지 않았다. 비가 오면 그 먼지와 파리똥이 한데 엉겨 유리창에 더 끈끈하게 들러붙었다. 청소라고는 한 번도 한 적이 없는 것 같은 집이었다.

바닥 청소를 하고, 유리창의 묵은 때를 긁어내고, 가구를 닦고, 떨어진 벽지를 다시 바르는 데 한나절이 다 갔다. 테이블에는 레이스 식탁보를 깔고, 침대에는 새하얀 시트를 씌웠다. 소파에는 현란한 원색 이불까지 깔았다. 밖이 훤히 보일 정도로 말끔해진 유리창으로 쏟아져 들어온 햇볕이 축복을 내리듯 온 방을 환하게 밝혔다.

이윽고 말끔해진 집은 딴 세상 같았다. 그제야 진짜 우리 집 같다는 느낌이 들었다.

가계부와 주방 담당인 안나 이모는 옷장 선반 안에 커다란 장미꽃 잼 단지를 올려놓았다. 고향에서 가져온 것이었다. 나만 먹이려고 챙겨온 것이기 때문에 다른 사람은 함부로 손을 대면 안 되는 잼이었다.

청소에 방해가 될까봐 혼자 발코니에 나와 있던 나는 엄마와 이모들을 바라보고 있었다. 그들은 마치 일벌처럼 분주하게 오갔다. 그때 뭔가를 물어보는 듯한 어린아이의 고함 소리가 들려왔다. 엄마와 이모들의 손길이 일순 멈추었다. 바깥 층계참에서 들려온 소리였다. 그 애가 뭘 물어보는지 엄마는 알아들은 것 같았다.

"엄마, 아르메니아인이 뭐야?"

대답하는 소리는 들리지 않았다. 하지만 그 애는 우리 문 앞까지 와서 두 번이나 문을 열어보았다. 열린 문 사이로 머리를 들이밀고는 다른 별에서 온 화성인들을 구경했다. 우리가 자기처럼 눈코입이 제대로 다 붙어 있고, 두 다리도 제자리에 달려 있고, 웃을 줄도 알고, 들어오라는 뜻의 몸짓도 할 줄 안다는 걸 본 아이는 적잖이 실망한 눈치였다. 아래쪽에서 한 아줌마의 날선 고함 소리가 들리자 아이는 이내 사라졌다. 그 짧은 순간 나와 엄마, 이모들의 눈이 마주쳤다. 안나 이모는 옷장 문을 열려던 참이었다. 우리 이모가 그 달콤한 장미꽃 잼을 대접하려던 참이었다는 걸 그 애는 짐작조차 못 했을 것이다.

그때 아빠가 돌아왔다.

박스 몇 개를 두 팔 가득 안은 아빠는 뭔가 좋은 소식이 있다는 표정이었다. 하지만 늘 그런 것처럼 아빠는 뜸을 들였다. 소파에 털썩 주저앉은 아빠는 호주머니에서 뭔가를 천천히 꺼냈다.

글자가 인쇄된 종이였는데, 거기에는 손으로 쓴 아빠 이름이 있었다. 좀 전에 생루이 설탕 공장에 취직을 했는데, 하는 일은 식료품 가게용 파란 박스를 만드는 거라고 했다.

아빠는 오후 내내 무슨 일이 있었는지 자세히 얘기해주었다. 타고난 이야기꾼인 아빠가 들려주는 얘기 속에서 세상은 실제보다 더 아름답고 더 신기했다. 그래서 우리는 늘 그다음 얘기를 궁금해했다. 아빠는 이곳에 사는 다른 아르메니아 사람들을 만났다고 했다. 그중 한 사람의 버릇을 흉내 내기도 하고, 심각하고 우수에 찬 그들의 표정을 지어 보이기도 했다. 나는 그 사람의 원래 표정을 상상하며 터져 나오려는 웃음을 참았다. 그만큼 아빠의 표정 연기는 일품이었다.

아빠는 그렇게 만난 아르메니아 사람들의 이름을 죽 읊었다. 엄마와 이모들이 아는 사람도 있었다. 그들은 마르세유의 타피베르, 베르나르뒤부아, 도미니캥, 생바르브 등에 흩어져 살고 있다고 했다.

그들은 조만간 연락도 없이 불쑥 우리 집을 찾아올 것이다. 그게 아르메니아식이다.

2. 세 엄마

 안나 이모가 주특기 요리를 선보였다. 타원형의 알루미늄 접시 한가운데 양고기를 놓고, 납작하게 썬 토마토와 길쭉이 호박, 감자를 그 주변에 빙 둘러싼다. 그 위에 네모나게 썬 작은 버터를 골고루 뿌린다. 그날따라 유난히 화려하고 고운 빛깔을 자랑한 그 요리는 우리 가족이 프랑스 땅에서 처음 먹는 먹음직스러운 저녁 식사였다.
 "처형, 감자를 너무 얇게 썰었어요. 고기가 익는 동안, 감자튀김이 돼버릴 것 같은데요."
 아빠가 말하자 약간 마음이 상한 듯 이모가 대답했다.
 "자로 재가면서 썰 수는 없잖아요. 영 마음에 안 들면…."
 이모의 말은 거기서 멈췄다. 우리가 폭소를 터뜨렸기 때문이다. 이모는 그제야 아빠의 농담에 또 속아 넘어갔다는 걸 알아챘다. 아빠는 수준급 요리사인 이모의 자존심을 긁는 장난을 재미있어했다.
 이모는 요리 접시를 들고 복도의 공용 주방으로 향했다. 그런데 접시를 양손에 든 채 금방 되돌아왔다.

"앞집 사람들이 오븐 앞에서 저녁을 먹고 있네. 방해하고 싶지 않아서…."

하지만 같은 층에 사는 사람들은 식사 때 교대로 오븐을 사용할 수 있었다. 그리고 식사는 각자 방에서 하는 것이 원칙이었다. 하지만 우리가 들어오기 전에 그 층을 독차지하고 살던 앞 집 부부와 꼬마 아들은 밥은 으레 주방에서 먹는 걸로 아는 듯했다. 그리고 그 습관을 바꿀 생각도 없어 보였다. 공용 주방을 자기들만 쓰는 자기네 작은방쯤으로 생각하는 것 같았다.

카이아네 이모와 안나 이모가 번갈아 한 번씩 더 갔지만, 접시를 양손에 들고 주방 문밖에서 어쩔 줄 몰라 하며 웃기만 했다. 오븐 바로 앞에 있는 식탁에 팔을 괴고 앉은 앞집 사람들은 의자에 엉덩이를 꼭 붙인 채 꼼짝도 하지 않았다. 식사는 일찌감치 끝났지만 일어날 생각이 없는 듯 남자는 건방진 자세로 꽈배기 모양의 담배 연기를 위로 내뿜었다. 덤빌 테면 덤벼보라는 식이었다.

우리는 그 후로도 한참을 더 기다렸다. 확고한 우월감으로 무장한 그 철벽 앞에서 아무 말도 못하고 주눅이 든 채 그렇게 기다리고 또 기다렸다. 하지만 그 벽을 깨기 위해서는 우리 몸이 부서져야만 했다. 아빠는 이번이 마지막이라 생각하고 대화를 시도했다.

프랑스에 도착하자마자 엄마가 우리에게 가르쳐준 프랑스어는 '부탁드립니다', '실례합니다', '감사합니다' 딱 세 마디였다. 아빠는 요리 접시를 오븐 쪽으로 내밀며 그 세 마디를 한꺼번에 쏟아놓았다.

아빠의 말이 끝나자마자 짐승이 울부짖는 것 같은 고함 소리가 터져 나왔고, 난 그 자리에 얼어붙고 말았다. 그 끔찍한 고함은 메아리가 되어 30년이 지난 후에도 캘리포니아의 샌디에이고까지 따라와 나를 괴롭혔다. 샌디에

이고 동물원에는 마치 개처럼 짖는 원숭이가 있었다. 남미의 정글에 사는 붉은원숭이였는데 '버럭쟁이 원숭이'라고도 했다. 거미원숭이의 변종인 이놈의 목구멍에는 뼈로 된 소리통 같은 것이 들어 있는데, 그 통의 오목한 부분을 거치며 목소리가 엄청나게 커진다고 했다. 그날 저녁 미친 듯이 소리를 지르던 그 앞집 남자의 목에도 그런 것이 들어 있지 않았을까 싶다.

자기의 분노가 말도 안 되게 터무니없다는 걸 모르지 않는 남자는 폭언 중간중간 주먹으로 쾅쾅 식탁을 내려치며 박자까지 맞추었다. 일부러 굵은 목소리를 내기도 하고, 악을 쓰기도 하고, 갑자기 목소리 강도를 낮추기도 하는 등 여러 가지 방법을 구사하는 것은 자기 말이 좀 더 설득력을 갖게끔 만드는 방법인 것 같았다. 열린 문을 통해 접시를 양손에 들고 주방 앞에 서 있는 아빠의 뒷모습이 보였다. 아빠는 고개를 몇 번 끄덕였다. 이젠 정말 어쩔 수 없다는 뜻이었다. 그리고 뒤돌아서 방으로 돌아왔다.

이윽고 남자가 복도에 모습을 드러냈다. 30대의 대머리였다. 두 눈은 개구리처럼 툭 튀어나왔고, 작달막하지만 다부진 체격이었다. 파자마 바지에 위에는 내복 차림이었다. 그의 시끄러운 고함 소리는 계속됐지만, 우리는 전혀 알아들을 수 없었다. 하지만 집게손가락으로 바닥을, 그다음에는 계단을 가리키는 것으로 보아 여긴 자기네 나라 프랑스니까 맘에 안 들면 우리더러 나가라는 뜻이 분명했다. 우리는 거기까지만 보고 방문을 닫았다.

늘 그랬듯이 아빠는 넋두리를 하지 않았다. 그런 이야기는 향수병만 깊게 하고, 참았던 눈물만 터뜨리게 하기 때문이었다. 그런 넋두리 자체가 울음이고, 그렇게 되면 울음이 말이 되고, 일상이 되고, 우리는 시도 때도 없이 가슴을 후벼 파는 서러움에 결국에는 박제된 새가 되고 말 터였다.

그런 신세타령은 알게 모르게 우리를 절망의 구렁텅이로 몰고 가는 마약이나 다름없었다. 아빠는 그것보다는 우리에게 살아갈 힘을 주는 이야기를 더 좋아했다.

아빠는 내일 석유난로를 하나 사야겠다고 했다. 옆에 달린 작은 펌프를 작동하면 불을 피울 수 있는 것으로. 그리고 세면대 옆에 있는 작은 테이블과 구석에 있는 선반 하나를 이용하고 병풍을 치면 방 안에 요리할 수 있는 공간을 따로 만들 수 있을 것 같다고 했다.

우리는 그 시끄러운 프랑스 수탉에게 그냥 너 잘났다, 하기로 했다. 그 수탉 덕분에 희망의 나라 프랑스는 그가 뻔뻔하게 독차지한 주방만큼이나 속좁은 나라가 되어버렸다.

엄마는 얼마 안 남은 돈을 세어보더니, 조심스레 원피스 단추 하나를 더 뜯었다. 너무 가난해서 밥을 굶는다는 것은 비극적이긴 하지만 앞뒤가 맞는 인과관계이고 나름 논리적이다. 하지만 단추만 하나 뜯으면 돈이 생기는 집에서, 어른 4명과 아이 하나가 군침 도는 음식을 앞에 두고도 단지 불이 없어 밥을 굶는다는 건 너무도 기가 막힌 노릇이었다.

이모가 준비한 그 큰 요리 접시는 더 이상 우리 것이 아니었고, 우린 그저 불을 구걸하는 거지였다.

저기, 정말 죄송합니다만, 오븐이나 아니면 화덕이라도 잠깐 쓸 수 있는 인정을 베풀어주시지 않으시겠어요? 제발 부탁드립니다…. 이렇게라도 하라는 건가? 도와주시면 복 받으실 겁니다. 하느님이 다 돌려드릴 거예요. 이런 말까지 보태가며?

하지만 저 위에 계신 높으신 양반은 되레 그 불을 악마의 연옥으로 되돌려줄지도 모른다. 불이 사방에 널린 그 지옥 속으로 말이다.

활활 타는 아궁이나 오븐은 어디에 있을까…. 그때 우리 머릿속을 번개처럼 스쳐지나간 것이 있었다. 바로 빵집이었다. 빵집은 우리 집 바로 옆에 있었다. 밖은 벌써 어둠이 내렸다. 우리가 접시를 들고 찾아갔을 때, 빵집의 쇠창살같이 생긴 셔터는 이미 내려져 있었다. 오븐이 있는 곳은 지하였다. 길바닥과 같은 높이로 천장에 뚫린 채광창이 보였다. 그 창에서 새어나온 네모난 불빛이 거리를 환하게 비추었다.

몸을 숙이니 저 아래쪽에서 흰옷을 입은 한 남자가 커다란 빵틀을 오븐에 넣고 있는 모습이 보였다. 나는 아빠에게 이쪽으로 오라는 손짓을 했다. 아빠와 나는 머리를 맞댄 채 빵집 주방과 흰 가운 입은 남자를 바라보았다. 아빠가 채광창 안으로 머리를 들이밀며 말했다.

"실례합니다…. 선생님, 실례합니다…."

남자가 고개를 들고 잠시 그대로 있더니 팔걸이 없는 작은 의자를 벽에 붙이고 그 위에 올라섰다. 그러자 우리 얼굴과 거의 비슷한 높이가 되었다.

아빠는 들고 있던 접시를 창 가장자리에 내려놓고 말했다.

"부탁드립니다…. 대단히 감사합니다."

우리는 무릎을 꿇은 채 그의 결정을 기다렸다.

남자가 우릴 보고 웃었다. 본의 아니게 너무 비굴한 우리 태도 때문인지, 아직 부탁을 들어준 것도 아닌데 미리 고맙다는 인사부터 해서인지, 그도 아니면 우리를 알아봤기(그날 아침에 아빠는 손짓 발짓을 해가며 그 집에서 빵 1킬로그램을 샀었다) 때문인지는 잘 모르겠다.

남자가 오른쪽에 있는 정문과 복도, 우리 접시를 차례로 가리키며 조금 기다리라는 시늉을 했다. 나는 도로 쪽으로 몇 발짝 물러섰다. 옆집 저 위층 작은 발코니에서 엄마와 이모들이 걱정스러운 표정을 지으며 이쪽으로 몸을 내밀고 있을 것 같았다. 고개를 들어 보니 정말 그러고들 있었다. 난 성공했다는 몸짓으로 엄마와 이모들을 안심시킨 후, 아빠를 따라 건물 안으로 들어갔다.

우리가 사는 집에서 빵집 지하는 너무 가까웠다. 그런데도 이 친근한 프

랑스로 오기 위해 우리는 그 불편하고 적대적인 프랑스를 고생스럽게 거쳐야 했다.

프랑스 정부의 대형 화물선에 새겨진 자유, 평등, 박애 덕분에 우리는 구사일생으로 '자유'를 얻었다. 박애와 평등은 바라지도 않았다. 그저 약간의 호의만 있으면 그걸로 충분히 감사할 것 같았다. 그 약간의 호의를 우리는 그날 밤, 그 빵집 주방에서 발견했다.

드디어 오븐의 문이 열렸다. 진홍빛 열기에 아빠와 내 얼굴까지 발갛게 달아올랐다. 우리 접시가 다른 바게트, 페이스트리, 슈크림, 사과 파이들과 함께 오븐 속으로 들어가는 순간이었다.

빵집 아저씨의 프랑스어는 내 맘에 쏙 들었다. 무지막지한 앞집 남자나 뚱뚱한 주인집 아줌마의 프랑스어처럼 못 알아듣기는 매한가지였지만, 빵집 아저씨의 프랑스어는 왠지 모르게 듣기 좋은 노랫가락 같았다. 근사하게 굴러가는 그의 프랑스어는 프랑스 국가 '라 마르세예즈'와 비슷했다. 훗날 멋진 선율의 그 프랑스어 속에서 나는 페데릭 미스트랄, 알퐁스 도데, 마르셀 파뇰, 장 지오노를 만났고, 그들의 아름답고 매혹적인 프로방스(프랑스 동남부, 이탈리아와의 경계에 있는 지방—옮긴이)도 알게 되었다.

어디서 그런 대담함이 생겼는지, 아빠가 아저씨에게 아르메니아의 페이스트리인 '파크라와' 만드는 법을 설명하려고 했다. 쉽지 않은 모험이었다. '1000겹'이라는 뜻의 프랑스 페이스트리인 '밀푀유'와 파크라와의 유일한 공통점은 절대 1000겹은 아니라는 것이다. 프랑스어에서 지네는 '1000개의 다리'라는 뜻이고, 극진한 고마움을 표할 때는 '1000번 감사합니다'라 하고, 진한 우정은 '1000개의 우정'이라고 표현하는 것처럼 프랑스 페이스트리의 이름 역시 일종의 뻥이었다.

*　*　*

그 파크라와를 만드는 날은 당연히 일요일이었다. 반나절은 걸리는 작업이라 아침 일찍부터 일어나 서둘러야 했다.

일단 밀가루 반죽이 끝나면, 동그랗게 하나씩 떼어내 밀가루를 묻혀둔다. 그래야 테이블에 들러붙지 않는다. 제일 먼저 홍두깨로 반죽을 최대한 얇게 민다. 그리고 나서는 홍두깨가 아닌 수작업으로 해야 한다. 아빠, 엄마, 이모 둘은 아주 깨끗한 천 주위로 둥그렇게 둘러앉아 손바닥에 납작한 밀가루 피를 올려놓고 밑으로 잡아 늘이기 시작했다. 가운데부터 미끄러지듯 가장자리로 반죽을 펴 나가는 손가락이 약간씩 떨린다. 반죽을 최대한 넓고 얇게 다듬는 것이 관건이다.

반죽이 어느 정도에서 찢어질지 그 탄력을 제대로 가늠하지 못하면 구멍이 나기도 하는데, 그러면 다른 식구들이 신나게 놀려댄다. 그렇게 웃다 보면 어느새 모두가 구멍 난 반죽 조각을 들고 있기 일쑤다. 중요한 건 같은 실수를 되풀이하지 않는 것이었다.

이 작업에는 섬세한 기술과 요령이 동시에 필요했다. 그 모든 것이 나는 좋았다. 원하는 두께가 될 때까지 온 정성을 쏟아 반죽을 매만지고 다듬는 동안, 그 변덕스러운 밀가루 반죽이 얼마나 묽고 되직하냐에 따라 어른들의 자세가 점점 구부러지거나 뒤틀리던 모습이 내 기억 저편에 아련히 떠오를 때면 마치 슬로모션의 발레 영화 한 편을 보는 것 같다.

지금은 안다. 그 달콤한 파이는 그 힘든 생존의 나날 속에서 단 하루의 가족 잔치를 벌이기 위한 구실에 불과했다는 것을. 가족 발레단은 그렇게 아무도 보지 않는 행복의 춤을 추었던 것이다.

처음보다 열 배나 넓어진 밀가루 반죽은 종잇장처럼 얇게 변신해 커다란 구리 접시 안에 놓인다. 버터도 듬뿍 바르고, 그 위에 호두 가루도 넉넉히 뿌리고, 계핏가루와 설탕도 뿌린다. 이것이 바로 거대한 '파크라와 피라미드'의 맨 아래층이다. 그리고 나서 또 두 번째 종이 반죽을 만드는 작업에 들어간다. 이런 식으로 한 장 한 장 켜켜이 쌓아올리는 것이다.

'1000층'까지 만드는 건 물론 아니다! 하지만 똑같은 방법으로 거의 50장을 만들어 접시 높이까지 쌓아올린다. 한 층마다 버터와 호두 가루, 계핏가루, 설탕을 일일이 뿌려줘야 한다.

켜켜이 쌓아올린 반죽에 나무로 된 자를 대고 커다란 칼을 집어넣어 같은 크기가 되도록 마름모꼴로 자른다.

그렇게 해서 오븐에 들어가면, 전체적으로 핑크빛과 황금빛이 잘 어우러진 바삭바삭한 과자가 된다. 거기서 끝이 아니다. 보글보글 끓인 설탕 시럽을 그 위에 골고루 뿌려주어야 한다.

완성된 최고급 '수제' 파이를 들여다보노라면 제대로 만들어졌는지 맛을 보고 싶은 유혹을 뿌리치기 힘들었다. 파이 전체를 마름모꼴로 나누다 보면, 접시 가장자리에 자투리가 남게 마련이었다. 맛볼 수 있는 건 그 자투리 조각뿐이었다.

하지만 난 예외였다. 나한테만은 제대로 된 마름모꼴 파이 한 쪽을 주었다. 시식에 이어 감탄사가 여기저기서 터져 나왔다. 다소 비판적인 평가에 대해서는 이런 답변이 돌아왔다.

"저녁때까지 기다려. 아직 시럽이 제대로 안 퍼졌거든."

맨 나중에 뿌린 설탕 시럽이 제 맛을 내려면 시간이 좀 걸렸다. 시럽은 파이 표면의 홈을 따라 흘러 들어가 한 겹 한 겹 천천히 아래로 내려간다. 그리고 나중에는 얇은 파이 조각 끝에서 고드름처럼 동글동글하게 굳었다. 이 호사스러운 디저트는 먹기 직전에 최고의 왕관을 한 번 더 쓴다.

엄청 넓고 얕은 구리 접시 안에 우유를 담고 표면에 떠오르는 크림을 아침마다 정성스럽게 걷어낸다. 신선한 밤의 기운을 한 몸에 받은 우유는 며칠이 지나면 조금씩 응고되는데, 그것을 마름모꼴 모양으로 살살 잘라내 파이 위에 올리는 것이다.

이렇게 크림 왕관을 두른 우리의 '50층' 파이는 드디어 접시 한가운데 당당하게 자리를 잡는다.

무국적자. 목줄을 잃어버린 강아지 신세였던 우리 식구는 이 조그만 행복 앞에서 서로의 몸이 닿을 만큼 가까이 둘러앉았다. 그것은 새로운 세상과 불확실한 미래에 대한 불안을 마주하는 자리이기도 했다.

＊＊＊

아빠가 그날 밤, 빵집 주방에서 친절한 주인에게 설명하려던 것이 바로 이런 과정일 거라고 난 생각한다. 하지만 "실례합니다", "부탁드립니다", "감사합니다"라는 말밖에 모르는 아빠의 설명은 그 맛난 파크라와를 시럽이 범벅된 달기만 한 파이 정도로 둔갑시켜버렸을 것이다. 아빠는 되지도 않는 설명을 포기하고 금세 입을 다물었다. 빵집 주인은 다시 밀가루를 반죽하기 시작했다.

시간이 흘러 드디어 우리 접시가 오븐에서 나왔다. 정말 더 이상 좋을 수는 없었다! 활활 타는 오븐 속에서 양고기의 겉은 갈색으로 변해 바삭바삭해졌고, 적당히 익은 안쪽은 분홍빛을 띠었다. 감자는 노랗게 익고, 토마토와 호박은 버터 때문에 불그스름했다.

우리는 오븐 사용료를 주려고 했지만 빵집 주인은 한사코 사양했다. 그리고 다음번에 파크라와를 가져오면 기꺼이 오븐을 빌려주겠노라는 뜻을 우리에게 전하려고 애썼다.

"대단히 감사합니다. 감사합니다!"

아빠는 프랑스에 와서 처음으로 이 인사말이 너무도 편안하고 좋은 말이라는 걸 느낀 것 같았다.

***

우리 집은 밤에도 완전히 깜깜해지는 법이 없었다. 창에 커튼이 없고, 그래서 새벽이 될 때까지 늘 창문 크기만큼의 하늘을 통해 별빛이 어슴푸레 비쳐들었기 때문이다.

프랑스에서의 그 첫날 밤, 단칸방에 몸을 누인 우리 식구는 몇 등 실인지도 모르는 비좁은 침대칸에 억지로 구겨 넣듯 올라탄 승객 같았다. 다만 침구만은 레이스가 화려한 고급이었다. 우리와 함께 어려운 고비를 넘기고 여기까지 당도한 것들이었다. 엄마와 안나 이모는 2인용 침대 밑도판에서 자고, 침대 매트리스는 나와 카이아네 이모에게 주었다. 천사 같은 얼굴의 카이아네 이모는 평생 남들에게 폐를 끼치면 안 된다는 일종의 강박관념에 사로잡혀 살았다. 남들이 웃을 수 있다면 기꺼이 자기를 희생할 준비가 되어 있던 카이아네 이모는 그 넓은 매트리스의 한쪽 귀퉁이만을 차지했다. 두 무릎이 턱에 닿을 만큼 온몸을 웅크리고 누운 이모는 아침이 될 때까지 꼼짝도 않고 그 자세 그대로였다.

하지만 그날 밤, 나는 몰려오는 졸음과 무겁게 내려앉는 눈꺼풀과 싸우며 비몽사몽간을 헤맸다. 남들이 알아채지 못하는 어떤 묘한 상태에 빠져 있던 것 같다. 수많은 장면이 앞뒤도 없이 서로 뒤섞여 휙휙 스쳐갔다. 우리가 타고 온 배, 펠그랭 부인의 얼굴, 바다에 던져진 시체, 시끄러운 옆집 남자…. 방바닥에 깔린 매트리스가 갑자기 머리에서부터 발끝까지 부르르 떨렸다. 나는 귀를 쫑긋 세웠다. 그런데 내 숨소리가 안 들리는 것 같았다. 여기가 어디지? 혼자라는 공포감에 온몸이 뻣뻣해진 나는 다른 식구들이 함께 있다는 걸 어떻게든 확인해야 했다.

"이모, 자요?"

난 모기만 한 소리로 속삭였다. 그런데 그 목소리는 내 귀에도 들리지 않는 것 같았다. 그 어둡고 차가운 밤의 침묵 속에서 겁에 질려 돌처럼 굳어버린 나는 카이아네 이모를 애타게 찾았다. 이모가 있는 쪽으로 한 손을 뻗었다. 아무것도 없었다. 한쪽 구석에서 온몸을 잔뜩 오그리고 있었기 때문에 내 손이 닿지 않았던 것이다. 좀 더 또렷한 목소리로 한 번 더 불렀다.

"이모, 자요?"

꾹 눌린 용수철이 튀어 오르듯, 갇혀 있던 상자에서 탈출하듯 이모가 몸을 벌떡 일으켰다. 눈부신 한 줄기 빛이 방 안을 채웠다. 하나밖에 없는 전등이 켜진 것이다. 엄마와 안나 이모도 벌떡 일어나 앉아 불안한 눈으로 나를 쳐다보았다. 아빠만 정신없이 자고 있었다.

"어디 아파? 뭐 필요한 것 있어?"

진심으로 걱정하는 그 소박한 몇 마디가 어둠에서 나를 끌어내주었다.

옛날이야기에서는 모래 장수가 지나가면 졸음이 온다고 했다. 하지만 그런 말도 안 되는 이야기를 난 믿지 않았다. 아이들을 재우려고 어른들이 지어낸 그런 수면제보다 나를 지켜주는 세 수호신의 아름다운 얼굴이 더 좋았다. 엄마, 안나와 카이아네 이모는 내게 사랑의 삼미신(三美神)이자 3명의 엄마였다. 누구의 사랑이 더 큰지 감히 가늠할 수 없을 정도로 나에 대한 그들의 애정은 각별했다. 그들은 침대에 앉아 잔뜩 걱정하는 표정으로 내가 잠들기를 묵묵히 기다렸다. 엄마들의 실루엣이 차츰 희미해지더니 이윽고 달콤한 몽롱함 속으로 사라졌다. 난 스르르 잠이 들었다.

처음에는 목이나 얼굴 근처가 근질근질했다. 그러다 나도 모르게 따끔따끔한 곳을 마구 긁기 시작했다. 하지만 잠이 깨진 않았다. 잠에 취했지만 따끔거림이 점점 심해지다 온몸이 참을 수 없을 만큼 한꺼번에 가려워지자 눈을 뜰 수밖에 없었다.

방 안은 어둡지도 밝지도 않았다. 내가 깰까봐 누군가가 전등갓을 수건으로 싸놓았기 때문이다. 엄마와 이모들이 내가 자고 있는 매트리스를 이리저리 들여다보는 모습이 어슴푸레 눈에 들어왔다. 아빠가 물이 반쯤 담긴 대야를 바닥에 내려놓으며 말했다.

"걱정 마라. 별일 아니란다."

바로 그때, 아직 잠이 덜 깬 내 두 눈에 작은 벌레 한 마리가 보였다. 커피 알갱이만 한 크기에 온몸이 빨갰다. 방금 피를 빨아서인지 통통하게 부풀어 오른 그놈은 내 하얀 이불 위로 느릿느릿 기어왔다. 놈이 기어가는 길목에 아빠가 종이 한 장을 갖다 댔다. 놈이 그 위로 올라가자 아빠는 종이를 대야에 대고 털었다. 벌레는 물에 빠져 허우적댔다. 침대 벌레, 즉 빈대였다. 놈을 눌러 죽이면 안 된다. 그렇게 하면 이불 따위에 핏자국이 남고 냄새도 지독하기 때문이다.

문제는 빈대란 놈들이 떼를 지어 몰려다닌다는 것이었다. 밤마다 이 작은 뱀파이어 무리가 우리 침대를 공격했다. 우리는 저마다 종이 한 장씩을 들고 때 아닌 빈대 사냥에 나서야 했다. 하지만 빈대와의 전쟁은 여간해서 끝나지 않았다. 나는 그날 밤, 기생충학 공부를 실습부터 시작한 셈이었다. 나는 빈대를 가까이에서 들여다보았다. 발이 여섯 개인데, 모두 한꺼번에 움직이며 먹잇감을 찾아다녔다. 놈들은 꼭 사람 피부만 공격했다. 발달된 감각 기관을 이용해 피부 조직 위를 마음껏 누비며 입맛에 딱 맞는 곳을 찾아낸다. 그러고는 입에 달린 주사기를 꽂아 피를 빨았다.

그런데 이렇게 물고 피를 빠는 동안 통증이 없기 때문에 물린 사람은 즉

각 반응을 하지 못하고 그러는 사이 놈은 유유히 사라진다. 가려움은 몇 초 후에 나타나므로 그제야 잠이 깬다. 조그맣게 부풀어 오른 상처는 다음 날 아침이 되어야 없어진다. 하지만 피를 잔뜩 빨아 배가 부른 놈들은 재빨리 움직일 수 없어 사람 손에 잡혀 죽는다. 그러면 우리는 빨판을 앞세운 놈들이 2차 공격을 해오기 전에 애써 잠을 청한다.

빈대는 밤에만 활동하고, 낮에는 갈라진 벽 틈이나 가구 이음새 부분에 숨어 있다. 눈에 안 보이는 틈이 조금이라도 있으면, 거기에 수백 개의 알을 낳는다. 번식력이 엄청나서 기하급수적으로 늘어나는 놈들을 막을 길은 거의 없다. 매일 밤, 아무리 침대 곁을 지키고 있어도 놈들은 항상 그날 식사를 위해 우리 곁에 머물렀다.

약국에서 '살충제'를 구하기 위해 아빠는 이번엔 빈대 흉내를 내야 했다. 손가락을 빈대 발처럼 아래로 구부린 채 기어가는 시늉을 했다. 아뇨, 개미가 아니고요! 바퀴벌레도 아니에요! 가렵다는 뜻으로 피부를 막 긁자 프랑스인 약국 아저씨가 이번엔 모기약을 내놓는다. 그다음에는 파리 잡는 끈끈이, 이에 안 물리는 로션, 거미 퇴치용 가루약까지…. 마침내 퀴즈를 알아맞힌 아저씨는 빈대 잡는 약을 주며 살아 있는, 그러니까 '기어 다니는' 빈대에만 효과가 있고 벽지 뒤나 가구 틈새에 있는 빈대 알에는 아무 소용이 없다고 알려주었다.

빈대를 완전히 박멸하려면, 문과 창문의 틈새를 완전히 막고 살충제를 엄청나게 뿌린 후 최소한 일주일 정도는 집을 비워야 한다고 했다.

집을 비우면 어디로 가라고?

주인집 여자에게 말하는 것도 별로 소용이 없어 보였다. 자기 집과 그 입주자들에 대한 자부심이 하늘을 찌르는 여자였기 때문이다. 안나 이모 말이 딱 맞았다.

"그 여잔 우리가 달고 온 아르메니아 빈대라고 할걸."

밤마다 벌어지는 빈대와의 전쟁은 새 집으로 이사하기 전까지 그 후로도 몇 달 동안 계속되었던 것 같다.

* * *

빈대에 얽힌 추억은 몇 년 뒤 학교에서 기분 좋은 결과로 이어졌다. 졸음이 쏟아지던 어느 수업 시간, 선생님은 단조로운 목소리로 반시류 및 이시류 곤충들에 대해 설명하고 있었다. 조느라 정신없는 학생을 깨우려 했는지, 선생님이 갑자기 고함을 지르듯 질문을 던졌다.

"칠판에 시멕스 렉툴라리우스를 그려볼 사람! 흔히 빈대라고들 하지."

교과서에 나오는 내용이었지만, 하나같이 손을 들기는커녕 묵묵부답이었다.

그때 자리에서 벌떡 일어선 나는 칠판 앞으로 곧장 걸어가 흰 분필로 검은 칠판 위에 그 기생충의 생김새를 상세히 그렸다. 그리고 20점 만점에 18점을 받았다. 그 점수는 말 그대로 내 피의 대가였다.

3. 무국적자

무국적자. 어느 나라에도 속하지 않는 이들의 유년 시절에는 두 개의 버전이 있다. 영원히 변치 않는 원래 판본과 번역판이 그것이다.

오리지널 버전은 자기 나라의 문화와 풍습, 가치관 등과 더불어 자신이 태어날 때부터 받아들여야 하는 것이다. 하지만 자기 땅을 떠나는 순간, 망명국의 스타일과 언어로 된 또 하나의 유년기와 조우하고 그걸 감수해야 한다. 아이는 오리지널 판본과 새로운 환경이 서로 충돌하지 않도록 늘 긴장하고, 조국의 영혼을 배신했다는 욕을 먹지 않도록 새로운 땅의 스타일을 너무 추종하지 말아야 한다. 그러다 보면 아이는 그 나이 또래의 천진함이나 무사태평함, 즉 '아무 생각 없음'을 포기할 수밖에 없다.

서로 다른 것들 간의 그 미묘한 갈등 속에서 내 선택은 눈에 띄지 않는 아이가 되는 것이었다. 하지만 있어도 그만 없어도 그만인 아이로 제대로 살기 위해서는 상황에 따라 내 것이 아닌 다른 사람의 어투를 구사하는 순발력이 필요했다.

난 절대 지능이 떨어지는 아이도 아니었고, 벙어리나 장님도 아니었으며, 실어증 환자나 중풍 환자는 더욱 아니었다. 하지만 내가 알아들을 수 없는 프랑스어 발음 앞에만 서면, 머릿속이 하얘지면서 이런 증상이 한꺼번에 몰려왔다. 그럴 때는 머뭇머뭇 두 팔을 흔들어 상대방에게 못 알아듣겠다는 표시를 했다. 그러면 상대방은 관사와 형용사 따위를 모두 없앤 문장을 다시 말해주곤 했다. 말이 늦된 꼬마 문맹자를 위해 모든 동사는 변화형 없이 기본형으로만 썼다.

'나는 너에게 준다. 너는 가진다. 갖지 않는다.' 뭐 이런 식이었다.

못 알아듣는 건 마찬가지였지만, 그런 호의 때문이라도 알아들은 척할 수밖에 없었다. 그러다 뒤돌아서는 내 모습은 온몸에 기운이 빠지고 기도 잔뜩 죽은 절망 그 자체였다. 그만큼 프랑스어는 내게 절대 도달할 수 없는 불가능한 고지로만 보였다.

나의 이런 일시적 언어 장애를 교정하기 위해 엄마는 프랑스에 온 지 얼마 지나지 않아 나를 남자애들만 다니는 학교의 '초급 아동반'에 등록시켰다.

담임은 오르톨리라는 아줌마 선생님이었는데, 수업은 유치원보다 높은 초등학교 저학년 수준이었다. 물론 나는 초등학교는커녕 유치원 수준에도 못 미쳤다.

선생님은 나를 교실 제일 뒤쪽에 앉혔다. 책상 안에는 노트 한 권과 펜대 하나, 잉크가 들어 있었다. 노트의 각 페이지 첫줄에는 뭔지 모를 기호 같은 게 하나씩 쓰여 있었는데, 나는 첫날부터 그 기호를 그 페이지 끝까지 그대로 베껴 써야 했다. 오르톨리 선생님이 수업을 하는 동안, 아이들은 빼빼 마른 꼬마를 흘끗거리며 돌아보았다. 그들에게 난 정글의 나무 덩굴을 타고 문명 세계에 뛰어든 꼬마 타잔이었다.

똑같은 길이의 작은 작대기, 사선, 수평선들이 내 노트를 빼곡히 채우기 시작했다. 그다음에는 반쪽자리 동그라미와 제대로 된 동그라미가 등장했다. 동그라미와 작대기를 잇자 그것들은 차츰 글자가 되었고, 글자는 단어가 되었고, 단어는 말로 나아가는 길을 열어주었다. 수업이 끝난 어느 날, 오르톨리 선생님이 내 노트를 들여다보았다. 한눈에 봐도 흡족한 표정이었다. 선생님은 힘내라는 듯 내 어깨를 톡톡 두드려주었다. 그것이 내 생애 최초의 성적표였다.

나는 매일 하굣길마다 동네의 거리 표지판을 읽으며 나의 프랑스어 수준을 가늠했다. 그날 배운 글자를 생각하며, 파란 바탕에 쓰인 흰 글자들을 하나씩 해독해나갔다. 처음에는 더듬더듬 알파벳만 읽는 정도였지만, 얼마 지나지 않아 단어를 읽게 되었다. 그런데 모르는 글자가 하나 있었다. 그것 때문에 거리 이름을 제대로 읽을 수가 없었다. 나는 알파벳을 남들처럼 A, B, C, D 순서로 익힌 것이 아니라 비슷하게 생긴 것들끼리 따로 묶어서 배웠다. 아직 배우지 않은 마지막 하나가 바로 P였다. 마지막 글자 P를 대문자와 소문자로 썼을 때의 그 행복감은 이루 말할 수 없었다. 그 순간은 지금도 내 어린 시절의 가장 커다란 기쁨 중 하나로 남아 있다.

파피용(나비), 파페라스(서류 뭉치), 팜펠무스(자몽), 파피루스…. 이런 단어를 배우던 바로 그날, 나는 드디어 프랑스어의 감옥에서 해방되었고, P가 세 개나 들어 있는 파랄렐레피페드(평행육면체)를 멜로디처럼 읊조릴 때는 자신감이 하늘을 찌를 듯했다.

오르톨리 선생님은 앞에서 두 번째 줄로 내 자리를 옮겨주었다. 그때부터 나는 다른 아이들과 함께 어울렸고 그들과 완전히 동화된 느낌이었다.

그날, 수업이 끝나자마자 집으로 곧장 달려가 소리쳐 엄마를 불렀다.

"엄마, 나 이제 읽을 줄도 알고 쓸 줄도 알아요. 모르는 거 없어요, 다 안다고요, 다!"

그러곤 엄마를 데리고 동네 어귀로 달려가 거리 표지판을 가리키며 목청 높여 읽기 시작했다. 그동안 빼먹었던 글자도 제자리에 끼워 넣었다.

"파라다이스 가."

나는 파라다이스 가를 처음부터 끝까지 걸으며 거리의 간판을 큰 소리로 읽었다.

"정육점, 식료품점, 버터와 치즈, 철공소, 집 수리, 각종 고장 수리!"

그리고 내가 작곡한 리듬에 맞춰 노래도 불렀다.

"네모난 유리창, 일등급 약국, 외과 의사, 치과 의사!"

그때의 파라다이스 가는 내게 지상 천국이었다. 딴 세상 것으로만 여겼던 영원의 아름다움을 내게 일깨워준 파라다이스 가는 그날, 빈대로 뒤덮인 지옥임에도 불구하고 충분히 살아갈 만한 아름다운 곳으로 다가왔다.

엄마는 내가 하도 소리를 지르는 바람에 정신을 못 차리면서도, 역사에 남을 그날을 축하하기 위해 잡지를 파는 노점으로 나를 데려갔다. 엄마가 내게 내민 것은 《랭트레피드, 용감한 사람》이라는 만화책이었다. 페이지마다 등장인물 입에서 나온 말풍선이 가득했다. 난 짐짓 심각한 표정으로 내가 직접 고르면 안 되느냐고 물었다. 그러곤 까치발을 하고 서서 노점 앞에 죽 내걸린 잡지들을 오래오래 들여다보았다.

심사숙고 끝에 내가 고른 것은 〈과학과 생명〉이라는 잡지였다. 제목이 맘에 들었기 때문이기도 했지만, 그걸 집는 순간 엄마의 두 뺨이 뿌듯함으로 발그레 상기되는 걸 보았기 때문이다.

술에 취하듯 글자에 취한 나는 제목이 보이도록 책 표지를 바깥쪽으로 해서 겨드랑이에 낀 채 집으로 돌아왔다. 마치 어른의 세계로 입성하는 것만 같았다.

그날 저녁, 반짝반짝 광택이 나는 재질에 각종 사진과 설명을 곁들인 그

잡지를 들춰보며 나는 마냥 들떴다. 하지만 너무 때 이른 독서인지라 '과학과 생명'에 관해 아무것도 이해할 수 없었다. 일테면 어른들의 연극 속에서 내게 주어진 배역은 없었다.

나는 열다섯 살이 되고 싶었지만 아직 여섯 살이었고, 모차르트는 더더욱 아니었다.

난 그 금지된 세계 앞에서 눈물을 머금고 다시 어린애로 돌아올 수밖에 없었다.

"아빠, 옛날얘기해주세요, 네?"

이야기꾼인 아빠는 어린 시절의 내겐 영화관이었고 텔레비전이었고 또 만화책이었다. 이야기 속 인물이 되어 그들과 대화하는 아빠의 이야기는 생명력 넘치는 상상의 바다였다.

"그래서요? 그다음에는요?"

난 연신 그렇게 재촉했다.

늘 새롭게 탄생하는 아빠의 이야기는 이리저리 가지를 치기도 하고, 그러다 전혀 뜻밖의 방향으로 치닫기도 했다. 아빠는 내 표정 변화를 주시하며, 이야기라는 피아노를 연주했다. 내가 약간이라도 슬픈 기색을 보이거나, 눈시울이 조금이라도 붉어지면 안단테로 연주되던 이야기는 금세 발랄한 알레그로로 바뀌었다. 인파 속에서 길을 잃은 아이도 금세 아빠를 찾고, 굶주린 어린 소녀도 맛있는 저녁 만찬 식탁에 멋진 왕자님과 함께 앉았다.

그날 밤에도 아빠는 노래를 부르며 이야기를 시작했다.

고향의 회색 새야, 무슨 소식을 가지고 왔니?

옛날부터 전해 내려오는 시에 곡을 붙인 아름다운 고향의 노래였다. 향수를 불러일으키는 그 노래를 아빠는 내가 알아듣기 쉬운 옛날이야기로 바꾸어 들려주었다.

때는 가을. 고향을 떠나 유랑하던 한 남자가 하늘의 철새 떼를 바라보고 있다. 새들은 커다란 날개를 활짝 펴고, 저 먼 곳을 향해 힘차게 날갯짓을 한다.

나는 돈도 집도 땅도 다 잃었네.
고향의 회색 새야, 잠시만 멈추어주렴,
내 편지를 고향 친구들에게 전해주지 않겠니….

원래 시에서 철새들은 이 쫓겨난 자의 하소연을 듣지 못하고, 쉴 새 없이 날갯짓을 하며 수평선 너머 먼 곳으로 사라져버린다.

내 턱이 움찔움찔 떨리는 걸 보자마자 그날따라 아빠보다 더 예민하게 날 주시하던 엄마 삼총사는 눈살을 찌푸리며 아빠 옆구리를 쿡쿡 찔렀다. 내 눈에서 금방이라도 닭똥 같은 눈물이 뚝뚝 떨어질 것 같았기 때문이다.

아빠는 전혀 당황하지 않고 아무 일 없었다는 듯 천연덕스럽게 마지막 3절을 연주했다.

갑자기 철새 한 마리가 무리에서 홀로 떨어져 나와 멋지게 하늘 높이 오르더니 그 남자 옆에 날아와 앉는다. 그러고는 그 편지를 입에 물고, 다음해 봄에는 꼭 고향 소식을 가져오겠노라고 약속한다.

빤한 결말인데도 불구하고 이 마지막 이야기가 내 눈물샘을 터뜨렸다. 폭포 같은 눈물이 뺨을 타고 줄줄 흘렀다.

나를 위해서라면 물불을 안 가리는 안나 이모가 아빠를 흘겨보며 말했다.

"내 이럴 줄 알았다니까. 아까부터 계속 눈치를 줬는데도."

그러자 아빠는 나를 번쩍 들어 무릎 위에 앉히고 말했다.

"만체스, 이야기를 잘못 알아들은 것 같은데? 새가 돌아왔어. 그 남자의 부탁을 들어줬다니까."

나는 그게 아니라며 훌쩍였다. 내가 울음을 터뜨린 건 슬픔에 빠진 그 남자가 새한테는 너무 잔인한 사람이었기 때문이다. 무거운 편지를 입에 물고 그 먼 곳까지 날아갈 새를 생각하니 너무 불쌍했다.

고향의 원작자여, 작품 수정이 불가피하네요, 죄송! 그날 밤, 아빠는 진짜 최종본을 다시 지어냈다.

달도 없는 캄캄함 한밤중에 별빛만 간간이 반짝이는 밤하늘을 날아간 우리의 회색 철새는 몰아치는 폭풍우와 용감히 맞섰다. 철새가 폭풍우와 홀로 싸우는 동안, 내 눈에서는 절망의 눈물이 끊임없이 흘렀다.

편지를 입에 문 채 갈매기도 독수리도 아닌 그 회색 철새는 힘이 점점 빠졌다. 새는 약속을 지키기 위해 마지막으로 있는 힘을 다해 한 번 더 날아올랐다. 그런데 날갯짓이 점점 느려지더니 몰아치는 파도 속으로, 괴물처럼 아가리를 벌리고 있는 바다 속으로 추락하기 시작했다….

바로 그 순간, 수직으로 떨어지던 철새 앞에 커다랗고 새하얀 돛단배 한 척이 나타나 불쌍한 그 새에게 돛대 세 개를 건네주었다.

이 극적인 결말에 한결 마음이 놓인 나는 잦아든 눈물을 훔치며 그 회색 철새와 함께 잠이 들었다. 그 새는 내 유년기의 제임스 본드였고, 그랜다이저였다.

***

'재택근무자 모집'

루비에르 가 4번지에 있는 아주 작은 셔츠 가게에 내걸린 구인 광고였다.

아빠의 월급만으로는 다섯 식구 입에 풀칠하기도 빠듯했다. 엄마 원피스에 달고 온 금단추 여덟 개 중 남은 건 이제 다섯 개뿐이었다.

몇 주 전부터 엄마와 카이아네 이모는 가게가 늘어선 시장 통을 줄곧 헤맸다. 엄마와 이모는 쇼윈도와 간판대뿐 아니라 가게 문에 붙여놓은 구인 광고를 꼼꼼히 살펴보고 다녔다.

'판매원 모집. 경력자에 한함'

'계산원 구합니다. 유경험자'

'실력 있는 송장(送狀) 담당자 구함'

'영어를 할 줄 아는' 판매원을 구하는 가게, '실력 있는' 계산원을 구하는 가게, '젊은' 배달원을 구하는 가게, '기술 뛰어난' 바느질공이 필요한 공장들뿐이었다. '현모양처' 엄마나 '천사 같은' 이모를 구하는 곳은 하나도 없었다.

루비에르 가 4번지에서, 엄마는 셔츠 가게의 구인 광고가 무슨 뜻인지 이모에게 자세히 설명해주었다. 한 사람이 아니라 여러 명을 구하며 세 자매가 집에서 함께 일할 수 있다는 뜻이었다.

영업에 방해가 될까봐 엄마와 이모는 손님들이 다 나갈 때까지 기다렸다. 그리고 엄마만 들어가고 이모와 나는 문밖에서 기다렸다. 그냥 기다리고 서 있자니 좀 쑥스럽긴 했다.

"안녕하세요, 사장님. 사람을 구하신다고 해서요."

"아주머니, 셔츠 지을 줄 아세요?"

엄마는 잠시 머뭇거렸지만, 이내 솔직하게 대답했다.

"사장님, 언니와 동생까지 일손이 모두 셋이랍니다. 샘플을 하나 주시면, 똑같이 만들어드릴 수 있어요."

살다 보면 분명한 이유나 논리 없이도 절박함과 진실함, 성실함이 가득한 눈빛만으로 누군가의 전적인 신뢰를 얻는 그런 순간이 있다. 뭐라고 꼭 집어 설명하기 어려운 그 순간이, 그날 그 셔츠 가게 안에서 엄마에게 찾아왔다.

그 완전한 믿음의 순간은 그 후로 20년이나 계속되었다. 그 20년 동안 우리 가족은 서로의 성실과 애정, 신뢰 속에서 그 사장님과 함께 일할 수 있었다.

* * *

그날 밤, 파라다이스 가는 고요히 잠들었지만, 5층 우리 집은 밤새 불이 켜져 있었다. 샘플로 받은 셔츠를 평평하게 펴서 흔들거리는 소매를 탁자 모서리 쪽으로 펴놓았다. 꼼짝 않고 누운 그 셔츠를 3명의 엄마가 천천히 매만지기 시작했다. 의사들의 부검처럼 엄마들의 셔츠 해부가 시작된 것이다. 바느질이라면 셋 중 가장 뛰어난 안나 이모가 총책임자였다. 엄마들은 칼라, 소매, 커프스, 어깨심, 가슴 부분, 단춧구멍 등을 집중적으로 살펴보며 조심스럽게 분리했다. 그걸 보고 있자니 머리 없고 몸통 없는 그 셔츠가 정말 사람처럼 느껴졌다.

셔츠의 각 부분이 회색 포장지 위로 하나하나 옮겨졌다. 엄마가 각 부위의 윤곽을 따라 선을 그리면, 안나 이모는 거기에 시접 부분을 추가로 그려 넣고, 카이아네 이모는 시접(옷 솔기 가운데 접혀서 속으로 들어간 부분—옮긴이)을 따라 가위로 오렸다. 셔츠의 각 부위에 맞는 옷본을 조각조각 오리고, 탁자 위에는 각 본에 맞춰 셔츠를 만들 원단이 펼쳐졌다.

평생 절대로 잊어먹지 않는 숫자가 몇 개 있다. 구구단, 마리냥 전투 1515년, 워털루 전투 1815년…. 내게는 그날 밤, 탁자 위에 놓여 있던 원단의 치수도 그 숫자 중 하나다. 가로 0.80미터, 세로 2.80미터.

가게 사장님이 정해준 그 치수에 따라 엄마와 이모들은 각기 다른 모양의 종이 본을 펼쳤다. 절대 더 이상 늘어날 수 없는 원단 안에 완성된 셔츠의 각 부분을 모두 배치해 넣는 것은 말 그대로 퍼즐 맞추기였다. 한참 후, 더 이상 본이 들어갈 자리가 없는데도 엄마 손에는 소매 하나가, 카이아네 이모 손에는 손목과 칼라 하나씩이 남았다. 그러자 엄마들은 남은 조각을 모두 끼워 넣기 위해 본 배치를 처음부터 다시 시작했다.

마침내 옷본들이 모두 자기 자리를 찾았다. 그러자 안나 이모는 커다란 가위를 들고 옷본을 하나씩 오려내기 시작했다. 그것은 마치 큰 나무둥치에 달린 나뭇가지들이 하나씩 잘려나가는 것 같았다. 엄마와 카이아네 이모는 어디 하나 잘못 오려진 곳은 없는지 천에서 시선을 떼지 못했다. 그 모든 작업이 이루어지는 동안 방 안은 쥐죽은 듯 조용했다. 드디어 바느질이 시작되었다. 손가락 사이의 바늘은 기다렸다는 듯 굶주린 짐승처럼 이빨을 세우고 옷감을 부지런히 누비기 시작했다.

이 '100퍼센트 수제 맞춤 셔츠'를 누가 사 입게 될지 모르지만, 이 3명의 바느질꾼에게 그 밤이 얼마나 길었는지 그 사람은 절대 알지 못할 것이다. 자기의 셔츠가 재봉틀도 없이 밤새도록 허리를 굽힌 채 수천 개의 정성어린 바늘땀을 촘촘하게 박아 만든 우리 엄마들의 최대 걸작이라는 걸 말이다. 물론 엄마들도 셔츠 왼쪽 가슴팍에 수놓은 이니셜 말고는 그 임자에 대해 아는 바가 없기는 마찬가지겠지만.

아침이 밝았다. 학교에 가기 전, 나는 손으로 빚어낸 그 작은 걸작을 마지막으로 다시 보았다. 진줏빛 단추에 실밥 하나 없이 매끈하고 야무진 마무리, 파리도 미끄러질 정도로 반들반들하게 다림질한 셔츠는 빳빳한 종이 상자 안에 당당하게 누워 있었다.

샘플 셔츠에서 탄생한 새 셔츠. 테스트는 완벽하게 끝났다. 그날부터 우리 집에는 중국산 크레이프 천, 일본산 실크, 옥스퍼드산 레이스, 새틴, 퍼케일, 포플린 등등 이 세상의 모든 원단이 줄지어 들어왔다. 우리 집은 '신사들의 행복을 위한' 행운의 셔츠 공장이 되었다.

궁궐 같은 집에서 여왕처럼 살았지만, 이제는 초라한 쪽방에서 몇 푼 안 되는 돈을 벌기 위해 밤새 바느질을 해야 하는 가난한 난민 엄마들. 낮에도 할 일이 태산 같았지만, 밤이라고 쉴 수는 없었다. 여기저기 바늘에 찔리고 군살 박힌 집게손가락에 코를 박고 밤새 의자에서 엉덩이를 뗄 여유도 없었지만, 쏟아지는 졸음을 애써 미소로 감추었다.

희끄무레한 전깃불 때문에 잠든 내 눈이 부실까봐 엄마들은 내 잠자리 앞에 병풍을 둘러쳤다. 병풍에 비쳐 어른거리던 엄마들의 유령 같은 그림자가 지금도 눈앞에 선하다. 내게 그들은 사랑과 은혜로 충만한 불멸의 영웅들이었다.

'아르메니아 출신 난민.'

경찰서로 찾으러 간 우리 신분증명서의 '국적' 항목에는 그렇게 휘갈기듯 쓰여 있었다. 아코디언 주름처럼 접힌 증명서였다.

벤치같이 생긴 목제 의자가 가득 들어찬 넓은 방에서 우리는 몇 날 며칠을 기다렸다. 그 오랜 기다림 끝에 우리 이름을 부르는 소리가 들렸다. 프랑스 사람이 부르는 우리 이름은 듣기 거북했고, 프랑스 발음으로 써놓은 것은 더욱 가관이었다.

엄마와 이모 둘을 데리고 그 누추한 나무 의자에 앉은 것이 그때가 처음은 아니었다. 노련한 프랑스 공무원들을 마주하자 엄마들은 두려움에 와들와들 떨었다. 공무원들은 우리가 프랑스어를 못한다는 것에 잔뜩 짜증을 냈고, 그 때문인지 지나칠 정도로 무례한 경우도 많았다.

"아줌마가 직접 말씀하시라고요!"

"선생님, 이분은 제 이모신데, 프랑스어를 잘 못합니다."

"허, 그러셔? 그럼 학교엘 가야지! 학교는 개나 다니라고 있는 게 아니잖아, 이런 제길!"

"갈 겁니다."

"호적이랑 출생증명서는?"

"선생님, 저희는 난민이라서 여권이랑 프랑스 비자밖에 없습니다."

"필요한 건 호적이라니까. 출생지 관할 관청에 편지를 써요, 호적 보내달라고."

그 담당자가 '다음'이라고 소리치는 바람에 더 물어볼 수도 없었다. 우리는 있을 리 없는 그 '신원보증서'를 구하기 위해 다른 관청과 민원실과 공무원을 찾아 이리저리 헤맬 수밖에 없었다.

아르메니아 관청에 편지를 보내라고? 그건 터키인들에게 무참히 학살당한 150만 명의 아르메니아인 틈에서 용케 빠져나온 우리가 여기 멀쩡히 살아 있으니 잡아가 죽이시오, 하고 떠들라는 소리였다.

우리는 결국 5명의 증인을 데리고 난민 사무국을 찾을 수밖에 없었다. 증인들은 위증을 하지 않는다는 선서를 하고 우리의 과거 이름과 가족 관계, 출생지 따위를 증명해주었다. 그들 덕분에 겨우 검증된 우리의 과거는 문서로 기록되어 확인필 도장을 받을 수 있었다. 그 증명서를 들고 처음 찾았던 경찰서로 다시 발길을 돌렸다.

대기실 안쪽에서 누군가의 고함 소리가 들렸다.

"여긴 프랑스 하늘 밑이란 말이야!"

사무실에서 남다른 애국심과 민족주의에 불타는 한 프랑스 공무원이 이민자의 신분증명서를 의심하며 윽박지르는 중이었다.

창문의 철창을 통해 그 잘난 프랑스가 차지하고 있는 하늘 한 귀퉁이가 보였다. 지구상의 모든 나라가 하늘에도 저마다 금을 긋고 '여기는 우리 하늘'이라며 깃발을 꽂는다는 걸 보여주는 듯했다. 우리는 그중에서 삼색기가 꽂힌 육각형 하늘 아래 있었다.

다른 나라의 하늘 밑을 지나거나 잠시 머무르는 나그네들은 모두 '외국인'이라는 특이 형질 보유자로 낙인찍히고, 자기네들 전용 하늘을 차지한 자국민에게 이 낙인은 '수입산'에 대한 경계심과 경멸감을 불러일으키는 것이었다.

그들의 규범에 맞추고 경멸의 대상이 되지 않으려면 갖추어야 할 조건이 있었다. 여권, 체류증, 신분증, 노동허가증, 고용계약서, 거주증명서, 전기요금 영수증, 증명사진 따위가 그것이다. 그 외에도 다른 서류 작성 때 이미 여러 차례 증명된 사항을 앵무새처럼 반복하게 만드는 각종 서류, 있는 그대로 자세히 기입하지 않으면 본국으로 쫓겨날 수도 있다는 다양한 질문서까지 이루 헤아릴 수 없이 많았다.

그 산더미 같은 서류 뭉치와 잡다하고 번거로운 각종 절차 앞에서 바짝 얼어버린 부모님이 나를 돌아다보았다. 나는 이제 프랑스어를 읽고 쓸 줄 아는 집안의 유일한 학자였다.

색깔도 다양할 뿐 아니라 한두 장도 아니고 항상 두껍게 묶여 나오는 각종 서류를 앞에 두고 나는 연필로 신중하게 기록하기 시작했다. 이름: 메이 리그. 직업: 멋진 남성용 셔츠를 만듦. 그런데 이모들까지 엄마 칸에 같이 쓰려니 공간이 너무 좁았다. 서류를 그런 식으로 만든 게 잘못인 것 같았다. '주소' 칸에는 '109번지의 빈대'라고, '눈동자 색' 칸에는 '파라다이스 가라고, 마지막으로 '특이 사항' 칸에는 '나는 이들을 사랑한다' 고 썼다. 기분에 취해 한바탕 복수를 하고 싶었던 것이다.

하지만 결국 신분증이란 중요한 서류이고, 나보다 더 현명했던 우리 식구들은 그렇게 쓰지 않는 게 좋겠다고 말했다. 나는 먼저 썼던 것을 지우개로 모두 지우고, 관할 관청의 입맛에 맞는 내용을 펜으로 다시 쓰기 시작했다. 하지만 '특이 사항' 칸에 '없음' 이라고 쓰고 보니, 앞에 썼던 것이 훨씬 더 근사하다는 생각이 새삼 들기도 했다.

서류를 작성하던 나는 마지막 항목에 가서 소스라치게 놀랐다. '죽는 날.' 그 옆에는 '담당 공무원 기입' 이라고 쓰여 있었다. 주인공들이 마지막에 늘 '숨을 거두는' 라퐁텐의 우화를 읽으며 막 프랑스어 공부에 재미를 붙이던 내 머리에 그 순간, '확인필 도장을 들고 있는 저 공무원들이 우리의 목숨 줄을 쥐고 우리가 죽는 날짜까지 정해주는 사람인가?' 라는 생각이 스쳐지나갔다.

나에게 엄마란 절대 죽지 않는 영원함과 동의어였다. 다행히 그건 한 단어가 가진 여러 가지 의미를 내가 아직 다 알지 못했기 때문에 벌어진 작은 해프닝이었다. 프랑스어에서 '죽다', '숨을 거두다' 라는 단어는 '만료되다' 라는 뜻도 있다. 예컨대 서류상의 '죽는 날' 은 시효 만료일, 즉 3년마다 갱신해야 한다는 의미였다. 죽음에 대한 나의 이런 두려움은 다른 곳에서 시작되었다. 그건 한 민족의 뱃속 깊숙한 곳에서 솟아나온 것이었다. 내게 죽음에 대한 원초적 두려움을 불러일으킨 그 '만료' 라는 말은 1915년 4월 24일, 터키 지도부에서 하달한 명령의 일부이기도 했다. 사람을 구덩이에 몰아넣는 인간 사냥꾼의 야만적 명령.

'…남녀노소 불문… 모조리 몰살—터키 내무장관, 탈아아트 파샤.'

※※※

그날 저녁의 행사는 짐승만도 못한 터키 장관이 각 지방 총독들에게 보낸 암호 전보문을 읽는 것으로 시작되었다.

대학살에서 살아남은 2000여 명의 생존자가 자신들의 비극을 잊지 않기 위해 그 극장에 함께 모였던 것이다. 그곳에는 검은색 커튼을 배경으로 작은 무대가 마련되었다. 살육의 현장에서 기적적으로 살아남은 그들은 고통스럽고도 비장한 표정이었다. 자신들을 몰살시키려는 적들의 작전이 그렇게 철저하고 조직적이었음에도 불구하고, 거기서 살아남은 자신이 믿기지 않는다는 표정이기도 했다. 사람들은 아르메니아에서 온 한 노시인의 목소리를 조용히 경청했다.

1927년 4월 24일. 난 일곱 살 꼬마였다. 아빠는 그날 저녁 행사에 나를 데려갈지 말지 고민했다. 우리 집은 어른이라고 해서 마음대로 아이의 생각을 강요하지 않았다. 물론 '잔말 말고 넌 집에 있어!' 이런 말도 함부로 하지 않았다.

안나 이모는 그냥 이모랑 집에 있자고 나를 살살 달랬고, 엄마는 어른들이 이것저것 오랫동안 장황하게 이야기해서 엄청 지겨울 거라며 지레 겁을 주었다. 카이아네 이모는 그런 곳엘 가기에는 너무 어리다며 내 나이까지 들먹였다. 요컨대 그날 저녁, 집 안에서는 일곱 살 미성년자 관람 불가와 사뭇 비슷한 묘한 기류가 감돌고 있었다. 난 최근에 읽은 책들을 통해 배운 자신감으로 단호하게 정면 돌파를 시도했다. 그때 막 쥘 베른 아저씨의 《미하일 스트로고프》 모험담을 읽기 시작한 나는 내친김에 《80일간의 세계 일주》까지 따라나서기로 마음먹은 참이었다.

"그런데 어른들이 그렇게 말하기 힘들어하는 그 이야기는 도대체 뭐죠?"

아빠가 조용하지만 단호한 목소리로 대답했다.

"만체스, 잘 들어라. 오늘 밤 네가 듣게 될 이야기에서는 그 회색 새가 바다로 떨어지다 흰색 돛을 못 만나고, 그대로 빠져버릴 수도 있단다. 울지 않겠다고 약속하면 데려가마!"

나는 한참을 곰곰이 생각했다. 이렇게 마음 약하고 울보인 내가 단번에 강심장이 될 수 있을까? 하지만 나는 자신 있게 대답했다.

"절대 안 울게요!"

난 아빠 품에 꼭 안겨 의자 한 귀퉁이에 엉덩이를 대고 앉았다. 우리 앞에는 많은 사람이 어깨를 바짝 붙인 채 겹겹이 앉았고, 나는 앞 사람들 머리통 사이로 겨우 무대를 볼 수 있었다.

여러 명의 남자가 세상의 종말을 이야기하고 있었다. 대대로 살아오던 고향에서 평화롭게 살던 사람들, 광분한 이슬람 폭도들, 살육에 도취한 야만인들, 을씨년스러운 새벽을 틈타 도시와 평화로운 시골 마을까지 휩쓴 인간 사냥꾼들…. 그런 말들이 간간이 들려왔다. 그다음에는 죽음이 몰고 온 공포와 적막, 시체로 가득한 산과 들, 초토화된 땅, 폐허, 불타버린 교회, 아무 짝에도 필요 없어진 일요일 등의 말이 이어졌다.

그날 밤, 죽음의 상징으로 드리운 검은색 커튼 뒤로 순교자들의 혼령이 어른거리는 것을 나는 보았다. 채찍 자국이 선명한 얼굴들, 바위에 머리통이 박살난 아이들, 배가 갈라진 엄마들, 강간당하지 않기 위해 자살한 젊은 여인들, 사지가 잘려나간 수천 구의 시신들과 함께 흐르는 유프라테스 강.

무언가에 홀린 듯 미쳐 날뛰는 독재자들은 전 아시아를 장악한 오스만튀르크 제국을 꿈꾸며, 자신들의 미친 팽창주의의 첫 번째 걸림돌을 막 제거한 참이었다. 그게 바로 아르메니아 사람들이었다. 동양적 분위기가 강한 유럽인, 아르메니아 정교회 기독교인, 이슬람과는 절대 가까워질 수 없는 이 아르메니아 민족은 야만족 정복자들이 아르메니아를 차지하는 데 눈엣가시 같은 존재였다. 그들이 원한 건 바로 아르메니아인 없는 아르메니아 땅이었기 때문이다.

＊＊＊

초등학생들은 역사 교과서에서 어떤 왕이 어떤 전투에서 이기고 졌는지, 누가 선왕이고 폭군인지 잘 잊어버리거나 헷갈려 한다. 루이 몇 세 혹은 앙리 몇 세같이 비슷비슷한 이름에 숫자만 다른 왕들이 계속 등장하기 때문이다.

반면 아주 엉뚱하고 별난 일화에 연루되거나 특별히 잔인하다고 정평 난 역사적 인물들은 누가 시키지 않아도 절대 잊어먹지 않는다.

가령 프랑크 왕국의 클로비스 왕은 '수아송(Soisson)의 도자기'로 기억된다. 샤를마뉴 대제는 '기품 있게 기른 흰 수염'으로 유명하고, 중세의 프랑스 기사 바이야르는 '두려움도 결점도 없는 기사'로 사람들의 기억에 남아 있다. 유럽 훈족의 왕 아틸라는 '그의 말이 지나간 자리에는 풀도 안 날' 정도의 잔혹함으로 유명하다.

'붉은 술탄'이라는 닉네임을 가진 오스만 제국의 압둘 하미드 2세 역시 두 손에 피가 마를 날이 없던 잔인한 왕으로 기억된다. 30만 명의 아르메니아인들을 무참히 학살함으로써 피비린내 나는 20세기 집단 학살의 서막을 알린 자가 바로 이 사람이다.

압둘 하미드 2세가 권좌에서 쫓겨나자 터키는 화해와 평화, 번영의 새로운 미래를 약속했다. 하지만 그 이듬해인 1909년 봄, 터키의 새 지도부는 '터키인들만의 터키 제국'을 부르짖으며 실리시아(소아시아 남동부의 지중해 연

안 지방—옮긴이)에서 3만 명의 아르메니아인을 무참히 학살했다.

최후의 대살육전은 1915년에 있었다.

5세기에 야만적 전쟁의 우두머리 아틸라는 튀르크 제국의 공포를 유럽에까지 떨침으로써 이른바 '신의 저주'로 불렸다. 그런 그도 로마 교황이 개입하자 로마는 건드리지 않는 아량을 보였다.

그로부터 1500년 후, 칼로써 한 민족의 운명을 좌지우지하려는 그 훈족의 후손들에게 이번에는 교황 베네딕트 15세가 하느님의 권위로써 직접 경고하고 나섰지만 1915년의 집단 참극은 결국 막지 못했다.

"민족이란 절대 없어지지 않는다는 걸 명심하라. 아무리 박해받고 굴욕을 당해도 자기들이 당한 억압을 잊지 않고 그 멍에를 짊어진 채 반격을 꾀하고 증오와 분노라는 슬픈 유산을 대물림한다."

이것이 현대판 아틸라의 명령이었다.

쥐새끼 한 마리도 살려두지 않는 현대판 아틸라에 비하면, 그 옛날 훈족의 아틸라는 천사였던 셈이다.

1915년이 저물 무렵, 역사상 최대 규모의 아르메니아인 몰살 작전이 자행되었고, 사망자는 150만 명에 이르렀다.

***

"이번에야말로 제대로 됐군!"

1915년, 터키 지도부 대회의에 참석한 인사들이 내뱉은 첫마디였다.

터키는 제1차 세계대전 때 독일과 한편이었다. 이미 외국 군대의 개입이나 전 세계 언론의 비난 따위는 아랑곳하지 않던 터키는 기독교에 대한 무슬림 광신도의 성전(聖戰)을 선포했다. 탈아아트 터키 장관의 최후통첩은 이랬다.

"…아르메니아인들은 더 이상 고향땅을 밟을 일이 없을 것이고, 그들의 재산과 세습 유산은 터키가 차지할 것이다."

터키 '국가정보부'의 아르메니아 말살 프로젝트는 오랜 계획과 철저한 준비 과정을 거쳐 자행되었다. 선조들의 집단 학살 경험을 제대로 살렸음은 말할 것도 없다.

치밀하게 준비한 살생부를 기초로 기자나 의사, 변호사, 예술가, 작가 같은 지식인을 가장 먼저 제거했다. 참극의 실상을 외부로 알릴 가능성이 많은 사람들의 입부터 막아버리자는 속셈이었다.

레지스탕스 같은 자체 저항 활동을 원천적으로 봉쇄하기 위해 18세부터 40세까지의 모든 남자가 가장 먼저 터키 군대로 끌려갔다. 이후 그들은 모두 무장해제당한 뒤 노역장에 따로 고립되었다가 100명씩 한꺼번에 총살당했다.

부녀자와 어린이, 노약자들만 남게 되자 터키 정부는 '안전상의 이유'를 내세워 메소포타미아 사막으로의 대규모 강제 이주를 명령했다. 그곳은 냉혹하고 무자비한 오스만 제국 그 자체였다.

외국 외교관뿐 아니라 터키와 연합했던 독일 사절들도 이 사건을 증언했다. 그 외 역사학자나 적십자 의료진들이 들려준 끔찍한 실상에 사람들은 치를 떨었다. 굶주려 뼈만 앙상한 사람들이 공포에 질린 멍한 얼굴로 기나긴 행렬을 이루었고, 말을 탄 터키 군인들의 채찍이 그들의 온몸을 휘감았다.

그들은 이집트의 제이툰, 시리아의 메스케네, 터키의 우르파, 아르메니아의 다이르앗자우르 등지에서 수만 명씩 끌려왔다. 도중에 이 산송장들이 쓰러지면 짐승 같은 터키 군인들이 기다렸다는 듯 달려와 잔인하게 마지막 숨통을 끊어놓았다.

결코 돌아올 수 없는 그 여행길에서 터키 정부는 생존자들을 시리아 북부 도시 알렙을 통과하도록 했다. 끔찍한 실상을 감추기 위해서였다. 그렇게 강제 이주자들이 멀쩡히 살아 있을 뿐 아니라 학살이 아닌 단순 이주에 불과하다는 것을 중재에 나선 외국 외교관들을 통해 외국 언론에 홍보했다.

생존자들은 질병과 굶주림에 지쳐 해골같이 창백한 몰골로 사막에 다다랐다. 거대한 집단 학살 캠프인 그 사막에서 이주민들은 전염병과 굶주림 속에 그대로 방치되었다.

그것도 모자라 탈아아트 장관은 '작전의 가속화'를 끊임없이 요구했고, 이 거듭된 요청으로 도끼와 곡괭이 그리고 삽이 동원되었다. 아르메니아 사람들은 뜨거운 사막 한복판에서 조용히 죽어갈 권리도 없었다.

현장을 목격한 한 군의관은 이렇게 울부짖었다.

"나는 그들의 고통을 조금도 덜어줄 수 없는 내 무능력에 절망하며 도망쳤다."

그 죽음의 행로에서 한 시인은 사람들에게 이렇게 외쳤다고 한다.

"…말로 다할 수 없는 광경이 두려워 도망치지는 말라…. 인간이 인간에게 저지른 이 죄악을 세상이 알게 될 날이 있으리라."

살해당한 민족의 유해 한복판에서 그 시인이 미처 알지 못한 것이 있었다. 겁에 질린 세상은 지옥의 창문에서 이미 눈을 돌려버렸다는 것을 말이다.

＊＊＊

1927년 4월 24일. 나는 동화책에서 읽은 멋진 주인공이나 영웅들의 이미지를 통해 장래 희망을 꿈꿀 나이였다. 하지만 그날 밤, 일곱 살인 나는 동화 속 세계와 과감히 결별했다.

레퀴엠을 노래하듯 동족의 죽음을 전하는 어른들의 이야기를 나는 의자

에 앉아 미동도 않고 들었다. 어느덧 내 앞에는 이 세상의 진짜 모습이 다가와 있었다. 잔인하기 짝이 없는 본성, 자국의 이익을 위해서는 불의에도 눈을 감는 비굴함, 이기심으로 똘똘 뭉쳐 도움의 약속도 헌신짝처럼 버리고 진실 앞에서조차 오로지 자기 몫만 챙기는 것이 바로 세상의 이치였다.

마르세유에는 그 죽음의 구렁텅이에서 구사일생으로 살아남은 사람들이 특히 많이 살았다. 그날 밤 행사에는 마르세유 시에서 보낸 대표단도 참석했다. 그 옛날 중세 때 아르메니아 공주를 아내로 맞았던 프랑스의 뤼지냥 왕을 연상케 하는 장면이었다. 그 대표단은 중세 십자군 시대로 거슬러 올라가는 프랑스와 아르메니아의 끈끈한 우정과 견고한 역사적·문화적 관계에 관해 이야기했다.

검은 옷을 입은 한 젊은 여인이 '회색 새'를 오리지널 곡으로 부르기 시작했다. 나도 모르게 아빠와 두세 번 눈이 마주쳤지만, 아빠는 이내 시선을 피했다. 우리는 서로를 바라보는 것조차 힘들었다. 아빠는 내게 들려준 그 해피엔딩 스토리가 못내 불편했고, 나는 무거운 편지 어쩌고 하며 흘렸던 눈물이 유치하고 부끄럽게만 느껴졌다.

동화 속의 깜찍한 요정과 꼬마 악당들은 저 멀리 꼬리를 보이며 사라졌다. 그리고 그 자리에 대신 들어선 것은 이 세상이라는 현실이었다. 나는 그날 밤, 동심이라는 걸 영원히 잃어버렸다.

그날 밤의 광경은 학교에 들어가서도 내 기억에 선명하게 남아 있었다. 난 그 당시 같은 반이었던 급우들의 이름을 하나도 기억 못한다. 일단 학교 교문을 나서면 나와 그들은 아무런 관계도 없었다. 수업이 끝나면 엄마나 두 이모가 교문에서 멀찍이 떨어진 길 건너 인도에서 나를 기다렸다. 프랑스어를 잘 못했기 때문에 다른 학부모들과의 짧은 마주침도 어색했기 때문이다. 다른 엄마 아빠들은 이야기를 나누다 차라도 한잔하자며 서로의 집으로 놀러 가곤 했지만 말이다.

하지만 엄마와 이모들은 한 번도 초대받은 적이 없었다. 늘 외톨이였던 나는 늘 혼자서 할 수 있는 놀이는 뭘까 궁리했다. 벽에다 공을 던지면 한 치의 양보도 없는 무서운 적으로 되돌아왔다. 돛을 활짝 편 범선을 머릿속에 그리며 나 혼자서 선장, 이등갑판장, 키잡이, 계급이 가장 낮은 선원 역할까지 모조리 도맡아 하는 상상도 했다.

함께 노는 아이들의 게임 규칙이 아무리 유치해 보여도 함께 웃고 떠드는 소리가 들리면 혼자 노는 아이의 마음은 어쩔 수 없이 슬퍼지고, 애써 슬프지 않은 척할수록 함께하고픈 천진함은 더욱 절실해졌다.

그 시절 몇 년 동안 혼자서만 조용히 지낸 나는 하루빨리 어른이 되고 싶다는 생각밖에 없었고, 그건 내게 남다른 깨달음의 과정이기도 했다.

내가 깨달은 것은 상상 속에서는 불가능이란 없다는 사실이었다. 나는 낡은 전대를 찬 전차 안내원이 되어 전차의 기다란 의자 앞에 서서 아무도 없는 빈자리에 일일이 표를 나누어주었다.

철사로 만든 조잡한 핸들을 잡고 드링드링 경적을 울리며 상상 속의 리무진을 몰았다. 하지만 초등학생이 시키는 대로 연주하던 필하모니 오케스트라는 매번 나를 어린 시절로 데려갔다. 유년기에 대한 그리움이 빨리 어른이 되고 싶은 욕구보다 훨씬 더 강했던 모양이다. 끊임없이 상상 놀이만 하던 나는 언제쯤이면 이런 짓을 그만둘 수 있을까, 언제쯤이면 그 놀이가 시시해질까, 이런 생각만 했던 것 같다. 그 순간이 눈앞에 닥치면 비로소 학수고대하던 어른의 세계로 들어갈 터였다.

저녁만 되면, 가지고 놀던 장난감을 침대 발치에 놓고 다시는 만지지 않겠다고 혼자 다짐했다. 하지만 아침에 눈을 뜨면, 비행기를 조종하고 싶은 마음을 도저히 누를 수 없었다. 조종키가 달린 전형적인 1인승 비행기. 계기판에는 차단기 모양의 각종 장치와 버튼이 줄지어 붙어 있고, 빨간불이 들어오는 알람 장치도 있었다. 그 맞은편은 바로 조종석이었다. 한 가지, 파일럿들이 쓰는 커다란 고글이 없었다.

나는 납작하고 동그랗게 생긴 상자 하나를 몇 달째 호시탐탐 노렸다. 새하얀 알약이 잔뜩 들어 있는 투명한 상자였다. 그 알약을 다 없애고 내 고글로 이용하려면 어떻게 해야 할지 오랫동안 기회를 엿보았다. 하지만 그것을 얻기 위해서는 엄청나게 머리를 굴려야 했다. 혼자서는 도저히 어떻게 할 수가 없었다.

나는 급기야 안나 이모에게 도움을 청했고, 이모는 표 나지 않을 정도로 매일 조금씩 아스피린을 덜어냈다.

마침내 아스피린 상자가 텅 비었다. 난 맞물려 있는 약통과 뚜껑에 구멍을 내고 철사로 연결시켰다. 그리고 신축성 좋은 끈을 달아 머리에 둘렀다. 약통은 그렇게 훌륭한 고글로 다시 태어났다.

아직은 건전지를 넣는 장난감이 없던 때였다. 대신 하늘의 영웅인 비행사가 단연 주목을 받던 시절이었다. 프랑스의 샤를 넝제세와 프랑수아 콜리가 하얀 비행기를 타고 가다 대서양 상공 어디에선가 사라졌지만 찰스 린드버그가 대서양 횡단에 막 성공했고, 펠레티에-두와지가 46일 만에 파리-도쿄 간 장거리 비행에 성공한 지 얼마 안 된 시기였기 때문이다. 메르모즈가 안데스 산맥 횡단에 성공한 것도 그 즈음이었다.

나는 큼직한 선글라스를 이마 위로 밀어올리고, 새로운 비행 기록을 위한 이륙 준비를 마쳤다. 소파 위 활주로로 비행기 동체를 끌어올렸다. 바느질감에 코를 박고 있는 세 엄마의 머리가 조종석에서 내려다보였다. 나는 부릉부릉 입으로 엔진 소리를 내며 그럴듯한 폼으로 선글라스를 내려 썼다.

하지만 플라스틱 약통 선글라스는 그다지 투명하지 못했고 덕분에 눈앞이 금세 흐려졌다. 하지만 비행기는 그대로 이륙했고, 나는 폭신폭신한 실크와 모슬린 천 무더기 속으로 그대로 처박혔다. 내게는 새털구름 잔뜩 낀 하늘이었다. 난 침대 밑판의 스프링을 공기구멍 삼아 승리를 자축하며 아메리카를 향해 드넓은 대양 위로 다시 날아올랐다.

상황이 나빠진 건 착륙을 눈앞에 두고서였다. 휘영청 밝은 달빛을 뚫고 내 비행기가 솟아오르고, 박수와 환호로 나를 맞는 군중들에게 인사하기 위해 멋진 선글라스를 젖혔다. 하지만 그 순간 내 눈에 들어온 건 혀를 끌끌 차며 나를 바라보는 세 엄마의 딱한 시선이었다. '그래, 아가야. 맘대로 하렴. 그럴 나이지 뭐.' 그런 표정들이었다.

하지만 난 알고 있었다. 너그러움으로 가득한 눈빛이었지만, 그 속에는 이제 철들 때도 되었는데 하는 기대감 역시 가득했다는 것을, 나만은 좀 더 번듯하게 자랐으면 하는 그런 눈빛이었다는 것을 말이다. 범행 현장의 현행범처럼 할 말이 없어진 나는 눈물을 머금고 그 화려한 상상의 나래를 접을 수밖에 없었다. 장난이 한없이 유치하게 느껴져 어떻게 하면 좀 더 어른스럽게 행동할 것인지 고민에 고민을 거듭했다. 더 이상 어린애이기를 고집할 수는 없었다.

철들기를 거부하는 천진난만함이 주는 즐거움과 거기서 비롯될 수밖에 없는 양심의 가책 같은 것들로 머릿속이 뒤죽박죽된 나는 어쩔 줄 몰라 하며 세 엄마들 앞에 앉았다. 허리를 굽히고 바늘을 들여다보며 한 땀 한 땀 씨름하는 엄마들은 일명 '맞춤' 셔츠만이 누릴 수 있는 100퍼센트 수제 단춧구멍이라는 사명을 수행 중인 3명의 성녀나 다름없었다.

하루는 엄마가 단춧구멍 바느질을 마무리하고 실 자르는 걸 기다렸다가 이렇게 물었다.

"엄마, 나 요즘은 그전보다 노는 시간이 많이 준 것 같지 않아요?"

선의의 거짓말을 잘하는 안나와 카이아네 이모는 좀 크더니 장난치는 일이 줄었다며 입을 모아 칭찬했다. 내 기운을 북돋아주고 위로해주려는 것이 분명했다. 그런데 거짓말에는 소질이 없는 분들이다 보니 하지 않아도 될 말까지 하고 말았다.

"오늘 아침에도 엄마랑 그런 얘기를 했는데 그치?"

엄마는 새 단춧구멍에 바늘을 꿰며 아무 말 없이 빙그레 웃기만 했다. 침묵의 날갯소리가 바로 이런 것 아닐까. 그때의 내 느낌은 그랬다.

***

사후 출판을 희망하며 자기의 '내면 일기'를 끼적이는 작가처럼 그 사건 이후 나는 이런 일기를 썼다.

1929년 7월. 장난감을 손에서 놓은 지 일주일째다. 행복했던 내 상상의 세계를 짓는 데 이용했던 너저분한 잡동사니들은 방 한구석에 놓여 있다. 그렇다고 손대고 싶은 마음이 전혀 없는 것은 아니다.

그날의 비행기 추락 사건은 일대 전환기였다. 저녁 식탁에 온 가족이 둘러앉자 난 한 가지 중대 발표를 했다. 짐짓 심각한 표정으로 쓰레기통을 열어 보인 것이다. 온 가족이 내 행동의 의미를 제대로 이해했다고 확신한 순간, 난 선언했다.

"이것 보세요. 난 이제 이런 것 필요 없어요!"

심각한 표정과 이를 더욱 돋보이게 하는 깔끔한 마무리 대사로 내 연기는 최고의 효과를 발휘했다. 아빠와 엄마의 간단한 응수 역시 내 연기력을 효과적으로 살려주었다.

"그랬구나. 잘했다."

하지만 아무렇지도 않은 듯 허물없는 그 대사는 두 분의 눈에 맺힌 보일 듯 말 듯한 작은 눈물과는 너무도 대조적이었다.

포도 잎에 싼 맛난 요리를 준비했는데 보러 가지 않겠냐며 안나 이모가 날 데리고 부엌으로 자리를 피했다. 이모의 손이 넌지시 내 이마로 올라왔다. 이모 손은 한 치의 오차도 없이 정확한 천연 체온계였다. 아무 이상도 없다는 걸 확인한 이모는 카이아네 이모에게 가볍게 고갯짓을 했다.

엄마의 복수형(複數形)인 나의 사랑스러운 이모들. 자신들의 운명이 곧 우리의 운명이고 우리의 행복이 곧 자기네 행복이라고 생각했던 분들. 내 버려진 장난감 앞에서도 애써 의연함을 잃지 않은, 내 어린 시절의 따뜻하고 편안하기 그지없는 유모들. 내 유년기가 막을 내리던 그날 밤, 두 이모에게 중요한 것은 오직 하나, 내가 아픈 데 없이 멀쩡하다는 것이었다.

***

학교를 졸업하던 날은 오르톨리 선생님이 마련한 묽은 레모네이드와 오렌지 주스, 딱딱한 케이크 따위를 잔뜩 차려놓고 방학을 축하하는 날이기도 했다. 선생님은 상급 학교에 진학해서도 열심히 공부하라고 학생들에게 당부했지만, 그 말이 채 끝나기도 전에 아이들은 왁자지껄 뷔페 테이블로 달려들었다.

난 교실 한구석에 앉아 길고 긴 방학에 들뜨고 식탐으로 똘똘 뭉친 그 시끄러운 식충이들을 경멸스럽게 바라보고 있었다. 여전히 자기들끼리만 어울리는 그들 앞에서 내가 끼어들 여지는 아무 데도 없었다. 그 고독함 속에서도 주변인으로서의 자존심이 하늘을 찌르던 나는 남들과 다르게 특이하다는 것이 얼마나 허망한 것인지를 뼈저리게 맛보았다.
 먹보들이 한바탕 휩쓸고 간 테이블에는 과자 부스러기 하나, 레모네이드 한 방울도 남아 있지 않았다. 자존심으로 재무장한 나는 애써 마음을 다잡고 조용히 내 생애 첫 학교를 떠났다. 나는 어느새 평소의 무심함을 되찾고 있었다.

4. 이방인의 나라

"마르세유에서 제일 큰 학교가 어딘가요?"

마르세유의 '르' 발음이 잘 안 돼 애를 먹으면서도, 엄마가 동네 사람들에게 수십 번도 더 물어본 말이었다. 델마 식품점의 델마 아줌마는 서슴없이 '멜리장 학교'라고 대답했다. 실력 있는 약사인 약국 아저씨도 기꺼이 동의했고, 우리의 빵집 아저씨도 두 팔을 들어 보였다. '두말하면 잔소리'라는 뜻이었다. 남편이 시청 공무원인 이웃집 아줌마가 최종적으로 내린 결론은 이랬다.

"생각해보세요, XX 사장 아이들, YY 회장 손자들, ZZ 부인 조카… 다들 거기에 다닌다니까요."

아줌마가 마르세유 상류층 명단을 줄줄 꿰는 동안, 엄마는 그 쟁쟁한 집안 자제들과 어깨를 나란히 한 아들의 근사한 모습을 머릿속에 그렸을 것이다. 하지만 이웃집 아줌마의 말은 우리에겐 '어림없는 소리'니 주제 파악이나 하라는 뜻이었다.

일부러 그렇게 지은 것처럼 우리는 '파라다이스'라는 거리의 누추한 단칸방에 살았고, 그 학교는 '부자' 거리에 자리 잡고 있었다.

그 학교가 최고의 학교라는 것은 물론 질 높은 교육 수준 때문이기도 하지만, 지리적 위치 또한 큰 영향을 미쳤다. 500여 가구가 모여 사는 파라다이스 가는 마르세유에서 가장 큰 거리 중 하나였다. 이 거리의 끝은 생지니에즈로 연결되는데, 그곳이 바로 마르세유의 유력 인사들이 모여 사는 부자 동네였다. 그 사립학교가 그 동네에서 가깝고 종교 교육까지 병행한다는 점 때문에 그곳 학생들은 대부분 쟁쟁한 집안의 자제들이었다.

우리는 파라다이스 가에서도 가장 가난한 동네에 살았지만, 귀족 학교의 영향을 받지 않을 수 없었다. 그건 그리 나쁜 것만은 아니었다.

델마 아줌마는 그 부자 학교의 등록금이 얼마인지 알려주겠노라고 엄마에게 약속했다. 손님 중에 남편이나 시숙이 그 학교 학부모의 친구거나 사돈의 팔촌인 경우가 있다고 했다.

꽤 복잡한 지인 관계라고 생각했는데, 아줌마는 의외로 빨리 그 학교의 1년 학비를 알려주었다. 식구들이 모두 목을 빼고 기다리던 소식이었다.

나는 그 액수가 얼마나 큰 돈인지 전혀 감을 잡을 수 없었지만, 엄마의 안색이 순간적으로 어두워지는 것을 보고는 뭔가 쉽지 않다는 것 정도는 어렴풋이 짐작할 수 있었다.

***

델마 아줌마의 얘기를 들은 그날, 저녁밥을 먹는 내내 식구들의 머릿속은 온통 그 학교 생각뿐이었다. 그 도시 최고위층 인사들의 자녀가 다니니만큼 미래의 엘리트를 배출하는 것이 당연한 학교였기 때문이다. 모두들 다소 흥분한 상태에서, 우리는 출세가 대물림되는 것이라는 사실을 잊고 있었다.

잘 시간이라며 나를 침대로 보내기 전까지 아무도 돈 얘기를 하지 않았다. 내가 잠자리에 들고 나서야 진짜 가족회의가 시작되었다. 내 잠자리 앞에는 병풍이 둘러쳐져 있었다. 나는 귀를 쫑긋 세웠지만, 다들 식탁에 둘러앉아 작은 목소리로 이야기하고 있어 목소리를 높이지 않으면 아무것도 들리지 않았다.

나는 내 앞의 접이식 병풍 쪽으로 살금살금 기어가 귀를 바짝 갖다 댔다. 안나 이모의 목소리가 들렸다. 당신이 공장에 취직해 생활비를 보태겠노라는 얘기였다. 카이아네 이모는 재봉틀을 빌리면 바느질 일감을 두 배로 늘일 수 있을 거라 했고, 엄마는 일한 지 2년이 지났으니 사장님께 봉급을 좀 올려달라고 부탁할 생각이라고 했다. 회의는 밤늦게까지 계속되었다. 그리고 한참 동안 아무 소리도 들리지 않았다. 침묵을 깨고 아빠가 입을 열었다.

"아냐, 달리 방법이 없어."

그다음 이야기는 낮은 웅얼거림에 뒤섞여 알아들을 수 없었다. 아빠가 내 쪽으로 등을 돌리고 앉아 낮은 소리로 이야기를 계속했기 때문이다. 아빠의 마지막 말은 아주 짧았다. 난 내가 그 훌륭한 학교에 가지 못할 거라는 결론을 내렸다.

잘 들리지 않는 그 낮은 웅얼거림을 듣기 위해 귀를 바짝 갖다 댄 순간, 병풍이 휘청하더니 우지끈 소리를 내며 방 한복판으로 쓰러졌다.

엄마가 그 무안한 상황에서 날 구해주었다.

"화장실 가려고? …얼른 다녀오렴!"

나는 복도에 있는 화장실로 들어가 앉았다. 진짜 볼일 보러 온 것처럼 한참을 그렇게 있다 고개를 푹 숙인 채 방으로 돌아왔다. 아빠가 내 두 어깨를 잡더니 내 눈을 한동안 들여다보았다. 이윽고 아빠가 짤막하게 한마디 했다.

"그 학교에 다니게 될 거야."

모든 돈 문제를 단번에 해결해버린 그 기적의 묘책이 무엇인지 난 알 수 없었다. 그날 밤 잠을 이루지 못하고 두 눈을 동그랗게 뜬 채 식구들이 내게 선물한 그 학문의 전당에 대해 오랫동안 생각했다. 쥘 페리라는 교육부 장관 덕분에 프랑스에도 등록금 없는 학교가 생겼다는 사실을 우리는 모르고 있었다. 우리 집 근처에도 티에르라는 이름의 그런 공립학교가 있다는 것 역시 알 턱이 없었다.

나는 길고 긴 방학 동안 법원 앞 공원에 자주 놀러 나갔다. 안나 이모가 매일 오후 바람이나 쐬자며 나를 데려가곤 했다.

우리는 주로 공원 벤치에 나란히 앉아 시간을 보냈다. 벤치는 전부 녹색이었는데, 녹지가 별로 없는 곳이라 그랬던 것 같다. 공원은 두발자전거, 세발자전거, 퀵 보드 바퀴 소리로 어수선했다. 자전거를 탄 내 또래 아이들이 요리조리 핸들을 돌려가며 꽥꽥 소리를 지르고, 별 이유도 없이 따르릉 따르릉 벨을 울려댔다. 안나 이모는 벤치에 앉자마자 반짇고리 통에서 셔츠 몇 장을 꺼내 바느질을 하기 시작했다. 그러고 보니, 안나 이모는 부엌에서 음식을 할 때 말고는 바느질감을 손에서 놓지 않았던 것 같다.

이모가 천으로 된 동전 지갑을 내게 내밀었다. 동그란 철제 잠금 쇠가 두 개 맞물려 있어 열 때마다 작은 쇳소리가 나는 지갑이었다.

"가서 뭐든 사 먹으렴."

이모가 공원 매점을 가리키며 말했다. 구운 지 한참 된 듯한 크루아상과 브리오슈 말고도 설탕물 아이스크림, 시큼한 막대 사탕을 주로 파는 곳이었는데, 두발자전거와 세발자전거를 시간당 돈을 받고 빌려주기도 했다.

"자전거 타고 싶어?"

이모의 말에 나는 머리를 저으며 속으로 대답했다. 아뇨, 맹세코 그런 맘 하나도 없어요.

집에서는 우리가 아르메니아에서 어떻게 살았는지 아무도 이야기하지 않았다. 안나 이모는 공원 벤치에 앉아 부지런히 바늘을 움직이며 옛날이야기를 드문드문 들려주었다. 하인들과 함께 살던 아름다운 우리 집, 장미꽃이 만발한 정원, 그 장미꽃으로 만든 장미 잼, 분수처럼 생긴 작은 샘, 거기서 솟아오르던 맑고 시원한 샘물…. 그 순간 어떤 그림 하나가 내 눈앞을 번개처럼 스쳐갔다. 분수 모양을 가진 샘의 정확한 모습이 떠올랐던 것이다. 작은 연못과 분수 모양의 수반, 그 수반을 둘러싼 분홍빛 대리석 테두리까지 또렷이 생각났다. 그런데 그다음부터는… 아무것도 기억에 없다.

이모는 아빠가 고향에서 무슨 일을 했는지도 이야기해주었다. 아빠는 어선을 여럿 거느린 선주였다고 했다. 하지만 아빠 소유의 스무 척도 넘는 배와 그 많던 선원들이 난 하나도 기억나지 않았다. 유일하게 생각나는 것은 선원 중에서 누군가가 나를 목말 태우고 여기저기 시내 구경을 시켜주는 장면. 목청껏 부르곤 했던 그 아저씨 이름은… 아프카였다. 늘 러시아산 모피로 만든 회색 군모를 쓰고 다녔었는데…. 기억은 또다시 깜깜해졌다.

언젠가 이모는 하던 고향 이야기를 뚝 그치고, 바늘로 나를 가리키며 이렇게 말했다.

"알겠지? 우리가 늘 이렇게 살았던 건 아니라는 걸."

우리가 떠나온 고향에서의 또 다른 삶에 대한 이야기가 난 너무 좋았다.

법원의 괘종시계가 5시를 치면, 이모와 나는 벤치에서 일어나 지름길을 두고 매일 부자 거리를 지나 집으로 왔다. 빗장이 굳게 걸린 멜리장 학교를 잠시라도 구경하기 위해서였다.

나무들 사이로 난 오솔길 안쪽에 고층 건물이 하나 있고, 넓은 마당이 그 앞에 펼쳐져 있었다. 그 마당은 쉬는 시간에 뛰어노는 운동장일 거라고 생각했다. 양쪽에 축구 골대가 하나씩 있었기 때문이다.

방학 중에는 어디나 으레 그렇듯 장차 내가 다니게 될 그 학교에서도 학생이라고는 눈을 씻고 찾아도 보이지 않았다. 그 고즈넉함이 왠지 엄청난 슬픔으로 다가왔다. 하지만 그런 느낌이 든 데는 다른 이유가 있었다. 별천지의 아이들만 다닌다는 마르세유 최고의 엘리트 클럽—적어도 나에겐 그렇게 보였다—이 과연 나를 받아줄까? 이런 의구심 때문이었다.

정확히 무슨 일을 하는지 몰랐지만 어쨌든 아빠는 생루이 설탕 공장의 노동자였고, 엄마는 재택근무를 하는 셔츠 재봉사였다. 언뜻 듣기에도 엄마 아빠의 직업은 그 어마어마한 학교와 자연스럽게 어울리는 타이틀은 결코 아니었다. 물론 우리는 만인이 평등한 프랑스공화국에 살고 있지만 상류층이란 세상 어디에나 있게 마련이고, 중요한 것은 우리가 거기에 소속되지 않았다는 것이다.

집으로 돌아오는 내내 나는 모두가 따뜻하고 친절한 사람이라면 얼마나 좋을까, 그런 생각을 했다. 바로 그때 불현듯 머릿속에 떠오른 장면이 하나 있었다. 입학 면접 때, 안나 이모가 와서 교장 선생님께 이렇게 말하면 어떨까? 잘 아시겠지만, 저희가 늘 이렇게 살았던 건 아니랍니다. 어린애다운 유치한 발상이 아닐 수 없었다.

***

그해 방학에는 두 가지 커다란 사건이 있었다. 어느 날 아침, 여느 때 같으면 밤늦게까지 만든 셔츠를 다림질하고 있을 시간에 엄마가 원피스를 매만지고 있었다. 누굴 만날 때 아니면 어쩌다 한 번 외출할 때나 입는 옷이었다. 엄마는 별일 아닌 듯 조용히, 하지만 정성스럽게 옷을 차려입었다.

시간이 오래오래 지난 뒤, 운명이 우리의 삶을 참으로 많이 바꾸어놓았을 때, 난 유명 양장점에 엄마를 모셔가 한사코 마다하는데도 여름 원피스 한 벌을 억지로 안겨드린 적이 있다. 늘 생각만 하고 있다 작정하고 모셔갔던 걸 지금도 똑똑히 기억한다.

하지만 그날 아침, 꽃무늬의 윤곽선조차 희미한 빛바랜 베이지색 원피스는 특별한 만남을 준비 중이었다.

내가 나들이옷을 차려입고 조금 어색해하고 있는데 엄마가 멜리장 학교의 교장 선생님을 만나러 갈 거라고 말했다. 그토록 고대하던 순간이 찾아온 것이다. 하지만 그 얘기를 듣는 순간, 난 그 자리에 얼어붙고 말았다. 안나 이모의 옷차림이 그대로인 걸로 보아 이모는 따라가지 않는다는 걸 직감했다. 학교로 가는 길에 나는 엄마가 우리 가족의 옛날이야기를 자연스레 떠올리게끔 만들어야겠다고 마음먹었다. 그 과거야말로 지금의 그다지 영광스럽지 못한 우리 처지의 구원자라고 생각했던 것이다.

후들거리는 다리로 걷기에는 꽤 긴 거리였지만, 우리는 약속 시간보다 일찍 학교에 도착했다.

조그만 교장실의 문이 열리고, 멜리장 씨가 나타났다. 당당한 체격이었지만 뚱뚱하지 않은 다부진 몸집이었다. 약간 짧은 다리에 반백의 머리칼은 단정히 빗어 올렸고 무성한 콧수염이 윗입술까지 내려와 있었다. 50대라는 걸 단번에 짐작했다. 아주 깔끔한 쥐색 재킷과 줄무늬 바지를 입었는데, 장딴지를 감싼 그 바지에 주름이 약간 덜 잡혀 있었다. 그는 각종 서류와 책들이 가득한 어떤 사무실로 우리를 데려갔다.

냉랭한 권위를 풍기는 그 인상 때문에 나는 바짝 긴장하지 않을 수 없었다. 평범한 질문에 대답하는 것조차도 어려울 것 같았다. 다행히 내게는 아무엇도 묻지 않았다.

그로부터 몇 년 후, 멜리장 씨와 가깝게 지내던 그 학교 졸업생 하나가 내게 알려준 바에 따르면 그는 아주 인정 많고 좋은 사람이라고 했다. 하지만 내가 알고 있는 멜리장 교장은 엄하고 무서운 사람일 뿐이다. 모든 교육 과정을 책임지면서 동시에 학교 전반을 관리·감독하는 교장 선생님이라서 그런 차가운 인상을 다분히 의도적으로 풍긴 것은 아닐까 싶다.

멜리장 씨는 엄마에게 나의 학업 정도에 대해 물었고, 어느 학교를 다녔는지도 물었다. 대놓고 말하지는 않았지만 학비 문제도 넌지시 암시했고, 종교에 대해서도 꽤 장황하게 이야기하며 질문을 했다. 가톨릭 신자인지, 교회에는 착실히 나가는지, 우리 동네의 본당 소속인지 등등.

엄마는 우리 민족의 비극과 세계 최초로 기독교를 받아들인 아르메니아 정교회에 대해 그리고 우리가 로마 가톨릭과 얼마나 가까운지 등등을 이야기했다.

멜리장 씨는 팔꿈치를 책상에 괴고 한 손으로 턱을 만지작거리며 엄마 얘기를 들었다. 엄마 말이 끝나고 잠시 침묵이 흘렀다. 이윽고 그가 처음으로 나를 향해 돌아앉으며 말했다

"자, 됐습니다. 젊은 친구, 자네는 9반에 등록하도록 하겠네. 담임 선생님은 마드무아젤 포졸리이고, 책과 공책은 10월 1일, 개학하는 날 학교에서 배부할 걸세."

말을 마치고 교장 선생님은 자리에서 일어났다. 면접은 그렇게 끝났다.

교장실을 나서려던 엄마가 가방을 열었다. 첫 학기 등록금을 내려는 것이었다. 그러자 멜리장 씨가 정중한 손짓으로 엄마를 만류했다.

"부인, 등록은 개학날 하시면 됩니다."

밖으로 나오자 한여름의 열기가 훅 끼쳤다. 불치병을 의심하며 한참 동안

이것저것 검사하다 X-레이 촬영 결과 "자, 됐습니다. 아무 이상 없습니다! 마음 편하게 휴가를 떠나셔도 됩니다"라는 의사의 확답을 듣고 진료실을 나온 환자가 느낄 법한 행복감과 자유로움이 그 열기를 타고 내게 전해졌다.

하늘은 여느 때보다 푸르렀고, 무성한 나뭇잎도 평소보다 더 짙은 녹색이었다. 그날 오후, 법원 앞 공원은 엽서로만 보던 지중해 쪽빛 해안이 부럽지 않았다. 안나 이모가 항상 권했지만 한 번도 타지 않았던 자전거를 그날은 한 시간이나 빌렸던 것 같다.

***

그해 방학에 일어난 두 번째 중요한 사건은 '아름다운 정원사'라는 이름의 대형 옷가게로 나들이를 한 것이다. 학교에 입고 다닐 내 옷가지를 마련하기 위해서였다.

기어코 수동 재봉틀을 대여해 그 앞에 꼼짝도 않고 앉은 카이아네 이모는 줄곧 셔츠에만 코를 박고 있었다. 이모 앞에는 항상 일감이 수북이 쌓여 있었다. 엄마는 어떤 옷이 좋을지 몰라 안나 이모의 확실한 안목이 꼭 필요하다며 같이 가자고 했다.

한 층 전체가 아동복 코너였다. 형형색색의 다양한 옷들이 사방으로 끝도 없이 줄지어 걸려 있고, 그 사이로 한 사람이 겨우 지나다닐 만한 좁은 통로가 있었다. 안나 이모는 손으로 이것저것 만져보며 '순모 100퍼센트'를 찾아 다녔고, 엄마는 소매 끝에 달린 가격표를 연신 뒤집어보았다. 신기하게도 엄마와 이모는 내가 눈여겨보는 옷에는 전혀 관심이 없었다.

엄마들은 속닥속닥 얘기를 나누고, 몇 번을 왔다 갔다 한 후 드디어 정장 한 벌을 골랐다. 무릎까지 오는 불룩한 바지, 일명 '골프 바지' 정장이었다. 난 엄마들에게 학교에 그런 옷을 입고 오는 아이는 한 명도 없다고 힘주어 말하고 싶었지만, 그냥 우물쭈물하고 말았다. 가장 확실한 선택 기준이 바로 무릎까지 오는 그 길이인 이상, 엄마들이 그걸 포기할 리는 없었다. 같은 천으로 된 짧은 바지를 여유분으로 하나 더 살 예정이었지만, 엄마들은 생각을 바꾸어 반바지에 받쳐 신을 모직 스타킹을 한 켤레 사기로 결정했다. 그건 '숙녀용' 코너에서 파는 것이었다.

그 엄청난 위기를 모면하기 위해 내가 바랄 것은 하나밖에 없었다. 그 복잡한 가게 안을 헤매고 다니느라 뭘 사야 하는지 엄마들이 잊어버리는 것이었다. 외투는 그야말로 압권이었다. 스코틀랜드산 순모에 허리를 졸라매는 더블 코트였는데, 나한테는 너무 길어 보였다. 하지만 안나 이모랑 공원에 놀러 나가는 날, 10센티미터만 줄여달라고 부탁하면 별문제 없어 보였다.

엄마랑 이모는 남극에 입고 가도 끄떡없을 최고급 겨울 스웨터와 끝이 뾰족하고 가죽으로 바닥을 댄 검은 부츠까지 한 켤레 샀다.

옆구리에 가게 상표가 붙은 종이 쇼핑백을 잔뜩 들고 회전문을 나서는 순간, 왠지 모를 불편함이 나를 엄습했다. 그때 안나 이모가 소스라치게 놀라며 한마디 했다.

"어떡하지, 스타킹을 안 샀네!"

우리는 문을 밀치고 다시 들어가 숙녀용 코너로 향했다.

앞으로의 내 '우아한' 패션에 대해 느꼈던 정체 모를 그 불편함은 자식을 어떻게든 잘 입히고 싶은 엄마들의 지나친 열성 때문만은 아니었다. 그날 기온에 대해 이런저런 이야기를 나누던 엄마들은 "감기에 걸리면 안 되니까"라며 당신들의 구매를 정당화했다. 그때 '아니거든요, 날씨 엄청 따뜻하거든요'라는 말이 목구멍까지 올라왔지만 그냥 꿀꺽 삼켜버린 것도 그 때문이었다.

내가 느낀 그 불편함은 뭐라 말할 수 없는 막연한 직감 때문이었다. 아무도 나처럼 입고 학교에 오지 않을 거라는 야릇한 예감이 바로 그것이다.

그로부터 몇 년이 지난 후, 엄마들과 또 옷을 사러 갔었다. 번쩍이는 새 정장에 부츠를 신은 나는 두 팔을 축 늘어뜨린 채 거울 앞에 섰다. 점원은 나를 이리저리 둘러보며 입에 발린 칭찬을 늘어놓았고, 엄마와 이모의 얼굴에는 자랑스러움과 뿌듯함이 흘러넘쳤다.

그때, 엄마들의 그 숱한 고생을 대가로 얻은 새 옷을 입은 나는 활짝 웃으며 말했다.

"너무 맘에 들어요!"

엄마들을 실망시키고 싶지 않았기 때문이다. 하지만 난 유명 옷가게의 그 어이없는 옷차림보다 금색 단추가 달린 그냥 교복이 더 좋았다. 잘살든 못살든 누구나 똑같이 입어야 하는 교복이 나의 소심함까지 모두 묻어버릴 것 같았기 때문이다.

개학 전날인 9월 30일 밤은 유난히 짧았다. 난 잠을 설쳤다. 새 학교에 입학해야 할 순간이 다가왔다고 생각하니 잠이 오질 않았다. 벌써 두 번이나 침대에서 내려와 엄마의 시계를 들여다보았다. 저녁이면 엄마가 늘 식탁에 올려두는 시계였다.

난 6시에 일어났다. 카이아네 이모는 졸음을 쫓으며 잠에서 깨자마자 무슨 큰일이라도 난 것처럼 급히 부엌으로 달려갔다. 엄마와 안나 이모는 아직 깊은 잠에 빠져 있었다.

"이모를 깨우려고 그런 건 아닌데…."

"지금 몇 시니? 아니, 7시도 안 됐네!"

생각보다 이른 시간에 안심한 카이아네 이모가 부엌에서 손가락으로 뭔가를 가리켰다. 내 매트와 병풍 사이에 커다란 상자가 하나 놓여 있었다. 이모는 눈을 찡긋하며 열어보라는 시늉을 했다. 난 평소 선물을 개봉할 때 상자 위의 리본을 먼저 푼 다음 사방을 감싸고 있는 나머지 리본을 벗겨낸다. 이렇게 하면 놀라움의 순간에 천천히 다가가는 스릴도 있고, 나중에 리본을 재활용할 수도 있다. 하지만 이번에는 리본 매듭이 잘 풀리지 않았다. 상자 안에 뭐가 들었는지 궁금해서 너무 서두르다 포장지를 부욱 뜯고 말았다. 이른 아침 고요한 방 안에 울려 퍼진 그 소리에 엄마와 안나 이모가 눈을 뜨고 일어나 앉았다. 난 천천히 상자 뚜껑을 열었다. 배낭처럼 등에 멜 수 있는 진홍색 책가방이 얇고 투명한 종이 위에 얌전히 놓여 있었다. 손잡이에는 '천연가죽'임을 증명하는 보증서가 자랑스럽게 달려 있었다.

나에게 그 기쁨을 안겨주기 위해 몇 년 동안 엄마와 두 이모가 침침한 전등불 밑에서 바늘과 씨름하며 얼마나 많은 단춧구멍을 만들고, 얼마나 많은 단추를 달고, 얼마나 많은 셔츠를 만들었던가? 난 유난히 일찍 철이 드는 바람에 어른들께 뭔가를 졸라본 적이 없는 아이였다. 하지만 그건 돌이켜 생각하면 어른들이 무엇 하나 부족한 것 없이 모든 걸 다 주었기 때문이기도 했다.

나는 아침을 먹으면서도 그 가죽 책가방을 내내 어루만졌다. 조그맣고 앙증맞은 열쇠도 있어 나 아니면 아무도 내 책과 공책을 함부로 만질 수 없다는 것이 너무 맘에 들었다. 엄마는 나를 학교에 데려다줄 채비를 했다. 시계를 손목에 대보더니 여러 번 흔든 다음 이번에는 귀에 갖다 대고 잘 가는지 확인했다. 엄마의 휴대용 회중시계는 별 탈 없이 재깍재깍 잘 굴러갔다. 간혹 6시 5분에 멈추는 경우가 있긴 했지만, 아침에 그걸 보고 6시라고 생각하는 사람은 식구 중에 나밖에 없었다. 아침 일찍부터 온 식구를 깨워버린 것이 약간 머쓱했던 나는 책가방을 메고 등교 시간이 될 때까지 발코니에 나가 있기로 했다.

그런데 소파 앞을 지나치던 나는 아빠의 잠자리가 하나도 흐트러지지 않고 그대로인 것을 발견했다. 그날 밤 아빠가 집에 들어오지 않았다는 걸 한눈에 알 수 있었다.

나는 조그만 발코니 난간에 팔을 괴고 아빠의 그럴듯한 외박 이유를 생각해내려고 애썼다. 그런 일은 한 번도 없었기 때문이다. 하지만 아무리 생각해도 전에 없던 아빠의 행동을 설명해줄 만한 이유가 떠오르지 않았다.

발코니에서 내려다본 파라다이스 가에도 서서히 아침이 찾아오고 있었다. 지나다니는 사람은 거의 없었지만, 전차는 벌써 레일을 달리기 시작했고, 전차에 전기를 공급하는 기다란 전류봉이 하늘을 가르는 굵은 전선 위에서 열심히 전기를 전달하고 있었.

가끔 그 전류봉 끝에 고정된 도르래가 전선 케이블이 한데 붙어 있는 지점을 지나갈 때면, 타닥타닥 소리를 내며 불똥이 튀어 비처럼 쏟아지기도 했다. 그 눈부신 빛의 파편들을 보고 있노라면, 전기라는 게 얼마나 신비로운 것인지 탄성이 절로 나왔다.

그때 전차가 한 대 멈추어 섰다. 한 남자가 비틀거리며 천천히 내렸다. 5층에서 내려다봐서인지 허리를 구부린 실루엣만 겨우 알아볼 수 있었다.

남자는 힘에 겨워 금방이라도 푹 고꾸라질 것 같았다. 옆에 있던 플라타너스를 향해 몇 걸음 내딛은 남자는 나무에 등을 대고 섰다. 마치 나무에서 조금이라도 기력을 얻으려는 듯했다. 그러더니 천천히 허리를 폈다. 남자와 나무가 서로 한 몸이 된 것처럼 보였다. 한참을 그러고 서 있던 남자는 고개를 떨어뜨리고 다리를 질질 끌며 길을 건넜다. 그러곤 곧 내 시야에서 사라졌다.

갑자기 우리 집 문이 열렸다.

그리고 발코니에서 봤던 그 구부정한 남자가 들어왔다.

아빠였다.

아빠는 대문자 I처럼 꼿꼿이 허리를 편 채 피곤에 지친 몸을 감추려고 애정이 듬뿍 담긴 눈으로 나를 바라보았다. 아빠는 웃고 있었다. 내 뺨에 뽀뽀를 하는 아빠의 얼굴이 수염 때문에 따끔거렸고, 땀 냄새도 진하게 풍겼다. 어느 날 밤, 병풍 뒤에서 그렇게 들으려고 안간힘을 쓰다 결국 듣지 못한 그 기적의 '묘책'이 무엇인지 밝혀진 순간이었다. 아빠는 월급을 두 배로 받으려고 낮 근무를 밤샘 근무로 바꾸었던 것이다.

사랑이라는 것에 대해 이 세상 사람들이 이야기한 바를 총망라해놓은 백과사전이 있다면 거기엔 수없이 많은 러브 스토리가 등장할 것이다. 먼저 서로의 입술을 갈구하고 서로의 혀가 뒤섞이고 마침내 숨이 멎을 것 같은 일순간의 격정으로 끝을 맺는 사랑이 있을 것이다. 순간의 열정을 위해, 번개를 맞은 듯 한눈에 빠져버린 사랑을 위해 영원을 맹세하는 연인들도 있을 것이다. 사랑이 막 시작되려는 즈음의 그 거부할 수 없는 유혹과 숭고한 육체적 쾌락 역시 빠질 수 없다. 그런 쾌락이 있어 누구나 새로운 사랑을 끝없이 갈구하는 것이리라. 열렬한 만큼 쉽게 식는 사랑을 즐기는 멋진 왕자님, 이 세상 모든 매력남들과 사랑에 빠지는 여자들도 흔하다. 마지막으로 부잣집 자제 로미오와 금발의 이졸데를 위해 죽음을 불사했던 트리스탄은 수많은 예술가들의 단골 메뉴 속에서 끝도 없이 되살아나 사람들의 기억 속에 위대한 사랑의 승리자로 각인되어 있다. 그런데 이 세상 모든 종류의 사랑을 열거한 그 방대한 백과사전 속에 플라타너스 나무에 기대어 선 한 남자의 시련과 수난사도 등장할까?

창백한 안색과 이마에 패인 깊은 주름, 처진 눈두덩과 퀭한 눈, 며칠씩 깎지 못한 수염. 공장에서 밤새 노예처럼 일하고 자식의 좀 더 나은 내일을 위해 월급봉투를 들고 오는 남자의 보잘것없는 러브 스토리를 기억하는 사람이 세상에 과연 몇이나 될까?

허리 굽은 이 남자는 시간이 흘러도 결코 잊지 못하는 한 사람의 기억 속에서만큼은 생생하게 살아 있다. 그 추억의 바깥에서 이런 아버지를 찾을 수 있는 곳이라곤 무성한 잡초에 파묻히고 시간이라는 곰팡이에 싸여 알아보기도 힘든 묘비명뿐이다.

학교에 들어가고 얼마 지나지 않아 나는 내가 어느 쪽에도 속하지 않는 '천덕꾸러기'가 되리라는 것을 직감했다. 나만의 '특이함'이 앞으로도 줄곧 나를 옭아맬 것이란 사실도. '아름다운 정원사'에서의 내 불길한 예감은 정확하게 들어맞았다. 나처럼 옷을 입고 온 아이는 하나도 없었던 것이다.

장차 내 급우가 될 친구들의 수준에 뒤지지 않으려고 엄마는 나를 최고급 순모와 가죽 부츠로 휘감았지만, 나의 값비싼 의상은 뭔가 수상한 낌새를 풍겼다. 반면 후줄근한 면 셔츠에 징 박은 구두를 신은 급우들은 '그냥 대충 입은' 분위기였다. 그렇다고 그들의 사회적 지위가 의심받을 리는 만무했다. 내가 교실에 들어서자 급우들은 휘파람을 불어대며 왁자지껄하게 나를 맞았다. 감탄해마지 않으면서도 한편으로는 놀리는 듯한 묘한 반응이었다. 동물원의 원숭이가 된 기분이었지만, 나는 기꺼이 그들과 함께 웃는 쪽을 택했다.

처음 30분 동안은 수업에 필요한 교과서, 노트, 연필, 지우개, 펜대 따위를 나누어주었다. 교과서는 잉크 냄새도 채 가시지 않은 따끈따끈한 새 책이었다.

포졸리 선생님이 기다란 자로 책상을 탁탁 두드리자 어수선했던 분위기는 일순간 조용해졌다. 선생님은 출석을 부르기 시작했다. 로베르, 앙리,

폴, 프랑수아, 메르시에, 마르탱, 파게스, 파브르, 가르생… 삼색기처럼 다양한 프랑스식 이름이 줄줄이 이어졌다. 일정한 간격을 두고 호명하던 포졸리 선생님의 목소리가 아주 잠깐 그 리듬을 잃더니, 교탁 위 출석부로 몸을 숙였다. 그 짧은 순간, 나는 내 차례임을 직감했다.

"아코드 말라키안."

선생님은 내 이름, 아쇼드의 'ch'를 'k'로 발음했다. 자칫하면 1년 내내 그렇게 불릴지도 모른다는 생각에 머뭇거리며 선생님의 'ch' 발음을 바로잡아주었다. 하지만 이미 여기저기서 수군대는 소리, 킥킥대는 소리, 터지려는 웃음을 억지로 틀어막는 소리도 들려왔다. 재밌어 죽겠다는 그 비웃음들은 점점 볼륨이 높아졌다. 야유는 교실 전체로 퍼져 나갔고, 그 빈정거림은 급기야 아쇼드라는 이름으로 살았던 내 여덟 해 전부를 비웃는 소리로 변했다. 아이들은 '오 쇼드(더운물)' '쇼 레 마롱(군밤)' '쇼쇼트(내숭 떨기)' 따위의 프랑스어 단어를 들먹이며 내 이름을 갖고 놀았다.

익명을 빙자한 비웃음과 야유가 벼락을 맞은 듯 갑자기 잠잠해졌다. 뒷짐을 진 멜리장 교장 선생님의 땅딸막한 몸매가 느닷없이 교실로 쑥 들어섰기 때문이다. 교장 선생님의 손짓 하나에 학생들이 모조리 일어섰다. 당황한 담임 선생님의 얼굴도 조금 상기되었다.

슬금슬금 시선을 피하는 아이들 앞에서 교장 선생님은 또다시 이런 일이 있으면 학급 전체가 방과 후에 남아야 할 거라고 겁을 주었다. 그가 문을 닫고 나가자 교실은 다시 평온을 되찾았고, 선생님은 출석을 마저 부르기 시작했다.

파랑, 하양, 빨강의 그 알록달록한 이름들이 이어지는 동안, 나는 내 자랑스러운 이름에 대해 생각했다. 아쇼드는 아르메니아의 유명한 왕을 연상케 하는 이름이었다. 하지만 개학 첫날 아침부터 루이 14세도, 앙리 4세도 아닌 그냥 평범한 루이나 앙리들이 나를 쥐고 흔든다는 생각을 떨칠 수 없었다.

***

휴식 시간이 되었다. 과연 급우들과 어울릴 수 있을지 의구심은 여전했지만, 축구를 하기 위해 팀을 나누는 동안 그런 의구심이 완전히 해소되는 듯했다. 반에서 덩치가 큰 편인 아이 둘이 각 팀의 주장을 맡았고, 주장은 각각 자기 팀 선수를 지목했다. 하지만 난 어느 쪽에서도 지명하지 않았다. 난 항의도 하지 않았고, 같이 놀고 싶다는 시늉도 하지 않았다. 그런데 아이들에게는 나를 제쳐둔 나름대로의 구실이 필요했다. '뾰족한 부츠 끝이 뭉개질 수 있다'는 것이 나에 대한 그들의 세심한 배려였다.

축구를 어떻게 하는 것인지 전혀 몰랐기 때문에 그 가혹한 신고식에 딱히 화가 나거나 섭섭한 마음은 없었다. 그저 왠지 모를 서글픔이 나를 휘감았을 뿐이다.

내가 그렇게 꿈꾸었던 학교 그러나 첫날부터 나를 괄호 밖으로 밀어낸 이 학교에 비하면, 오르톨리 선생님의 학교는 관용과 박애를 몸소 실천하는 곳이었다.

나를 주시하고 있던 포졸리 선생님은 내 서글픔이 축구 팀에서 밀려났기 때문이라고 생각해서인지 꽤 단호한 입장을 보였다. 선생님은 게임을 중단시키고 이렇게 말했다.

"말라키안, 이쪽으로 오세요."

운동장 가장자리 철책에 기대 서 있던 나는 선수들이 있는 운동장 한복판으로 걸어갔다. 선생님의 직권으로 내 소속 팀이 정해졌다.

선생님은 '수용할 수 없는', '수치스러운', '불친절한' 태도가 문제라는 내용의 말씀을 덧붙이고 운동장을 떠났다. 축구 경기는 재개되었다.

그런 선생님을 실망시키지 않기 위해 나는 이리저리 꽤 열심히 뛰었다. 그런데 날카로운 호루라기 소리와 함께 선수들이 일제히 그 자리에 정지했다. 나는 무슨 일인지 알 수가 없었다. 그때 '페널티킥'이라는 소리가 들렸다. 뭐라고 항의하거나 자기들끼리 쑥덕대는 아이들도 있었지만, 상급생의 호루라기 소리에는 무시할 수 없는 권위가 있었다. 아이들은 모두 운동장에서 물러나 가장자리에 정렬했다. 운동장에는 축구공과 골대만 덩그러니 남았다. 한동안 침묵이 흐르더니, 우리 팀 주장의 목소리가 울렸.

"자, 아코드, 네가 차! 할 줄 아는 걸 해봐. 부츠 조심하고 말이야!"

주장은 내 이름을 일부러 아코드라고 발음하고, 성인 말라키안은 부르지도 않았다. 말라키안은 프랑스 사람들이 듣기에도 그다지 이상하지 않고, 무엇보다 우리 반에 말리브랑이라는 아이도 있었기 때문이다.

"단숨에 차!"

우리 팀 선수 하나가 외친 이 말 덕분에 난 아이들이 내게 뭘 원하는지 어렴풋이 알 수 있었다.

나는 공 앞으로 천천히 다가가며 골대 앞에 서 있는 단 한 명의 선수를 바라보았다. 그는 좌우로 몸을 흔들며 공을 막아낼 준비를 하고 있었다. 난 그 순간 어떻게 해야 하는지 완벽히 간파했다. 두세 발 도약한 뒤 오른발로 젖 먹던 힘까지 다해 공을 찼다.

엄청난 놀림을 감수해야 했던 그 뾰족한 부츠 끝이 어찌된 일인지 둥근 공의 한가운데를 정확히 때렸고, 공은 대포알처럼 날아가 골키퍼를 쓰러뜨리고 골대 안에 정확히 꽂혔다.

순식간에 우리 팀의 환호와 상대 팀의 탄성에 둘러싸인 나는 영웅들만이 누릴 수 있는 승리감에 도취했다. 그 순간 그들은 '외국인', 내 부츠, 내 이름 따윈 깡그리 잊었다. 세계 챔피언 부럽지 않은 그 잠깐 동안, 인종의 벽은 온 데 간 데 없었다. 혜성같이 나타난 '천재 슈터'를 자기 팀으로 영입하는 것이 우선이었다.

슈팅이 정확하거나 주먹이 세기만 하면, 자존심이 하늘을 찌르는 프랑스 사람도 순식간에 다정한 내 형제가 될 수 있는 법이다…. 그 이상의 목적을 위해서 말이다.

발 디딜 데 없이 인파들로 가득 찬 20세기의 원형경기장 안에서 수많은 관중들은 자기네 검투사가 이기느냐 지느냐에 따라 거들먹거리기도 하고 고래고래 고함을 지르거나 휘파람을 불고 야유를 보낸다. 승부에 일희일비 하는 그들은 말도 안 되는 잘난 척으로 무장한 채 멀리서 온 이국 출신 선수들을 기꺼이 자국민으로 귀화시키고 그들의 승리를 자국의 승리로 축하한다. 자기 나라 유니폼을 입기만 하면 아무 문제가 없다.

생각지도 못했지만 얼결에 얻은 득점으로 나는 그런 검투사의 영광을 부여받았다. 그리고 그 영광은 내 출신지와 내 과거에 대한 면죄부까지 안겨주었다. 실로 엄청난 반전이었다.

하지만 장차 위대한 챔피언이 될 소질이 애초부터 없던 나는 그 면죄부의 효력을 급격히 상실하고 말았다.

형편없는 내 실력은 운동장에서 유감없이 발휘되었고, 그때마다 우리 팀 선수들의 가차 없는 질책이 쏟아졌다. 나에게 패스된 공에 헛발질하기 일쑤였고, 어쩌다 내 앞에 굴러온 공은 상대편에게 패스했다…. 그러던 어느 순간, 결정적 기회가 찾아왔다.

어떤 상황이었는지는 잘 모르겠지만 공이 내 앞에 굴러왔고, 몇 미터 안 되는 곳에 골대가 있었다. 내 최초의 득점 장면이 눈앞에 어른거렸다. 골키퍼는 방심한 채 최소한의 방어 자세도 취하지 않고 있었다. 바로 그 순간, 나는 마법의 부츠로 공을 힘껏 찼다. 공은 골대 안으로 쏜살같이 들어갔다.

처음에는 모두들 무슨 영문인지 몰라 멍한 표정이었다. 약간의 침묵이 흐른 뒤, 휘파람과 함성과 야유가 뒤섞여 이어졌다. 어이없지만 어쩔 수 없다는 표정의 상대편도 함께 환호했다. 그때 우리 팀 주장이 뿌연 먼지바람을 일으키며 부리나케 달려왔다. 입에 거품을 물고 흥분해서는 쩍쩍 갈라진 목소리로 불같이 화를 냈다.

욕설이 난무하는 그 벼락같은 분노 앞에서 나는 내가 공을 차 넣은 곳이 바로 우리 편 골대라는 걸 눈치챘다. 내가 모르는 축구 룰 때문에 두 팀 모두 완전히 뒤집어졌다는 것 또한 알아차렸다.

퇴장 명령이 떨어지기도 전에 피 흘리며 도망가는 사냥감을 추격하는 사냥꾼들의 함성을 뒤로 한 채 난 운동장을 빠져나왔다.

돌아 나오는 내 등에 또다시 놀림과 야유의 화살이 쏟아졌고, 내 쓰라린 상처에서는 또다시 피가 흐르기 시작했다.

여덟 살 때의 그 친구들도 지금은 뱃살 두둑한 중년 신사가 되어 있을까? 그때의 그 축구 시합, 팀 가르기, 그렇게 놀려대며 웃던 내 이름도 기억할까? 걸핏하면 내 고향을 들먹이며 난민이라는 내 출신을 악착같이 환기시키려 했던 것, 그러면서 자기네들은 알리바바의 보물 창고쯤에서 태어난 줄 알던 그 어처구니없고 유치한 잘난 척도 기억할까?

그 10월 1일 이후 50여 년이 흘렀다. 그 세월 속에서 영광에 겨워 어쩔 줄 모르던 그 승리의 하루도 그들의 기억에서 지워졌을 것이다. 하지만 수많은 얼굴이 떠올랐다 사라지는 굴곡 많은 내 기억은 반세기가 지난 지금도 그 아이들 하나하나의 모습을 고스란히 간직하고 있다.

***

점심시간에 엄마가 나를 데리러 왔다. 학교에서 점심을 먹는 것보다 집에서 먹는 것이 더 싸게 먹혔기 때문에 난 폭우가 쏟아지거나 하는 경우가 아니면 늘 집에 와서 점심을 먹고 다시 학교로 갔다.

교문을 나서면서 보니 그런 학생은 나 혼자밖에 없었다. 외국인도 나 혼자였고, 그렇게 튀는 옷을 입은 아이도 나 혼자였고, 가톨릭 신자가 아닌 것도 나 혼자였고, 축구 규칙을 모르는 아이도 나 혼자였다…. 그 많은 '나 혼자'가 쌓이고 쌓여 고독이라는 걸 만들었다.

집으로 돌아오는 길, 등교 첫날이 어땠는지에 대한 엄마의 질문이 쉴 새 없이 쏟아졌다. 난 거짓말을 할 수밖에 없었다. 급우들은 더할 나위 없이 다정한 친구로, 교실은 학구적이면서 평등과 박애를 실천하는 인류애의 현장으로 변했다.

외로움을 어떻게 극복해야 하는지는 오르톨리 선생님의 학교에서 이미 터득한 터였다. 하지만 엄마 얼굴에 드리운 근심, 기죽은 두 이모의 푹 숙인 고개, 구부정한 허리로 공장에서 밤새워 일하는 아빠의 고생은 어린 내가 감당하기엔 너무도 벅찬 현실이었다. 그래서 멜리장 학교를 다니던 5년 내내 난 줄곧 거짓말만 했다. 가족들의 눈에서 미래의 꿈을 보기 위해 난 그들에게 사랑과 존경으로 충만한 학교 이야기를 들려주었고 덕분에 가족들은 나의 '상류 사회' 편입을 추호도 의심하지 않았다.

희망에 목마른 사람들을 속이는 건 쉬운 일이다. 밤늦게까지 이어지는 단조롭고 무미건조한 일상 속에서 내가 들려주는 학교 이야기는 식구들에게 축제와 다름없었다. 셔츠를 무릎 위에 놓은 채, 바늘 든 손을 허공에 치켜든 채 엄마들은 행복에 겨운 얼굴로 황당무계한 나의 소설을 들었다. 치밀하게 구성한 내 이야기 속에서 학교는 미래의 성공과 희망으로 들끓는 거대한 용

광로 그 자체였다.

상황에 맞게 새로 편집되고 윤색된 첫날의 그 축구 시합 속에서 나의 첫 득점은 영광의 챔피언 다큐멘터리로, 친구들의 조롱은 남자들만의 끈끈한 우정으로 새롭게 태어났다. 나머지 에피소드는 모조리 가위질당했다.

그 화려한 상상 속 이야기가 새벽녘 아빠가 돌아오면 하나도 빠짐없이 다시 되풀이되리라는 것을 난 누구보다 잘 알고 있었다.

***

"네 아빠는 뭐하냐?"

그럴 때는 "그게 너랑 무슨 상관이야!" 정도로 적당히 얼버무렸어야 했다. 우리 또래 아이들의 대화에서는 그게 자연스러웠다.

그런데 난 경솔하게도 거짓말을 반쯤 섞어 대답하는 우를 범하고 말았다.

"우리 아빤 고깃배 주인이셔."

고향에서는 정말 그랬었다.

내 대답은 이상한 소문이 되어 사방으로 퍼지더니 결국은 대구, 고등어, 정어리, 청어, 뱃사람들이 함께 뒤섞인 조롱과 야유로 되돌아왔다. 난 어느새 끈적끈적한 생선 비늘을 온몸에 바르고, 끼니마다 부야베스(마르세유 같은 프랑스 남부 항구 도시의 특산 요리. 일종의 해물탕—옮긴이)만 먹는 그런 아이로 변해 있었다.

그때부터 급우들은 그냥 나와 한 교실에 함께 앉아 있는 사람, 그 이상도 그 이하도 아니었다. 나는 나와 그들 사이에 그렇게 선을 그어버렸다…. 그때부터 난 오락이나 휴식 시간에 절대 참여하지 않았다.

졸업할 때까지 5년 동안 휴식 시간에 단 한 번도 운동장에 내려가지 않았다. 그런 날이 반복되면서 난 아무도 없는 고요한 교실에 차츰 익숙해졌다.

상상의 나래를 펴기에는 더없이 편안하고 다정한 그 고요함 속에서 교실 문이 열리더니, 만면에 미소를 띤 젊고 예쁜 여자가 모습을 드러냈다. 그녀는 혼자 있는 나를 보곤 깜짝 놀라며 내 옆에 와 앉았다. 그 소박하고 천진한 환상 속에서는 모순도 애매함도 없이 모든 것이 분명했다. 이왕 문이 열릴 거면 섬세하고 부드럽고 친절한 여인의 방문이 훨씬 좋았다.

혼자 교실에 남아 있는 동안 실제로 교실 문이 열린 적이 몇 번 있기는 했다. 하지만 그때마다 내 눈에 들어온 건 나이 든 남자 선생님의 얼굴뿐이었다. 그는 교실 문손잡이를 잡고 얼굴만 내민 채 물었다. 범행 현장을 급습한 듯한 표정이었다.

"너 거기서 뭐하니, 응?"

독감에 걸렸다거나 목감기가 아직 안 나았다고 둘러대면 낯선 침입자의 호기심은 금세 사그라졌고, 난 외로움이라는 멍석을 깔고 누운 수수께끼 같은 꼬마 스핑크스의 자리로 다시 돌아왔다.

복도에 울리는 아이들의 발소리는 휴식 시간이 끝났음을 알리는 신호였다. 저마다 자기 책상을 찾아 앉고 각 지방 군청 소재지가 표시된 프랑스 지도책이나 알퐁스 도데의 《물레방앗간 편지》 따위를 다시 펼치곤 했다.

외로움 속에 자리한 나만의 작은 세계로 다시 빠져드는 때도 바로 그 즈음이다. 하지만 이번에는 텅 빈 교실이 아닌 북적대는 교실 한복판이다.

그 첫 학기 동안, 나는 작문에서 1등을 몇 번 했고, 4등과 6등을 한 번씩 했다. 하지만 정작 성적표에는 '5등 안'으로 적혀 있었다.

'5등'도 아닌 '5등 안'이라는 애매하고 불분명한 표현은 내가 1등의 바짓가랑이에 매달린 듯한 인상을 주었다. 거만함에서 비롯된 지극히 악의적이고 불성실한 태도였다.

솔직히 말하면 난 5등이 맞다. 인정할 건 인정해야 한다.

5등이란 프랑스 학생에게는 더할 나위 없이 자연스러운 등수였지만, 흔히들 생각하는 소설 속 스토리와는 별로 어울리지 않는다. 소설에서는 가난한 사람이 늘 신중하고 정직하고 소박하고 거기다 용감하기까지 하며, 편파적이고 못돼먹은 인종차별주의자 선생의 방해에도 불구하고 학교에서는 줄곧 1등이기 때문이다. 그런데 포졸리 선생님은 유감스럽게도 너무 곧이곧대로였다. 그러다 보니 늘 정직한 사람이 최종 승리자인 삼류 멜로의 주인공이 되기에 나는 자격 미달이었다. 내 앞의 4명이 없어야 가능했다.

1등이 아닌 5등짜리 외국인한테 본토박이들은 그다지 놀라지도 않았고 그다지 시샘하지도 않았다.

대학 입학 자격시험용인 학교 수업 말고도 우리에게는 각자의 영원한 영혼을 준비해야 하는 과제가 있었다.

만만찮게 힘든 그 과제에는 교내 예배당에서의 주1회 예배드리기(본당에서의 일요 예배도 필수였다), 고해성사, 영성체, 교리 문답 수업, 종교 심성 교육이 포함되었다.

우리의 신앙심과 양심 교육을 담당한 사람은 프… 뭐라고 하는 신부님이었다. F로 시작하는 이름이었는데 기억이 잘 안 난다. 나이가 엄청 많은 신부님이었는데, 금욕하고 절제하고 검소하게 살면 다 저렇게 될까, 아니면 그냥 몸에 지방질이 적어서 그런가 하는 의문이 들 정도로 비쩍 마른 분이었다.

좀 더 젊은 신부님도 한 분 있었다. 이름이 G로 시작되었는데, 역시 기억이 잘 나지 않는다.

그날도 여느 때처럼 교실 창가에 서서, 혼자만의 고독한 휴식을 즐기고 있었다. 그때 창밖으로 F 신부님의 모습이 눈에 띄었다. 그는 성경에 바짝 얼굴을 갖다 대고 간간이 얇디얇은 책장을 한 장씩 넘기며 운동장을 걷고 있었다.

운동장에서는 수도관 공사가 한창이라 크고 작은 돌멩이와 자갈이 여기 저기 흩어져 있었다. 손바닥만 한 작은 성경에 코를 박고 걷는 중이었기 때문에 일정한 보폭이 약간만 흔들려도 글이 눈에 제대로 안 들어올 것 같았다. 그런데 F 신부님은 자갈밭을 지나갈 때도 돌멩이를 털끝 하나 건드리지 않고 유유히 빠져나갔다. 성경에 푹 빠진 신부님은 이 속세와는 완전히 떨어져 있는 것 같았다. 신기하게도 그의 두 발은 장애물이 없는 길만 골라 요리조리 잘도 피해가고 있었다.

그로부터 한참 뒤, 어김없이 성경에 코를 박고 학교 복도를 걸어가는 신부님을 본 적이 있다. 멀쩡한 복도에서 오히려 헤매는 신부님을 본 나는 유독 신부님 발만 피해가던 그 신통한 돌멩이들의 비밀을 이해할 수 있었다.

교리 수업 첫날부터 F 신부님은 나 같은 '야만적 이교도'에 대한 적의를 노골적으로 드러냈다.

그는 아이들의 면면을 꼼꼼히 오랫동안 살펴본 후 각자의 자리를 새로 정해주었다. 제일 앞줄을 차지한 학생은 신부님이 제일 예뻐하는 아이들이 분명했다. 그 학생들에게는 수업 시간마다 늘 한결같은 미소로 '친애하는 부모님'의 안부를 물었기 때문이다.

그런데 신부님의 그 미소란 것이 참으로 신기했다. 본능처럼 늘 같은 간격으로 벌어진 얄팍한 양 입술이 잇몸과 짤막한 치아를 가리고 있었다. 그런데 딱딱한 껍질로 덮여 있는 것처럼 침침하고 흐릿한 두 눈은 자기가 표현하고

자 하는 만족감이나 흐뭇함 따위의 감정 상태를 전혀 드러내지 않았다.

그처럼 입과 눈이 서로 따로 노는 신부님의 얼굴에서 미소는 어디에서 시작되는지, 찡그린 표정은 어디에서 끝나는지 도무지 읽어낼 수가 없었다.

내 자리를 정할 순서가 되자 내 얼굴은 차가운 납빛으로 변했다. 신부님이 아이들과 두세 줄이나 떨어진 제일 뒷자리를 가리키며 앞으로도 계속 그 자리에 앉으라고 했기 때문이다. 난 그렇게 나만의 작은 지옥 속으로 유배를 당했다. 남들과 한참 동떨어진 너무나도 명백한 고독 속으로 나를 밀어 넣는 그들의 윤리 앞에서, 내 자존심으로 발전했던 그 외로움은 갑자기 감당하기 벅찬 무거운 짐이 되어 나를 짓눌렀다.

제일 뒷줄로 자리를 옮기면서 신부님 앞을 지나가며 그의 표정을 슬쩍 훔쳐보았다. 가까이에서 그 얼굴을 본 것은 그게 마지막이었다. 신부님의 눈빛에는 나라는 불쾌한 존재에 대한 분노가 가득했다. 나는 로마 가톨릭 하느님의 어린 양들 속에 끼어든 불순한 침입자였기 때문이다.

교리 문답 시간은 요점 정리 시간에 가까웠다. 이해도 잘 안 되는 사변적인 단언과 확신을 공책에 빽빽이 적고 그걸 통째로 외워야 했다. 교실 한쪽에는 지옥이, 다른 한쪽에는 천국이 있었다. 로마 가톨릭만이 연옥 반대를 외치며 회개한 자들을 위한 희망으로 무장한 채 인간을 인도할 수 있는 그런 천국이었다.

F 신부님은 로마 가톨릭과 아주 유사한 다른 교회들까지 모두 포괄하는 '기독교인'이라는 표현을 절대 쓰지 않았다. 신부님의 말씀에 의하면 로마 가톨릭 이외에는 모조리 '이교도'였다. 그는 자기가 쌓아올린 광적인 도그마에 손톱만 한 흠집이라도 나면 전체가 한꺼번에 와르르 무너질지 모른다는 두려움이 있었던 게 분명하다.

***

　F 신부님보다 훨씬 젊은 G 신부님은 좀 더 인간적으로 보였다. 그 학교에 다니는 내내 젊은 신부님은 내가 모태 가톨릭이 아니라는 사실에 별로 신경 쓰지 않는 척했다. 문제와 정면충돌하기보다는 슬쩍 피해가는 스타일이라 내 종교에 대해 늘 잠자코 있었다. 학교 성가대 담당 신부님이었던 그는 교구에 딸린 소규모 성가대 양성소의 신입 성가대원을 모집하는 일도 함께 맡고 있었다.

　학생들은 5명 단위로 교내 예배당으로 불려가 노래 실력을 검증받았다. 음절 하나하나마다 고음에서 저음에 이르는 모든 음을 붙여 소리를 내야 했다. 물론 하모니도 중요한 요소였다. 신부님은 바이브레이션이 들어간 내 목소리 코드가 마음에 드는 눈치였다. 특별히 칭찬을 하지는 않았지만, 어깨너머로 슬그머니 훔쳐본 내 점수표에 X자가 표기되어 있었다. 음정, 음색, 깨끗함, 박자감, 멜로디 등등의 여러 항목이 기재된 난이었다.

　신부님은 내게 언제 노래를 배워본 적이 있느냐고 물었다. 난 그런 적 없다고 했다. 주일마다 스타니슬라스-토랑 가에 있는 조그만 아르메니아 교회에서 노래를 한다는 말도 물론 하지 않았다. 나는 우리 반에서 유일하게 엘리트 학교의 성가대원으로 뽑혔다. 전부 12명 정도 되는 학생이 예배당 안쪽에 자리 잡은 좁은 연단에서 G 신부님의 노래 지도를 받았다.

　미사 때 F 신부님은 '도미누스 보비스쿰: 주님이 당신과 함께하시기를…' 부분만 따라 불렀고, 성가대는 거기에 '엣 쿰 스피리투 투오: 또한 사제와 함께…'로 대답했다. 그런데 내가 그 성가대원 중 하나였다. 그 신성모독 앞에서 F 신부님이 기절초풍한 것은 엉뚱한 이교도의 주님이 그 앞에 떡하니 자리하고 있어서였을까….

103

찬송이 하나 끝나고 다음 찬송가를 준비하는 동안, 학생들이 나란히 앉아 있는 쪽으로 눈길을 돌린 나는 놀라지 않을 수 없었다. 학생들의 몸놀림이 훈련 중인 군인들처럼 뻣뻣하기 그지없었기 때문이다.

구두 뒤축에 박힌 징소리처럼 날카로운 금속음이 예배당 안을 메아리처럼 울렸다. 그 소리는 각각 일동 기립, 착석, 무릎 꿇기를 알리는 신호였다. 학생들은 한 치의 흐트러짐도 없이 한 사람인 것처럼 움직였다. 신경질적으로 흔드는 종소리 한 번에 모두가 고개를 숙였고, 종을 연속해서 흔드는 건 다시 고개를 들라는 신호였다.

한 편의 발레 공연처럼 치밀한 규칙에 따라 진행되는 미사에는 자발적이고 열정적으로 참여하는 아이들이 있는가 하면 그저 덤덤한 표정으로 필수 과목을 이수 중인 학생도 있었다. 하지만 그 둘이 알 수 없는 조화를 이루며 함께 뒤섞여 있었다. 각자 나름의 방식대로 하느님과 관계를 맺는 중요한 과정이었기 때문이다.

제스처가 자발적이고 자연스럽고 단순할수록 뼛속까지 독실한 영혼이 드러나는 법이다. 그리고 그건 자신의 그런 심성을 좀 더 제대로 표현하고자 하는 욕구의 결과이기도 하다. 그런데 미사라는 규정된 절차에 딱딱 들어맞는 동작은 정해진 시간 안에 끝내야 하는 신성한 체조 같은 것이었다. 그런 동작을 통해 신과 나눌 수 있는 사적인 대화란 과연 무엇일까. 이런 생각이 들었다.

내가 잘못 본 것일 수도 있지만, 미사는 그냥 교과목 중 하나였고 예배당 문을 나서면 난 그전보다 더 좋지도 더 나쁘지도 않은 나만의 작은 세계로 다시 빠져들었다.

F 신부님은 첫 영성체 준비로 여념이 없었다. 그날 행사의 최고 우두머리

인 일종의 주교 역할을 맡았기 때문이다. 마침 성사(聖事)를 받을 나이에 해당하는 우리 반이 그 행사의 주인공이었다. 평생 가톨릭 신자로 살아가게 될 사람에게는 중요한 행사이기 때문에 모두들 적잖이 들떠 있었다.

하지만 아이들의 그런 흥분은 그날 차려입을 새 옷 때문이기도 했다. 접으면 측면이 금박으로 빛나는 미사 경본과 하얀 완장이 딸려 있어 특별히 성스러운 분위기가 더해지도록 만든 영성체용 특별 정장이었는데, 다들 대부가 선물해준 것이었다. 등에는 세례받는 아이의 이름과 날짜가 적혀 있었다. 저마다 할머니가 물려준 은으로 된 묵주도 있고, 부모들은 금도금된 회중시계도 잊지 않고 챙겨주었다. 이날은 하느님도 5월의 산타 할아버지쯤으로 보였다.

F 신부님은 아이들에게 교리 문답 시간에 배운 내용을 질문하느라 다른 데는 신경 쓸 겨를도 없었다. 교실 제일 뒷자리로 쫓겨난 후로 내가 본 것은 손가락을 들었다 내렸다 하며 노심초사하는 신부님의 모습뿐이었다. 수업 시간에 외운 성경 내용을 노래 부르듯 줄줄 암송하도록 하는 손짓이었다.

축복받은 급우들은 수백 년에 걸쳐 전해오는 그 전설들을 열심히 읊어댔다. 하지만 제대로 외우지 못하는 아이들도 가끔 있었다. 나는 혹시나 하는 마음으로 배운 내용을 토씨 하나 안 틀리게 몽땅 외웠다. 하지만 질문을 받은 적은 한 번도 없었다. 매 학기 성적표의 내 종교 성적은 졸업 때까지 20점 만점에 늘 8점이었다. 도무지 이유를 알 수 없는 그 미스터리한 점수 앞에서 난 8점이라는 종신형에 처해진 기분이었다.

뜻밖의 껄끄러운 사건이 터진 것도 바로 그 문제의 교리 문답 시간이었다.

F 신부님은 집게손가락을 부지런히 놀리며 이번엔 누구를 지목할까 궁리에 궁리를 거듭하던 중이었다. 그때 느닷없이 누군가가 물었다.

"신부님, 그런데요, 말라키안은 왜 세례를 안 받나요?"

미사 때 종소리에 맞추듯 모든 아이가 일제히 나를 돌아보았다.

그 순간 가장 뒷줄에 웅크리고 앉아 있던 나는 하늘이 와르르 무너지는 것 같았다. 풀숲에 숨은 한 마리 토끼였던 나는 정말 어디로 도망가야 할지 알 수 없었다.

***

나는 아르메니아 정교회의 세례를 받았다. 아르메니아 정교회, 즉 사도교의 기원은 예수님의 사도(使徒)들 시대로 거슬러 올라간다.

지하에서 활동하던 그리스도 교회인 사도교는 301년 아르메니아의 국교로 인정받았다. 로마보다 30년, 유럽보다는 500년이나 앞선 때였다. 다수의 순교자들이 희생된 후, 이교의 신전들이 몰락한 폐허 위에 '선지자 그레고리우스'는 '에치미아진'이라는 곳에 세계 최초의 기독교 대성당을 세웠다. '알렐루야'와 비슷한 뉘앙스를 가진 '에치미아진'은 '주님의 아들이 강림하셨다'라는 뜻이다.

4세기 말 아르메니아 교회 총대주교인 사학(Sahak) 1세와 메스롭(Mesrop)이라는 수도사가 서구와 마찬가지로 왼쪽에서 오른쪽으로 읽는 36개의 글자로 아르메니아 고유 문자를 만들어낸 곳도 바로 이 교회다. 1000년도 더 된 이 아르메니아어는 그 후 그리스어와 라틴어, 시리아어에 이식되기도 했다. 그 독창적인 표기법은 구약성경을 번역해 미사나 영성체 같은 각종 기독교 의식이나 구약의 시편과 주석 등을 표현하는 데 탁월했다. 그 결과 아르메니아 문학이 전성기를 구가하기도 했다.

그때부터 아르메니아어와 아르메니아 사도교는 따로 떼어 생각할 수 없는 관계가 되었고, 예술과 문화 역시 마찬가지다.

나 역시 그런 아르메니아 교회에서 세례를 받았다. 물론 그 옛날의 대성

당보다는 보잘것없이 소박한 교회였다. 신부님은 나를 성수가 담긴 세례반 위에 올려놓고, 이렇게 세 번 물었다.

"이 아이가 무얼 원합니까?"

그러면 사람들이 대답했다.

"신앙, 희망, 사랑 그리고 세례입니다."

그리고 나서 신부님은 그 옛날 사도들이 하던 것처럼 아이의 몸을 세례반 속의 정화수에 세 번 담근다. 그리고 성유(聖油)를 엄지손가락에 찍어 아이의 이마와 입, 두 눈과 귀에 십자가를 그린다. 아이의 생각과 말과 시야와 청각에 신의 가호가 내리는 상징적 행위다. 꼬마 크리스천의 탄생을 알리는 종이 울리는 동안, 신부님은 마지막으로 이렇게 말한다.

"성부와 성자와 성령의 이름으로, 너에게 세례를 내리노라."

***

삼위일체 하느님의 이름으로 성사를 치르고 얻은 나의 기독교인 신분증은 그날 F 신부님한테 아무런 효력이 없었다. 신부님은 '미워하는 종교는 많아도 좋아하는 종교는 거의 없었기' 때문이다.

"신부님, 말라키안은 왜 세례를 안 받나요?"

이 질문에 대한 호기심 따위는 애초부터 없었다. 철딱서니 없는 아이가 어쩌다 저지른 실수라면 내 마음의 상처도 그리 크지 않았을지 모른다. 나를 가리키는 그 비난의 손가락에는 '하느님 금지'라고 똑똑하게 쓰여 있었다. 질문에는 공격적 뉘앙스가 뚜렷했고, 이교도를 고의적으로 '고자질하려는' 의도가 다분했다. 표정에서 그 애의 미래 모습도 충분히 예상할 수 있었다. 로마 가톨릭 말고는 그 어느 것도 종교가 아니라는 걸 추호도 의심하지 않는 편협한 예수쟁이의 모습이 바로 그것이었다.

아이의 질문은 절대 어린애답지 않았다. 우연히 다른 곳에서 태어났고, 그래서 하느님에게로 향하는 여정과 방식이 약간 다를 뿐인 사람들에 대한 지독한 미움이 그 질문의 진짜 속내였다. 그건 수세기에 걸쳐 대물림된 해묵은 반감이기도 했다.

아이들의 종교 재판과 흙빛으로 변한 신부님의 얼굴을 마주 보던 내 시선이 신부님 머리 위에 걸린 십자가에 꽂혔다. 같은 가게에서 샀는지, 일요일마다 찾는 아르메니아 교회에 걸린 십자가와 똑같았다. 그때 갑자기 내 눈앞에 다른 이미지가 떠올랐다. 찌는 듯한 어느 여름 날, 내 손을 잡고 교회로 향하던 아빠의 모습이었다.

***

작은 교회 앞마당에서 신부님은 수단을 벗어 한 그루밖에 없는 나무의 가지에 걸어두고 그 아래에 앉아 있었다. 다리가 세 개인 청동화로에서는 숯불이 타고, 신부님은 화로를 들여다보며 미사에 사용할 밀떡 모양의 빵을 굽는 중이었다. 그다음 날 아침 세례를 받는 사람들에게 나누어줄 빵 한 개였다.

아빠와 내가 마당에 들어서자 신부님은 서둘러 수단을 다시 입으려 했고, 아빠는 그러실 필요 없다고 만류했다.

우리는 화롯가에 둘러앉아 오랫동안 이야기를 나누었다.

이글이글 타는 숯불과 한여름의 열기 때문에 연로한 신부님의 얼굴에는 굵은 땀방울이 비 오듯 흘렀다. 땀방울은 신부님의 깊은 주름살 고랑을 따라 흐르다 텁수룩한 흰 턱수염 속으로 사라졌다. 손으로 빚은 영성체 빵은 가장자리가 울퉁불퉁하고 여기저기 불에 그을린 자국까지 보였다. 투박한 솜씨가 한눈에 보이는 그 빵은 공장에서 만든 것과 거리가 멀어도 한참 멀었다. 영혼 없는 기계가 찍어낸 동그랗고 새하얀 밀떡은 비스킷처럼 포장해 팔리는데 말이다.

별로 예쁘지는 않지만 모두에게 나누어줄 그 특이한 빵에서 먼 옛날 교회의 마법 같은 분위기가 은근히 느껴졌다. 마음을 다해 성찬식을 축성하고 영성체를 드리고자 하는 사람들의 노동의 신성함까지도 함께 풍겼다.

다음 날 일요일 아침, 아빠, 엄마, 안나 이모, 카이아네 이모와 함께 찾은 그 교회에서 나는 난생처음으로 그 밀떡의 일부를 받아먹었다. 금박을 입힌 미사 경본도, 은으로 된 묵주도, 황금빛 회중시계도 없는 그런 세례였다.

***

나한테서 어떻게든 로마 가톨릭에 대한 수긍과 복종을 이끌어내려는 그 꼬마 취조관들을 상대해야 했던 그 짧은 순간만큼은 그 역사 깊은 내 선조들의 교회가 내겐 너무 버거웠다.

노트로 턱을 받치고 앉은 내 가슴은 먹먹하고 머릿속은 온통 하얘졌다. 먼지처럼 한없이 작아지는 나를 느끼고 있는 와중에 이대로 입을 다물고 있으면 내 종교를 내 스스로 부정하는 꼴이 된다는 생각이 퍼뜩 머리를 스쳤다.

정말 그랬다. 늘 열린 마음을 가진 소박하고 작은 교회지만, 그 참혹한 홀로코스트를 이겨내고 꿋꿋하게 명맥을 이어온 우리 종교였다. 찾을 때마다 늘 웃음을 잃지 않고 나를 따뜻하게 보듬어주던 그 교회를 배신할 수는 없었다. 그때까지만 해도 난 가톨릭에 대해 막연한 신뢰감을 가졌고, 그래서 주일에 아르메니아 예배당이 아닌 가톨릭교회에 나가도 달라지는 건 별로 없다고 생각했다. 우리 교회에서는 아르메니아 말로 하느님을 만나고, 가톨릭에서는 그걸 라틴어로 한다는 차이밖에 없다고 믿었기 때문이다.

그랬기 때문에 이번 영성체에서 기꺼이 가톨릭 밀떡을 받아먹을 수도 있었다. 하지만 F 신부님에게 나는 재고해야 할 '특수 케이스'였다. '아르메니아 정교회'라는 종교에 빨간 줄을 죽죽 긋고 가톨릭의 성부와 성자와 성령의 이름으로 다시 세례를 받지 않는 한 F 신부님의 성전에 내가 설 자리는 없었다. 그때 내 머릿속을 메우고 있던 이런 상념을 지금도 똑똑하게 기억한다.

난 자리에서 일어섰다. 하지만 그런 생각들은 단 한마디도 말하지 못했다. 고작 열 살인 내가 상대방에게 말문이 막힐 정도로 딱 부러지게 야무진 대꾸를 할 수는 없는 노릇이었다.

"신부님, 말라키안은 왜 세례를 안 받나요?"

이 질문에 나는 대답했다.

"난 벌써 세례를 받았어. 그런데 우리 교회에서 쓰는 밀떡은 너희들처럼 하나씩 나누어주는 게 아니라…."

난 내 분노를 드러낼 가장 과격한 표현을 찾았다. 하지만 고민이 채 끝나기도 전에 신부님의 신경질적인 목소리가 내 말을 잘랐다.

"자네, 아르메니아 친구, 자네는…."

신부님 역시 어떤 말을 해야 할지 고민하다 적절한 표현을 찾은 것 같았다. 하지만 신부님 체면에 차마 심한 말은 못하고 대충 얼버무렸다.

"…자네, 쓸데없는 말 그만해! 입 다물고 자리에 앉아!"

난 잠자코 있었다. 하지만 자리에 앉지는 않았다. 대신 내 자리를 벗어나 교실 문 쪽으로 향했다. 신부님 앞까지 간 나는 어깨에 힘이 잔뜩 들어간 뻣뻣한 자세로 몸을 숙여 인사했다. 그리고 고개를 들고 문밖으로 나서기 직전 이렇게 말했다.

"신부님, 신부님의 수단에 경의를 표합니다."

그 수단이 상징하는 것에 대한 내 존경과 복종은 그것을 입고 있는 사람에 대한 존경과 완전히 별개라는 뜻이었다. 물론 이 불순한 암시는 내가 생각해낸 표현이 아니었다.

언젠가 아빠 친구들에게 아빠가 들려준 이야기 속에 등장한 촌철살인의 대사였다. 정확하게 어떤 이야기였는지 기억나지도 않고, 이야기 속의 어떤 맥락에서 그런 대사가 나왔는지는 더욱 몰랐지만, 그 표현이 너무 맘에 들어 머릿속에 꼭꼭 새겨둔 터였다. 하지만 내가 방금 내뱉은 그 말의 심각성에 대해서는 별로 깨닫지 못하고 있었다.

F 신부님의 얼굴이 붉으락푸르락해졌다. 바로 그 순간, 나는 무대 인사를 마친 배우처럼 유유히 교실을 빠져나왔다.

아무도 없는 텅 빈 복도로 나오자 그 대담한 행동이 내 머릿속을 이리저리 휘젓기 시작했다. 퇴학이 눈앞에 보였다. '반골'이라는 낙인이 찍혀 평생 어떤 학교에도 다닐 수 없겠지? 집에 있는 식구들의 근심 어린 얼굴이 떠올랐다. 난 방금 했던 말을 백번도 더 중얼거렸다. 결코 부끄러운 짓이 아니었다는 것을 스스로 다짐하고 싶어서였다. 하지만 인정할 건 인정해야 했다. 신부가 아닌 수단에 대고 인사한 내 행동은 교탁 앞에 있는 신부님을 마음속으로 파계 또는 환속시킨 것이었다. 이 신성모독은 절대 용서받을 수 없는 죄악이었다.

나는 운명의 순간을 기다리며 하루 종일 교실 문만 쳐다보았다.

말라키안, 교장실로 내려와. 이런 말을 상상하며.

하지만 아무 일도 없었다. 그날도 그다음 날도.

상급 기관에 보고됐을까? 그것도 알 수 없었다. 방학 때까지는 아직 학기가 많이 남았고, 우리를 완벽한 영혼으로 정화하려는 F 신부님의 수업도 열 시간 이상 남아 있었다.

무늬만 사랑인 그 '숭고한 사랑'을 배우고, 차별에 대한 존중을 가르치는 그 종교 수업에 난 줄곧 빠졌다. 하지만 뭐라고 하는 사람은 아무도 없었다. 그 시간 동안 나를 받아준 안식처는 화장실이었다. 덕분에 쓸데없이 복도를 서성거리지 않아도 됐다.

어디에든 구원의 여지는 있는 법이다. 정말 그랬다. 고상한 사랑의 언어를 터득한 모두의 그 '허울뿐인 사랑' 덕분에 내 점수는 끝까지 20점 만점에 8점을 유지했다. 그것은 하느님과 나 사이의 별 볼일 없는 친분을 나타내는 주홍 글씨 같은 숫자였다.

그 이후로 F 신부님의 모습은 내 기억 속에서 차츰 지워졌다.

오랜 시간이 흐른 후, 나는 조르주 베르나노스의 책에서 이런 구절을 읽은 적이 있다.

"그 별 볼일 없는 신부는 얼굴도 못생겼다."

물론 호감이 가고 잘생긴 신부님도 있다. 하지만 유감스럽게도 난 그런 신부님을 한 번도 본 적이 없다.

혼자 숨어 있어야 했던 그 비참한 시간을 견디면서 난 아이들이 흔히 들먹이는 "이다음에 어른이 되면…"을 수없이 뇌까렸다. 그건 "이다음에 어른이 되면 유명한 책이란 책은 죄다 뒤져 '나는 하느님을 믿습니다'라는 것이 과연 무슨 뜻인지 꼭 알아내고야 말리라"는 다짐에 다름 아니었다.

***

전 인류에게는 단 한 명의 나자렛 예수만이 존재한다는 것이 엄마에게는 절대불변의 진리였다. 그 예수는 엄마가 다른 곳 아닌 작고 보잘것없는 그 사도교회를 다니며 섬긴 대상이었다. 그건 기독교인이라면 누구나 자기 교회가 가장 보편적이고 세계적이라고 철석같이 믿는 바람에 모두가 따르는 하나의 교회가 건설되지 못했기 때문이기도 하다.

그런 엄청난 소망은 수세기에 걸친 지적 논쟁과 부질없는 교리 싸움 때문에 엉망진창이 되고 말았다. 교파 간의 권력 투쟁은 기독교의 분열이라는 결과를 가져왔고, 피비린내 나는 파벌 싸움으로 말미암아 수많은 교인이 나름의 당파를 형성하며 서로를 원수 취급하게 되었다.

수많은 사람들이 화형장의 이슬로 사라지는 동안, 교회는 예수의 인간적 본성과 신성이라는 이중성을 규정한다는 명목으로 또 한 번 격렬한 전투를 벌였다.

예수의 이중성이란 결코 섞일 수 없는 별개의 완벽한 두 가지 본성이 단지 조화를 이루고 있는 것으로 파악할 것인가? 즉, 이 두 본성이 서로 결합되어 있긴 하지만 각각의 속성을 그대로 유지하는 것으로 간주할 것인가? 이 문제였다.

'나는 하느님을 믿습니다'라는 똑같은 말이 수많은 의미와 입장으로 갈기갈기 찢겼다. 이쪽 교회에서는 '성부와 성자와 성령의 이름으로…'라고 하지만, 다른 교회에서는 '계율과 예언과 복음의 이름으로…'라고 한다는 이유 때문이다.

예수가 죽고 1854년이 지나자 이번에는 '동정녀 마리아'를 둘러싸고 또 한 번 격론이 벌어졌다. 육체적으로 순결하고 인간의 원죄를 면한 것으로 알려진 이 마리아가 어떻게 신의 아들, 즉 예수를 낳을 수 있느냐라는 문제 때문이었다. 공의회에서 교권이 정치권력의 배후로 작용하는 경우가 잦아지면서 4세기 즈음에는 교회가 이 마리아를 임의로 직권 해석하기에 이르렀다. 그것은 교회의 지배욕이나 완고한 자존심과 무관하지 않다.

이 상처투성이 역사 속에 교리의 패권을 장악하려는 개인적 야심과 상석

(上席) 쟁탈전이 개입하지 않았다고 자신 있게 주장할 수 있는 사람이 과연 몇이나 될까? 정작 모든 분쟁의 구실인 예수 그리스도는 교파나 패권 따위엔 관심도 없었을 텐데.

인류에게 새로운 세상을 약속한 그 위대한 선지자는 이런 식의 형이상학적 논쟁 속에 갇혀버렸고, 그의 세련되고 맛깔스러운 설교와 단순한 진리는 원래의 의미에서 조금씩 퇴색되었다. 이제 예수는 간 데 없고, 예수 전문가를 자처하는 교리 해석자들이 예수가 말하고자 했던 것을 오히려 예수에게 가르치고 있다.

사람들은 어디에서 태어났느냐에 따라 그 고장의 교회를 선택하고, 아무도 갔다 온 사람이 없는 지옥에 대한 불안이나 천국에 대한 희망 때문에 최소한의 보험을 들어둔다는 막연한 확신과 안도감 속에 안주하게 된다.

교황 바오로 6세가 아르메니아 정교회의 총대주교 바스켄 1세를 두 팔 벌려 환대했을 때, 그 원대한 희망과 확신으로 감격에 겨워 어쩔 줄 몰라 하던 엄마의 얼굴을 나는 기억한다. 아르메니아 교회를 처음 세운 바르테레미의 소중한 성유물(聖遺物)을 정교회 대주교에게 되돌려준 당시 교황의 행보는 정교회 신자인 엄마에 대한 축복이자 인정이기도 했다.

하지만 맹목적이고 배타적인 신념으로 똘똘 뭉친 수많은 F 신부님과 다른 신도들 간의 화합의 길은 여전히 멀고도 험하다. 그들은 오늘도 교회 문을 꼭꼭 걸어 잠그고 밤샘 기도 중이다. 꼿꼿이 쳐든 그 얼굴에는 아직도 이교에 대한 날선 증오만이 가득하다.

5. 광기의 시대

1930년 또는 1920년대 말.

나중에 안 사실이지만, 프랑스 인구 3900만 명에게 그 시기는 일명 '광기의 시대'로 불렸다고 한다. 그때는 아르메니아인들이 집단 이주하던 시대이기도 했다. 제1차 세계대전에서 승리한 강대국들은 전후의 노동력 부족 문제를 해결하기 위해 터키 대학살을 피해 이주한 아르메니아 난민들을 받아들였다. 당시 프랑스 대통령의 말대로 어제의 '끈질긴 생명력을 가진 이 약소 동맹국' 난민들을 지원해주는 대신 국익을 명분으로 강대국들이 지키지 않았던 약속, 무시된 조약, 애써 외면한 현실… 말하자면 그들의 비굴한 처신을 없던 일로 하고자 했다.

하지만 고위층을 비롯해 알 만한 사람들은 다 아는 사실이었다.

타국에서 흘러든 이민자들의 사연을 잘 알지 못하는 이들은 오히려 프랑스 서민들이었다.

그 광기의 시대 한복판에서 절망과 궁핍의 일상을 견뎌내야 했던 아르메니아 사람들의 빵은 쓰디썼다. 아무런 법적 지위도 부여받지 못한 채 지저분한 임대 아파트와 누추한 여관방이라는 망명국 변두리에 짐짝처럼 부려진 이들은 자신들의 문화와 종교를 지키기 위해 삼삼오오 동향인끼리 만나거나 볼품없는 자기들만의 정교회로 조용히 모여들었다.

아르메니아 정교회의 대성당은 죄다 불타 사라졌고, 아르메니아 사람들은 유배지에서 다시 교회를 세울 수밖에 없었다.

학교가 쉬는 날이면 교회를 짓는 고향 사람들을 종종 볼 수 있었다. 맨손으로 돌멩이를 나르느라 손톱은 거의 뽑혀나갈 정도로 상처투성이고, 그 손으로 흙손과 회반죽을 든 채 누구보다도 정성을 다해 그들만의 작은 안식처인 예배당을 지었다. 조촐하고 소박한 예배당이었지만 지저분하고 시끄러운 동네와는 멀찍이 떨어져 있었다.

조상 대대로 물려받은 온화한 덕성과 끈질긴 민족성을 핏속에 간직한 이들이었지만, 신도 성인도 아닌 인간이 가진 유약한 본성과 극복하기 힘든 불안감은 어쩔 수 없었다. 하지만 그들은 자신을 받아준 망명국의 질서를 준수할 줄 알았다. 자신들의 오류나 허점, 분란과 동요는 철저히 '아르메니아인들끼리, 아르메니아 사회 안에서' 해결하려고 노력했다. 덕분에 50년도 넘는 기간 동안 프랑스 당국의 형법에 따라 처벌받은 아르메니아 이민자는 단 한 명도 없었다.

한편, 프랑스 사람들에게 아르메니아인들은 이상한 이름에 검은 머리칼, 매부리코에 유난히 큰 콧구멍, 원래는 백인종인데 잔뜩 그을린 구릿빛 피부를 가진 특이하고 낯선 존재였다. 하지만 그들도 이 이방인들에게 차츰 익숙해졌다. 오히려 이민자의 구릿빛 피부는 현지인들도 부러워하는 것 중 하나였다. 프랑스인들은 그런 피부색을 위해 해변에서 오일과 포마드를 잔뜩 바르고 누워 일부러 몸을 태웠다. 시간이 지나면 금세 허연색으로 돌아오지만 말이다.

하지만 그 광기의 시대에 사람들은 반인종주의 따위에 별로 관심이 없었다. 무관심이라는 벽이 무너지고 일명 '차이를 가질 권리'를 옹호하기 시작한 것은 그 이후 자행된 20세기의 두 번째 홀로코스트가 불러일으킨 공포 때문이었다.

하지만 그때 난 겨우 신문의 헤드라인 정도만 읽을 줄 아는 어린애였고, 그래서 좀 더 작은 글씨로 보도했을 당시의 용기 있는 행동들이 내 눈에 제대로 들어오지 않았던 것 같다.

***

내가 열 살 때, 프랑스 신문들은 정부 관료들의 잇단 실각과 경질 기사로 연일 일면을 장식했다. 사임한 대통령이 다른 장관직에 잇달아 오르기도 했다. 푸앵카레, 브리앙, 에리오 등의 이름이 요직을 번갈아가며 차지했고, 동글동글한 얼굴에 후덕한 인상을 가진 가스통 두메르그 대통령은 개선문 바닥에 새로 마련한 무명용사의 무덤에 헌화하기도 했다.

많은 나라에서 겪고 있던 고질병인 주택난도 사람들의 주요 관심사였다. 국가가 이 만성질환의 치유책으로 내놓은 것은 세 개의 이니셜로 이루어진 마법의 묘약이었다. '저렴한 임대주택(ILM)', '염가 공동 주택단지(HBM)' 따위가 그런 만병통치약이었지만 사람들이 살 집은 여전히 부족했다. 집세가 저렴한 주택은 세입자에게는 좋은 일이지만 건축업자에게는 수지가 안 맞는 장사이고, 건축업자의 조건에 맞는 집은 집세가 너무 비싸 입주했다가 다시 나오는 사람이 허다했다.

그런 으리으리한 주택은 집 안과 바깥을 구별하기 어려웠지만, 검은색이나 회색 일색인 건물 정면과 겹겹이 쳐놓은 대형 커튼 안쪽에는—가본 사람들의 말을 빌리면—입이 딱 벌어질 만큼 화려하고 호사스러운 공간이 있다고 했다. 저마다 자는 방이 하나씩 있고, 손님 접대용 넓은 거실과 밥 먹는 식당도 따로 있다고 했다. 변기 없는 목욕 전용 화장실에는 칠보로 된 커다란 욕조라는 게 있어 물 온도를 원하는 대로 맞추고 벌거벗은 채로 들어가 목욕을 한다고도 했다.

그런 저택에는 전화기라는 것도 있었다. 신청하고 세 시간만 지나면 프랑스 어느 곳에 있는 사람과도 서로 연락하고 이야기할 수 있다는 기계였다.

미래에 대한 가능성으로 충만하고 모든 것이 풍요로웠던 태평천하 프랑스의 면모는 그러나 내가 사는 동네에서는 거의 찾아볼 수 없었다. 화려하고 아름다운 도시도 많았지만 나는 이름만 들어봤거나 엽서에서만 봤을 뿐이다. 알프스의 샤모니, 므제브, 빌라르드랑, 천혜의 해수욕장으로 유명한 도빌, 온천 도시 비시, 아이들의 천국으로 불리는 해변이 있는 베르크, 마지막으로 칸의 해변… 대형 트렁크를 앞세운 영국인과 미국인들이 배편이나 기차로 이들 도시에 몰려들었다. 이런 곳에서 일상이 돼버린 넘치는 여유와 부산스러움, 흥분 따위는 내가 살던 도시의 일상과 거리가 멀어도 한참 멀었다.

나는 출세한 사람이나 부자들을 부러워해본 적이 한 번도 없었다. 그런 부러움은 평생을 곰보로 살아가야 하는 천연두 같은 것이고, 의욕이나 자신감 따위를 뿌리째 뽑아버리는 심각한 무기력증이기도 했다. 길모퉁이를 돌아서자 부가티라는 자동차가 쏜살같이 내 앞을 지나갔다. 나는 속으로 탄성을 지르며 차 뒤꽁무니를 한참 쳐다보았다. 눈 깜짝할 사이 유령처럼 사라져버린 운전자는 정말 차 안에 있었나 싶을 정도로 비현실적이었다. 하지만 나는 내일 할 일을 생각하느라 자동차 따위는 금세 잊었다.

토요일마다 산책을 나갈 때면, 아빠와 나의 발길은 화려한 네온사인으로 둘러싸인 건물 앞으로 향하곤 했다. 조그만 전구들이 모여 번쩍이는 글자를 만들어내는 간판들은 저마다 새로운 단어의 탄생을 알리고 있었다. '댄싱' '칵테일' '재즈 밴드' 등등. 막 생기기 시작한 각종 '클럽'은 한결같이 알록달록한 동물들 이름을 내걸고 있었다. 검은 고양이, 흰 코끼리, 붉은 드래곤, 장밋빛 페가수스 등등. 집시(Gypsy's), 알프레드(Alfred's), 치로(Ciro's)처럼 's를 붙인 상호는 미국식 분위기를 흠씬 풍기고 있었다.

　군데군데 전구가 깨지거나 접촉 불량으로 글자 한두 개가 안 보이는 그 낯설고 야릇한 간판은 번쩍일 때마다 글자 모양이 조금씩 달라지기도 했다. 그 쾌락의 신전 앞에서는 반짝이와 장식 줄을 주렁주렁 단 유니폼 차림의 남자들이 손님도 아니면서 그 앞을 서성대는 사람들의 접근을 막고 있었다. 그 와중에도 아밀카르, 이스파노 수이자, 살송, 들라주, 세나르 앤드 워커 따위의 자동차들이 제복 입은 종업원의 안내를 받으며 정문 앞에 줄줄이 도착했다. 그러면 입구에 서 있던 종업원들이 서둘러 자동차로 달려가 정중하게 문을 열어주었다. 매끄러운 공단 칼라의 멋들어진 검은 정장 차림을 한 신사들이 차에서 내리고, 굳이 그럴 필요 없어 보이는데도 신사들이 차 안으로 팔을 내밀면 마지막으로 여자들이 주인공처럼 등장했다.

　짝 달라붙은 짧은 머리를 투구처럼 생긴 모자로 단단히 눌러쓴 여자들은 등이 훤히 드러나는 진줏빛 드레스나 무릎 바로 위까지 내려오는 미니스커트 차림이었다. 하트 모양으로 붉게 칠한 입술에서는 잘난 척이 잔뜩 묻어났고, 뾰족한 손톱에는 입술과 똑같은 색의 매니큐어를 칠했다. 주렁주렁 걸친 눈부신 보석 때문에 목이나 양쪽 귀, 손가락, 손목은 제대로 보이지도 않았다. 잔뜩 멋을 부린 여인들은 많은 사람의 시선에 전혀 개의치 않는다는 듯 종종걸음을 치거나 잔뜩 힘이 들어간 걸음걸이로 건들거리며 건물 안으로 사라졌다. 출입문이 열릴 때마다 흘러나오는 탱고 선율이나 재즈 가락으로 보아 안에서는 다들 춤을 추고 있는 것 같았다.

아빠는 내 어깨 위에 한 손을 올린 채 플라타너스 가로수가 길게 뻗은 프라도 대로로 나를 이끌었다. 우리는 밤거리를 그렇게 한참이나 걸었다. 바다가 나와 더 이상 걸을 수 없을 때까지.

그 광기의 시대를 대표하는 아이콘이던 수많은 뮤직홀과 극장, 공연장은 우리 형편에 엄두도 못 낼 딴 세상 이야기였다.

그 시대를 주름잡았던 수많은 스타의 얼굴도 그들이 출연하는 뮤직홀이나 극장 앞에 내걸린 광고판에서만 봤을 뿐이다. 짚으로 된 중절모를 삐딱하게 눌러쓴 벽보 속의 모리스 슈발리에는 아랫입술을 뒤집은 채 부자연스러운 억지 미소를 내게 날렸다. 그래도 그날 밤, 슈발리에가 그 극장에서 '프로스페', '마 폼므', '루이즈와 발렌타인'을 부른다는 걸 난 알고 있었다.

검은 양복 차림의 마르세유 출신 가수 알리베르의 커다란 입간판은 베네치아 여인과의 영원한 이별을 노래하며 자기 야구 모자를 벗어 나에게 내밀고 있는 것만 같았다.

드라넷도 빼놓을 수 없다. 꽉 끼는 정장에 작은 모자를 구겨 쓴 이 가수 겸 배우의 모습은 모두의 폭소를 자아냈다.

'상블라그'로 유명한 세계 최고의 희극 배우 겸 뮤지션 그로크도 있고, '뚱뚱한 암쥐'의 밀통도 있었다. 마지막으로, 어느 날 밤 마르세유를 직접 방문해 '사 세 파리'를 부른 여배우 미스탱게가 있다.

나는 이 많은 샹송을 거리의 짝퉁 가수들에게서 들었다. 진짜 가수의 축소판인 이 거리의 예술가들은 들고 다니기 편한 악기를 연주하며 가사와 멜로디와 미래의 꿈을 팔았다.

짐나즈 극장에서는 가끔 파리의 연극 연출자들이 와서 연극 두세 편을 무대에 올렸지만, 기본 테마는 크게 새로울 게 없었다. 매표구에 붙여놓은 입장료—오케스트라석 28프랑, 2층 발코니석 10프랑—는 내게 출입금지라는 뜻과 다름없었다.

우리 분수에 맞는 볼거리는 어두컴컴한 극장에서 하루에 몇 차례씩 상영하는 대중 영화였다. 그때 상영한 것이 〈레미제라블〉, 〈삼총사〉, 〈팡토마스〉, 〈파리의 미스터리〉라는 작품이었다. 하지만 영화 따위는 원대한 꿈을 가진 소년과 어울리지 않는다는 게 우리 식구의 중론이었다.

***

그해 1월, 마르세유에 눈이 내렸다. 좀처럼 눈을 찾아보기 힘든 곳이라 그런지 솜털처럼 보송보송한 눈송이는 땅에 닿자마자 금세 녹아버렸다. 1년 내내 새파란 하늘에 익숙한 남프랑스 지역이다 보니 새하얀 겨울 망토를 뒤집어쓴 마르세유는 왠지 낯설었다. 그래서인지는 몰라도 눈이 온 그해 겨울은 유난히 매섭고 혹독했다.

그날은 나의 천사표 이모 카이아네가 나를 데리러 학교에 왔다. 학교를 나설 때 입히기 위해 두꺼운 니트 가운까지 가져왔지만, 나는 안 입겠다고 고집을 부렸다.

"정말 하나도 안 추워, 이모."

"안 추운 것 같아도, 너도 모르게 뼛속까지 파고드는 게 추위야. 춥다고 느낄 때는 벌써 온몸이 꽁꽁 얼게 된다고."

기온이 조금이라도 떨어진 날이면, 나와 세 엄마들 사이에 벌어지는 익숙한 실랑이였다. 가장 마음 약한 엄마가 바로 막내 카이아네 이모였다. 내가 삐죽거리며 투정을 부리면 이모는 금세 항복하곤 했다.

하지만 그날은 좀 달랐다. 제일 큰 언니인 안나 이모가 "학교 나서기 전에 꼭 걸쳐줘야 해"라고 단단히 일러둔 게 분명했다.

"이렇게 많이 입었는데 그걸 또 입으라고?"

난 학교 면회실에서 목소리를 한껏 낮추어 아르메니아 말로 이렇게 대꾸했다. 나로서는 정말 이해할 수 없는 처사였다. 바로 그때 '고상하고 품위 철철 넘치는' 어떤 아줌마가 우리 쪽으로 다가왔다. 카이아네 이모가 더 이상 가운을 강요할 수 없는 상황이었다.

유행하는 종 모양 모자로 얼굴을 반쯤 가린 그 부인은 코트 위에 반짝이는 은회색 여우 털목도리를 걸치고 있었다. 죽은 여우 한 마리가 어깨 위에 누워 있는 꼴이었다. 뾰족한 귀가 그대로 달린 여우의 세모난 머리가 바로 내 눈앞에 있었다. 빨간색 유리알을 대신 박아놓은 여우의 눈이 나를 노려보는 것 같았다.

"잠깐만요, 부인. 이 학생 어머니 되시나요?"

부인은 입술을 작게 오므려 남프랑스 억양을 죽이고 최대한 파리 억양을 내려고 애썼다. 그녀가 입은 아이보리색 드레스를 보니 일전에 아빠랑 같이 봤던 그 '재즈 밴드'의 여자 손님들이 생각났다. 아니면 숱하게 들은 그 어마어마한 대저택에 사는 사람일지도 몰랐다.

순간 이모의 표정에 당혹감이 스쳤다. 프랑스어를 할 줄 몰랐기 때문이다. 하지만 그건 너무도 당연한 일이었다. 밤낮없이 재봉틀 앞에만 붙어 있는 이모가 프랑스에 대해 아는 것이라곤 아주 가끔 다른 아르메니아 사람 집에 갈 때 지나간 거리가 전부였다.

난 거의 본능적으로 이모 대신 대답했다.

"우리 엄마 아니에요!"

그때까지도 닭똥집처럼 입술을 쫑긋 모으고 있던 부인이 짧게 "오!" 한마디 하고는 가버렸다.

'우리 이모지만 엄마랑 다름없어요' 라는 말은 굳이 하지 않았다. 그 말을 꿀꺽 삼켜버린 나는 인간이라면 절대 해서는 안 될 너무도 비열한 짓을 저질렀음을 깨달았다. 체면을 구기고 싶지 않았던 것이다. 엄마가 아니라고 하면, 사람들은 가정부나 요리사가 나를 데리러 온 걸로 생각할 수도 있기 때문이다. 하인이 여럿 딸린 부잣집에서 흔히 그러는 것처럼 말이다.

난 이모를 출입문 쪽으로 잡아끌었다. 나의 그 영악한 꿍꿍이를 알지 못하는 이모는 미소 가득한 얼굴로 몇 걸음 떨어져 내 뒤를 따라왔다. 그거야말로 부잣집 애기 도련님을 모시는 하녀의 모습이었다. 나는 고개를 푹 숙인 채 뒤도 안 돌아보고 길모퉁이까지 종종걸음을 쳤다.

여우 목도리 부인을 의식한 나는 내일 또 어떤 놀림과 비웃음을 살지 몰라 운전기사 딸린 리무진을 탄 아이들 흉내를 내느라 이모를 배신했다. 그 하굣길에 나는 인생의 즐거움이란 게 뭔지도 모른 채 살고 있는 장난감 병정 같은 카이아네 이모를 마치 없는 사람 취급했다.

이모는 길모퉁이를 돌아서야 내 옆에 다가와 나란히 걸었다. 작고 호리호리한 이모는 꼭 끼는 외투를 입고 있었는데, 털이 듬성듬성 난 모피 비슷한 칼라가 달려 있었다. 외투 깃처럼 보이라고 안나 이모가 달아준 것이었다. 화장기 하나 없이 누렇게 뜬 이모의 얼굴은 밤샘 노동을 한 고단함을 고스란히 드러내고 있었다. 그 얼굴에 자존심 따윈 없었다. 그저 잔잔한 미소만이 여느 때처럼 떠나지 않고 있었다.

집으로 돌아오는 내내, 나는 이모의 그 조용하고 믿음직한 미소를 슬쩍슬쩍 훔쳐보았다. 그런데 그 미소가 점점 참기 힘든 웃음으로 변하더니 급기야 폭소가 터졌다. 그 폭소는 비수가 되어 내 가슴에 박혔다. 난 울기 시작했다.

큼직한 눈송이들이 얼굴에 닿아 녹아버리는 바람에 내 눈물은 말 그대로 눈(目)물인지 눈(雪)물인지 분간이 되지 않았다.

나는 무슨 말이든 해야겠다는 충동을 도저히 뿌리칠 수 없어 걸음을 멈추었다. 이모를 사랑하지만 아까는 잠깐 마음속 악마의 꾐에 빠졌었다고, 난 그렇게 비겁한 놈이 아니라고, F 신부님 앞에서도 아르메니아 정교회를 배신하지 않았다고, 동물원 원숭이 보듯 하는 시선이 너무 피곤했다고… 그렇게 말할 참이었다.

이모가 내 쪽으로 고개를 돌렸다. 나쁜 생각이라고는 할 줄도 모르는 사랑스럽고 순진한 이모의 얼굴을 마주 보는 순간, 생각했던 말들이 입안에서 스르르 녹아버렸다. 그런 사과를 하려면 먼저 그 이유부터 설명해야 했다. 그 귀부인 앞에서 거짓말 아닌 거짓말을 한 것은 이모를 포함한 식구들의 기대에 부응하는 멋진 신세계를 쌓아 올리느라 내가 몇 년 동안이나 치밀하게 거짓말을 해왔기 때문이라고 고백해야 한다는 뜻이다.

난 이모를 물끄러미 바라보았다.

눈송이가 이모 머리를 하얗게 뒤덮고 있었다. 팔에는 내가 싫다고 거부한 니트 가운을 들고 있었다. 난 그 가운을 가리키며 바보처럼 말했다.

"이모 말이 맞는 것 같아. 좀 추워!"

그날의 비겁한 내 행동은 그 후로도 오랫동안 내 기억에 어둡게 자리 잡고 있었다. 이모가 내 투정에 항복할 때마다, 식구들 몰래 아끼고 아껴둔 쌈짓돈으로 내게 작은 기쁨을 선물할 때마다 그 은회색 여우 목도리 아줌마가 오버랩되었다.

***

이튿날 저녁에는 엄마가 나를 데리러 왔다. 엄마는 외출복 차림이었다.

"어떤 학부모가 언니한테 할 말이 있는 것 같았어."

카이아네 이모가 그 여우 목도리 아줌마 얘기를 했기 때문이다.

이모 얘기를 들은 엄마의 표정이 금세 어두워졌다. 친구한테 나쁜 말이라도 하진 않았는지, 그래서 애들 싸움이 엄마 싸움이 되는 건 아닌지 두려웠던 것이다.

"잘 생각해봐. 정말 아무 짓도 안 한 거 맞니?"

그런 문제라면 난 정말 결백했다. 내가 그 귀한 집 도련님들과 유일하게 접촉한 것은 그때 그 축구 시합이 다였는데, 그나마 내가 자진해서 빠져버렸기 때문이다. 그 외에 우리가 함께하는 경우는 줄곧 선생님 말씀만 듣는 수업 시간이나 잡담이 금지된 예배 시간뿐이었다.

"엄마, 걱정 마세요. 아이들한테 아무 말도 안 했어요. 정말이에요."

그건 의심의 여지 없는 100퍼센트 진실이었다. 난 아무하고도 말을 안 했기 때문이다.

이윽고 그 여우 목도리 아줌마가 나타났다.

그런데 오늘은 여우 목도리가 아닌 모피 코트였다. 그 정도면 짐승 여러 마리가 필요할 것 같았다.

부인을 보자마자 나는 엄마 귀에 대고 말했다.

"그냥 내 말만 들어요! 저기… 이쪽으로 오는 아줌마 있죠? 바로 그 아줌마예요."

엄마랑 나는 영문도 모른 채 불안한 마음으로 서 있었다. 누군가를 불편하게 하는 건 아닌지, 방해한 건 아닌지 하는 불안…. 누군가의 맘을 상하게 한 건 아닌지, 놀림감이 되는 건 아닌지 하는 불안…. 그 순간 우리는 온갖 종류의 불안을 다 맛보았다. 맥박이 빨라지고 심장은 오그라드는 것 같았다.

목도리 부인은 짐승 가죽을 휘감은 채 강렬한 향수 냄새를 앞세우며 우리 앞으로 다가왔다. 비단처럼 매끈한 황금빛 모피 털은 만지면 아주 부드러울 것 같았다. 어제처럼 입술을 쫑긋거리며 드디어 부인이 입을 열었다. 엄마와 내가 두려움에 떨며 기다리던 첫마디였다.

"말라키안 부인이신가요?"

"…네, 그런데요."

엄마는 왜 대답하면서 허리를 굽혔을까? 우리는 그 여자에게 잘못한 것도 없고, 그 여자 하인도 아니었다. 그냥 공손하게 인사만 하면 된다. 그렇게까지 저자세를 취할 이유는 하나도 없었다.

자신의 사회적 위치를 너무도 잘 아는 엄마는 늘 나그네의 불안함을 안고 살았다. 이등석 표를 들고 일등석 칸에서 길을 잃은 나그네가 느끼는 불안감이라고나 할까.

"저는 알렉상드르 엄마예요. 친구 몇 명을 목요일 오후 간식 파티에 초대하고 싶어서요."

부인이 내 어깨에 손을 올렸다. 향수 냄새에 목구멍이 탁 막혔다. 여자들이 향수를 손등에 뿌린다는 건 나중에야 알았다.

"…댁의 아드님도 오면 정말 좋겠어요…"

부인의 마지막 말이 엄마의 귀에는 통합의 찬가로 울려 퍼졌다. 엄마가 그렇게 고대하던 영광의 날이 드디어 우리를 찾아왔고, 나 말라키안이 조국 프랑스의 어린이로 당당히 입성하는 순간이었던 것이다.

그 짧은 순간, 엄마의 두 눈이 한 줄기 빛을 쏘인 것처럼 환하고 눈부시게 빛났다. 엄마는 잘 안 되는 발음으로 연신 고맙다고 인사했다.

내가 열 살 때의 우리 엄마는 그렇게 늘 남에게 감사하며 살았다. 남들의 대수롭지 않은 도움에도 그 열 배나 되는 고마움을 표했고, 더 고마워하지 못해 늘 아쉬워했다.

"그럼 시간은 오후 3시고요, 우리 집 주소는 드래곤 가…."

그 상냥하고 우아한 여왕 폐하께서는 번지수를 자세히 알려주고 우리를 떠났다.

목요일 파티가 있기 전 이틀 동안, 나는 그 미스터리를 풀기 위해 애썼지만 허사였다. 도무지 이유를 알 수 없었다.

알렉상드르의 엄마는 분명 "친구 몇 명…"이라고 말했다. 그런데 알렉상드르라는 애는 내 친구가 아니었고, 나도 알렉상드르의 친구는 더욱 아니었다. 간단하게 정리하면 난 그 누구의 친구도 아니었다. 그렇다면 그 황태자들의 화려한 파티에 날 초대한 이유가 뭐지? 어떻게 해석해야 하는 걸까? 아무리 고민해도 그 요상한 가면무도회를 무사히 치를 수 있을 것 같지가 않았다.

그 파티에 안 갈 거예요. 다들 날 미워하는걸요.

엄마에게 수천 번도 더 하고 싶은 말이었다.

그 이틀 동안, 알렉상드르는 목요일 오후 파티에 대해 단 한마디 언질도 하지 않았다. 몇 번을 마주쳤지만, 아무 말 없이 그냥 지나쳤다.

수요일 저녁, 그러니까 파티 하루 전날, 학교에서 돌아온 나는 책가방을 내려놓지도 않고 3명의 엄마 앞을 가로막고 섰다. 내 결심은 확고했다.

난 그 파티 안 갈 거예요! 이 말이 입안을 맴돌았다.

나는 정신없이 바느질에 빠져 있는 엄마와 이모들을 바라보았다. 몇 년에 걸친 화려한 거짓말 놀음에 발목이 잡힌 나는 결국 아무 말도 못했다. 속으로만 끙끙 앓는 수밖에.

***

    드디어 결전의 목요일 아침이 밝았다. 잠을 깬 내 눈에 가장 먼저 들어온 것은 물을 데울 때 쓰는 커다란 주물 솥이었다. 반쯤 열린 뚜껑 사이로 김이 모락모락 올라오고 있었다. 단칸방인 우리 집 한복판에는 커다란 구리 대야 겸 욕조가 자리 잡고 있었다. 때밀이 수건과 큼직한 비누도 보였다. 소매를 걷어붙인 엄마와 이모들은 주 1회 행사인 내 목욕과 빨래를 준비하고 있었다. 주중에는 탕 목욕을 하지 않았다. 그냥 머리, 얼굴, 목, 팔 순서로 발까지 모두 씻고, 나머지 한 군데는 일요일 아침으로 미루는 식이었다. 물론 엄마들이 씻어주므로 난 가만히 있으면 된다. 그런데 파티라는 너무나 중요한 행사 때문에 일요일 일정을 며칠 앞당긴 것이다.

    욕조 한가운데 있는 작은 의자에 앉아 허리를 굽힌 나는 이를 앙다물고 일주일분의 고문을 받아들일 준비를 했다. 고문이 구체적으로 어떻게 진행될지는 익히 알고 있었다.

    안나 이모는 모서리가 하나도 뭉개지지 않은 큼직한 새 마르세유 비누를 두 손으로 잡고 내 몸을 사정없이 문질렀다. 그러면 엄마가 때밀이 수건으로 대패질하듯 내 피부를 밀었다. 그동안 카이아네 이모는 엄청 뜨거운 물을 연신 내 몸에 들이부었다. 난 고통에 못 이겨 한 마리 짐승처럼 울부짖었지만 3명의 고문 기술자는 전혀 아랑곳하지 않았다. 한참 만에 작업을 끝낸 엄마들은 땀에 흠뻑 젖은 몸으로 결과에 만족한 듯 행복한 미소를 지었다. 무사히 시련을 통과한 나는 온몸이 가재처럼 새빨갰지만 엄청 깨끗해진 건 사실이었다. 내 몸에서 향긋한 비누 냄새가, 개켜놓은 새 속옷에서는 라벤더 향이 은은히 풍겼다. 프로방스 지역 어디에서나 볼 수 있는 게 라벤더였다. 우리가 직접 따온 라벤더를 안나 이모는 주머니에 넣어 방향제로 만들곤 했다.

엄마가 내 옷에 씌워놓았던 덮개를 벗기자 아주 특별한 날에만 입는 짧은 반바지가 모습을 드러냈다.

카이아네 이모는 고급 실크 셔츠를 깔끔하게 다림질했다. 이날을 위해 이모가 특별히 제작한 셔츠였다. 셔츠 감은 2.50미터 길이의 자투리 천이었는데, 성인용으로는 길이가 약간 모자라 셔츠 가게 사장님이 크리스마스 선물로 준 것이었다.

"아드님 셔츠는 만들 수 있을 겁니다."

사장님은 근사한 '메이드 인 이탈리아' 실크 넥타이까지 덤으로 얹어주었다. 나를 세련된 꼬마 신사로 변신시켜줄 소품이 완벽하게 갖추어진 셈이다.

안나 이모는 부엌을 마르세유에서 가장 큰 제과점 '카스텔무로' 처럼 만들어놓고는 눈처럼 새하얀 크림을 마름모꼴로 잘라 파크라와 조각마다 하나씩 올리고 있었다. 파크라와 역시 안나 이모가 그날을 위해 특별히 만든 것이었다. 고소한 아몬드 향이 진동하고 갈색 계핏가루와 하얀 파우더 설탕으로 켜켜이 둘러싼 수십 겹의 파크라와는 바삭함을 그대로 간직하고 있었다.

이모는 파크라와의 가운데 부분만을 잘라 커다란 접시에 옮겨 담았다. 제대로 구워 색깔도 노릇노릇하고 시럽도 듬뿍 스며든 부분이었다. 그 부분을 손님용으로 내놓는 것이 아르메니아 전통이었다. 그러면 가운데가 쏙 빠진 가장자리만 남는데, 마름모꼴이 제대로 안 나오는 그 부분은 식구들 몫이었다. 양철로 된 비스킷 상자에서 상표를 떼어내자 훌륭한 케이크 상자가 되었다. 그 큼직한 상자로 파크라와를 정성껏 포장해 초대한 집의 안주인에게 내밀면 되는 것이다.

고맙다는 인사를 받으면 아무렇지도 않은 듯 이렇게 대답하면 된다.

"아, 별거 아니에요, 부인. 저희 나라에서는 흔히 먹는 전통 과자랍니다."

이 참신하고 세련된 인사말에 가정의 평안을 기원하는 덕담까지 한마디 덧붙여 마무리하면 더할 나위 없이 좋다. 이 덕담은 아르메니아 말로 하면 정말 기분 좋고 푸근하게 들리는데, 프랑스 말로 하면 너무 무겁고 딱딱한 느낌이 들었다. 아무래도 그 덕담은 아껴두는 게 좋을 것 같았다.

흠 하나 없는 반듯한 마름모꼴 파크라와가 기와처럼 차곡차곡 꽉 들어찬 양철 상자를 앞에 놓고 안나 이모는 개수를 하나하나 세기 시작했다.

"그래도 열일곱 개밖에 안 들어가네…. 모자라지 않을까?"

그러고는 '웬만하게 생긴' 건 죄다 상자 속에 조심조심 집어넣었다. 식구들은 그렇게 많이 가져갈 필요 없다고 했지만 이모의 노파심은 어쩔 수 없었다. 안나 이모는 식구들의 다소 못마땅한 시선을 외면하고 커다란 종이 상자와 포장용 리본, 깨끗한 포장지를 가져왔다. 그리고 단 한마디도 하지 않고 몸을 최대한 천천히 움직이며 포장 작업에 몰두했다.

내 교과서 표지를 싸고 남은 두루마리 종이가 우아하고 고급스러운 선물 포장지로 다시 태어남과 동시에 파티에 들고 갈 선물이 완성되는 순간이었다.

***

눈이 그친 지 이틀밖에 안 됐어! 눈이 내린 건 고작 이틀뿐이야! 분명 더 올 거야! 더욱이 날씨가 덜 추우면 그건 눈이 올 징조라니까!

우리는 그런 고도의 과학적 논리를 동원해가며 아직 닥치지도 않은 추위에 대처하느라 부산을 떨었다.

엄마가 작은 의자를 가져다 놓고 붙박이장 선반에 놓인 물건을 내리려는 순간, 난 그 자리에 고드름처럼 얼어붙었다. 추운 겨울 날씨 때문은 절대 아니었다. 겁에 질린 내 두 눈동자는 '아름다운 정원사'라는 라벨이 큼지막하게 박힌 종이 백을 좇고 있었다. 그동안 잊었는데 그게 거기에 있었나 보다. 그 안에 뭐가 들었는지는 말 안 해도 다 알고 있다. 그건 바로 '숙녀복' 코너에서 산 밤색 모직 스타킹이었다.

눈이란 지금 내리는 눈이든 쌓여 있는 눈이든 뭔가 아름답고 시적인 영감을 불러일으키는 대상이다. 때 묻지 않은 순진무구함을 연상케 하기도 하고, 순결함의 상징이 되기도 한다. 겨울 스포츠 시즌과 새하얀 스키 슬로프, 크리스마스와 화려한 크리스마스트리를 떠올리는 사람도 많다. 눈 덮인 몽블랑과 킬리만자로의 장엄함을 떠올릴 수도 있다.

하지만 그 목요일, 우리 집 세 엄마들의 머릿속에서 눈이란 단어는 밤색 모직 스타킹 한 켤레와 직결되는 말이었다. 반바지 바로 아래까지 올라오는 그 스타킹에는 신축성 좋고 커다란 검은 띠가 허벅지 양쪽으로 하나씩 달려 있어 밑으로 내려오지 않았다.

나는 추위에 유난히 약해 예전에도 급성 편도선염을 여러 번 앓은 적이 있다. 따라서 엄마와 이모들에게는 그 유난스러운 과잉보호가 하나도 이상할 게 없었다. 사정이 그러니 무도회복 같은 옷차림이라고 거부해봤자 소용도 없을 것 같았다. 결국 나는 반은 남자애, 반은 아가씨 같은 복장으로 엄마와 함께 알렉상드르의 집 앞까지 갔다. 무릎 바로 밑까지 내려오는 코트 덕분에 내 우스꽝스러운 모습을 한동안은 감출 수 있었지만, 과연 언제까지 코트를 벗지 않을 수 있을까?

약속 시간인 3시가 될 때까지 엄마와 나는 하릴없이 그 동네를 두세 바퀴 둘러보았다. 정각 3시가 되자 엄마는 과자 상자를 내게 건네고 마지막으로 주의할 점을 일러주었다. 엄마는 5시부터 저쪽 모퉁이에서 나를 기다릴 것이다.

초인종을 너무 약하게 누른 것 같기도 했다.

처음 누른 후 한참을 기다려도 아무 기척이 없었다. 난 조바심을 내거나 짜증내는 기색 하나 없이 잠자코 기다렸다.

하나, 둘, 셋… 스물까지 세었다. 그리고 또 한 번 스물까지.

그렇게 백까지 세었는데도 여전히 아무 기척이 없었다. 난 초인종 버튼을 꾹 눌렀다. 이번에는 집 안까지 울리는 소리가 들렸다.

문이 열렸다. 흰 재킷과 셔츠, 검은 바지를 입은 남자가 나오더니 현관으로 안내했다. 왁스칠을 해 번쩍거리는 마룻바닥에 카펫이 깔려 있었다. 아르메니아에서 많이 본 카펫이었다. 아주 오래되어 보이는 앤티크 가구는 진짜 오래된 것들인지, 아니면 일부러 낡아 보이게끔 고급 인공 색소를 칠한 모조품인지 구별하기 힘들었다. 물방울 모양의 크리스털 구슬이 잔뜩 매달린 샹들리에가 천장에서 화려한 광채를 내뿜고 있었다. 가장자리를 둘러싼 3단의 양초 왕관과 깨알 같은 전구들이 만들어낸 불꽃 덕분에 후광까지 비치는 샹들리에였다. 검붉은 벨벳을 깔아놓은 둥근 탁자 위에는 갖가지 모양의 크고 작은 장식품이 잔뜩 진열되어 있었다. 지진이나 홍수에 휩쓸려온 듯한 울퉁불퉁한 돌멩이들, 뚜껑에 알록달록한 돌조각을 새겨놓은 조그만 상자들, 여기저기서 모은 갖가지 마스코트, 남은 조각만으로는 원래 모양을 도무지 상상할 수 없는 독특하게 생긴 잡동사니들, 자질구레한 골동품, 조잡해 보이는 싸구려 장신구 따위가 가득 올라앉은 그 탁자 위에 내 선물 상자를 놓을 자리는 없었다.

흰 재킷의 남자가 우물쭈물하고 있는 내게 다가왔다. 그러고는 내 과자 상자를 압수하듯 가로채더니 외투를 벗으라고 했다. 나는 눈물을 머금고 외투를 벗었다. 그리고 흑백 차림의 그 남자를 따라 기나긴 복도를 걸어갔다.

나는 미지의 세계에 들어온 탐험가처럼 눈에 보이는 모든 것을 머릿속에 입력했다. 저녁에 집으로 돌아가면 목을 뺀 채 날 기다리고 있을 식구들 앞에서 펼칠 일장 연설을 염두에 둔 일종의 자료 수집이었다. 식구들에게 나는 상류 사회에 특별 파견된 사절단이었다. 그리고 사절단의 업무 보고 겸 강의는 전체적인 사실 확인이 가장 먼저다. 그런 저택은 현관 크기만 해도 우리 집만 하다는 게 상상이 돼요? 병풍 뒤 저 부엌까지 다 합쳐서 말이에요. 우선 이런 식의 사실 확인을 해줘야 한다는 얘기다.

그다음부터는 상황에 맞게 그때그때 지어내면 된다. 난 별로 어렵지 않게 술술 잘도 꾸며대는 편이었다.

이중으로 된 문을 열자 엄청나게 넓은 방이 나타났고, 그 방은 좀 더 작은 방으로 이어졌다. 그랑 살롱, 프티 살롱(큰방, 작은방이라는 뜻의 프랑스어—옮긴이). 내가 보기엔 이 세상에서 가장 논리적이고 합리적인 이름들이었다.

눈에 보이는 것을 모조리 기억하는 데는 몇 초밖에 걸리지 않았다. 방은 산만하기 그지없었다. 가죽 소파, 대리석으로 된 앉은뱅이 탁자, 그랜드피아노, 꽃이 가득 꽂힌 화병, 청동으로 된 흉상, 샹들리에, 도금한 장식품, 이중 커튼…. 그리고 방 한가운데에서는 친애하는 내 급우들이 고급스러운 장난감 기차에 정신이 팔려 있었다. 장난감 가게에서 막 팔기 시작한, 전기로 움직이는 최신 제품이었다. '오리엔트 특급'이나 '골드 스타'로 불리던 당시의 최신 열차를 그대로 본뜬 그 미니어처는 눈이 돌아갈 정도로 근사했다. 진짜 오리엔트 특급의 일등칸 승객들이나 가질 수 있는 그런 장난감이었다.

아이들은 모두 여덟이었다. 기차 레일을 따라 바닥에 죽 엎드린 아이들은 객차의 방향 전환, 전진, 후진 등을 지시하는 기차 핸들에 정신을 팔고 있었다. 기차의 속도는 전적으로 역장인 알렉상드르에게 달려 있었다. 알렉상드르는 프티 살롱 가장 안쪽에 있는 종착역에서 큰 소리로 열차 운행을 지시하고 있었다.

재빨리 계산해보니, 파크라와는 한 사람당 두 개씩 돌아갈 수 있었다. 난 안 먹겠다고 사양하면 된다. 집에 가면 그런 디저트는 많이 있다고 둘러대면 된다.

내가 방에 들어선 것을 눈치챈 사람은 아무도 없었다. 그때 내 뒤에서 문 닫히는 소리가 들리자 모두가 내 쪽을 돌아보았다. 그들의 첫 반응은 무관심 그 자체였다. 문 앞의 나를 무심코 쳐다보고 금세 장난감 기차로 옮겨가던 아이들의 시선이 다시 한 번 나를 훑어보더니 이내 폭소가 터졌다. 남자도 여자도 아닌 내 복장이 효과를 발휘한 게 틀림없었다.

아이들은 계속 달리는 기차를 내버려두고 우르르 달려왔다. 나의 당혹감 따위는 안중에도 없는 그들의 첫 인사는 "안녕, 마드무아젤"이었다. 그것을 시작으로 별의별 우스갯소리가 폭포수처럼 이어졌다.

아이들은 배꼽을 잡고 무릎이 꺾이도록 웃어댔다. 가슴 앞으로 원을 그리듯 한 팔을 내밀고는 기사가 예쁜 귀부인 앞에서 그러듯 "아가씨께서 친히 방문해주시다니 정말 영광이로소이다"라고 주절대며 깔깔댔다. 알렉상드르가 내 스타킹의 멜빵을 발견했을 때, 그들의 장난은 절정에 달했다. 돌아가며 멜빵을 힘껏 잡아당겼다 갑자기 놓기도 했다. 그때마다 멜빵끈이 내 허벅지를 찰싹 때렸다. 그 소리에 아이들은 더욱 포복절도했다. 즉석에서 지어낸 멜로디에 맞춰 원을 그리며 내 주위를 빙글빙글 돌기까지 했다. 후작 부인, 백작 부인, 새끼 마님, 주인마님… 어쩌고 하는 노래도 불렀다.

그 사이코드라마 앞에서 내 머릿속은 분노와 증오로 풍선처럼 부풀어 올랐다. 난 알렉상드르 쪽으로 천천히 걸어갔다. 알렉상드르의 코앞까지 다가갔다. 내 입에서 분노 가득한 그러나 들릴락 말락 한 낮은 목소리가 흘러

왔다. 세상의 그 어떤 울부짖음보다 마음속 울분을 더 잘 드러내는 목소리였다. 방 안은 갑자기 찬물을 끼얹은 듯 조용해졌다. 그 침묵을 깨고 나는 낮은 목소리로 말했다.

"이봐, 알렉상드르, 난 여기 오겠다고 한 적 없어…. 네가 네 엄마를 시켜 날 초대한 거잖아. 난 너희들의 그 행복한 돼지 꼴이 보기 싫어서 휴식 시간에도 운동장에 안 나가는 사람이야…. 그러니까, 잘 들어. 그렇지 않아도 2년 전부터 너한테 꼭 하고 싶은 말이 몇 가지 있었거든…."

바로 그때, 최악의 열차 사고가 발생했다. 아이들이 방치하고 있는 동안 혼자서 고속으로 치닫던 장난감 기차가 커브에서 속도를 줄이지 못하고 탈선해 철로 옆 자갈밭에 처박힌 것이다. 속도를 조절해야 할 역장의 업무 태만이 원인이었다. 객차와 분리된 기관차는 처음의 속도를 고스란히 안고 날아가 앉은뱅이 탁자의 대리석 다리에 부딪히고 말았다.

다들 입을 쩍 벌린 채 경악을 금치 못했다. 솔직히 말하면, 나는 그다지 놀라지 않았다.

모두가 그 재난의 현장으로 몰려갔다. 객차는 다시 선로 위로 올라왔다. 알렉상드르는 기관차를 가슴에 안고 있었다. 끔찍한 사고 현장에서 아기 하나를 구해낸 모습이었다.

객차가 제자리를 잡자 알렉상드르는 기관차를 가장 앞에 놓고 뒤의 객차들과 다시 연결시켰다. 그리고 떨리는 손으로 출발 버튼을 눌렀다. 윙윙거리며 전기 전달 장치가 작동했지만, 기차는 레일 위에서 꼼짝도 하지 않았다. 알렉상드르는 신경질적으로 버튼을 눌러댔다. '그랑-프티 살롱' 선을 달려야 할 기차는 여전히 그 자리에 있었다. 버튼을 누를 때마다 김빠진 엔진 소리만 그르렁거릴 뿐이었다. 기차는 미니어처로 만든 나무와 꽃이 만발하고 소와 양이 뛰노는 푸르른 초원 한가운데서 꼼짝도 하지 않았다.

망연자실한 알렉상드르는 망가진 기관차를 이리저리 뒤집어보았다. 그러나 나사로 단단하게 고정한 보호용 패널 안에는 장난감의 핵심인 견인 장치만 들어 있을 뿐 나머지 부분은 그냥 예쁘게 색칠한 철판때기일 뿐이었다. 한 아이가 조언이랍시고 어설프게 한마디 했다.

"해체해보면…."

하지만 성난 알렉상드르가 단칼에 잘라버렸다.

"닥쳐!"

그리고 연이어 중얼거렸다.

"제길, 제길, 제길!"

상스럽기 그지없었다.

기관차 때문에 심기가 아주 불편했기 때문이다.

의기소침한 그 애의 눈이 나와 딱 마주쳤다. 그러곤 애늙은이처럼 고개를 끄덕거렸다. 그래야만 많은 또래들을 거느려야 하는 자기 세계로 복귀할 수 있다는 듯.

결국… 2년 전부터 내가 그 애에게 하고 싶었던 말은 나중으로 미룰 수밖에 없었다. 대신 나도 모르게 이렇게 말했다.

"네 기차는 정말 근사해! 달릴 때는 특히 더 그래!"

눈물이 그렁그렁한 알렉상드르 앞에서 난 단호한 목소리로 한마디 덧붙였다.

"기차는 별다른 고장이 아닐 거야. 안에 들어 있는 작은 전선 하나가 끊어진 걸 거야."

그 엄청난 사고를 사소한 고장 차원으로 축소시킨 내 위로 덕분에 알렉상드르의 눈은 잃어버린 자신감과 구원의 빛을 되찾았다.

그때 갑자기 그 큰 방의 벽이 통째로 움직이기 시작했다. 알고 보니 그 벽은 양쪽으로 열리는 미닫이문이었는데, 다른 세 벽면과 똑같이 생겨서 구분이 안 되었던 것이다. 두 개의 문짝이 눈에 안 보이는 레일을 따라 열리자 또 다른 방이 나타났다. 못 보던 샹들리에가 천장에서 반짝이고, 커다란 식탁 주위로 의자들이 가지런히 놓여 있었다. 말로만 듣던 '식사 전용 식당'이었다.

흰 재킷을 입은 남자가 근엄한 목소리로 간식이 준비되었음을 알렸다. 식탁 위에는 주스 잔이 죽 놓여 있고, 흰 치즈 파이가 산더미처럼 쌓여 있었다. 크림이 안 들어간 케이크 접시도 몇 개 보였다.

8명의 먹성 좋은 턱뼈가 바삭바삭한 비스킷을 동시에 물고 뜯고 씹는 소리는 정말 기이했다. 나는 그 괴상한 분쇄기 소리에 동참하지 않으려고 자제하며 안주인이 나타날 때까지 기다렸다. 그게 아르메니아 예법이었다. 나는 주스만 홀짝거렸다. 물을 너무 타서 어떤 과일 주스인지 먹다가 잊어버릴 정도였다. 난 나의 저 유명한 파크라와의 최종 승리를 남몰래 기대하고 있었다. 왕성한 식욕을 자랑하는 이 식충이들이 그 달콤하고 감미로운 과자, 아몬드 가루가 켜켜이 들어간 파크라와를 가장자리부터 야금야금 씹어 먹는 모습을 상상했다. 그동안 그윽한 향을 가진 시럽이 차가운 크림과 섞이면서 파크라와 피라미드를 천천히 적실 것이다.

드디어 저택의 안주인이 등장했다.

여왕 마마의 입장은 한 마리 꿩이 날아든 것 같았다. 부인은 "잘 지냈니, 얘들아?"라는 인사말을 날리며 '쏜살같이' 걸어와 달리기하듯 식탁 주변을 한 바퀴 돌았다.

부인은 오늘도 외출복 차림이었다. 이번에는 앞서 두 번의 만남 때 보지 못한 새로운 모피를 입고 있었다. 그건 분명 표범 가죽이었다. 내가 갖고 있는 백과사전에 컬러 사진으로 나와 있는 걸 본 적이 있기 때문에 단번에 알 수 있었다.

부인은 나만 빼고 다른 아이들한테는 모두 이름을 부르며 반말을 했다. 부모님에게 전하라며 간단한 안부 인사도 잊지 않았다. 그들에게는 같은 것을 두고 동시에 웃을 수 있는 그들만의 눈치와 동질감과 코드가 존재했다. 나만 모르는 코드였다.

내 뒤를 지나가던 부인이 몸을 숙이고 반쯤은 나무라는 투로, 반쯤은 그냥 웃는 투로 속삭였다.

"괜한 짓을 했어요…. 다음부터 그러지 말아요!"

선물 상자 얘기라는 걸 난 알았지만 준비했던 그 세련된 인사말은 미처 하지 못했다. 안주인이 벌써 문 쪽을 향해 걸어가고 있었기 때문이다. 그때 흰색 재킷을 입은 남자가 에클레르(기다란 막대 모양의 크림 페이스트리—옮긴이) 빵이 가득 담긴 커다란 은색 접시를 들고 들어왔다. 순간, 안주인은 잠시 망설이더니 급하게 손목시계를 들여다보고는 작은 소리로 중얼거렸다.

"이러다 늦겠어!"

그래도 저택 안주인으로서 마지막 의무를 다하기 위해 그 접시를 손수 받아들고 서빙을 시작했다. 골고루 놓인 커피 에클레르, 초콜릿 에클레르는 윤기가 반지르르 흐르는 게 엄청 먹음직스러웠다.

나는 침착함을 잃지 않고 엄마가 끝까지 당부한 아르메니아식 예절을 되새겼다. 음식을 권하면 처음에는 사양하고, 두 번째도 사양한다. 세 번째 권하면 먹어도 되는데, 직접 음식을 집지 않고 안주인이 골라 주는 것을 잠자코 기다렸다 받는다….

알렉상드르 부인이 내 앞에 에클레르 쟁반을 내밀었다. 나는 함박웃음을 지으며 점잖게 거절했다.

"아! 괜찮습니다. 감사합니다, 부인."

에클레르 접시는 내 옆 자리로 옮겨갔다. 옆 친구는 눈앞의 에클레르 하나를 덥석 집어 게걸스럽게 먹기 시작했다.

그런데 나를 위한 두 번째, 세 번째 권유는 없었다. 내가 에클레르를 안 좋아한다고 생각한 모양이었다. 비인간적이고 영악한 본성을 회복한 알렉상드르는 내가 점잖게 사양하는 걸 보고 "쟤는 라하 루쿰(향료를 넣은 터키 과자—옮긴이)이나 쿠스쿠스(찐 밀전병 위에 소스를 부어 먹는 알제리 전통 음식—옮긴이), 제비집 같은 것만 좋아할 것 같지 않냐?"며 큰 소리로 비웃었다. 그러자 이번에는 동양과 아프리카, 중국 따위의 단어가 줄줄이 터져 나오더니 아니나 다를까 또 한바탕 웃음바다가 되었다. 고상하신 알렉상드르 모친께서도 그 분위기를 굳이 깨고 싶지는 않았겠지만, 흐뭇함을 재빨리 감추고는 아무렇지도 않게 한마디 던지고 방을 나갔다.

"아들이라는 게 천하에 망나니 같다니까."

무심코 던진 것 같지만 분명 나를 두고 한 말이었다.

황태자들의 간식 파티는 그렇게 끝났다.

나의 그 소중한 파크라와는 식탁 위에 오르지도 못했다.

과자 상자를 안주인에게 직접 건네준 기억은 없다. 아까 그 귓속말은 안주인 나름의 감사 인사였던 걸까? 그렇다면 부인은 내 선물의 존재를 알고 있었다는 말이다. 그렇다면… 아직 선물을 열어보지 않은 걸까? 그것도 말이 안 되는 것 같았다. 그럼 저녁때까지 그대로 두었다가 가족들끼리만 오붓하게 맛보려는 것 아닐까?

알렉상드르는 자기 패거리를 이끌고 다른 놀이를 찾아 식당을 나갔다. 엄마와 만나기로 한 시간은 아직 한참 남았다. 하지만 후끈후끈하리만큼 난방이 잘된 그 집이 나에겐 너무 춥게만 느껴졌다. 난 집에 가기로 마음먹었다.

아이들은 커다란 메카노(Meccano) 완구 상자에 몰려 앉아 있었다. 작은 조각을 조립해 자동차나 건물 따위를 만드는 블록 장난감이었다.

"잘 있어, 알렉상드르. …초대해줘서 고마워."

블록과 조립 나사에 코를 박고 있던 알렉상드르는 아무 관심도 없다는 듯 대답했다.

"벌써 가게?"

내가 거실 문을 열려는 순간, 그 애가 말했다.

"나중에 보자. 근데… 그냥 웃자고 한 말이었어. 알지?"

물론 너무도 잘 알고 있었다.

현관에는 아무도 없었다. 코트를 찾아야 했는데, 문이란 문이 죄다 닫혀 있어 어디로 가야 할지 알 수가 없었다. 닫힌 문 중 하나에서 킥킥거리는 웃음과 말소리가 두런두런 들려왔다. 흰 재킷을 입은 남자의 목소리인 것 같았다. 나는 그 문을 조심스럽게 두드렸다.

내 짐작이 맞았다. 문을 빼꼼히 연 건 바로 그 남자였다.

남자가 나를 보자마자 후다닥 입가를 훔쳤다. 하지만 난 남자의 입술에 묻은 파크라와 흔적을 또렷이 목격했다. 설탕 시럽이 끈적끈적하게 묻은 턱에는 아몬드 가루와 파이 부스러기까지 들러붙어 있었다.

"실례합니다만, 제 코트 좀 주시겠어요?"

남자가 코트를 가지러 간 사이, 널찍한 부엌을 살펴보았다. 기다란 테이블 모서리 양쪽에 화려한 레이스가 달린 앞치마 차림의 아줌마 둘이 앉아 있었다. 그들 앞에는 내가 가져온 파크라와 상자와 절반이 뚝 잘려나간 파크라와가 함께 놓여 있었다.

한가운데로 고급 카펫이 길게 깔린 넓은 계단을 내려오는 동안, 내 머릿속에서 파크라와 스토리는 시시각각 달라졌다.

5층 계단에서는 하인들이 주인 허락도 없이 몰래 간식을 챙겨먹는 거라고 생각했다. 그런데 3층과 4층 사이를 내려오면서는 생각이 달라졌다. 집사나 요리사, 하녀가 선물로 들어온 과자를 절반이나 뚝 잘라먹었는데, 안주인이 그걸 몰랐다는 게 이상했다. 그렇다면 어떻게…. 1층에 다다를 즈음 나는 그 미스터리를 완전히 밝혀냈다. 시간을 되돌려 사건을 재구성하면 이랬다.

"마님, 모직 스타킹을 신은 꼬마 손님이 이런 상자를 들고 왔는데요?"
"그게 뭐죠, 조셉?"
조셉은 포장지를 뜯고 상자를 연다. 그리고 알 수 없는 내용물의 냄새를 킁킁 맡아본다.
"케이크 같기도 한데요. 마님… 옆은 온통 검은색인데 시럽에 푹 젖어 있고, 계피 냄새도 나는군요."
부인이 한마디 던진다.
"맙소사, 정말 못 봐주겠군!"
그러다 얼른 다시 한마디 한다.
"그런데… 어떡하지…. 재수 없으면 엉뚱한 일이 생길 수도 있는데. 안 그래? 생각 있으면, 마르트나 루실이랑 나누어 먹든지."
거리를 오가는 개미처럼 많은 저 사람들 중에서, 아르메니아 출신인 이 꼬마도 이 세상에 분명 태어났다는 걸 하느님은 아실까? 아시기나 할까?
물론 난 그 집의 하인들 이름이 뭔지 전혀 모른다. 그런데도 조셉, 마르트, 루실 따위의 이름을 들으면 뭐든 색안경부터 끼고 보는 집사나 하녀들이 먼저 생각났다. 그래서 내 상상 속에서, 조셉 집사는 용기를 내어 처음 보는 과자를 귀퉁이만 한 입 살짝 씹어본다. 맛이 이상하면 당장 뱉어버릴 요량으로. 그런데 검게 보이던 그것이 다름 아닌 아몬드 가루이고 나머지는 모두 계핏가루라는 것을 알아챈다. 그 모두가 어우러져 굉장히 독특하고 고소하다는 걸 알고는 감탄사를 연발하며 좀 더 크게 베어 문다. 그렇게 한 입 한 입 야금야금 먹다 보니 한 조각이 몽땅 입안으로 사라졌고, 마르트와 루실도 그를 따라 한다. 결국 안나 이모의 파크라와 열일곱 조각은 그렇게 세 쪽으로 나누어진다.

파크라와가 내게 그렇게 중요했던 이유는 그리고 한순간도 내 머릿속에서 떠나지 않았던 이유는 햇빛이 눈부신 어느 일요일, 하루 온종일 그 파크라와를 만들던 식구들의 정성 때문이었다. 그건 그냥 과자가 아니라 식구들의 마음과 잃어버린 희망을 담은 우리의 파크라와였다.

5시가 되려면 아직 멀었다. 스테인드글라스가 달린 세련된 문양의 대형 철 대문에 머리를 기댄 나는 어둠 속에서 잠시 그대로 서 있었다.

그것이 불가능한 편입을 향한 내 마지막 시도였다. 모직 스타킹과 상처 입은 동심을 안고 나는 나만의 고독한 세계로 다시 들어갔다. 다행히 그곳엔 아직 온기가 남아 있었다.

저쪽 길모퉁이에서 엄마가 환하게 웃으며 나를 기다리고 있었다. 신분 상승의 상징인 알렉상드르의 집 안으로 아들이 사라진 후, 엄마는 정말 그곳을 떠났다가 약속 시간에 다시 왔던 것일까? 억지로 유쾌한 표정을 지으며 달려가 안기자 엄마가 잠시 휘청했다. 나는 이미 생각한 대로 엄마에게 말했다.

"애들이 다 먹어버렸어요. 손가락까지 다요."

손가락까지 다 먹는다는 표현은 아주 훌륭한 음식을 두고 아르메니아 사람들이 흔히 쓰는 최고의 찬사다. 잊을 수 없는 황홀한 음식 맛이 손가락까지 스며들어 자기도 모르게 손가락마저 함께 먹어버린다는 얘기다.

간식 파티 이후, 그 수상한 초대에 대한 의문은 오랫동안 풀리지 않았다.
도대체 나를 왜 초대한 걸까?
자기들보다 덜 행복해 보이는 나를 본보기로 데려다 놓고 자기들의 행복한 일상을 새삼 확인하고 싶어서였을까?
아니면, 난 그저 귀하게 자란 응석받이 도련님들의 장난감이었던 걸까? 전동 기차만으로는 성에 안 차는 친구들에게 좀 더 색다른 오락거리를 제공하고 싶어서 알렉상드르가 추가로 초대한 장난감.
아니면, 그 둘 다가 아니었을까?

＊＊＊

그 후로 알렉상드르를 만난 적이 있다. 30년이 지난 후, 딱 한 번이었다.
비서가 책상 위에 올려놓은 명함을 보자, 5년간의 학교생활과 드래곤 가에서의 그 파티가 묻어두었던 기억들 속에서 얼굴을 내밀었다.
"이분이 하도 고집을 부려서요. 절친한 친구라고 하시던데요."
그다음 날 중요한 미팅이 예정되어 있던 터라 비서에게 손사래를 치며 없다고 하라고 할 수도 있었다.
"들어오라고 하세요."
30년이라는 세월을 건너 알렉상드르가 들어왔다. 뚱뚱한 몸집에 표정은 밝았다. 두 손을 내 쪽으로 내민 그의 두 눈에는 어릴 적 소꿉친구에 대한 친근감이 가득했다.

입구에서 마주친 몇몇 유명 인사들 때문에 상당히 놀란 눈치였다.
"그동안 잘 지냈나?"
"그래…."
난 특별히 거북해하거나 목에 힘을 주지는 않았지만, 열등감 따위는 전혀 없었다.
"날 못 알아보겠나?"
"글쎄, 잘 모르겠는데."
난 그때까지 앉으라는 소리도 하지 않았다. 엉거주춤 선 그는 자신의 방문 목적을 제대로 설명하지 못했다. 우물쭈물하며 주변만 둘러보았다.
"네가 성공했다는 건 나도 알고 있어. 너도 알겠지만…."
"그래, 고마워. 자리에 좀 앉지."
알렉상드르는 1인용 소파에 털썩 주저앉았다. 그의 이마에 땀방울이 송골송골 맺히기 시작했다.
"그러니까 뭐냐 하면… 네 시간… 아니, 자네 시간을 뺏을 생각은 없네."
그러곤 지난 30년 동안 자기가 어떻게 살아왔는지 말하기 시작했다. 자기 아버지의 '나이트클럽'을 물려받았고, 사업이 그다지 신통치는 않았지만 불만은 별로 없었다고 했다. '사업'이라는 말이 나오자마자 그의 이야기가 주절주절 넋두리로 변하기 시작했다. 어머니는 아직 생존해 계시는데 형편이 그리 넉넉지는 않다고 했다. 자기는 결혼해서 1남 1녀를 두었고 아들놈이 최근 대학 입학시험에서 아깝게 떨어졌다고도 했다….
'대학에 아깝게 떨어졌다'는 말이 끝나자, 그 뒤에 무슨 이야기가 이어질지 대충 짐작할 수 있었다. 아들놈은 어떻고 딸은 어떻고 하는 말은 모두 내가 지금 하고 있는 일에 대한 관심을 드러내는 것이었다.
하지만 알렉상드르가 누군가? 녀석은 교묘하게 잔머리를 굴리고 있었다.

어릴 적 향수를 슬쩍 건드리면서 목적을 이루려는 것이었다. 그는 몰라보게 변해버린 마르세유에서의 어린 시절과 우리가 다니던 오래된 학교를 들먹이기 시작했다. 선생님들의 별명을 부르기도 하고, 피에르와 자크 그리고 폴의 근황을 들려주며 소리 내어 웃기도 했다. 마르탱과 가르생의 죽음을 이야기할 때는 짐짓 슬픈 표정을 짓기도 했다. 녀석은 현재를 정당화하기 위해 과거를 이용하고 있었다.

알렉상드르가 자기 혼자 독백에 빠져 있는 동안, 나는 그의 머릿속을 찍은 X-레이 사진을 보고 있는 착각이 들었다. 10대 아들의 변덕스러운 치기를 타고난 재능이나 적성으로 착각하는 아빠의 생각을 속속들이 알 수 있었다.

난 '사업가' 알렉상드르를 상상해보았다.

그는 '아무개'에 대해 잘 알고 있을 것이다. 그건 나를 잘 알고 있다는 말이기도 하다. 그는 아들의 일을 신속하고 효과적으로 처리하기 위해 여기까지 출장도 마다하지 않았을 것이다.

우리의 대화는 여느 청탁 자리와 비슷하게 마무리되는 듯했다.

"그럼 우리 아들놈… 생각 한 번 해보고 나중에 연락 좀…"

물론 예측 불가능하고 변수가 많은 것이 이 바닥이기는 하다. 그래도 이런 부모의 사고방식과 전략은 참으로 이해하기 어렵다. 이들이 가장 먼저 생각해내는 것은 이 업계에서 출세한 인사에게 줄을 댈 수 있는 사람을 지인들 중에서 물색하는 것이다. 자기 아들에게 신데렐라의 마술봉을 휘둘러달라고 부탁하기 위해서 말이다. 그러곤 그들을 만나 사돈의 팔촌까지 들먹이거나 동향(同鄕)임을 강조하거나 심지어 예전에 식당에서 밥을 먹다 마주친 일까지 시시콜콜 들춰낸다. 상대방의 부친을 잘 알고 있다는 것도, 모친을 우연히 바캉스에서 만난 것까지 모두 들이댄다.

알렉상드르는 거기다 어릴 적 추억이라는 카드도 추가로 갖고 있었다. 그런데 그게 전부가 아니었다. 내가 짐작도 못한 야비한 수단까지 동원했다. 자기가 마르세유의 재력가들과 친분이 두텁다는 것이었다. 마르세유의 비누 공장과 설탕 공장 따위를 들먹이며 자기가 추천만 하면 앞으로 내 사업에 투자할 수도 있는 사장님들이라고 했다.

난 마르세유 비누 공장이라고 하면 어릴 적 목욕할 때 향긋하고 깔끔한 냄새를 풍기며 때를 씻어주던 꿀벌 문양의 네모난 비누밖에 생각나는 게 없다. 설탕 공장이라고 하면 노동자 아버지의 고난과 그 고된 밤샘이 떠오를 뿐이다.

알렉상드르는 아랍인들이 말하는 박시시(bakchich), 일테면 커미션 혹은 뇌물을 넌지시 암시하기도 했다. 박시시. 영악하고 잔인했던 어린 알렉상드르가 퍽이나 맘에 들어 했을 말이다. 나를 알리바바, 라하 루쿰, 쿠스쿠스 취급했던 애가 아닌가. 그런 알렉상드르에게 이제 남은 건 뭘까? 아들놈을 위해 소파에 앉아 땀을 뻘뻘 흘리고, 침을 튀겨가며 온갖 손짓 발짓을 동원해 열심히 주워섬기는 저 옹색한 남자만 있을 뿐이다. 그는 엄청난 아부를 시작한다. 나를 선택한 이유는 아들이 내 작품을 무조건적으로 추종하기 때문이고, 또 그건 너무 당연하다고 했다. 난 어느새 '전무후무한', '최고의', '유일한' 등등 최상급 형용사의 주인공이 되었다.

나에 대한 그 황당한 찬사, 과장된 형용사와 제스처 그리고 다 이해한다는 듯 턱없이 너그러운 눈빛 앞에서, 내가 낯부끄러운 소리 하지 말라며 겸손을 가장한 교만을 약간만이라도 부렸다면 폭포수처럼 입을 놀리던 그도 잠시 숨을 돌릴 수 있었을지 모른다. 하지만 나는 미동도 하지 않고 침묵을 지켰다. 그 침묵이 알렉상드르에게는 죽을 맛이었을 것이다. 그는 약장수처럼, 긴 대사를 어떻게든 마치려고 애쓰는 신참 배우처럼 끝없이 지껄여야 했다. 자식을 위해서라면 온갖 감언이설에 비리까지 마다않는 그 적나라한 동물적 본능에 비장함마저 느껴졌다.

드디어 그가 이야기를 끝냈다. 그러곤 손수건을 꺼내 흐르는 땀을 닦으며 우물우물 한마디 했다.

"어이구, 거 참… 덥네, 사무실이!"

그날 알렉상드르의 방문이 그동안 묻어둔 내 힘들었던 기억들을 한꺼번에 분출시켰다. 드래곤 가의 간식 파티, 모퉁이에서 나를 기다리던 엄마의 모습, 안나 이모의 파크라와, 카이아네 이모가 나를 위해 지은 고운 셔츠….

"알렉상드르, 대답해봐. 그날 애들 파티에 날 왜 초대한 거지?"

알렉상드르가 예상한 최후의 질문도 아마 그것이리라. 난 너무 익어 툭 터져버린 과일처럼 나도 모르게 그렇게 물었다.

느닷없이 과거로 돌아간 시계 앞에서 알렉상드르는 커다란 눈을 이리저리 굴리며 할 말을 찾지 못해 당황했다. 그는 시간을 자기 멋대로 돌리며 진창에서 빠져나오려고 허우적댔다.

무슨 파티? …언제? …기억 안 나! …정말 아무것도 기억 안 나는데…. 왜 그러는데? …그날 무슨 일이 있었지?

물론 그건 30년도 더 된 일이었다. 기차 전복 사고 때문에 뒤로 미룰 수밖에 없었던, 그 애에게 하고 싶었던 이야기도 이제는 세월의 무게에 눌려 힘을 잃은 지 오래였다.

하지만 다른 방법이 있었다.

과거는 잊고 현재로, 알렉상드르의 그 밥맛없는 아들한테로 돌아왔다. 저 멀리 마르세유에서 자기를 재수와 대입시험 재도전이라는 수렁에서 구해줄 남자 요정 혹은 마법사 멀린(Merlin)을 기다리고 있을 그 아들에게 말이다.

이 '거물급 사업가' 알렉상드르에게 일러주어야만 할 것이 있었다. 너는 지금 나에게 기브 앤드 테이크를 하자고 하는데, 내가 하는 일은 그런 성격의 것이 아니거든. 쇠창살에 날카로운 철조망까지 겹겹이 빗장을 친 너희들의 세상 저 너머에 있는 전혀 딴 세상이거든.

하지만 그때 내 앞에 앉아 있던 사람은 아들을 위해 하나의 소명을, 직업을, 위치를 돈 주고 사려는 사람이었다. 도저히 설득할 수 없는 그와 정면충돌할 생각은 추호도 없었다. 그래봤자 소용도 없을 설명 대신 나는 사업 얘기로 슬쩍 돌아갔다. 할 말을 하기에는 그게 오히려 나을 것 같았다.

"잘 알겠네, 알렉상드르. 어릴 적 친분을 생각해서라도 자네 아들을 기꺼이 도와주고 싶네. 하지만 난 내일 미국으로 떠난다네."

"그래? 그러면… 언제 오는데?"

"5년 후."

그건 거짓말이 아니었다. 미국 쪽과 그렇게 계약을 해서 어쩔 수 없다는 내 말에 그는 금세 달라진 말투로 "그렇겠지", "물론 그렇겠지", "그럼, 그렇겠지" 하고 내리 세 번을 뇌까렸다. 그건 '재수가 없으려니 오는 날이 장날이군' 이란 뜻이었다. 그는 막차를 놓친 사람처럼 난처한 표정을 지으며 더는 필요 없게 된 어릴 적 친구의 연락처를 집어 들었다.

알렉상드르가 물컹하고 축축한 손을 내밀며 해도 그만 안 해도 그만인 몇 마디 인사말을 중얼거릴 때, 나는 그의 얼굴을 마지막으로 바라보았다. 분한 마음을 이기지 못한 입술이 뽀로통하게 주름 잡혀 있었다. 박살난 기관차 앞에 서 있던 열 살 때 표정 그대로였다.

***

그 마지막 만남 이후 또 20년이 흘렀다. 만약 얄궂은 운명의 장난으로 누군가가 이 글을 알렉상드르 눈앞에 밀어놓는 일이 발생한다 해도 그의 평안한 가정이 흔들리거나 하는 일 따위는 전혀 없을 것이다. 왜냐하면 알렉상드르의 진짜 이름은… 알렉상드르가 아니기 때문이다.

6. 한여름의 추억

8학년 담임 선생님은 친절한 마낭 부인이었다. 그녀는 온화하고 은근한 권위로 8학년을 이끌었다. 그런데 7학년 담당은 생각만 해도 소름 끼치는 마드무아젤 로르였다. 나이를 종잡을 수 없는 그 노처녀 선생 덕분에 학생들은 1년 내내 그녀의 신경질과 악랄함에 시달려야 했다.

로르 선생님의 영혼과 생김새는 누가 봐도 환상의 조화였다. 주근깨 가득한 얼굴, 왼쪽 눈에 비해 아래로 1센티미터는 족히 처진 오른쪽 눈. 게다가 틀니는 라틴어 주격과 탈격 활용을 할 때면 어김없이 덜커덕거리며 금방이라도 툭 빠져버릴 것만 같았다. 절뚝이는 걸음걸이는 메트로놈(음악의 템포를 올바르게 나타내는 기계—옮긴이) 박자와 딱 들어맞았고, 빨간색 머리카락도 압권이었다. 이 모든 실루엣이 한데 모여 자기만이 알고 있는 그녀의 지난 일대기를 모두 보여주었다. 뭐니 뭐니 해도 그녀의 얼굴에서 가장 인상적인 것은 볼품없는 미모를 위장하기 위해 매일 아침 얼굴을 끌어안고 벌이는 비장한 전투의 흔적이었다. 윤곽선도 희미한 입술에 시뻘건 립스틱을 붓으로 억지 입술 라인을 그려 넣고, 짝짝이 눈을 감추기 위해 검은 색연필로 아이라인이 아닌 엉뚱한 곳을 둥그렇게 칠하고, 파리한 광대뼈에는 핑크색 연지를 동그랗게 찍었다. 덕지덕지 찍어 바른 분은 우툴두툴하고 얼룩덜룩한 피부를 감추기에 턱없이 역부족이었고, 오히려 분장에 가까운 그런 눈속임을 더욱더 두드러지게 했다. 로르 선생님은 아이들이 모두 운동장으로 나가는 휴식 시간을 가장 좋아했다. 편안한 마음으로 얼굴의 회칠을 완전히 보수하는 순간이었기 때문이다.

지금까지는 마드무아젤 로르를 정면에서 보았을 때의 모습이다.

뒷모습의 경우는 기형적인 골 조직 때문에 등에 둥그렇게 혹이 솟은 것을 빼고는 이렇다 할 특징이 없었다. 비하하거나 흉보려는 뜻은 절대 없지만 그 모습은 누가 봐도 영락없는 꼽추였다.

영악한 아이들은 로르 선생님에게 '미스 프랑스'라는 불가해한 별명을 붙였고, 그 별명은 전 학년이 공유했을 뿐 아니라 매년 신입생들한테까지 전수되었다. 뒷담화 좋아하는 아이들은 선생님이 정말로 미스 프랑스 대회에 몇 번이나 출전했지만 번번이 미끄러졌다며 쑥덕거리기도 했다.

로르 선생님에게는 그녀만의 독특한 교육 방식이 있었다. 그녀가 가르치는 문법도 어려웠지만, 그걸 가르치는 방식은 더 깐깐했다. 학생들이 조금이라도 틀리게 쓰면, 펜을 쥔 손끝만 정확하게 가차 없이 가격했다. 나도 언젠가 한 번 철자를 잘못 썼다가 손톱이 온통 시퍼렇게 멍든 적이 있었다. 복잡한 문법을 잠시 착각이라도 하는 날에는 어김없이 체벌이 뒤따랐다. 그럴 때마다 자기 교육 방침에 대한 그녀의 자신감은 더욱더 하늘을 찔렀다.

그녀는 그런 식으로 자기의 독특한 권위를 다소 남용해도 아이들이 비밀을 지켜줄 거라고 내심 기대했던 듯하다. 어쨌든 그런 기대는 어긋나지 않았다. 당시에는 학부모회라는 것도 따로 없었고, 반장이라는 건 더더욱 없었다. 게다가 학교에서 있었던 일을 집에 가서 일러바치는 건 학교생활을 제대로 못하는 열등생이라는 것을 은연중에 인정하는 셈이었다. 아무 데나 불쑥불쑥 출현한다고 해서 '고양이'라는 별명이 붙은 멜리장 교장 선생님도—뚱뚱한 몸으로 뒷짐을 진 채 전혀 예상 못한 장소에 늘 출몰했다—신기하게 그녀의 체벌 시간에는 한 번도 나타나지 않았다.

나는 다른 아이들과 줄곧 서로 없는 사람 취급하며 지냈기 때문에 그 애들이 로르 선생님을 어떻게 생각했는지 알 수 없지만, 그해 7월 그녀가 떠남으로써 그녀의 군대식 수업과도 작별했고 그것이 내게 어느 정도 위로가 되었던 것은 분명하다. 그렇지만 한 번도 그녀를 별명으로 불러본 적이 없다는 것은 지금도 자신 있게 말할 수 있다.

그 괴팍한 잔소리꾼을 '미스 프랑스'라고 부르고 싶은 마음이 전혀 없었기 때문이 아니다. 그렇게 부르면 복수를 한 것처럼 속이 후련해질 수도 있겠지만, 그러는 것이 내겐 프랑스 토박이들만이 즐기는 그들만의 특권처럼 느껴졌기 때문이다. 그들만의 학교, 그들만의 선생, 그들만의 나라였기에 나는 특별한 호의를 베풀 때에만 그들의 영역 안으로 들어갈 수 있었다. 아빠에게는 난민의 권리에 대해 나름의 기준이 있었다. 정치는 절대적으로 프랑스인들의 문제이기 때문에 절대 왈가왈부하지 말 것, 우리는 아무 권리도 없기 때문에 어떤 권리도 요구하지 말 것.

아빠가 스스로에게 부과한 이 '이방인'이라는 지위 속에는 무조건적인 굴욕을 감수하는 마조히스트의 환희 따위도 없었다. 그저 "싫으면 너희 나라로 돌아가면 될 것 아냐!"라는 만병통치의 논리 앞에서 충격 때문에 목이 메거나 가슴이 먹먹해지지 않기 위해서였다.

사실 나는 가슴에 비수를 꽂는 그런 말을 대놓고 들어본 적은 거의 없다. 그 이유는 내가 그때그때 몸을 사리고 모욕이나 따귀를 교묘히 피했기 때문이다. 잔뜩 날을 세우고 있는 사람들에게서 그런 식으로 도망치는 능력은 일종의 연금술이었다. 단단한 몸뚱이를 물처럼 흐물흐물하게 녹여 겉으로 보기에 전혀 모나지 않게 만드는 기술이기 때문이다. 하지만 기본 구성 요소는 그대로 간직하고 있으므로 몸뚱이는 나중에 언제든 재생 가능하다.

타인의 모욕과 끊임없는 자기 규제를 맞바꾼 이 유동적인 정체성을 고집하다 보면 한 가지 확실한 처세술을 터득할 수밖에 없다. 교장 선생님을 절대 '고양이'라 부르지 않고, 마드무아젤 로르를 절대 '미스 프랑스'라고 부르지 않는 게 바로 그것이다.

길쭉하고 바삭한 황금색 바게트 빵과 동그랗고 까만 시골의 빵이 빵집 진열장을 가득 채웠던 그 시절이 지금도 기억난다. 그런데 노동과 땀의 상징인 그 빵들이 어느새 프랑스와 프랑스 사람들만을 상징하는 무언가가 되어 있었다.

"당신네들, 뭘 먹으러 여기까지 왔어? 프랑스 빵까지 빼앗아 먹으려고?"

우리 같은 이민자에게 프랑스 사람들은 늘 이 말을 하고 싶어 하는 것 같았다.

물론, 이방인에 대한 관용을 미덕으로 여긴 프랑스인도 많았다.

하지만 그리스의 오디세우스를 프랑스 황태자가 본받아야 할 귀감으로 노래했던 롱사르(16세기의 프랑스 시인—옮긴이)는 이미 죽은 지 오래였다.

"이방인이여, 당신의 그 독특함 덕분에 내가 더욱 풍요로워지는군요"라고 했던 발레리, 앙드레 말로, 생텍쥐페리도 우리 동네에서는 별로 아는 이가 없었다. 사르트르와 지로두(프랑스의 극작가·소설가—옮긴이)도 우리에게는 영 낯선 딴 세상 사람이었다. 우리는 마티스나 피카소의 집에 밥을 먹으러 갈 일도 없었고, 우리를 꽤 좋아했던 폴 엘뤼아르 역시 그의 시집으로나 보앉을 뿐이다.

＊＊＊

학교에 다닌 지 7년째 되는 해는 우리가 프랑스에 온 지 7년째 되는 해였다.

그해는 우리 집의 일상이 일대 변화를 겪은 해이기도 하다. 가장 먼저, 내가 난생처음 바캉스다운 바캉스를 떠났다는 것이다. 방학 때면 매일같이 가던 법원 앞 공원 벤치 말고 안나 이모와 나는 처음으로 그 도시의 울타리를 벗어나 피서라는 걸 갔다. 그런데 바캉스를 어디로 갈 것인지 정하는 방법이 꽤 특이했던 걸로 기억한다.

우리 식구와 잘 아는 어떤 아르메니아 아가씨가 있었는데, 하루는 그 아가씨가 한 경찰관에게 길을 물었다. 친절하게 길을 가르쳐준 경찰관은 얼마 후 그 아가씨와 결혼에 골인했다. 두 사람은 마르세유 외곽의 작은 주택에 살고 있었는데, 아가씨의 아르메니아 친정 엄마도 마당 한쪽의 조그만 별채에서 함께 산다고 했다.

우리는 두 달의 휴가 동안 그 별채 한쪽을 빌려 묵기로 했다. 방 하나도 채 안 되는 작은 공간이었다. 그 외곽 지역은 몽토리베라는 곳이었다.

무슨 일이 벌어지는지 당최 알 수 없는 마르세유 도심에서 전차로 20분 거리에 있는 곳이었다. 우리를 태운 전차는 줄곧 내리막을 달리다 도착할 때쯤 되어서는 꼬불꼬불 커브 길을 여러 번 돌았다. 그 뒤로는 직선 코스였지만 꽤 가파른 오르막이었다. 그래서 그런지 높은 고도로 비행기를 타고 올라가는 느낌이고, 종착역은 마르세유 시내보다 훨씬 높은 곳에 있는 것 같았다. 프랑스어로 산을 뜻하는 몽(Mont)으로 시작하는 몽토리베라는 이름이 딱 어울리는 곳이었다.

내 생애 최초의 휴가지에 대한 인상을 너무 나쁘게 그리고 싶지는 않다. 그냥 우리가 살던 파라다이스 가보다 대충 50미터 정도 높은 곳이라고 해 두자.

우리에게 방을 빌려준 그 아르메니아 여자의 남편은 무뚝뚝한 표정의 남자였다. 하지만 그가 아침마다 경찰 제복을 입고 허리춤에 권총을 차고 출근하는 모습은 굉장히 인상적이었다.

나는 그 아저씨가 수상한 사람을 불심검문하거나 스파이를 추격하는 모습, 폭력배들로부터 도시를 구해내고 오롯이 혼자 한 도시의 안전을 책임지는 근사한 모습을 머릿속에 그려보곤 했다.

이따금 아저씨가 아침에 퇴근한 날에는 밤새 당직을 했다는 뜻이므로 물어볼 것도 없이 절대 정숙해야 했다. 몽토리베의 제임스 본드가 주무시는 동안 쥐죽은 듯 조용히 해야 했던 것이다. 이 절대불변의 지침은 우리 가족에게도 예외가 아니었다. 하지만 원래부터 부산스러움과 거리가 먼 나는 그런 것이 전혀 불편하지 않았다.

그럴 때면 나는 가로세로 합쳐 스무 발자국도 안 되는 작은 마당에 접이식 간이 의자를 놓고 앉아 몇 시간이고 그냥 있었다.

학기 동안 배운 것들은 간단하게만 복습하고 후다닥 책을 덮어버렸다. 7학년 책은 페이지를 넘길 때마다 마드무아젤 로르의 유령이 불쑥불쑥 튀어나와 곤혹스러웠기 때문이다. 미스 프랑스의 그 곱사등이 눈앞에 어른거리고, 라틴어를 읽을 때마다 금방이라도 빠질 것처럼 덜커덕거리는 틀니 소리가 들렸다. 받아쓰기나 수학 계산이 아닌데도 틀린 걸 고쳐 쓸 때는 손가락 끝이 화끈거렸다.

책을 덮으면 손바닥만 한 마당과 좁아터진 방은 금세 사라지고, 나는 어느새 열기구를 타고 하늘을 날아올라 저 멀리 미지의 세계로 쥘 베른 아저씨의 얼음 스핑크스를 만나러 가는 환상의 여행을 시작했다.

그러다 보면 금세 오후가 되었다. 점심때도 훨씬 지난 시간, 우리의 제임스 본드 아저씨는 그제야 낡은 잠옷 차림으로 슬리퍼를 질질 끌며 자기네 텃밭을 살피러 나왔다. 제대로 여물지 않은 토마토와 파처럼 생긴 채소 몇 가지는 자라는 게 영 시원찮았고, 세로로 길쭉한 이파리가 달린 줄기 채소는 뿌리를 뽑으면 무 비슷한 게 나올 것 같기도 했다. 그것 말고도 샐러드용 채소들을 일렬로 죽 심었는데 상추인지, 샐러리인지, 치커리인지 도무지 구분이 되질 않았다. 어쨌든 그런 차림으로 텃밭을 어슬렁거리면 경찰 아저씨의 권위가 상당히 떨어져 보이기는 했다.

초라하고 빈약한 수확물에도 불구하고, 그 고집스러운 셜록 홈스의 텃밭 사랑은 거의 극성에 가까웠다. 과연 나중에 먹을 수 있을까 싶을 정도의 채소가 어지럽게 자라고 있었지만, 날마다 물을 주는 건 물론 부식토와 비료 그리고 각종 퇴비까지 듬뿍 뿌려주며 차고 넘치는 애정을 보여주었기 때문이다.

하루는 아저씨가 물뿌리개를 갑자기 내려놓더니, 토마토를 들여다보면서 몇 개인지 하나하나 세기 시작했다. 그렇게 여러 번을 다시 셌다. 허리를 굽히고 있던 터라 피가 온통 머리로 쏠린 아저씨 얼굴은 자기가 사랑하는 토마토만큼이나 금세 시뻘게졌다.

몸을 일으킨 그가 이모와 나를 돌아다보았다. 우리를 구석구석 훑어보며 심문하는 눈빛이었다. 안나 이모는 빨간 렌즈 콩이 담긴 접시를 무릎 위에 올려놓고 양쪽으로 볼록한 기형 콩을 골라 손가락으로 잘라내고 있었다. 집주인의 늙은 장모는 이모의 오른쪽, 그러니까 자기 방 문지방에 앉아 젊은 날을 추억하는 듯한 노인네 특유의 그윽한 미소를 짓고 있었다. 하지만 딱히 누군가를 보고 웃는 것 같지는 않았다.

주인 남자는 뭔가 말을 하려다 그만두었다. 안나 이모는 프랑스어를 잘 못 알아듣고, 그 옆의 늙은 장모는 한마디도 못 알아듣는 사람이었다. 두 사람 말고는 나뿐이었는데, 꼬마한테는 말을 해봐야 소용없다는 눈치였다. 그는 자기 집을 향해 성큼성큼 걷더니 문을 쾅 닫고 들어갔다. 분명 '엄청 열을 받았다'는 뜻이었다.

그는 자신의 분노를 쩌렁쩌렁한 고함 소리로 대신했다. 목구멍이 부르르 떨리는 걸 분명히 알 수 있는 목소리였다. 하지만 닫힌 창문 너머로 들려오는 고함 소리는 정확히 무슨 말인지 알아듣기 어려웠다. 마당 한쪽 구석에 있던 내게 들리는 건 개 짖는 소리처럼 아무 뜻도 없는 밋밋한 고성뿐이었다. 남자를 진정시키려는 부인의 목소리가 중간중간 들렸다. 하지만 성난 수컷의 분노는 전혀 가라앉지 않았다. 마지막으로 큰 소리가 한 번 더 나고서야 집 안은 잠잠해졌다.

이어서 문이 덜컥 열렸다.

남자의 아내가 뭔가 할 말이 있는 듯 고개를 푹 숙인 채 우리 쪽으로 걸어왔다. 그녀는 남편의 '과격한' 분노를 변명하는 장황한 사과로 말문을 열었다. 겉으로는 난폭해 보이지만 원래 심성이 나쁜 사람은 아니라고, 기댈 데 없고 귀까지 먹은 늙은 장모를 모시고 사는 것만 봐도 알 수 있지 않느냐고 했다.

서론을 마친 그녀가 본론으로 들어갔다.

"그러니까 저 사람 토마토에 손만 안 대면 아무 일도 없을 거예요. 손댄다는 게… 뭐 나쁜 뜻은 절대 아니고요, 샐러드를 만들 때 토마토가 없으면 텃밭에서 몇 개 따올 수도 있죠, 뭐. 전 이해해요."

콩을 고르던 안나 이모의 손길이 뚝 멈추었다. 이모는 곤란해서 어쩔 줄 몰라 하는 안주인을 말없이 쳐다보며 콩을 만지작거리기만 했다. 그러다 자리에서 일어나 우리 방문 옆에 걸려 있던 바구니를 내려 안주인 발치에 놓았다. 바구니 안에는 빨간 토마토가 가득 들어 있었다. 햇빛에 잘 익은 토마토들은 당장 두 조각으로 잘라 소금을 뿌려 입에 넣고 싶을 정도로 최상의 품질이었다.

"자, 여기… 필요하면 이걸 가져다 쓰세요. 저 벽에 걸어둘 테니까요. 텃밭 것보다 훨씬 더 예쁘고 맛있을 거예요."

아빠는 일주일에 두 번씩 식구들에게 신선한 과일과 채소를 먹이기 위해 마르세유 시내에서 그곳까지 장바구니를 날랐다. 우리가 몽토리베에서 사 먹은 거라곤 빵과 고기밖에 없었다.

아빠는 우리 곁에 한두 시간 정도 머물렀다. 그때마다 우리는 귀가 따갑게 울어대는 매미 소리와 함께 아빠가 재미있게 전해주는 마르세유 소식과 다른 식구들의 얘기를 들을 수 있었다. 그런 얘기가 끝나면 아빠는 그 길고 고된 밤샘 작업을 하기 위해 무거운 발걸음을 다시 옮겨야 했다.

아빠가 사온 토마토 바구니를 내려놓은 채 우리 것이 아닌 밭에서는 단 한 알의 토마토도 건드리지 않았다는 것을 강변하듯 안나 이모는 가만히 서 있었다. 졸지에 좀도둑으로 몰린 이모의 얼굴은 그때까지 아무런 표정 없이 창백하기만 했다.

안주인의 늙은 어머니는 여전히 미소를 머금은 채 아무것도 들리지 않는 자기만의 세계에 갇혀 있었다. 무슨 일이 벌어지고 있는지 당최 모르는 표정이었다.

젊은 아르메니아 안주인의 얼굴에 민망하고 부끄러운 표정이 번지기 시작했다. 그녀가 웅얼거리듯 말했다.

"죄송해요, 안나 이모님…."

그러곤 자기 집 쪽으로 달려가기 시작했다. 화부터 내는 성마른 남편과 한바탕 하기로 마음을 단단히 고쳐먹은 모양이었다.

우리만 남자 나는 눈으로 늙은 할머니를 가리키며 안나 이모의 귀에 대고 속삭였다.

"이모, 내가 오늘 아침에 봤는데, 저 할머니가 토마토를 땄어요. 세 개나…."

안나 이모는 조심스럽게 나를 만류했다.

"아무 말도 하지 않는 게 좋겠다. 우린 곧 떠날 거야. 하지만 저 할머니는 여기서 계속 살아야 하잖니."

식물처럼 한자리에서 움직이지 않던 그 할머니가 크고 거친 한숨을 내쉰 건 바로 그때였다. 뱃속 저 깊은 곳에서 올라온 것처럼 기다란 한숨이었다. 할머니가 고개를 끄덕이며 웅얼거렸다. 하지만 우리를 보고 있지 않았기 때문에 누구한테 하는 말인지는 알 수 없었다.

"우리 딸이 박복하다는 건 나도 알아! …아주 나쁜 놈이야. …시내에 숨겨 놓은 여자도 있어. 내가 다 안다구."

평소에도 풍기문란과 관련한 얘기에 유난히 신경을 쓰는 안나 이모가 황급히 나를 밀어냈다.

"가서 산책이나 좀 해라. 너무 멀리 가지는 말고."

이모가 판단하기에 할머니의 넋두리는 '13세 이하 관람 불가'였던 것 같다. 이혼 위기에 처한 부부 이야기도 나한테 위험하기는 마찬가지였다.

그런 일은 내게 아주 어릴 때부터 익숙한 관례였다. 식구들은 그런 정신적 일탈로부터 나를 보호하기 위해 애썼다. 그런 것이 지나친 방탕과 직결

된다는 게 식구들의 생각이었다. 이야기 도중 엄마가 상냥한 눈빛으로 문만 쳐다봐도 나는 그것이 잠시 자리를 떠나 있으라는 표시임을 얼른 알아차렸다.

내가 너무 일찍 사랑이나 성에 눈뜨게 될까봐 노심초사하는 식구들 때문에 나는 오히려 어른들의 비밀이 더욱 궁금했다. 방을 나와 귀를 문에 바짝 갖다 대고 있으면, 식구들이 지금 가정 밖에서 순간적 쾌락을 찾아 헤매는 남편이나 아내를 단죄 중이라는 것을 금세 이해할 수 있었다. 하지만 그렇게 듣는 그 추상적인 단어들은 나를 더 혼란스럽게 만들었다. 어른들에 관한 그런 이야기는 내가 상상했던 그 어떤 미스터리와도 전혀 상관이 없었기 때문이다. 그 자리에서 같이 들었더라도 나에겐 분명 재미없고 지루한 얘기였을 것이다.

그래서 그날 안나 이모가 그 불한당 경찰 남편의 방탕한 사생활로부터 나를 떼어놓으려 할 때도 나는 그다지 궁금하지 않았다.

토마토 사건 이후 처음 맞는 일요일, 여느 일요일과 마찬가지로 안나 이모와 나는 엄마와 카이아네 이모 그리고 아빠를 기다리기 위해 전차 종점으로 나갔다. 이모는 마지막 정류장 앞 벤치에 앉고, 나는 마지막 커브길 바로 앞에 있는 비탈길 아래 자리를 잡았다. 두 량의 전차를 뒤에 달고 오는 기관차가 제일 먼저 보이는 곳이었기 때문이다. 강철 레일 위를 달리는 바퀴 소리가 들리면 보이지 않아도 전차가 온다는 것을 알 수 있었다. 오르막을 오르는 전차의 속도는 내가 따라갈 정도로 느렸다. 나는 긴장한 눈으로 두 량의 전차를 빈틈없이 훑어보았다. 세 사람 중 한 사람만 보여도 다른 두 사람은 당연히 함께 있을 것이다.

전차가 비탈길을 반쯤 올라왔을 때, 난 식구들이 타고 있지 않다는 걸 진

즉 알아차렸다. 이모에게 이번 전차는 아니라는 걸 큰 손짓으로 알려주었다. 그리고 다시 비탈길에 앉아 다음 전차를 기다렸다. 그렇게 전차가 몇 번 도착했지만 식구들은 없었다.

전차를 기다리는 내내 속에서 은근히 타오르던 기대가 마침내 현실이 되었다. 엄마의 낯익은 블라우스 자락, 아빠의 실루엣, 창문 뒤에서 흔들고 있는 카이아네 이모의 작은 손이 내 눈에 막 띄었기 때문이다.

나는 전차가 멈출 때까지 계속 뛰었다. 보도는 벌써부터 내리는 승객들로 웅성거렸다. 삐걱거리는 바퀴 소리와 비탈길을 오르느라 잔뜩 힘을 쓴 엔진이 뿜어내는 소음을 뚫으려면 있는 힘껏 소리쳐야 했다.

"그동안 잘 지내셨어요?"

"그래, 우린 다 잘 지냈다. 이모랑 너는?"

"우리도 아주아주 잘 지냈어요!"

우리 식구들의 대화는 늘 똑같고 새로울 게 없었지만, 그 소박하고 단조로운 이야기 속에는 늘 행복이 가득했다.

그날은 안나 이모가 요리를 할 필요가 없었다. 집에서 모든 걸 가져왔기 때문이다. 포도 잎에 속을 채운 요리, 치즈 튀김, 껍질에 쌀밥을 가득 넣고 오븐에 익힌 커다란 홍합 요리 외에도 고수 향을 넣어 장작불에 구운 고기로 만든 만두와 우리 입을 달콤하게 적셔줄 디저트용 케이크까지 완벽한 성찬이었다.

우리는 항상 옆방 할머니를 가족 식사에 초대했다.

우리가 식탁에 앉으면 일초의 오차도 없이 그 딸이 우리 식구들에게 환영 인사를 하러 왔다. 그러면 엄마 아빠는 늘 함께 먹자고 답례 인사를 했다.

식사가 끝나면 그 딸은 남편에게 준다며 음식을 조금씩 덜어가곤 했다.

남편이 "오늘은 당직이지만 우리 집 음식을 너무 좋아한다"면서 말이다.

하지만 그날, 안주인은 우리 방에 오지 않았다. 하지만 부인이 집에 있다는 걸 나는 알고 있었다. 엄마는 안주인이 오지 않은 데 적잖이 놀랐다. 그러자 안나 이모는 그 '토마토 사건'의 전말을 간단히 요약해 들려주었다.

그런데 그 토마토 사건에는 속편이 있었다. 난 그 생각만 하면 웃음을 참을 수 없었는데, 안나 이모는 그 일에 대해 아무 말도 하지 않았다.

***

그러니까 그 사건 바로 다음 날, 정오 즈음 나는 옆방 할머니가 토마토 나무로 다가가는 것을 목격했다. 할머니가 토마토 하나를 따는 순간, 나는 안나 이모한테 달려갔다.

"할머니가 또 토마토를 따요!"

잠시 고민하던 이모는 이렇게 말했다.

"몇 개나 따는지 잘 보고 와."

머리가 그다지 좋지 않은 그 불쌍한 노인은 채 익지도 않은 연둣빛 토마토를 세 개만 땄다. 그리고 사위의 불같은 성질 따위는 개의치 않고 자기 방으로 들어갔다.

이모는 얼른 토마토 바구니를 가져와 텃밭에 있는 토마토와 똑같이 생긴 걸로 세 개를 골랐다. 그리고 방금 노파가 다녀간 토마토 나무 아래 조용히 가져다 놓았다.

이윽고 주인 남자가 텃밭 순찰을 나올 시간이 되자 나는 우리 방 창문 뒤에 웅크리고 숨었다. 그 토마토 '이벤트'를 지켜보기 위해서였다.

남자가 텃밭으로 들어갔다. 텃밭 바닥에 고정된 내 시야에 들어온 것은 남자의 슬리퍼 두 짝뿐이었다. 슬리퍼는 보기 딱할 정도로 빈약한 샐러드

채소들과 무, 파 사이를 왔다 갔다 했다. 토마토 앞을 지나던 남자의 발길이 갑자기 멈췄다. 그러더니 오른쪽 슬리퍼가 땅바닥을 사납게 쿵쿵 굴렸다. 엄청 화가 났다는 뜻이었다. 잠시 후 남자가 허리를 구부렸다. 내 시야에 남자의 얼굴이 조금씩 들어왔다. 그 얼굴엔 햇살이 퍼지듯 야릇한 기쁨이 번지고 있었다. 마침내 제대로 익은 토마토 세 개를 발견한 것이다. 그날 저녁, 남자는 아내와 함께 텃밭의 첫 수확물을 맛보았을 것이다. 어떤 것과도 비교할 수 없는 최상의 토마토를 말이다.

＊＊＊

내가 코미디 같은 사건을 실감나게 얘기하자 아빠가 심각한 표정으로 물었다.

"바캉스를 이쯤에서 끝내면 어떨까? 넌 어떠니? 싫어?"

이모랑 내가 그곳에 머무른 지 한 달이 넘었고, 주인 남자에게 선불로 임대료를 치른 우리는 3주는 더 있어도 되었다. 하지만 나는 아빠의 제안을 단번에 수락했다.

"그럼 아니차 처형은요?"(아니차는 안나 이모의 애칭이었다)

"난 애 때문에 있는 건데 뭐 상관없어요."

"그럼 짐을 싸는 대로 집으로 갑시다!"

안나 이모는 챙겨두었던 리본과 포장지, 노끈을 동원해 다시 한 번 실력을 발휘했다.

가재도구 보따리, 옷 보따리, 커다란 트렁크가 문 앞에 나란히 놓였다. 이삿짐을 모두 싼 것이다. 옆방 할머니에게 작별 인사를 하던 참에 주인 여자가 사색이 되어 달려왔다.

"무슨 일이세요? 이 짐들은 다 뭐예요? 이렇게 하시면 우리가 너무…"

아빠는 아주 공손하게 "댁의 가정이 평화롭기 위해서는 이렇게 하는 게 좋을 것 같다"고 그녀를 설득했다. 우리가 토마토 도둑이 아니라는 것도 알아듣게 이야기했다. 안주인이 아빠보다 훨씬 나이가 어렸기 때문에 아빠는 굳이 존칭을 쓰지 않았다.

"이번엔 토마토로 그쳤지만, 다음엔 댁의 남편 커프스 버튼이 없어질 수도 있어. 그러면 우리가 가져가지 않았나 하고 여기 와서 꼬치꼬치 물어볼 수도 있잖아."

그러자 더 머물도록 우리를 설득하려던 그 아르메니아 안주인은 더 있어야 하는 가장 중요한 이유를 털어놓았다. 돌려 말할 경황이 없었던 것이다.

"그건 저도 잘 알고 있어요. 하지만 우리 남편은 남은 돈을 절대 돌려줄 사람이 아니에요."

우리를 잡아두고 싶은 마음과 남편 사이에서 갈등하는 그 불쌍하고 초라한 아르메니아 여인은 자기 늙은 엄마와 우리의 관계를 전혀 모르고 있지는 않았다.

아빠가 웃으며 말했다.

"아니, 댁의 남편한테서 받을 돈은 하나도 없어. 계약한 날짜보다 먼저 떠나는 건 우린데, 뭐. 계산은 계산이지."

커다란 보따리를 하나씩 들고도 자질구레한 짐이 많았다. 토마토가 가득 든 바구니도 챙겨야 했다. 그런데 안나 이모가 그 바구니를 주인집 텃밭 한복판에 갖다 놓았다. 우리는 마침내 그 반쪽짜리 방과 옹색하기 짝이 없는 그 손바닥만 한 텃밭과 작별했다.

그 집 울타리 문을 닫고 나오면서 내가 마지막으로 본 것은 시멘트 계단에 앉아 있는 할머니의 모습이었다. 인생의 마지막 장을 기다리고 있지만 그 기다림마저 쉽지 않은 늙은 배우의 모습이었다.

죽음이 노파를 야금야금 갉아먹고 있었다.

바깥은 뜨거운 태양에 초목이 익어버릴 정도로 뜨거웠다.

집으로 돌아오는 동안 우리는 아무 이야기도 할 수 없었다. 전차가 터져 나갈 만큼 승객들이 꽉 들어찼기 때문이다. 포도송이처럼 다닥다닥 들러붙은 사람들이 전차 계단, 객차와 객차 사이, 심지어 지붕 위까지 차지하고 있었다. 이따금씩 차장이 "당장 내려서지 않으면 차를 세우겠다"고 엄포를 놓았지만 움직이는 사람은 하나도 없고, 전차는 그대로 출발했다.

당시 마르세유와 그 외곽에서 흔히 볼 수 있던 이런 풍경 속에는 적어도 두 가지 장점이 있었다. 첫 번째는 울퉁불퉁한 전차 어디에든 매달릴 수 있는 강인한 근육과 체력만 허락한다면 누구든 탈 수 있다는 것이고, 두 번째는 공짜로도 탈 수 있었다는 것이다. 전차 맨 뒤꽁무니 구석자리에 있는 차장이 그 많은 사람들에게 표를 일일이 나누어줄 수도 없고, 두 팔로 간신히 매달린 승객들은 주머니에서 돈을 꺼내 차장에게 건네줄 엄두도 못 냈기 때문이다.

시내로 들어온 전차가 종점에서 마지막 승객까지 모두 내려놓자 아빠는 우리의 짐 보따리가 무사한지 세고 또 셌다. 그런데 어찌 된 영문인지 출발할 때와 숫자가 맞지 않았다. 아빠가 어깨에 지고 있던 트렁크를 빼먹고 세었기 때문이다. 이상이 없음을 확인한 아빠는 안나 이모와 나를 돌아보며 짐짓 심각한 얼굴로 말했다.

"집에 가면 4분의 3 깜짝 파티가 우리를 기다리고 있단다."

깜짝 파티라는 말에 호기심이 발동한 건 사실이었지만, 하나도 아닌 '4분의 3의 깜짝 파티'라니! 수수께끼 같은 그 말에 머리가 복잡해졌다. 나는 집까지 걸어가는 동안 수수께끼를 풀어보기로 마음먹었다.

그러기 위해서는 지능적인 작전이 필요했다.

아빠랑 나란히 걷던 나는 건널목이 나오자 속도를 늦추며 엄마와 안나 이모 사이에 끼어들었다. 때마침 신호등에 빨간불이 들어왔다. 그때 자연스럽게 내 말이라면 맥을 못 추는 카이아네 이모 옆으로 슬그머니 다가갔다. 신호등이 바뀌자 이모와 나는 다른 식구들과 멀찌감치 떨어졌다. 난 그때를 놓치지 않고 이모를 공격했다. 하지만 처음에는 아무 관심도 없다는 초연함을 가장한 공격이 효과적일 것 같았다.

"이모, 4분의 3 깜짝 파티가 뭐야?"

이모는 앞장서 걷는 아빠를 가리키며, 무관심으로 위장한 내 호기심의 첫 번째 공격을 교묘하게 피했다.

"아빠한테 물어봐."

하지만 나는 카이아네 이모를 훤히 꿰고 있었다. 내가 아는 이모는 결코 끝까지 버틸 사람이 아니었다.

난 포기하지 않고 곧장 두 번째 공격을 했다. 반쯤은 토라진 표정으로, 반쯤은 슬픈 표정으로 아무 말도 하지 않았다. 그건 슬픔을 애써 억누르는 아이의 모습 그 자체였다. 나는 그런 표정이 어떤 효과가 있는지, 카이아네 이모가 오래 못 갈 거라는 것도 다 읽고 있었다.

난 이모의 눈치를 살폈다. 이모 얼굴에는 고민하는 표정이 역력했다. 이모를 더욱 몰아붙일 요량으로 슬픈 얼굴에 턱까지 바르르 떨며 고개를 떨어뜨렸다. 이모가 내 쪽으로 몸을 숙였다. 그 순간 나를 달래야 한다는 뿌리칠 수 없는 사랑에 이모가 지고 말았음을 난 알아챘다. 4분의 3 깜짝 파티가 뭔지, 반쪽짜리 파티나 한 개짜리 파티는 뭔지 그 정체가 곧 드러날 터였다.

"아무한테도 말 안 한다고 약속하지?"

물론 그러겠노라고 장담하는 순간, 아빠의 천둥 같은 고함 소리가 머리

위로 떨어졌다.

"카이아네 처제!"

그건 분명 경고의 메시지였다.

"처제, 빨리 와. 같이 가. 얼른."

이모는 무슨 나쁜 짓을 하다 들킨 사람처럼 한숨을 쉬듯 짧게 "네" 하고는 서둘러 앞으로 걸어갔다.

어이가 없었다. 우리보다 20미터나 앞서 걷던 아빠에게서 잠시도 눈을 떼지 않았는데, 어떻게 알았지? 한 손으로는 어깨 위의 무거운 트렁크를 받치고, 다른 손에는 보퉁이를 두 개나 들고 있었는데…. 거기다 아빠는 단 한 번도 뒤를 돌아보지 않았는데 말이다. 아빠는 머리 뒤에도 눈이 달렸나보다!

안나 이모도 그 수수께끼를 모르는 건 마찬가지였다. 엄마가 말해주지 않았기 때문이다. 난 집에 도착할 때까지 호기심을 꾹꾹 누를 수밖에 없었다.

승객을 미어터지게 태운 전차들이 정해진 정류소를 제대로 지키지도 않고 오갔다. 문득 그 전차가 꼭 우리 식구 같다는 생각이 들었다. 그 모습을 바라보며 나는 '짐이 많으면 갈 길은 더 멀다'는 지극히 단순한 원리를 실감했다.

하지만 식구들의 웃음을 위해서라면 우리의 피에로 아빠는 반백의 어린애로 변신하는 것을 전혀 주저하지 않았고, 그 농담과 익살과 장난 덕분에 우리의 멀고 먼 귀갓길은 결코 힘들거나 지루하지 않았다.

깜짝 파티와 관련한 내 미스터리를 풀어줄 결정적 순간이 마침내 코앞에 다가왔다. 아빠는 무슨 생각을 하는지 짐작조차 안 되는 알쏭달쏭한 표정만 짓고 있었다. 그렇게 꿈쩍도 하지 않음으로써 아빠 스핑크스는 우리의 호기심을 더욱 증폭시켰다. 그러는 동안 엄마와 카이아네 이모는 웃음을 참으며 자기들끼리 야릇한 눈짓을 교환했다.

나는 안나 이모 쪽으로 몸을 숙이고 손으로 입을 가리며 이모 귀에 대고 속삭였다.

"이모가 좀 물어봐!"

이번에는 이모가 내 귀에 속삭였다.

"안 돼. 아빠가 말씀하실 거야. 기다려. 5분만 있으면 끝나."

드디어 아빠가 입을 열었다.

아빠가 헛기침을 두세 번 하면서 목소리를 가다듬는 걸 보고 난 그 순간이 도래했음을 감지했다. 서론이 길수록 발표할 본론의 중요성은 더욱 커지는 법이다. 그날의 본론은 정말 중요한 일인 것 같았다.

"그러니까, 뭐냐 하면…."

안나 이모가 도저히 못 참겠다는 투로 아빠 말을 잘랐다.

"하곱(아빠의 이름이다), 그렇게까지 애쓸 필요 없어요. 한 시간이나 기다렸는데, 그깟 한 시간을 더 못 기다리겠어요? 하루, 아니 한 달, 1년도 더 기다릴 수 있어요!"

이모는 "알 수 없는 미래의 왕국은 기다릴 줄 아는 자에게만 찾아온다"는 뜻의 아르메니아 속담까지 곁들였다. 웃음이 터지기에 충분했지만, 이 촌철살인의 일침 때문에 정작 중요한 본질을 놓칠 수는 없었다.

나는 안나 이모의 복수를 외면하지 않기 위해 차분하게 말했다.

"아빠, 말씀하세요."

"그러니까, 너랑 이모가 이제 파라다이스 가 109번지에서 안 살아도 된다는 얘기다."

무슨 말이지? 머릿속에서 수십 가지의 해석이 떠올랐다 사라졌다. 이산가족이 되어 뿔뿔이 흩어진다는 건가? 그럼 누가 떠나는 거야? 우리 식구가 몽땅 쫓겨나는 건가? 아니면 딴 도시나 딴 나라로 가야 한다는 말인가?

"다음 주 금요일에 생자크 가 101번지로 이사를 갈 거야."

그렇다면 우리한테 새 집이 생긴다는 얘기잖아? 분명 그 말이야! 그런데 그 좋은 새 소식 앞에서 나는 왜 두려움부터 느꼈을까?

그 두려움의 뿌리를 밝히려면, 거처를 옮기는 것이 곧 학살을 피하기 위한 도망임을 의미하던 그 시절로 거슬러 올라가야 한다. 숨을 곳을 찾아 이 집 저 집 도망 다닐 때마다 우리는 불러도 대답 없는 이름들로 인해 눈물을 흘렸다. 그런 와중에 우리는 새로운 땅, 새로운 나라를 찾아 떠났고, 우리가 살아온 흔적도 영혼도 없는 이 집에 깃들었다.

***

난 생자크 거리를 잘 알고 있었다. 부르주아 주택들이 양쪽으로 늘어선 깨끗하고 조용한 동네였다. 말끔하게 포장한 가파른 오르막을 따라 올라가면 노트르담 드 라 가르드 성당이 나왔다. 나는 아침저녁으로 그 노트르담 성당을 보며 학교를 다녔다.

안나 이모와 내가 몽토리베에 있는 동안 모든 일이 숨 가쁘게 진행된 것 같다. 당시에도 엘리베이터가 없으면 높은 층수의 집값은 상대적으로 낮았다. 우리의 새 집은 길 쪽에 면한 6층이었는데, 방 세 개에 부엌이 하나 딸려 있었다.

방마다 다른 꽃무늬 벽지로 도배를 했고, 바닥에는 육각형 붉은 타일 위에 멋진 리놀륨까지 깔려 있었다. 그리고 부엌에는… 여기가 정말 부엌인가 싶을 정도로 개수대와 오븐이 딸린 불 네 개짜리 가스레인지가 자리 잡고 있었다. 전에 살던 사람들한테서 중고로 산 것이라고 했다. 계단은 넓으면서도 칸이 높지 않아 오르내리기 편하고, 1층 입구도 널찍하고 훤했다.

집을 둘러보고 나자 어느새 날이 저물었다. 집 구경에 정신이 팔린 식구들은 불 켜는 것도 잊고 있었다. 집 안에 불을 밝히자 난 그제야 4분의 3 깜짝 파티가 무슨 뜻인지, 나머지 4분의 1은 무엇인지 알 것 같았다.

아빠가 부엌의 프라이팬 앞에 섰다. 일요일의 우리 집 '주방장'은 아빠였다. 아빠는 프라이팬에 버터와 커다란 카슈카발 한 장 그리고 토마토 여러 개를 놓고 그 위에 달걀을 열 개쯤 깨 넣었다(카슈카발은 불가리아산 경질 치즈다). 그 위에 레몬 반개의 즙을 짜서 넣고, 후추를 친 프렌치드레싱을 듬뿍 뿌리면 내가 가장 좋아하는 맛있는 식사가 뚝딱 만들어졌다.

그러는 동안 엄마는 4분의 1 미스터리를 들려주기 시작했다.

안나 이모와 내가 몽토리베에서 3주를 더 머물렀다면, 남은 식구들은 여유 있게 새 집으로 이사를 하고 깨끗하게 정리까지 마칠 수 있었다고 했다. 그런 다음 나와 안나 이모가 휴가를 마치고 돌아올 때 파라다이스 가 109번지를 그냥 지나쳐서 우리를 어리둥절하게 만든 다음, 아무런 설명도 없이 오른쪽 생자크 가로 접어들어 새 집으로 올 계획이었다.

그런데 안나 이모와 나의 귀가 일정이 앞당겨지는 바람에 처음의 깜짝 파티 계획이 틀어질 수밖에 없었고, 최초 기획자의 재량에 따라 4분의 1만큼 깜짝 파티가 날아가버린 것이었다.

저녁 식탁을 치운 후, 아빠는 안나 이모의 무릎 위에 별것 아닌 것처럼 셔츠 한 장을 올려놓고는 소맷동 처리가 제대로 됐는지 어떤지 좀 봐달라고 했다.

소맷동 바느질은 '맞춤' 셔츠 제작 과정 중에서 가장 손이 많이 가고 까다로운 부분 중 하나였다. 요즘에는 최고급 셔츠 맞춤업자들 사이에서도 찾아보기 힘든, 고도의 기술을 요하는 수작업이었다. 먼저 양쪽 소매를 셔츠 몸통에 박음질한다. 그런데 그 박음질의 땀이 일정하면서도 너무 촘촘

하고 섬세해 눈에 안 보일 정도다. 그렇게 만든 셔츠를 뒤집으면 몸통과 소매의 이음 선이 눈에 안 띄어 처음부터 한 장의 천으로 셔츠를 만든 것처럼 보인다.

안나 이모는 소맷동을 다 돌려보지도 않고 판결을 내렸다.

"이건 우리가 만든 게 아닌데요? 더군다나 다 만들지도 않았잖아요."

아빠는 약간 흥분했다.

"그럼 이 박음질은 어때요?"

"이건 박음질이 아니라 시침질 수준이에요. 엉성하기는…. 이런 셔츠를 입고 악수라도 했다가는 상대방이 소매만 왕창 뜯어갈 거예요."

전문가의 평가는 냉정하고도 부정적이었다. 하지만 나는 그 셔츠랑 아빠가 무슨 관계가 있는지 전혀 알 수 없었다. 아빠는 그날 밤 조금 서글픈 표정으로 잠자리에 들었다.

얼마 후, 나는 병풍 뒤에서 두 이모가 소곤거리는 소리를 들었다. 안나 이모가 그렇게 형편없다고 말한 바느질은 바로 아빠 작품이었다.

우리가 몽토리베에 있는 동안, 아빠는 매일 오후 바느질 흔적 없이 소매 붙이는 기술을 전수받느라 엄청 고생했다고 한다. 그리고 엄마와 카이아네 이모의 칭찬 덕분에 기술을 전수받는 데 거의 성공했다고 믿었다. 하지만 실은 아빠가 공장으로 출근하자마자 엄마랑 이모는 매번 그 엉성하게 꿰맨 소매를 모두 뜯어내고 새로 박음질하느라 정신이 없었다고 했다.

안나 이모의 얼굴은 볼 수 없었지만, 아빠에게 상처를 줬다는 죄책감에 상심한 이모의 표정은 충분히 상상할 수 있었다.

안나 이모가 카이아네 이모에게 중얼거리듯 말했다.

"미리 언질이라도 줬어야지."

"그랬어, 언니가 셔츠에 코를 박고 있느라 못 봐서 그렇지."

카이아네 이모는 분명 언니에게 눈치를 주기 위해 갖가지 우스꽝스러운 표정을 총동원했지만 고장 난 신호등처럼 깜박거리는 그 얼굴을 안나 이모가 미처 보지 못했던 것이다.

내 기억 저편에서 불쑥불쑥 얼굴을 내미는 일련의 이 평범하고 소소한 사건은 내게 희망의 전차 같은 것이었다. 왜냐하면 언젠가 내가 꼭 다시 만나야 할 기억들이기 때문이다. 별것 아니었지만 사랑으로 충만했던 그 모든 것이 바로 우리 가족의 '일상의 행복'이었다.

"만약 그때로 다시 돌아간다면…." 사람들이 흔히 이런 말로 회상하는 그 유년기가 내겐 바로 그때였다. 그 시절부터라면 나도 기꺼이 유년기로 다시 돌아갈 수 있을 것 같다.

7. 희망의 방정식

　우리 집은 정말로 방이 세 개였다. 하지만 늘 같은 공간에서 함께 지낸 습관 때문인지, 우리가 주로 있는 곳은 늘 똑같은 방이었다. 길 쪽으로 창문이 두 개 나 있고, 빨강과 녹색의 큰 꽃무늬 벽지로 둘러싸인 제일 큰 방이었다.
　집 안의 중심인 그곳에 카이아네 이모는 재봉틀을, 엄마는 재단용 테이블을 들여놓았다. 안나 이모의 바느질도 그 방에서 계속되었다. 매일 오후가 되면 확고한 불굴의 의지를 불태우며 각자 일에 열중하는 엄마들 사이에서, 아빠는 예의 그 소맷동 붙이기 작업에 착수했다. 창가에 앉은 아빠의 실루엣이 비쳐드는 오후의 역광에 더욱 또렷이 보였다. 바느질에 소질이 없다는 이모의 판결을 뒤집기 위해 아빠는 악착같이 노력했다. 안나 이모의 본의 아닌 악평 이후 달라진 게 딱 한 가지 있었다. 아침이 되면 아빠가 자신이 박음질한 것을 다 뜯어버리고 소매와 몸통을 따로 분리해둔 채 출근했다는 것이다.
　그 방에서 내가 제일 좋아한 자리는 엄마가 재단할 천을 올려놓고 남은 테이블 공간이었다. 나는 그 남는 자리에 노트 두 권을 올려놓고, 반대 방향에서 달려온 기차가 정확하게 교차하는 순간은 언제인지 따위를 계산하곤 했다. 가끔은 뻑뻑해서 잘 안 돌아가는 부엌 수도꼭지 두 개를 틀어놓고는 거기서 떨어지는 물의 양이 크기가 각각 다른 대야 A와 B를 채우는 모습을 가만히 지켜보기도 했다. 그러고 나서 엄마의 가위질이 끝나기를 기다렸다가 "대야 A와 B에 물이 가득 차는 데 걸리는 시간을 구하시오" 따위의 말을 아르메니아 말로 중얼거리곤 했다.

내가 그렇게 말할 때마다 엄마는 가위질을 멈추었다. 엄마는 내가 어떤 것을 물어봐도 답을 그냥 가르쳐주는 법이 없었다. 대신 내가 쉽게 대답할 수 있는 관련 질문들을 던지면서 답을 찾을 수 있는 논리적 과정으로 나를 차분히 이끌었다. 그러면 나는 이렇게 소리치곤 했다.

"엄마, 엄마, 알았어. 거기까지만! 잠깐만…."

내가 문제를 푸는 동안, 엄마는 엄마대로 목둘레, 가슴둘레, 어깨넓이, 골반 치수 등이 빼곡히 적힌 주문서 한쪽 귀퉁이에 숫자 몇 개를 후다닥 휘갈겨 썼다. 그러곤 그 자리에서 꼼짝도 않은 채 내 노트를 거꾸로 훔쳐보며 내 계산 과정을 하나하나 점검했다. 엄마가 빙긋이 웃으면 따로 검산할 필요가 없다는 뜻이었다. 하지만 엄마 눈썹이 약간이라도 움찔하면 곱셈 따위가 잘못됐다는 신호였고, 그럴 때면 나는 마치 스스로 발견한 것인 양 얼른 답을 고쳐 썼다. 끝으로 문장 끝에 마침표는 제대로 찍었는지까지 확인한 다음, 나는 떨리는 마음으로 엄마에게 노트를 내밀었다.

엄마와 나의 답이 소수점까지 정확하게 일치하면, 나는 승리의 함성을 목청껏 질렀다. 그 소리에 놀라 카이아네 이모의 재봉틀이 갑자기 털털거리고, 쉴 새 없이 움직이던 안나 이모의 바늘도 멈추었다. 수학 박사인 조카에 대한 이모들의 흐뭇하고도 기특해 죽겠다는 미소를 등 뒤에서 고스란히 느

낄 수 있는 순간이었다.

그로부터 한참 후, 내가 그 어려운 x^2의 이차방정식을 푼 곳도 바로 엄마의 그 재단용 테이블 귀퉁이였다. 하지만 방정식의 난이도가 한참 높아진 어느 날, 암호처럼 생긴 삼차방정식 앞에서 엄마는 나를 슬픈 눈으로 바라보았다.

엄마의 수학 실력은 1915년 4월 24일, 우리의 학교가 모조리 불타 사라진 그 날짜에 멈춰 있었다.

"만체스, 내가 너에게 아무런 도움도 되지 못하는 이런 날이 오리란 걸 난 알고 있었단다!"

그날 이후 각종 연산, 정리(定理), 파생 명제, x·y 따위는 차가운 기호와 상징이라는 본연의 모습을 찾아가기 시작했고, 내 선의와 노력에도 불구하고 쉽게 친할 수 없는 대상으로 변해갔다.

***

마드무아젤 비앙은 분명 너무도 아름다운 여인이었다. 그녀는 당시에도 타의 추종을 불허하는 확고한 미의 기준을 모두 갖추고 있었다. 날씬한 몸매, 섬섬옥수의 가늘고 예쁜 손, 화장기 하나 없어도 또렷한 이목구비, 위로 틀어 올려 쪽진 복고풍 헤어스타일…. 누구도 함부로 흉내 낼 수 없는 우아함이 그녀의 온몸에서 뿜어져 나오고 있었다. 넘치지도 모자라지도 않는 그녀의 상냥한 미소는 분명 우리 6학년 학급에 대한 자신의 영향력을 유지하기 위한 것이 분명했다.

중학생이었던 내 기억에 비앙 선생님은 별명이 없었다. 우리는 그냥 '마드무아젤'이라고만 불렀다. 사실 그녀의 나이는 마흔쯤이었다. 마흔쯤…

좀 애매하긴 해도 이 표현이야말로 ±5년 정도는 가뿐히 넘나드는 편리한 어림 법임에 틀림없다.

그녀를 처음 만난 건 프랑스어 수업 시간이었다. 우리는 17세기 여류 문인 세비네의 작품을 배우는 중이었다. 마드무아젤 비앙은 은쟁반에 옥구슬 굴러가는 목소리로 그 위대한 여류작가의 서간문을 또랑또랑 읽었다. 솔직하고 자연스러운 문체로 쓴 멋진 작품이었다.

그때 문득 내 머릿속을 스치는 의문이 하나 있었다. 학생이 선생님에게 던질 수 있는 세상에서 가장 이해 안 되고, 가장 엉뚱하고, 가장 당황스럽고, 가장 특이하고, 가장 예측 불가능하고, 가장 느닷없고, 가장 황당하고, 가장 기이하고, 가장 기상천외하고, 가장 무례하고, 가장 기발하고, 가장 그로테스크한 의구심이었다. 비앙 선생님은 왜 결혼을 안 했을까?

나는 그 호기심을 떨쳐내려고 무던히 노력했지만, 머릿속은 어느새 그 질문으로 가득 찼다. 절반은 《장발장》에서 코제트를 학대하는 못된 여관 주인 테나르디에처럼 생겼고, 절반은 《노트르담의 꼽추》에 나오는 콰지모도처럼 생긴 마드무아젤 로르 체제 하에서는 단 한 번도 가져보지 못한 의문이었다.

그 우아하고 상냥한 고전 미인 비앙 선생님에게 구혼자가 없었을 리 만무하다. 결혼을 한 번이라도 했다면 죽을 때까지 '마담'인 법인데, 그 나이에도 '마드무아젤'인 걸 보면 정말 결혼 경력이 전무하다는 얘기였다.

도대체 무슨 사연일까? 홀어머니 봉양하느라? 아니면 여동생이나 조카 뒷바라지 때문에? 말도 안 돼! 그런 이야기는 안나 이모한테나 해당되는 얘기지. 그렇다면 혹시 남자가 여러 명 있었던 건 아닐까? 나는 비앙 선생님의 과거에 등장했을 뭇 남성들의 환영을 뒤쫓느라 위대한 세비네 부인을 배우는 프랑스어 시간에 늘 딴전이었다.

'정신 분석'과 관련한 직업이 그 당시에 유행했더라면, 난 분명 억압적인 사회의 희생자 대열에 한 자리 차지할 수 있었을 것이다. 생물학적이고 원초적인 본능이 엄격한 교육의 억압 및 윤리적 지탄과 갈등을 일으킬 수밖에 없는 사회의 희생자. 내가 본능적 욕구에 죄의식을 느끼는 아이라는 걸 그때 배웠다면, 질서를 유린하고 트라우마를 형성하는 성 도착적 호기심에 무감각해지려고 내 자연스러운 욕망을 억누르고 있었다는 걸 그때 배웠다면 난 아마 뒤통수를 한 대 맞은 것처럼 엄청난 혼란에 빠졌을 것이다. 하지만 당시 나는 그 방면에 대해 아는 것도 없었고, 아무 관련도 없었다. 지금 생각하면, 열세 살의 나는 지극히 건강한 정신의 소유자였던 것 같다. 내가 비앙 선생님을 나의 꽉 막힌 상상력 속에 가두어둔 것은 누구나 수긍할 수 있는 자연스러운 사연을 통해 선생님만의 멋지고 아름다운 러브 스토리를 만들어드리고 싶었기 때문이다.

수학 수업이 진행되는 동안, 내 머릿속의 비앙 선생님은 벌써 3명의 구혼자와 결별을 했다.

나는 선생님에게 네 번째 남자를 소개하려던 참이었다. 그런데 순간 퍼뜩 떠오르는 생각이 있었다. 선생님이 남자와 헤어질 때마다 난 정말 순수하고 좋은 의도로 남자를 다시 만나게 했다. 하지만 그러는 동안 선생님은 행실이 좋지 않은, 풍기문란의 소지가 다분한 여인으로 변해 있었다.

한 여인만을 바라보는 네 남자와의 배신과 고통과 좌절로 점철된 불행한 사랑 때문에 애꿎은 비앙 선생님만 타락의 길로 접어들고 있었던 셈이다.

혼자 있는 30분간의 휴식 시간 동안 나는 그때까지 상상했던 비앙 선생님의 러브 스토리를 깡그리 지워버렸다. 난 스토리를 만들어내는 이야기꾼들의 능력에 새삼 매료되었다. 인간의 운명을 쥐락펴락하며 내키는 대로 그들의 행동을 조종할 뿐 아니라 캐릭터라는 걸 만들어내고 새로운 반전과 우연한 사건을 능수능란하게 배치하면서 인물의 만남을 총주관하는 능력은 정말 아무나 가질 수 있는 게 아니라는 생각이 들었다.

나는 나의 그런 능력을 믿고 마드무아젤 비앙이 진실한 단 하나의 사랑을 만나게 되는 러브 스토리의 두 번째 버전을 생각해냈다.

비앙 선생님은 그 남자를 열렬히 사랑했다. 그러던 어느 날, 두 사람은 라틴어 몇 마디를 통해 결혼이라는 성스러운 관계로 다시 태어날 것을 약속한다. 그런데 결혼식 당일 아침, 말 한마디 없이 남자가 홀연히 사라져버린다. 마드무아젤 비앙은 그 남자와의 사랑에 충실하기 위해 결혼 따위는 영영 하지 않기로 결심했고, 결국 그녀의 사전에 '마담'이란 호칭은 설 자리가 없게 되었다.

그런데 그 남자, 그러니까 내가 사라지게 만든 그 남자가 자꾸만 신경 쓰였다. 그냥 결혼하게 내버려두는 게 더 낫지 않았을까 싶은 생각이 들 만큼 날 불편하게 했다. 결국 나는 마드무아젤의 용서와 희생을 욕되게 할 수도 있다는 두려움 때문에 그녀를 영원히 수녀로 만들어버렸다.

칠판 위에는 아직도 비앙 선생님이 손수 쓴 x, y, z, 세제곱의 방정식들이 그대로 남아 있었다(당시에는 한 선생님이 여러 과목을 담당했다). 그때 현실 속의 그 기호들이 내게 일깨워준 것은 내가 그녀에게 내 멋대로 갖다 붙인 추상적인 순진함과 순결함 때문에 비앙 선생님이 가진 인간적 면모가 사라져버렸다는 사실이다.

수학 수업이 끝날 즈음, 비앙 선생님은 우리에게 잔 다르크와 백년전쟁 이야기를 들려주었다. 따지고 보면 잔 다르크는 내게 아무런 구원도 가져다주지 못했지만, 프랑스 변방에 살던 그 보잘것없는 시골 소녀가 프랑스를 구하라는 천사의 목소리를 듣는 동안, 내 머릿속의 마드무아젤 비앙은 자기가 평생 죽도록 사랑하게 될 한 남자와 운명적인 만남을 가졌다. 잔 다르크가 오를레앙을 해방시켰을 때, 마드무아젤 비앙은 자기가 사랑한 남자가 유부남이라는 사실을 알았다. 잔 다르크가 오세르, 트로이, 샤르트르에서 영국군을 몰아냈을 때, 비앙은 그 남자가 절대 이혼할 수 없는 부르주아 출신이라는 사실을 알았다. 샤를 7세가 렝스에서 프랑스 국왕의 자리에 오르는 대관식을 치를 때, 비앙은 그 남자와의 결별을 결심한다. 잔 다르크가 부르고뉴 사람들에 의해 체포되어 영국군에게 팔려갈 때, 그 남자는 비앙에게 자기 부인을 사랑하지 않는다고 맹세하며 조금만 더 참고 기다려달라고 말한다.

잔 다르크가 루앙에서 이단으로 몰릴 때, 마드무아젤 비앙은 그 남자와 마지막 만남을 약속한다. 보베에서 잔 다르크에게 마녀 낙인이 찍힐 때, 비앙은 남자를 열 번 스무 번도 더 만난다. 마침내 잔 다르크가 화형에 처해질 때, 비앙은 자기가 사랑했던 남자의 기나긴 이중생활을 인정할 수밖에 없었다. 잔 다르크에 대한 복권이 이루어지는 동안, 마드무아젤 비앙은 어느새 백발이 희끗희끗한 중년에 접어들었지만 '마담'이 될 뻔했던 젊은 날의 미모는 그대로 간직했다. 그녀는 지금도 초라한 자기 아파트에서 학생들의 숙제를 검사하며 자기를 평생 '마드무아젤'로 만든 그 남자가 어쩌다 한 번 찾아오는 그 순간만을 기다린다.

내 이야기가 제대로 마무리된 것은 수업을 마치고 나오다 복도 끝 한구석에 서 있는 비앙 선생님을 발견했을 때였다. 선생님은 한 손에 붉은색 립스틱을 들고 파우치에서 꺼낸 작은 거울을 들여다보고 있었다. 그날 밤 분명 그 남자가 찾아왔을 거라는 것이 내 이야기의 최종 결론이었다.

내 상상력의 산물 '마드무아젤 비앙의 이중생활'은 수많은 시행착오를 거친 끝에 이렇게 태어났다. 하지만 나는 비앙 선생님의 사생활을 철저히 비밀에 부쳤고, 그녀 역시 내가 당연히 그럴 것이라고 믿었던 것 같다. 마드무아젤 비앙은 6학년 내내 나에 대해 어떤 특혜도 베풀지 않았고, 당연히 내 점수도 원칙에 따라 엄격하게 매겼다. 나에 대한 완벽한 신뢰를 그런 식으로 증명한 것이다. 자신의 그 엄청난 스캔들을 알고 있는 나의 보복 따위는 전혀 안중에도 없는 여인 같았다.

* * *

아리스토텔레스가 자신의 딸 피티아스에게 제일 좋아하는 색깔이 뭐냐고 묻자 그녀는 순진하고 착한 사람들이 부끄러워 어쩔 줄 몰라 할 때 그 수줍은 얼굴빛을 제일 좋아한다고 대답했다.

내가 이런 얘기를 들은 것은 유년기를 벗어난 지 한참이 지난 때였다.

나는 그런 얼굴빛을 제대로 기억하고 있다. 카이아네 이모의 양 볼에 은근히 퍼지던 그 빛깔을 수없이 보았기 때문이다. 이모 얼굴에는 정말 최소한의 희로애락만 느껴도 여지없이 그 빛깔이 드러났다. 다른 어떤 것과도 비교 불가능한 그 색깔을 흔히 '홍조'라고 한다.

그 홍조는 단색이 아니라 언뜻 봐서는 잘 알아채기 어려운 미묘하고 섬세한 차이와 변화를 보여준다. 말 그대로 뉘앙스를 갖는 일련의 붉은 색깔이다. 피티아스가 그걸 수줍음의 색깔이라 부른 것도 아마 그 때문일 것이다.

그런데 그날 학교에서 돌아온 내가 카이아네 이모의 얼굴에서 발견한 것이 바로 붉은 물감을 풀어놓은 것 같은 그 발그레한 팔레트였다. 여느 때처럼 이모는 재봉틀만 들여다보고 있었지만, 그 얼굴에 스치는 동요의 빛을 난 놓치지 않았다.

집에는 마담 타쿠히라는 아줌마가 와 있었다. 그 여자는 오리엔탈 커피를 홀짝거리며 입에 침이 마르게 어떤 남자를 칭찬하고 있었다. 얼마나 성실하고 좋은 사람인지 자기가 보장할 수 있다고 했다. 순간 엄마와 안나 이모가 미간을 찌푸렸고, 대화는 일순 중단되었다. 내가 들어섰기 때문이다. 또다시 활동을 개시한 가족 검열단이 '미성년자 관람 불가'를 선언하는 순간이었다. 하지만 검열에서 금지까지의 처리 과정은 늘 한 발 늦었고, 갑자기 끊겨버린 대화 속에 뭐가 숨어 있는지 알아내는 것은 내게 그리 어려운 일이 아니었다.

마담 타쿠히는 커피 찌꺼기를 보고 앞으로 일어날 일을 점칠 줄 안다고 했다. 안나 이모는 그 아줌마의 신통력을 믿고 커피 세 잔을 내놓았다.

오리엔탈 커피, 가령 아르메니아나 그리스·무어·레바논의 커피는 일단 한 번 볶아서 고운 가루를 내면 따로 거르지 않고 먹는다. 그대로 물에 타서 설탕을 함께 넣고 바글바글 끓인다. 이렇게 끓인 커피를 잔에 따르면, 바닥에 커피 찌꺼기가 짙은 안개처럼 두터운 층을 이루며 가라앉는다.

아르메니아에서는 옛날부터 커피를 마시고 나면 심심풀이로 커피 잔을 컵받침에 뒤집어놓고 그 찌꺼기가 컵받침에 떨어질 때까지 그대로 두었다. 그러면 그 찌꺼기가 도자기 커피 잔의 안쪽 벽을 천천히 타고 내려오면서 아라베스크 무늬처럼 변화무쌍한 자취를 남긴다. 그 점쟁이 아줌마가 우리에게 앞날을 미리 알려주겠다는 것도 바로 그 커피 찌꺼기가 남긴 꾸불꾸불한 선과 무늬를 살펴보겠다는 얘기다.

마담 타쿠히는 우리에게 외지에서 편지가 한 통 올 것이고, 그 편지가 우리 가족에게 새로운 행복을 가져다줄 거라고 했다. 키가 큰 남자는 절대 믿으면 안 되니 조심하라고도 했다. 가족 중에 아픈 사람이 있을 수 있지만 그리 대수로운 병은 아니라고 했다. 우리의 셔츠 사업에 대해서는 아주 번창할 거라고 했다.

아줌마는 카이아네 이모의 잔도 뒤집었다. 그리고 그 암호 같은 기호를 조만간 아주 좋은 일이 생길 징조라고 풀이했다. 그 말을 하면서 이모 쪽을 흘낏 돌아보았지만, 카이아네 이모는 애꿎은 재봉틀 발판만 세게 밟아댈 뿐 점쟁이 쪽으로는 눈길 한 번 주지 않았다. 얼굴의 수줍은 홍조는 그대로였다.

그 말 많은 예언자가 드디어 자리에서 일어났다. 그녀를 배웅하러 문간까지 나간 엄마가 나지막이 건네는 소리가 들렸다.

"조만간 연락드릴게요."

＊＊＊

난 그 점쟁이 아줌마가 너무 싫었다. 쉴 새 없이 떠들어대는 그 수다쟁이는 최소한의 시간에 최대한 많이 지껄이는 데 통달한 사람 같았다. 난 왠지 모르게 그 정신없는 수다에 숨겨진 가장 핵심적인 주제는 카이아네 이모일지 모른다는 직감이 들었다.

세 자매는 아무 말 없이 자기 일에만 열중했다. 전에 없던 일이었다. 내가 거기 있는 한 아무도 입을 열지 않을 터였다. 나는 숙제가 아직 남았지만 다 끝낸 척했다. 그리고 내가 자리를 아주 뜰 거란 걸 제대로 보여주기 위해 보던 책과 공책을 챙겨 책가방 안에 모두 집어넣었다. 그리고 이제 할 일을 다 했다는 아주 홀가분한 표정으로 방을 나왔다. 하지만 방문을 일부러 열어놓는 치밀함은 잊지 않았다. 나는 미스터리를 파헤치기 위해 문밖 벽에 등을 딱 갖다 붙이고 귀를 쫑긋 세우고 숨소리를 죽인 채 엄마들의 밀담을 엿들을 참이었다.

그런데 내 예상과 달리 엄마들은 밀담에 앞서 필요한 보안 조치부터 취했다. 안나 이모가 문 쪽으로 와서는 열린 문을 마저 닫아버린 것이다. 하지만 천만다행으로 문은 완전히 닫히지 않았다. 따라서 방 안을 살피던 내 시야는 좁아질 수밖에 없었고, 소리도 그만큼 잘 들리지 않았다. 나는 문짝에 손을 대고 슬그머니 밀었다. 문에서 손을 떼지 않은 채 차츰 힘을 빼자 웬만큼 열린 문은 저 혼자 멈춘 것처럼 그 자리에 고정되었다.

틈은 여전히 좁았지만 재봉틀 앞에 앉은 카이아네 이모의 가냘픈 모습을 볼 수 있었다. 하지만 이모가 조금만 움직여도 뭘 하는 것인지 짐작조차 되지 않았다. 그런데 마담 타쿠히의 방문으로 빚어진 그 오리무중의 수수께끼를 밝혀준 건 뜻밖에도 카이아네 이모가 아니었다. 덜덜거리는 재봉틀 소리에 묻혀 엄마와 안나 이모의 목소리가 희미하게 들렸다. 재봉틀이 잠시 멈출 때마다 내 귀는 띄엄띄엄 들리는 조각난 문장을 하나하나 긁어모았고, 갑자기 억양이 높아질 때에는 맥락에서 동떨어진 단어들에도 열심히 귀를 기울였다. 그렇게 어렵사리 수집한 조각들을 모두 동원해 가까스로 퍼즐을 다 끼워 맞췄을 때, 난 소스라치게 놀라고 말았다. 누군가가 카이아네 이모와 결혼을 하고 싶어 한다는 내용이었기 때문이다.

삼위일체인 내 엄마들 중 하나를 빼앗아가려는 남자의 이름은 베르탕이었다. 기계 조립 일을 하는 사람인데 월급이 아주 많다고 했다. 사장의 특별한 신임을 받아 파리 근처의 발랑스라는 곳에서 작업반장으로 일한다고 했다. 마지막으로 근면 성실하고 알뜰하고…. 요컨대 말이 필요 없는 일등 신랑감이라는 얘기였다.

그 와중에 나는 그 말 많은 중매쟁이에 대한 우리 식구 모두의 반감을 확인할 수 있었다. 안나 이모가 이렇게 말했기 때문이다.

"우리가 마담 타쿠히랑 결혼하는 건 아니잖아."

여기서 '우리'라는 말은 한 명의 가족 구성원에게 일어난 아주 민감한 일을 온 가족과 연관시킨다는 뜻이다. 그것이 아르메니아의 전통이었다. 그래서 집안의 누군가가 결혼하는 것은 어떻게 보면 다른 식구 모두가 함께 결혼하는 셈이었다. 안나 이모와 카이아네 이모가 그 힘든 유랑의 세월 속에서 우리 세 식구와 생사고락을 같이한 것도 그 때문이다.

엄마가 아주 부드러운 목소리로 한참 동안 뭐라고 얘기했지만, 문밖의 나에게는 거의 들리지 않았다. 재봉틀 소리가 멈추자 그제야 카이아네 이모의 목소리가 똑똑히 들렸다.

"나 몰래 언니들끼리만 내 결혼 얘기를 했던 거잖아. 왜 그런지 나도 알아. 난 이 집에서 쓸모없는 인간이니까. …그래, 됐어. 내가 나갈게!"

목구멍이 메어도 꾹 참고, 홧김에 문짝을 걷어차고 싶은 마음도 꾹 누르고, '나도 이모랑 같이 갈래!' 이렇게 소리치고 싶을 걸 끝까지 참은 것은 이모에 뒤이은 엄마의 슬픈 목소리 때문이었다.

"잘 들어, 카이아네! 언젠가 네가 이 집을 떠나면 네 몫의 일을 할 재봉사가 셋은 필요할 거야. 그런데 우리는 단 한 사람한테도 월급을 줄 여유가 없어. 넌 하루에 15시간에서 18시간까지 재봉틀에 앉아 있다 그대로 잠이 들어도 돈 한 푼 받지 못하잖아. 우리는 원래 네가 받아야 할 월급으로 한달 한달 겨우겨우 살아가고 있는 거야. 돈 한 푼 안 받고 일하는 네 덕분에 말이야. 카이아네, 이런 네가 어떻게 우리 집에서 쓸모없는 사람이겠니? 네가 쓸모없다면, 우리 모두 아무 짝에도 쓸데없는 식충이겠지. 안나 언니를 좀 봐. 이제 머리도 다 새버렸고 결혼 같은 건 꿈도 못 꿔. 언니는 '행복한 희생'이라고 말하지만, 우리 둘을 뒷바라지하느라 결혼을 못 한 거야. 엄마가 돌아가실 때 엄마한테 그렇게 맹세했었거든. 하지만 넌 달라. 넌 아무런 책임도 질 필요 없어. 그런데도 넌 지금 안나 언니랑 똑같은 길을 가고 있어. 우리가 네 인생을 갉아먹고 있는 거라고. 그러다 나중에 얼마나 후회하려고 그래? 다시 얘기할 테니까, 잘 들어. 일단 그 남자를 만나봐. 그리고 마음에 들면… 그때는 결혼해. 카이아네, 기회가 있을 때 얼른 결혼해서 이 집을 떠나. 네가 떠나면 이 집 한 구석이 텅 빈 것 같겠지만, 그래도 할 수 없어."

줄곧 아무 말도 못하고 듣기만 하던 소심한 사람도 대답을 피할 수 없는 상황이 되면 스스로에게 용기를 북돋우기 위해 갑자기 소리를 지르는 것처럼 그 순하고 말 없던 이모가 훌쩍이는가 싶더니 느닷없이 목소리를 높였다. 그러니까 자기는 지금이 행복하고, 아무런 불만도 없다고, 그러니 굳이 불행을 자초할 필요는 없다는 얘기였다.

마지막으로 이모가 한마디 덧붙였다.

"언니들이 그 사람을 집으로 초대하면 내가 보고 알려줄게. 그러니 나더러 예쁘게 꾸미라거나 화장을 하라고는 하지 마. 새 옷을 사 입으란 말도 하지 말고. 진열장에 내놓은 물건 같잖아. 난 팔려가는 건 싫어."

이윽고 재봉틀이 다시 돌아가기 시작했다.

눈물범벅이 되었을 세 엄마의 얼굴이 떠올랐다. 방 안에는 다시 침묵이 흘렀다. 짧게 이어지는 내 훌쩍임 때문에 문밖에 있다는 걸 들킬 것 같았다. 난 얼른 내 방으로 달려가 침대에 누웠다.

***

아르메니아식 중매의 다음 단계가 무엇인지 난 잘 알고 있었다. 아빠는 그 남자의 생활과 가족 사항에 관한 정보를 조심스럽게 알아보고 다녔다. 그런 조사를 통해 결과가 긍정적으로 나오면, 청혼한 남자의 방문을 허락한다는 의사를 중매쟁이를 통해 전달한다. 남자는 여자의 가족들과 한자리에서 만난다. 오리엔탈 커피와 달콤한 과자 접시를 앞에 두고 여자의 가족과 남자는 해도 그만 안 해도 그만인 이야기를 늘어놓으며 정작 중요한 얘기는 뜸을 들인다. 그 복잡 미묘한 상황에서, 카이아네 이모가 조금이라도 예쁜 척할 것이라고 믿는 건 오산이다. 이모는 고드름 드레스를 입은 차가운 얼음 공주로 변신할 것이기 때문이다. 그 얼음을 깨고 그 안에 숨어 있는 세상에서 가장 따뜻한 여인을 만나느냐 못 만나느냐는 바로 그 남자에게 달려 있다. 그렇지만 북극 빙하를 능가하는 그 얼음을 과연 남자가 깰 수 있을까? 상견례 다음 단계도 지극히 고전적이다. 즉, 짧게는 1년, 보통 2년 정도의 약혼 기간을 거친 다음 공식적인 청혼을 하게 된다. 결혼을 전제로 한 이 약혼 기간 동안, 남자는 조금씩 처갓집 식구의 일원으로 인정받고, 마침내 가족 모두가 결혼 전야 잔치에 참여한다. 당시에는 그런 잔치가 벌어지면 아르메니아 고향 사람들이 엄청나게 몰려와 함께 즐겼다. 운명의 결혼식은 바로 그다음이다. 유명한 아르메니아 정교회의 전통에 따라 치르는 결혼식은 엄청나게 호화롭고 성대한 축제 그 자체다. 설탕을 입힌 파란색, 흰색, 분홍색 아몬드를 나눠주는 것으로 모든 결혼식은 마무리된다.

그런데 이 달콤한 아몬드 과자를 나눠준 직후, 나의 결혼 개념은 구체적 현실을 벗어나 철저히 추상적인 것으로 변해버렸다.

"같은 베개를 베고 평생 함께 늙어갈지어다!"

결혼식 때마다 수도 없이 들은 이 아르메니아식 축원을 통해 난 내가 모르는 결혼의 정체를 밝혀보려고 애썼다.

하지만 그런 축사가 진정 무슨 뜻인지는 결국 알아내지 못한 채 오히려 아주 불쾌하고 지저분한 결론에 도달했다. 몸이 서로 닿아 끈적끈적한 땀이 나는데도 둘이서 꼭 한 침대를 써야 한다고? 빨랫감을 줄이려고 너무 인색하게 구는 거 아냐?

그 미스터리한 남녀 결합에 대해 내가 스스로에게 던진 수많은 의문점은 해답을 찾기가 너무 어려웠다. 그건 뭐라고 딱 집어 말하기 어려운 숙제였다.

나는 황당하고도 얄팍한 창작 기술을 총동원해 불쌍한 마드무아젤 비앙에게 면사포를 다섯 번도 더 씌워주었다. 당사자에게 물어보지도 않고 내 멋대로 치른 결혼이지만 문제는 전혀 없었다. 개성 없고 밋밋한 내 주인공들의 유치한 로맨티시즘과 이 책 저 책에서 잡다하게 읽은 것들을 마구 뒤섞어버리면 되는 일이었다. 그런데 '결혼'이라는 것이 막상 우리 집 일이 되고 보니 그 이면에 감춰진 것들이 갑자기 내 눈에 크게 다가오기 시작했다.

궁금증이 생길 때면 늘 그랬던 것처럼 이번에도 나는 먼저 백과사전을 찾았다. 나를 배신하지 않고 언제나 내 무지를 일깨워준 그 사전에서 결혼은 '남자와 여자의 합법적인 결합'이었다. 또 남편은 '한 여자와 부부관계를 통해 결혼한 사람'이고, 부부는 남녀 간 결합의 합법성과 관계된 말이었다. 그리고 아내는 '남자와 합법적으로 결혼한 동반자'라는 뜻이었다.

내 머릿속은 결혼 또는 결합이라는 말이 마구 뒤엉킨 복잡한 그물 그 자체였다. 그 속에 갇혀버린 내 의구심은 여전히 안개 속을 헤맸다. 그럼 바로 이 '합법성'이라는 말에서 아이가 태어나는 것일까? 이런 생각이 언뜻 들기도 했지만 사전이 가르쳐준 의미는 내 그런 바람을 순식간에 배신했다. '합법성: 법에 부합함.' 남녀의 신체 구조와 생식 기능 따위는 우리의 그 거룩하고 신실한 중학교에서 가르치지 않는 과목이었다. 그런 문제는 아마 종교 시간에 하느님이 시나이 산의 모세에게 내린 십계를 배울 때, 슬쩍 건드릴지도 모르겠다. 하지만 아홉 번째 계율 말씀을 이야기하는 부분에서, 멀쩡하던 F 신부님이 발작적으로 기침을 해대는 바람에 그 '탐하지 말라'는 게 무슨 뜻인지 전혀 알 수 없었다.

요컨대 종교 수업 시간에는 '간음하지 말라'나 '도둑질하지 말라'나 다 똑같은 것이었다.

내 부족한 성 지식을 마저 채울 수 있는 곳은 당연히 집이 아니었다. 어른들은 늘 문을 닫아걸고 자기들끼리만 소곤댈 뿐 그 미지의 공간 속으로 내가 발을 들여놓으면 그나마도 뚝 그쳐버렸다. 딴 이유는 없었다. 그냥 내가 왔다는 게 그 이유였다. 하지만 나도 만만치 않았다. 엄청난 호기심을 채우기에는 턱없이 부족한 문이나 벽에 귀를 붙이고, 그나마 부스러기라도 쪼아 먹는 심정으로 어른들의 비밀을 엿듣는 아이였기 때문이다.

학교와 집 말고 내 활동 공간은 학교와 집 사이의 등하굣길뿐이었다. 하지만 그마저도 엄마나 이모라는 수호천사가 사탄으로부터 늘 나를 지켜주었다. 그러던 어느 날, 딱 한 번 어느 서점 진열장 앞에서 잠깐 멈춘 적이 있다. 거기엔 알렉상드르 뒤마의 작품 전집이 진열되어 있었다. 측면을 금빛으로 칠하고 비싼 가죽으로 제본한 고급 책이었다. 그걸 들여다보다 시선을 문득 위쪽으로 옮겼다. 표지 전체가 여자의 나체 사진인 책이 있었다. 빅토르 마르그리트가 쓴 《라 가르손느》(소년 같은 여성이라는 뜻—옮긴이). 뒤마의 《삼총사》를 보던 내 시선은 미끄러지듯 여인의 성숙한 젖가슴에 꽂혔다.

그러나 이 금지 영역에 발을 들여놓은 나에게 처벌에 대한 두려움이나 무의식적인 억압 따위는 전혀 없었다. 피티아스가 제일 좋아하는 색깔까지만 알면 되지 '그런 거시기' 따위는 절대 몰라도 된다는 것이 가족들의 한결같은 생각이었다. 우리 부모님은 《태아에서 성인까지, 아이들을 어떻게 키울 것인가?》 이런 책은 읽어본 적도 없는 분들이었다. 대신 당신들 방식대로 넘치는 사랑과 약간의 조심성만으로 내가 사춘기의 그 엄청난 스트레스를 극복하고 자칫 빗나갈 수도 있는 그 시기를 잘 지날 수 있도록 도와주었다.

요즘 열세 살짜리 아이들이 대부분 알고 있는 것들을 그 옛날의 열세 살들은 너무도 모르고 있었다. 어쩌면 그런 무지 덕분에 좀 더 건강하고 좀 더 똑똑하고 좀 더 학자적이고, 트라우마나 탈선 또는 술이나 마약 같은 인공 낙원과 그나마 동떨어진 자녀들이 탄생했는지도 모른다.

세계적 석학들은 내가 알지 못했던 그 다른 세상, 그 다른 시간에 대한 무지를 악으로 치부했다. 그 사람들의 말이 옳을지도 모른다.

하지만 난 그 전문가들에게 진정 예의를 갖추고 "전 그런 것 전혀 몰랐어도 지금 아주 잘 살고 있습니다. 감사합니다"라고 말할 수 있다. 그렇긴 해도 내 증언과 경험담은 아무도 눈여겨보지 않을 시시한 사건에 불과할 것이다.

8. 사랑의 이름으로

안나 이모가 내 이마를 짚어보았다. 의사의 체온계보다 더 정확한 천연 체온계의 짐작은 언제나처럼 정확하게 들어맞았다. 39°C. 고열뿐만이 아니었다. 오한에 식은땀까지 줄줄 흘렸고, 옆구리에 통증도 있었다. 안나 이모는 엄마와 카이아네 이모를 불렀다. 엄마들은 지독한 겨울 추위 때문에 내 몸의 면역력이 떨어져 바이러스 같은 게 침입했다고 생각했다. 문득 내 몸속 어딘가에 조그만 벌레들이 떼를 지어 숨어 있는 광경이 떠올랐다. 숨을 쉴 때마다 아픈 것도 다 그놈들 때문인 것 같았다.

그날 밤, 닥터 안나는 환자용 식이요법, 흡각(吸角) 처치, 알약 복용, 가글하기, 꿀을 타서 끓인 달콤한 탕약 마시기, 목에 모직 천 두르기, 모직 천 두 장과 두꺼운 담요 두 장을 덮고 땀내기 등등 모든 민간요법을 동원했다. 나는 밤새 이모에게 온몸을 맡겼다. 밤새도록 엄마와 이모들은 땀에 흠뻑 젖은 모직 천을 수시로 갈았고, 그렇게 하면 나를 아프게 하는 나쁜 독이 몽땅 빠져나갈 거라며 나를 안심시켰다.

하지만 이튿날 아침에도 열은 39°C에서 내려갈 줄 몰랐다. 밤샘 근무를 마치고 집으로 막 들어온 아빠는 앉을 새도 없이 의사를 부르러 나가야 했다. 아빠는 완전 백발의 나이 든 어른과 함께 돌아왔다. 그는 세상에서 아르메니아 말을 가장 논리적으로 구사하는 사람 같았다. 정확하게 어느 대학을 나왔는지, 의대 공부를 다 마쳤는지는 모르겠지만 어쨌든 공식 직함은 의과대 닥터였다. 미묘한 사안을 언급할 경우에는 당연히 그래야겠지만 말을 할 때 유난히 조심스러울 뿐 아니라 신중하고, 다른 의사가 왔었는지를 신경 쓰는 걸로 봐서는 대놓고 영업을 하는 사람 같지는 않았다.

의사는 나를 오랫동안 꼼꼼히 진찰했다. 청진을 마친 그는 나만큼이나 땀 범벅이 되었다. 결론은 지독한 유행성 독감이나 폐렴 둘 중 하나라고 했다.

펄펄 끓는 내 손을 쥐고 있던 안나 이모는 열이 42°C까지 오르면 좀 더 정밀한 진단을 받아봐야 하는지 물었다. 그리고 다른 손으로 체온계를 흔들며 한마디 덧붙였다.

"선생님께서도 보시다시피 이 체온계는 눈금이 42°C까지밖에 안 나와서요."

엄마가 왕진비를 지불했다. 돈을 주머니에 넣으려다 말고 남자는 꽤 불쌍하고 처량 맞은 표정을 지으며 진료비를 깎아주겠다고 했다.

"너무 부담되면, 형편이 되는 대로 주셔도⋯."

아빠는 남자의 제안을 단호히 거절했다. 문 쪽으로 향하던 남자가 마지막으로 나를 돌아다보며 자기만 믿지 말고 프랑스 의사를 부르는 게 어떻겠냐고 했다. 의사라고 하기엔 어딘가 좀 불안해 보이고 미심쩍은 아르메니아 닥터는 그렇게 떠났다.

그 당시 동방에서 온 사람들, 특히 아르메니아 사람들은 뻑적지근하고 화려한 직함에 대해 남다른 부러움과 존경심을 표하는 것이 보통이었다. 그런데 그런 직함이 실속 없이 함부로 남발되는 경우도 적지 않았다. 그러다 보니 의대 1학년을 주변에서 벌써 '닥터'라고 부르는 경우도 허다했다. 의대 졸업반쯤 되면, 저절로 '교수님'이라는 호칭이 부여되고 그 교수님이 '그 도시 최고의 명의'로 변신하는 건 시간문제였다.

엄밀히 따지면 불법이라고도 할 수 있지만 보통은 알고도 그냥 넘어가는 그런 명예 직함은 사회적으로 출세했다는 일종의 합법적인 프라이드에서 비롯된 것이었다. 출세를 하면 약간의 허세는 누구도 뿌리치기 힘든 유혹인가보다.

가느다란 수은 기둥이 슬금슬금 40까지 기어 올라가더니, 급기야 두 칸을 더 올라갔다. 그때부터는 모든 게 내 능력 밖이었다. 한 치 앞도 안 보이는 짙은 안개 속에서 사람 얼굴도 제대로 알아보지 못했고, 날 진정시키기 위해 이마를 쓰다듬는 손길조차 점점 견디기 힘들었고, 바싹 바른 입술을 축여주는 물수건도 쓰라리게 아플 뿐이었다. 식구들은 알아들을 수 없는 말만 계속했고, 호흡이 가빠지면서 바늘로 가슴을 찌르는 듯한 통증도 더 자주 찾아왔다. 치열한 전쟁터 같은 내 몸이 풍선처럼 붕 떠오르더니 급기야 우주 속을 둥둥 떠다니는 느낌이었다.

그런 혼수상태 속에서 나는 바윗돌보다 무거운 눈꺼풀을 억지로 들어 올렸다. 나를 들여다보는 한 남자의 희미한 형체가 어렴풋이 눈에 들어왔다. 확성기를 대고 말하는 것 같은 금속성 목소리가 귓전에 웅웅거렸다.

"숨을 크게 들이쉬고! …이제 멈추고! …기침을 해봐! 트랑트 트루아(숫자 33을 뜻하는 프랑스어—옮긴이)라고 해봐! …트랑트 트루아! …트랑트 트루아!"

그런데 내가 그 사람이 시키는 대로 했던가? 기억이 없다.

내가 우주 유영을 끝내고 다시 귀환했을 때 지구는 해가 중천에 떠 있었다. 그런데 도대체 오늘이 무슨 요일이지?

내 침대 주변에 모여 앉은 식구들의 모습이 보였다. 아빠는 의자 위에 웅크린 채 앉았고, 카이아네 이모는 내 가슴에 뜨거운 습포를 대고 있었다. 안나 이모는 나를 보며 웃고, 엄마는 체온계를 들여다보고 있었다. 엄마는 38°C라고 했다. 무슨 일이 있었던 거지?

"엄마, 내가 어디 아픈 거예요?"

내 목소리에 아빠가 소스라치게 놀라며 내 곁으로 다가왔다.

"만체스, 별거 아냐, 금방 다 나을 거야!"

내가 마지막으로 기억하는 건 그 아르메니아 의사가 문밖을 나서는 모습이었다. 그 이후로는 머리가 온통 안개 속이었다. 엄마는 아르메니아 의사가 떠난 후 곧장 셔츠 공장으로 달려갔고, 사장님 사모님이 마르세유에서 가장 유명하다는 소아과 의사에게 연락을 했다. 그 의사는 밤에 왕진을 오겠다고 했다. 닥터 필립이라는 그 의사의 엄청난 명성을 우리 고향 사람들만 몰랐던 것 같다. 내가 기억하는 건 "트랑트 트루아!"라고 명령하던 그의 희미한 형체뿐이다.

식구 중 한 명이 아팠다가 나을 때마다 병의 회복을 무엇보다 잘 보여주는 건 식구들의 밝고 환한 얼굴이다. 나는 그 표정 하나하나를 고스란히 기억한다. 환자와 동시에 다른 식구들도 모두 씻은 듯이 나은 것 같다. 내가 의식을 회복한 그날 오전에도, 식구들의 표정은 심각하기 짝이 없었다. 내가 눈을 뜨자 식구들은 나쁜 짓을 하다 들킨 사람처럼 화들짝 놀라며 억지 미소를 지었다. 걱정할 것 없다는 의미였다. 하지만 불안감을 들키지 않으려고 이내 고개를 돌려버렸다. 엄마와 이모들은 줄곧 내 침대를 지켰다. 자명종 시계를 앞에 놓고 잠시도 자리를 뜨지 않았다는 게 더 정확한 표현일 것이다. 똑딱거리는 소리가 유난히 큰 그 자명종이 일정한 간격을 두고 울리게끔 알람을 맞춰놓았다. 밤이고 낮이고 자명종이 요란하게 울릴 때마다 엄마들은 일사분란하게 움직였다. 손대기 힘들 정도로 뜨거운 찜질팩을 내 왼쪽 가슴 위에 붙여야 했기 때문이다. 안나 이모는 시간에 맞춰 뜨거운 물을 끓였고, 엄마는 겨자 가루를 녹여 김이 무럭무럭 나는 걸쭉한 죽처럼 만들었다. 그러면 안나 이모가 그것을 가볍고 투명한 거즈 천에 따라 붓고, 그걸 다시 반으로 접은 다음 양쪽 끝을 마무리했다.

그 뜨거운 팩을 내 가슴에 붙이는 것은 카이아네 이모 몫이었다. 내게 참을 만하다는 걸 보여주려고 이모는 그 펄펄 끓는 팩을 자기 뺨에 먼저 갖다 댔다. 금방 만든 팩의 열기는 안나 이모의 눈물을 쏙 빼놓을 정도로 무시무시했다. 이모는 땀을 닦는 척하며 손등으로 얼른 눈물을 훔쳤다.

"봤지? 하나도 안 뜨거워. 그냥 땀만 좀 날 거야. 자, 그럼 이제 붙인다."

난 이를 악 물고 두 눈을 질끈 감았다. 카이아네 이모도 견뎌냈는데, 이모보다 더 튼튼한 내가 못 참는다면 부끄러운 일이었다.

침대 맡 테이블에는 또 하나의 고통이 날 기다리고 있었다. 오일처럼 걸쭉하고 진한 물약 한 병과 처방전이 나란히 놓여 있었던 것이다. 어제까지는 알약이었다. 알약은 달콤한 껍질을 입혀 냄새도 맛도 모른 채 먹었기 때문에 그다지 힘들지 않았다. 하지만 이제는 약 냄새와 쓴맛을 피할 수 없었다. 병아리 눈물만큼 물을 몇 방울 섞어 먹든지 아니면 커피 스푼이나 수프 숟가락에 부어 꿀꺽 삼키는 방법이 있었다. 그런 다음에는 토할 것 같은 뒷맛을 없애기 위해 설탕이나 초콜릿을 조금 먹었다.

닥터 필립은 밤이 늦어서야 왔다. 아빠는 의사가 오기를 기다리다 결국 만나지 못하고 공장으로 출근해야 했다. 나는 집 안으로 들어서는 그의 모습을 처음으로 똑똑히 보았다. 키가 크고, 눈동자는 파란색이었다. 턱 선을 따라 가늘게 턱수염을 길렀다. 환자를 편안하게 해주는 따뜻한 분위기였다.

보기만 해도 병이 나을 것 같은 느낌이 드는 의사였다.

"자, 우리 꼬마 신사님, 오늘 밤에는 열이 얼마인가요?"

엄마와 이모들이 합창을 했다.

"39°C요, 선생님!"

안나 이모가 새하얀 냅킨이 담긴 접시를 의사에게 내밀었다. 그때는 아직 청진기라는 게 없었다. 수건 따위를 가슴이나 등에 올려놓고 의사가 직접 문제가 있는 장기의 소리를 직접 귀로 듣는 것이 청진이었다.

의사가 무슨 말을 할지 목을 빼고 기다리는 두 이모는 환자가 당신들이 아니라 나라는 것도 잊어버린 듯했다. 닥터 필립이 나에게 지시할 때마다 이모들도 나랑 똑같이 숨을 들이쉬고 멈추었다. "트랑트 트루아!"를 하면 나를 포함한 3명의 목소리가 동시에 튀어나왔다. 내 가슴에 귀를 대고 있던 닥터 필립이 고개를 들고 트리오가 아닌 솔로가 진찰에 훨씬 도움이 된다고 부탁할 정도였다. 이모들은 나쁜 짓을 하다 들킨 소녀처럼 손으로 입을 가린 채 어쩔 줄을 몰라 했다.

내 몸을 앞뒤로 구석구석 진찰한 닥터 필립이 내 볼을 가볍게 톡톡 두 번 두들겼다. 안심하라는 뜻인 것 같았다. 그러곤 엄마를 데리고 복도로 나갔다. 긴 대화가 이어졌다. 하지만 내겐 희미하게 들려오는 그 웅얼거림에 귀를 기울일 만한 힘이 없었다. 그때 갑자기 자명종이 울어댔다. 습포 시간이 돌아온 것이다.

"카이아네 이모, 무슨 병이래?"

"지독한 감기래. 지독한 감기에 걸렸대!"

하지만 카이아네 이모는 거짓말에 소질이 없어도 너무 없었다.

시작은 감기였을지 몰라도 지금은 아니었다. 합병증으로 늑막염이라는 아주 못된 병에 걸렸던 것이다. 염증 때문에 늑막에 물이 찼고, 그 양이 점점

늘어나 왼쪽 폐를 압박한다고 했다. 회복 여부는 최대 4리터까지 찰 수 있는 물과 그렇게 되기 전에 그 물을 말려야 하는 뜨거운 습포 사이의 사활 걸린 속도전에 달려 있었다. 물론 내가 그 모든 사정을 알게 된 건 아주 오랜 시간이 지난 뒤였다.

내가 늑막염으로 고생했던 그해, 현미경을 들여다보며 연구에 매진한 항생제의 아버지들은 이제 막 페니실린을 화학적으로 분리해내려던 참이었다. 그동안 카이아네 이모는 우리 할머니들이 만든 겨자 가루 핫 팩의 뜨거운 고통을 나와 함께 나누었다.

엄마와 이모들이 발을 뻗고 못 잔 지 벌써 엿새째다. 잠이 모자란 간호사 세 자매는 갈지자로 이리저리 휘청거리기도 하고, 다음번 자명종이 울릴 때까지 의자에 앉은 채 꾸벅꾸벅 졸기도 했다. 그러다 자명종이 울면 또 정신없이 움직였다. 제대로 자지도 못한 채 하루에 열 번은 갈아 붙여야 하는 그 지옥 같은 습포 전쟁 덕분에 세 자매는 며칠 새 훌쩍 늙어버렸다. 카이아네 이모의 얼굴은 습포 자국으로 성한 데가 없었고, 벌겋게 덴 부위에는 물집까지 생기기 시작했다. 밤새 어른거리던 3명의 그림자는 그래도 새벽이 되면 금세 내게 힘을 주는 미소를 되찾았다. 적어도 내가 볼 때는 그랬다.

새로운 하루가 시작되면, 정해진 몇 가지 처치 외에도 내 병세를 진단하는 중요한 순간들이 나를 기다리고 있었다. 가장 먼저 아침의 체온 측정 시간: 아침에는 늘 38°C였다. 두 번째는 오후의 체온 측정: 여드레째 계속 39°C였다. 마지막은 밤늦게 이루어지는 닥터 필립의 왕진이었다.

진료 때마다 닥터 필립은 내 가슴이나 등에 귀를 대고 늑막염 환자의 타닥타닥하는 숨 가쁜 호흡이 들리는지 체크했다. 나는 닥터의 타진법(打診法)도 참을성 있게 견뎠다. 닥터 필립은 왼손을 쫙 펴 아픈 곳에 댄 다음 오른손

손가락 끝으로 왼쪽 손등을 탬버린 치듯 두드렸다. 이렇게 두드리면 내 흉곽 속에서 메아리 같은 공명이 느껴졌다. 늑막염 부위를 두드리느냐 멀쩡한 부위를 두드리느냐에 따라 동굴에서 울려나오는 듯한 흐릿한 느낌이 들기도 하고 맑고 치밀한 소리가 들리기도 했다.

그 일종의 불협화음은 내 귀에도 차츰 친숙해졌다. 나중에는 병든 늑막에서 탁한 바이브레이션이 들리면 나쁜 징조임을 금방 알아챌 수 있었다. 그럴 때는 어김없이 닥터 필립이 엄마를 데리고 복도로 나갔다.

내 병은 줄곧 악화일로를 걸었다. 발병한 지 16일째 되던 날 밤, 닥터 필립은 진료를 마치고 내일은 어떤 치료를 할지 내게 미리 알려주었다.

"꼬마 신사님, 내일은 다른 의사 선생님이 한 분 더 오실 거야. 다른 건 아니고 등에 주사만 따끔하게 한 대 놓을 거야. 내일 보면 알겠지만, 아주 친절한 분이야. 하나도 안 아프대."

내가 겁을 먹을까봐 대수롭지 않은 척 말하는 게 분명했다. 그건 바로 천자술(穿刺術)이었다. 늑막에 계속 차오르는 물을 뽑아내기 위해 가느다란 침을 늑막까지 찔러 넣는 시술이었다.

***

새로 온 의사 선생님이 커다란 철제 케이스를 열었을 때, 내 진짜 관심사는 그분이 '친절한지' 아닌지 따위가 아니었다. 나는 주사기의 길이에 아연실색했다. 보통 주사기보다 열 배는 더 길어 보였기 때문이다. 거짓말을 한 닥터 필립을 원망 가득한 눈으로 바라보았지만 소용없는 일이었다. 그는 내 시선을 애써 외면하며 늘 하던 대로 진료를 시작했다. 그날의 청진 시간은 유난히 길었다. 나는 누웠다 엎드렸다 여러 번을 반복해야 했다. 그는 숨을 크게 들이쉬어라, 더 크게 쉬어라, 더 오래 쉬어라 따위의 주문을 끝없이 계속했다. 진료는 여간해서 끝날 것 같지 않았다.

이윽고 닥터 필립이 내 가슴에서 귀를 뗐다. 바로 그 순간, 나는 닥터 필립도 웃을 줄 아는 사람이라는 걸 처음 알았다. 긴장이 풀린 그의 얼굴에서 깊게 패인 이마의 주름살과 잔뜩 찡그린 양쪽 눈썹이 사라졌다. 대신 아이처럼 작은 보조개가 양 볼에 옴폭 드러났다. 장난기를 가득 담은 푸른 눈은 먼 길을 떠나온 나그네에게 따뜻한 잠자리를 내주는 사람의 눈빛처럼 편안하게 반짝였다. 하마터면 내 몸속으로 들어갈 뻔했던 그 기다란 바늘이 다시 철제 케이스 안으로 들어갔다.

"거 봐, 정말 하나도 안 아프잖아."

엄마와 두 이모는 내 침대 발치에 서 있었다. 연일 계속된 밤샘으로 몸도 제대로 가누지 못할 만큼 피로에 절어 건드리기만 해도 쓰러질 것 같고, 몽롱한 표정은 제정신이 아닌 듯했다. 엄습하는 피로와 싸우며 초점 없는 눈으로 나를 바라보는 엄마들은 내 가쁜 호흡이 가라앉았다는 것도, 천자술이 취소되었다는 것도, 마침내 회복의 기미가 보이기 시작했다는 것도 눈치채지 못했다.

닥터 필립은 더 이상 귓속말을 하지 않았다. 이제는 습포도 하루에 세 번만 붙여주면 된다고 했다. 먹던 약도 몇 가지 줄였다. 그의 밝은 목소리에 엄마와 이모들은 만성 피로와 불안과 번민의 늪에서 조금씩 빠져나오기 시작했다.

엄마들에게는 그토록 기다리던 순간을 받아들이는 데 약간의 시차가 있었다. 몸짓도 뜻밖에 슬로모션이었다. 가슴이 덜컥덜컥 내려앉는 의사의 진단에 수도 없이 놀란 눈빛이 원래대로 회복되는 데는 시간이 필요했다.

카이아네 이모의 얼굴에는 물집과 딱지까지 앉았고, 벗겨진 껍질이 딱지 끄트머리에 대롱대롱 매달려 있기도 했다. 그런 이모가 안나 이모에게 아르메니아 말로 물었다.

"뭐라고 그러시는 거야?"

안나 이모가 카이아네 이모 쪽으로 고개를 돌렸다. 17일 동안 한 번도 빗지 않은 안나 이모의 머리는 엉망으로 엉클어져 있었다. 그리고 곧이어 엄마들의 충혈된 두 눈에서 굵은 눈물방울이 뚝뚝 떨어졌다. 차마 눈뜨고 보기 어려울 만큼 초췌한 엄마들의 얼굴에 그제야 웃음이 번지기 시작했다.

내 기억 속에 각인된 그 고통과 인내의 이미지가 오랜 세월이 지난 어느 날, 내 눈앞에 불쑥 모습을 드러낸 적이 있다. 그건 절대미를 추구했던 한 천재 예술가가 한 어머니의 고통을 대리석 조각 속에 새겨놓은 작품을 보았을 때였다.

그 작품은 로마의 성베드로 성당 안에 있었다.

그 피에타에서 나는 어릴 적 내 침대 곁을 떠나지 못하던 우리 엄마들의 얼굴을 보았다.

내 병이 거의 다 나아가고 있음을 의미하는 마지막 처방전은 대구 간에서 짠 기름이었다. 하지만 완전히 멀쩡한 몸이 되기 위해서는 오랜 회복기를 거쳐야 했다. 죽도록 고생한 내 폐가 제대로 일을 하려면 밝은 햇빛과 깨끗한 공기의 도움이 절대적이었고, 지저분한 도시 환경에 노출되지 않도록 신경을 써야 했다. 원기 회복에 도움이 되는 맑고 신선한 공기는 입방미터당 판매 가격이 엄청 비쌌다. 공기가 맑기로 유명한 곳은 알바르, 라부르불, 르몽도르, 코테레 지방 등이라고 했다. 하지만 이들 별 네 개짜리 휴양지들은 하루 벌어 하루 먹고사는 우리 집 형편과 수천 광년 떨어진 곳에 있었다. 내가 앓아누운 동안, 우리 집의 미니 공장은 작업이 전면 중단되었고, 덕분에 매상도 제로였다. 반면 약값과 특급 소아과 닥터의 왕진비 때문에 지출은 눈덩이처럼 불어났다. 게다가 우리는 건강 보험 혜택도 없었다.

결국 우리가 택한 요양지는 그르노블이었다. 물론 그르노블 시내보다는 인근 변두리가 우리에게는 더 바람직했다. 그 아이디어를 낸 사람은 안나 이모였다. 먼 친척 중 그쪽에 자리 잡은 사람이 있는데, 그 집에 가면 방 한 칸을 얻어 일종의 '홈스테이'를 할 수 있을 거라고 생각했다.

닥터 필립은 우리의 자존심을 건드리지 않기 위해 최대한 예의를 갖추면서 우리의 어려운 사정을 덜어주려고 애를 썼다.

엄마는 그가 왕진을 올 때마다 그날그날 진료비를 봉투에 넣어 드렸다. 시간당 또는 하루치 비용을 그때그때 지불하는 것은 수입이 변변찮은 사람들이 옛날부터 사용하는 방식이었다. 그래야 돈 받을 사람도 걱정을 덜 수 있고, 돈 줄 사람도 신용을 잃지 않기 때문이다.

돈이 많으면 이런 걱정을 할 필요도 없다. 돈 많은 사람은 나중에 한꺼번에 갚는 경우도 많고, 그런 사람이 날짜를 어기면 단순한 부주의나 실수로 간주할 수 있다.

닥터 필립은 엄마가 내민 봉투를 여러 차례 사양했다. 응급 환자 때문에 급히 가봐야 한다면서.

"부인, 내일 주세요!"

그다음 날, 이틀 치 진료비를 받은 그는 짐짓 놀라는 척하면서 절반을 되돌려주었다. 엄마는 전날 것이 포함된 거라며 허둥지둥 뒤쫓아 갔지만 그는 이미 층계를 내려가고 있었다.

내가 회복되기 시작하고 나서 일주일쯤 지난 어느 날, 엄마는 고급 천연 실크를 잔뜩 사왔다. 맞춤 셔츠 여섯 장짜리 한 세트를 만들기 위해서였다. 그건 셔츠 기술자의 손재주 이상의 의미가 담긴 선물이었다. 아빠는 그 셔츠 세트에 카드를 한 장 넣어 닥터 필립의 집으로 보냈다. 그 카드에는 감사의 마음을 듬뿍 담은 나의 천진한 메시지가 적혀 있었다. 그 메시지는 이랬다.

'친애하는 필립 선생님, 부디 이 셔츠를 기쁘게 입어주세요. 선생님은 우리의 기쁨을 되찾아 주신 분이니까요.'

그르노블에 산다는 이모의 친척에게서 기별이 왔다. 그르노블 인근에 있는 사스나주 폭포 아래 작은 농가가 하나 있는데, 그곳의 방이 별로 비싸지 않다고 했다. 우리는 월말에 떠나기로 했다. 안나 이모는 냄비와 그릇, 석유 난로 따위를 챙기기 시작했다. 우리의 '겨울 몽토리베' 생활을 위해서.

***

나의 늑막염 때문에 카이아네 이모의 신랑감 후보가 찾아오는 '맞선·방문'은 자연히 뒤로 미루어졌다.

마담 타쿠히는 내 병문안을 구실로 우리 집을 몇 번 찾아왔다. 그러곤 내가 많이 나아졌다는 것을 알고 좋아서 어쩔 줄 몰라 하며 내 두 손을 자기 가슴으로 가져갔다. 너무 기뻐서 쿵쾅거리는 심장 소리를 느껴보라면서. 하지만 거대한 젤라틴 덩어리처럼 물컹하고 푸짐한 가슴 때문에 심장 박동은 까마득히 먼 곳에서 낑낑대는 강아지 소리만큼이나 가물가물했다. 내 회복에 힘입어 독특한 애정 공세를 마친 그녀는 목소리를 낮추어 발랑스에 산다는 그 남자가 답변을 기다리고 있다는 사실을 식구들에게 환기시켰다. 방 한쪽 구석에서 재봉틀을 밟고 있던 카이아네 이모가 얼굴을 반대쪽으로 돌렸다. 핫 팩에 덴 자국은 조금씩 아물고 있었다. 새 피부가 돋기는 했지만 큼직한 딱지가 아직 다 사라진 것은 아니었다. 물집이 아물면서 생긴 딱지 때문에 홍역이나 수두에 걸렸던 것처럼 보이기도 했다. 닥터 필립이 연고를 처방해 주면서 상처가 완전히 아물고 원래의 맑고 투명한 피부를 되찾으려면 한 달은 족히 걸릴 거라고 했다. 어쨌든 아직은 습진이나 전염성 피부병에 걸린 환자처럼 보이는 게 사실이었다.

엄마가 카이아네 이모한테 다가가 귓속말로 몇 마디 속삭였다.

그러자 갑자기 이모가 마담 타쿠히 쪽을 똑바로 쳐다보더니 큰 소리로 말했다.

"빠를수록 좋아요. 그러니까… 괜찮으시면 일요일로 하죠!"

일요일이라면 바로 이틀 후였다.

***

우리의 카이아네 이모는 너무나 예뻤다. 그걸 모르는 사람은 이모뿐이었다. 늘 사람들 눈에 띄지 않는 곳에 다소곳이 앉아 남 앞에 나서지도 않고, 지나치리만큼 부끄럼을 많이 타고, 천성적으로 소박한 사람이기 때문에 여자로서 이모의 장점은 제대로 평가받은 적이 없었다.

이모의 아름다움에는 딱 한 가지 빠진 것이 있었다.

예쁜 척이라고는 도무지 할 줄 모르는 이모의 성격이 스스로를 전혀 부각시키지 못했고, 덕분에 이모에게 관심을 갖는 남자가 거의 없었다는 점이다.

누군가가 그랬다. "옷맵시를 이용해 다른 사람들로 하여금 자기의 몸매를 착각하게 만드는 여성이 있다"고.

하지만 카이아네 이모는 옷을 입을 때 아무런 계산도 하지 않고 그 누구도 의식하지 않았다.

엄마는 장을 보는 토요일이 되면 이모가 평소 입는 옷보다 몸에 들러붙는 알록달록한 원색의 원피스를 여러 번 사왔다. 우연히 진열장에 걸린 옷을 보고 한눈에 맘에 쏙 들었다면서 말이다. '저 원피스, 카이아네한테 잘 어울리겠는데' 라고 생각하는 순간 정말 우연인 것처럼 이모한테 딱 맞는 치수가 눈에 띄었다고 했다.

그때마다 못된 장난을 꾸미는 영악한 어린애처럼 엄마 얼굴에 야릇한 미소가 번졌다. 안나 이모는 카이아네 이모를 세워놓고 엄마가 사온 원피스를 대보았다. 우리는 이모에게 한 번 입어보라고 했다. 이윽고 이모가 옷을 갈아입고 나오자 균형 잡힌 예쁜 몸매가 드러났다. 하지만 얼굴을 물들인 그 수줍은 홍조는 이모가 그 원피스를 고작 한두 번밖에 입지 않을 거라는 걸 미리 예고하고 있었다. 그것도 자신이 입고 싶어서가 아니라 식구들 기분 때문에. 이후 그 원피스는 옷장 속에서 그대로 잠자고 있다. 카이아네 이모는 중세 때나 태어났으면 좋을 그런 사람이었다.

그렇게 해서 카이아네 이모는 아직 낫지도 않은 얼굴과 몸매가 전혀 드러나지 않는 풍성한 원피스 차림으로 일요일의 그 중대한 맞선 자리에 앉게 되었다.

남자의 인사말과 식구들의 환영 인사 소리가 들렸다. 나는 밖으로 나가지 않고 내 침대에 누워 있었다. 옆방의 대화 따위는 아무런 관심도 없었다. 심술이 머리끝까지 나서 그 남자는 무조건 이모 짝이 아니라고 생각했다.

남자는 한 시간 남짓 집에서 머물렀다. 그 정도 시간이면 아르메니아에서는 대부분 남자가 마음에 들어 하지 않는 맞선이었다는 걸 의미한다.

집을 나서며 남자가 말했다. 발랑스행 기차 시간 때문에 서둘러 떠날 수밖에 없다고.

남자가 떠나고 나서야 나는 밖으로 나갔다. 이모는 아무 일도 없었다는 표정이었다. 그런 이모의 미소에 짓궂은 장난기가 언뜻 스쳤다.

난 이모 자신이 원하는 대로 일을 매듭짓기 위해 맞선을 서둘러 끝내버린 거라는 인상을 지울 수 없었다. 실제로 이모는 이 한마디로 모든 상황을 정리했다.

"부탁드리겠는데, 앞으로는 제발 이런 일로 절 귀찮게 하지 않았으면 좋겠어요."

***

카이아네 이모는 그 후로도 계속 마드무아젤로 살았다.

하지만 이모도 세월을 비껴가지는 못했다. 이모의 머리도 소리 없이 회색으로 물들어갔다. 세월이 선물한 고운 백발이었다.

줄곧 우리와 함께 살던 이모가 돌아가신 곳도 우리 집이었다. 내가 이모의 손을 잡고 있는 가운데 저명한 의사들이 이모의 침대 맡을 지켰다. 나를 바라보는 이모의 눈빛이 '널 믿는다'고 말하고 있었다. 내가 함께 있는 한 아무 일도 일어나지 않을 거라고.

이모의 예전 안색은 간 데 없고 믿기지 않을 만큼 창백한 낯빛과 해쓱한 얼굴이 그 자리를 대신하고 있었다.

나의 위대한 마드무아젤 카이아네는 생전 모습 그대로, 여전히 남에게 자신을 드러내고 싶지 않은 듯 조용히 그리고 천천히 숨을 거두었다. 이모가 내게 남긴 건 추억이었다. 이모 생전에 더 많은 추억을 만들지 못한 것이야말로 정말 두고두고 뼈아픈 추억이었다.

9. 이카로스의 날개

마르세유의 생샤를르 역 플랫폼은 커다란 유리창으로 덮여 있었다. 그 유리창 아래에서 나는 식구들에게 매일매일 편지를 쓰겠노라 약속하고 기차에 올랐다. 나랑 같이 그르노블 역에서 내린 안나 이모는 오랫동안 보지 못한 친척과 재회했다. 그 사람 역시 대학살을 피해 구사일생으로 도망쳤다고 했다. 우리는 폭포 아래쪽에 있다는 그 외딴 농가를 찾았다. 엉뚱하게도 내게는 그 집이 꽤 높은 곳에 있는 것처럼 느껴졌다. 그날부터 나는 매일같이 '사랑하는 엄마, 이모 그리고 아빠에게. 우리는 여기서 아주 잘 지내고, 저도 밥 맛있게 잘 먹고 있어요'라는 편지를 마르세유로 보냈다. 식구들을 안심시키기 위해 밥을 많이 먹는다는 말은 꼭 써야 했다. 닥터 필립이 특별히 '영양가 높은 식사'를 강조했지만, 그 많은 음식을 골고루 모두 먹는 건 고역이었다. 하지만 날마다 새로운 메뉴를 개발한 안나 이모 덕분에 내 짧은 입도 고생을 덜 수 있었다.

나의 비상한 기억력이 좀 이상하게 느껴질 때도 있다. 기억 저 밑바닥에 뒤죽박죽 처박아두었던 것 중 세월이 지나면서 버릴 건 버리고 맘에 드는 것만 간직하고 있었는데, 오늘은 난데없이 소소한 반찬 메뉴까지 시시콜콜 들추어내고 있으니 말이다.

기억이라는 그 도깨비 상자에서는 너무도 친숙하지만 여간해서는 궁금해하지 않는 지극히 단순한 의문들이 오래된 멜로디처럼 줄줄이 흘러나온다.

예를 들어, 그 외딴 촌구석에서 석유난로 하나와 물 끓이는 큰 냄비 하나, 조그만 조리용 냄비 세 개만 갖고 안나 이모는 어떻게 그런 맛있는 요리를 날마다 내게 해 먹일 수 있었을까?

물론 내가 입맛을 찾는 데 성공한 그 요리들의 배경에는 매주 아빠가 보내준 신선한 식재료 박스가 있었다.

또 일요일이면 그르노블에 사는 이모의 친척이 놀러왔는데, 그때마다 이모가 미리 주문한 식재료를 가져다준 것도 맛난 요리의 한 가지 비법이었다.

하지만 가장 중요한 것은 뭐니 뭐니 해도 안나 이모의 뛰어난 손맛과 정성이었다. 얇게 썬 가지와 다진 고기를 켜켜이 놓고 맨 위에 치즈를 얹은 무사카, 고수 튀김, 양념에 절인 새끼 양고기 꼬치구이 그리고 잊을 수 없는 우리의 파크라와. 그 모든 요리에는 마음을 다한 이모의 사랑이 고스란히 담겨 있었다.

***

우리는 그 농가에서 두 달을 머물렀다.

나는 살도 제법 붙었다. 반대로 안나 이모는 살이 빠졌다.

완행열차 3등 칸에 몸을 싣고 집으로 돌아오는 동안, 기차는 역에 정차할 때마다 한참을 기다렸다 다시 출발했다. 나는 그때마다 내가 갖고 있는 프랑스 지도에서 역 이름을 빠짐없이 체크했다.

기관차를 교체할 경우에는 다른 역에서보다 시간이 훨씬 많이 걸렸다. 한 번은 둥그렇게 고개를 숙인 가로등 아래 역명을 표기한 팻말이 차창 밖에 딱 멈췄다. 나는 흰 바탕에 붉은 글자로 쓴 역 이름을 소리 내지 않고 읽어보았다. 정차한 곳은 'OMMES'라는 역이었다. 눈으로 컬러판 지도를 이리저리 재빨리 훑었지만, 그런 비슷한 지명도 찾을 수 없었다.

우리가 탄 객차를 새 기관차에 연결하느라 약간의 충격이 일어나자 열차가 몇 미터 앞으로 미끄러졌다. 그러자 방금 보았던 것과 똑같이 생긴 다른 팻말이 눈에 들어왔다. 그런데 그새 역 이름이 바뀌었다. 이번 역은 '담므(DAMMES: 부인 또는 여성이라는 뜻의 프랑스어—옮긴이)'였다. 그때 문득 두 팻말 사이에 'W-C'라는 두 글자가 퍼뜩 지나간 것이 떠올랐다. 난 그제야 'OMMES'라는 역명의 미스터리를 풀 수 있었다. 오래된 남자 화장실 팻말에서 첫 글자 'H'가 지워져 있었던 것이다.

기차가 다시 출발하자 그곳의 진짜 지명이 눈에 들어왔다. 발랑스였다.

날은 벌써 저물었고, 그 작은 도시는 줄줄이 이어진 흐릿한 불빛 속에 잠겨 있었다. 그 불빛들 중에는 분명 카이아네 이모를 보러 왔던 그 남자의 집도 있을 것이다. 하지만 그는 분명 다른 여자를 더 좋아했던 것 같다.

우리 칸에 함께 타고 있던 한 남자가 일어서더니 마치 자기 방인 양 천장의 불을 꺼버렸다. 말 한마디 없이 그럴 권리는 없는데. 덕분에 내 프랑스 지도는 암흑 속에 빠졌고, 남은 건 작은 보조 전등의 푸른 불빛뿐이었다. 시큼한 입 냄새와 역한 소시지 냄새, 포도주 냄새와 담배 냄새가 마구 뒤섞인 열차 안에서 몇몇 승객이 코를 골며 자기 시작했다. 도착역에 마중 나올 사람이 없는 사람들 같았다. 나는 곧 집에 도착한다는 설렘에 잠이 오지 않았다. 그 많은 역은 내게 마르세유까지 가는 통과 절차에 불과했다. 나는 정차와 출발이 이어질 때마다 이제 역 몇 개를 지나야 도착하는지 계산했다. 네 개… 세 개… 두 개… 마지막 한 개.

갑자기 우레 같은 안내 방송이 확성기를 통해 쩌렁쩌렁 울렸다. 메아리는 암흑천지인 열차 칸을 단숨에 뚫고 들어왔다.

"샹베리, 그르노블, 발랑스, 아비뇽, 미라마발 열차가 지금 마르세유 역으로 들어가고 있습니다!"

안내 방송의 선명한 남프랑스 억양이 나의 마르세유 귀환을 확실히 말해 주고 있었다. 말을 길게 끌고, 강조해야 할 음절을 똑똑하게 발음해서 상대가 분명히 알아들을 수 있도록 하는 게 남프랑스식 악센트였다.

나는 내리닫이 창문의 잠금 걸쇠를 있는 힘껏 위로 잡아당겼다. 그때는 기차의 창문이 모두 그런 식이었다. 창틀이 양쪽 홈을 미끄러지듯 따라 올라갔다. 캄캄한 플랫폼이 눈에 들어왔다. 반대편 플랫폼에서는 파리에서 온 기다란 열차가 승객을 내려놓고 있었다.

그 인파 속에서 내 눈에 처음 띈 것은 아빠의 얼굴이었다. 아빠는 짐수레 위에 올라가 우리가 탄 기차의 창문을 하나하나 확인하고 있었다. 바로 옆에 있는 카이아네 이모의 얼굴이 눈 깜짝할 사이에 지나갔다. 이모는 날개를 붙인 이카로스처럼 까치발을 한 채 짐수레에서 펄쩍 뛰었다. 하지만 이카로스가 아닌 이모의 발은 별일 없이 그냥 땅에 닿았다. 마지막으로 저 안쪽 플랫폼 맨 끄트머리에 엄마의 실루엣이 보였다. 한시도 경계를 늦추지 않는 내 수호천사 부대의 최종 주자였다.

***

"카이아네, 오늘 배달해야 하는 셔츠 두 장 잊어먹지 마. 소매만 달면 돼."

식구들이 어떤 때는 현재형으로 어떤 때는 미래형으로 말하는 이 '배달'이라는 말은 그날 안으로 또는 몇 시까지 셔츠를 만들어야 한다는 일종의 약속을 의미했다.

그날의 셔츠 배달은 생자크 가에서의 우리 생활을 완전히 뒤바꾸어놓는 일대 사건을 예고하고 있었다.

카이아네 이모는 이제 돌아다니면서도 바늘귀에 실을 꿸 정도로 수준급의 재주를 선보였다. 그런 이모가 셔츠 몸통에 소매를 달기 위해 서둘러 바느질 채비를 했다. 그런데 이모가 실에 침을 발라 바늘귀에 꿰려는 순간… 소매 조립 공정이 완벽하게 마무리되어 있는 것 아닌가. 다림질만 하면 끝이었다. 그런데 엄마도, 카이아네 이모도 그 소매를 달지 않았다. 안나 이모를 불렀지만, 안나 이모가 셔츠에 손을 댔을 가능성은 더욱 없었다. 엄마와 이모들은 머리를 맞대고 바늘땀이 보이지 않을 만큼 완벽한 솜씨로 소매를 단 그 셔츠 두 장을 이리저리 뒤집어보았다.

선뜻 받아들이기 어려웠지만 인정할 건 인정해야 했다. 몇 달 전부터 소매를 달았다 풀었다 반복하며 그 섬세한 공정에 악착같이 매진해온 견습생 우리 아빠가 드디어 예술의 경지에 오른 것이다. 아빠는 매일 오후 바느질을 하던 창가 의자 위에 아무에게도 말하지 않고, 자신이 완성한 셔츠를 가만히 올려두었다. 그건 맞춤 셔츠 대학교 입학시험의 답안지 같은 것이었다.

6층 우리 집에서는 어느 창문으로 내다봐도 생자크 거리가 끝까지 일직선으로 다 보였다. 아빠는 매일 아침 늘 같은 시각, 그 길 한 모퉁이에 나타났다. 움직이는 점처럼 천천히 다가오는 그 모습은 점점 커짐과 동시에 또렷해지면서 마침내 무거운 발걸음을 옮기는 한 남자의 실루엣으로 완성되었다. 집까지 오는 동안 아빠는 두 번은 쉬어야 했다. 한 번은 페이롱 아저씨의 슈퍼마켓 앞이고, 또 한 번은 언덕배기에 있는 연료 가게 '목재와 석탄' 앞이었다. 마지막으로 집 앞에 와서는 쉴 때도 있고 그냥 올라올 때도 있었다. 6층까지 걸어 오르는 게 유난히 힘든 날에는 쉬었다 오는 것 같았다.

다음 날 아침, 아빠가 집 앞에 잠시 멈춰 선 것을 발견한 나는 조용히 문을 열고 빠져나와 그 길로 계단을 달려 내려갔다.

"아빠, 어떡하죠? 셔츠 소매, 아빠가 달았다는 걸 엄마랑 이모들이 다 알아버렸어요. 이제 어떻게 해야…."

밤샘 피로에 지친 아빠는 졸려서 어쩔 줄 모르는 두 눈을 부릅뜨며 내 말에 장단까지 맞추었다. 내가 웃음을 참지 못하고 킥킥거리자 피곤으로 더 깊이 파인 아빠의 주름살이 느닷없이 피에로 가면으로 변하면서 나이 어린 공범자 아들과 한통속이 되었다. 서로를 위하는 식구들의 세심한 애정 때문에 이중 스파이 가끔은 사중 스파이 노릇을 할 수밖에 없었던 나는 이번 사건에서는 아빠 편을 들기로 했다.

집으로 올라가던 나는 아빠가 식구들 앞에서 어떤 연기를 펼쳐야 할지 그 대충의 줄거리를 즉석에서 생각해냈다. 그날 아침, 아빠는 난생처음으로 우리 앞에서 영광스러운 '처녀작' 기념 파티의 주인공 역할을 해야 했다.

"의기양양한 표정으로…. 아니, 그런 표정은 안 돼요. 평소 때처럼 그냥 들어가요. 들어가서 휘파람을 불어요. 엄마들이 셔츠 얘기를 하면 금시초문이라는 표정으로… 셔츠? 무슨 셔츠? 무슨 얘기를 하는 거야? 명백한 증거를 들이대면, 셔츠를 하나하나 살펴보는 척하다가 아빠 작품이라는 걸 인정하는 거예요. 별거 아니라는 표정 잊으면 안 돼요. 그리고 안나 이모를 똑바로 쳐다보며 이렇게 말하는 거예요. 아, 이 소매 시침질을 말하는 거였어요?"

'시침질'이라는 말을 강조해야 했다. 아빠가 처음 소매달기에 도전했을 때 안나 이모의 이 말 때문에 아빠의 자존심이 사정없이 뭉개졌기 때문이다. 통쾌한 승리의 대미를 장식할 대본도 미처 완성하지 못했는데, 아빠와 나는 어느새 문 앞에 도착했다. 아빠가 여느 때와 마찬가지로 노크를 세 번 했다. 나의 첫 코미디 작품이 막을 올리는 순간이었다.

하지만 그 희극은 공연되지 못했다. 모든 것이 내 예상을 빗나갔기 때문이다.

우리가 가장 먼저 맞닥뜨린 건 엄마와 두 이모의 심각한 표정이었다. 코미디를 펼칠 분위기가 도저히 아니었다.

아빠는 나를 향해 공범끼리의 윙크를 날리고는 커피를 홀짝거리기 시작했다. 뜨거운 액체를 마실 때 내는 특유의 후루룩 소리와 커피를 불어대는 후후 소리가 유난히 크게 들렸다. 아빠가 요란스럽게 커피를 마실 때면 늘 따라오던 엄마의 핀잔 섞인 시선도 그날은 전혀 볼 수 없었다.

아빠는 짐짓 놀라는 척하면서 무슨 영문인지 모르겠다는 표정으로 휘파람을 불었다. 아빠는 예정된 각본을 여러 차례 바꿀 수밖에 없었다.

"별일 없었어?"

하지만 각자 일에만 열중한 세 자매는 말귀를 전혀 못 알아듣는 것 같았다. 한 사람만 죽어라 춤추고 나머지 셋은 목석처럼 꼼짝도 않는 4인조 팬터마임과 다름없었다. 아빠는 마지막으로 나를 바라보았다. '할 수 있는 건 다 했다'는 표정이었다. 아빠는 피곤한 몸을 이끌고 삐걱거리는 침대 밑판 쪽으로 천천히 다가갔다. 거기가 아빠의 잠자리였다. 아빠가 털썩 쓰러지자 스프링이 평소보다 더 요란하게 삐걱댔다. 늘 듣던 그 친숙한 소음이 들리자 그제야 엄마와 이모들이 아는 체를 했다. 그때 우리 가족 기업의 대표이사인 엄마가 입을 열었다. 하지만 엄마의 말은 내가 한 번도 생각해본 적 없는, 전혀 예상 밖의, 상상을 초월하는 것이었다.

"하곱, 잠은 나중에 자고 내 말을 들어봐요. 자, 이걸 봐요. 우리는 항상 우리가 감당할 수 있는 작업량보다 많은 주문을 받아요. 들어오는 주문을 매일 거절할 정도라고요. 일손이 부족하니까요. 하지만 당신이 공장 일을 그만두고 집에 있으면, 나는 재단 일에만 매달릴 수 있고, 당신은 소매와 다림질을 맡을 수 있어요. 카이아네는 손목 부분만, 안나 언니는 단추 달기만 하면 돼요. 그럼 우리가 일을 두 배로 할 수 있다고요."

그러면 우리도 사는 것처럼 살 수 있단 말이에요. 엄마는 차마 이 말까지는 하지 못했다.

엄마는 아빠의 다 터서 갈라진 입술, 단단하고 깊이 파인 이마의 주름, 추위에 부르튼 손가락, 퀭한 눈과 다크서클, 한여름 찌는 듯한 더위를 견디느라 바싹 여윈 얼굴에 대해서는 아무 말도 하지 않았다. 몸속까지 피폐하게 만드는 그 중노동은 누가 봐도 분명한 혹사였지만 아빠는 그런 불평은 그저 '속 편한 사치'일 뿐이라고 웃어넘겼다.

아빠는 공장을 그만두면 어떻겠냐는 제안을 이미 여러 번 뿌리쳤다. 매달 꼬박꼬박 나오는 월급이라도 있어야 만약의 상황에 대비라도 할 수 있지 않겠냐면서.

나의 늑막염은 예상치 못한 비상사태에 우리가 얼마나 취약한지 단적으로 보여준 예이기도 했다.

그날 아침, 나는 내 변변찮은 코미디 한 편으로 아빠가 여러 번의 도전 끝에 성공한 그 소매 작업을 당당히 보여주고 싶었다. 그렇지만 나보다 훨씬 생각이 깊은 엄마는 그걸 이용해 다시 한 번 아빠를 그 고된 밤 근무에서 해방시켜야겠다고 생각했다. 식구들의 노동력을 기본으로 하는 가내수공업은 그 순수 생산력으로 승부를 해야 한다는 것이 엄마 생각인 것 같았다. 그래서 그 소규모 생산 라인의 가장 중요한 역할, 하지만 아빠가 아니면 불가능한 그 작업을 아빠에게 제안한 것이다.

드디어 아빠의 그 보잘것없는 걸작에 대한 엄마들의 완곡하고 조심스러운 찬사가 이어졌다.

엄마와 이모들의 애정 어린 걱정에서 비롯된 고도의 함정에 아빠는 그렇게 걸려들었다.

그 후 몇 주 동안, 식구들은 줄곧 가계부와 씨름을 했다. 아빠 월급을 계산에 넣지 않은 상태에서 줄일 건 줄이고 조정할 건 조정하면서 수입과 지출 계획을 다시 짜기 위해서였다.

한참이 지난 어느 날 저녁, 여느 때 같으면 낡은 작업복 차림으로 문을 나서자마자 구부정한 모습으로 또다시 공장의 밤을 향해 걸어갔을 그 시간, 아빠가 당신의 바느질 의자에 꼼짝도 않고 앉아 있었다.

그 순간 난 알았다. 지난 몇 년 동안 단 하루도 거르지 않고 출근했던 아빠가 그날 처음으로 공장에 출근 도장을 찍지 않았다는 것을.

안나 이모는 그날 저녁 5인분의 저녁 식탁을 차렸다. 부엌에서 풍기는 맛있는 냄새가 온 집 안을 가득 채웠다.

그날, 모두가 잠든 깜깜한 밤에 홀로 잠들지 못한 아빠의 그림자가 오랫동안 집 안을 배회했다. 아빠는 오랜 세월 몸에 밴 습관을 금방 털어낼 수 없어 새벽이 되어서야 겨우 잠을 청할 수 있었다.

아빠는 아침에 일어나는 세상으로부터 자신을 철저히 소외시켰던 밤샘 근무에서 드디어 벗어났다. 그 후로 아빠는 말 그대로 우리 집의 진정한 분위기 메이커가 되었다.

모두들 평안하고 따뜻한 분위기에서 일에 집중할 수 있었을 뿐 아니라 끊임없이 이어지는 아빠의 유쾌함 덕분에 즐거움까지 배가되었다. 모두 일감만 들여다보고 있었지만 바늘이 한 번 움직일 때마다 웃음은 두 번씩 터졌다. 고향 생각이 절로 나는 아르메니아 노래나 누구나 아는 후렴구를 신나게 부르고 나면, 지루할 틈도 없이 아빠의 신기한 옛날이야기가 이어졌다. '다음에 계속'이라는 미명 아래 찔끔찔끔 들려주는 그 이야기들은 우리의 호기심을 더욱 자극했다. 아빠가 커피를 타러 부엌에 가 있는 잠깐 동안, 집 안은 예전처럼 다시 적막강산이 되곤 했다. 하지만 그때 부엌에서 들려오는 아빠 목소리가 무기력해지려는 공기를 단번에 뒤흔들었다.

"커피 마실 사람?"

손에 쟁반을 들고 등장한 우리의 분위기 메이커는 더욱 재밌는 우스갯소리로 가라앉은 분위기를 단숨에 날려버렸다.

아빠의 생활이 정상으로 돌아온 후, 우리 가족은 마르세유에 사는 다른 아르메니아인들과의 공동체 생활에도 적극 참여할 수 있었다. 자연히 생자크 가의 우리 집을 찾는 동향인들의 발길도 잦아졌다.

문화 예술 모임, 향우회, 봉사 단체, 고아복지위원회, 적십자, 청십자 등등 아르메니아인들의 불행과 어려움을 이겨내고자 하는 각종 행사나 활동이 우리 집에서 열리는 경우도 많았다. 덕분에 우리 집은 늘 사람들로 북적댔다.

안나 이모는 벌이가 변변찮은 사람들을 위한 상조회 기금 조성 계획을 짜는 동안에는 유독 바느질도 그만두고 손님을 접대했다.

***

모든 것은 작은 벽보부터 시작되었다. 한쪽은 프랑스어로, 다른 한쪽은 아르메니아어로 인쇄한 작은 벽보였다. 제일 위에는 그 행사를 주최하는 단체의 이름이 소문자 약자로 쓰여 있었다. 벽보의 절반은 '우아한 댄스파티'라는 문구가 차지했고, 나머지 절반은 '특별한' 초대, '최상의' 예술 공연,

'호화로운' 뷔페 식사 특별 제공 등 그 파티의 성격을 짐작케 하는 글이 잔뜩 실렸다.

일단 춤으로 젊은이들의 관심을 끌었다. 연설, 시낭송, 노래 등을 통해 전통 문화를 잊지 않고 보존하겠다는 의도도 엿보였다. 맛난 뷔페에서는 아르메니아 음식이 저녁 식사로 제공되었다.

행사가 끝나자 사람들이 썰물처럼 극장을 빠져나갔고, 뷔페 식탁은 한바탕 잔치의 흔적으로 어수선했다. 행사 주최자들은 그 식탁 한구석에 모여 머리를 맞대고 수익금을 세고 또 세었다. 총액을 계산하고 그 자리에서 차례로 극장 대여료, 악단 초청 비용, 세금을 제했다. 그런데 사람들의 얼굴빛이 밝지 않았다. 수익이 너무 적었기 때문이다. 밖에는 그다음 주 토요일에 다른 단체에서 주최하는 또 다른 댄스파티 벽보가 길거리에 붙어 있었다.

이런 파티가 소기의 목적을 달성하기 위해서는 개선할 점이 분명 있었다. 우선 연설이나 강연이 너무 많은 데다 너무 오래 끌어 지루했다. 지나친 아마추어리즘 때문에 그 아름다운 전통 가곡이 듣기 거북할 때도 있고, 시낭송의 경우도 너무 가식적이거나 격에 맞지 않는 낭독 스타일을 구사하다 보니 서정시가 셰익스피어의 희극처럼 들리기도 했다. 필요 이상으로 크거나 쩍쩍 갈라지는 목소리도 아네모네나 개양귀비에서 은은히 풍기는 천연의 미를 연상케 하기에는 역부족이었다. 4월에 피는 제비꽃의 톡 쏘는 향기, 송진이나 석류 같은 여자의 입술을 표현하는 방식이 어째 17세기 비극 작가를 떠올리게 했다. 달이 우리 영혼에 눈처럼 내린다는 구절을 읊을 때는 라신 비극의 여주인공 페드르가 목청이 찢어져라 절규하는 듯했고, 아름다운 노래와 맑은 눈물만 채워주는 샘물 때문에 골이 난 마구간 물통이 버드나무 그늘에 앉아 투덜거리는 장면마저도 오셀로처럼 비장하기 짝이 없었다.

300여 명이 딸그락거리는 포크 소리가 배경음으로 흐르는 가운데 원래 작품과 낭독 사이에 벌어진 그 비장한 전투에서 패배한 쪽은 분명 시인이었다.

그 시 속에서 시인은 죽었다. 무심히 길을 걷다 느닷없이 참변을 당한 꼴이었다.

하지만 그런 변변찮은 파티의 저 밑바닥을 들여다보면, 뿌리 뽑힌 한 민족의 생존과 기억을 위해 예술이 뭔지도 모른 채 모인 사람들의 따뜻한 마음이 있었다. 그 순수한 마음만큼은 예술가의 재능을 대신하고도 남았다.

비극을 안고 뿔뿔이 흩어진 우리 민족이지만, 2세대부터는 전통이란 이름의 그 모든 것을 죄다 잊어버릴지도 모른다는 불안이 싹텄다. 이곳 극장 한구석에서는 아르메니아인들이 그 불길한 예감을 수군대고, 저 멀리서는 학살의 주인공들이 웃고 떠들었다.

희망을 읽으려던 예상은 보기 좋게 빗나갔다.

＊＊＊

'재택 작업' 간판을 내건 우리 식구들에게 요즘 말하는 주 39시간 근무 따위는 딴 세상 얘기였다.

'상조회'나 '봉사활동'도 중요했지만, 그 때문에 하루 작업을 완전히 접거나 미루는 것도 쉬운 일은 아니었다. 게다가 예의 그 파티가 있는 날이면, 저녁마다 가족 단위 손님이 우리 집을 깜짝 방문하는 일도 잦았다.

6층 우리 집 초인종 소리가 울린다. 층계참에 있는 커다란 손잡이를 잡아당기면 1층 출입문이 열렸다. 나는 방문객이 누구인지 알아맞히기 위해 계단 난간에 엎드려 1층 출입문 앞 층계참을 뚫어지게 바라본다. 불빛 없는 컴컴한 계단을 걸어 2층까지 올라오면 대충 어떤 손님인지 짐작할 수 있었다. 젊은 사람들은 한 번에 층계를 네 칸까지 올라왔고, 나이가 든 사람들은 쉬엄쉬엄 올라왔다. 여러 명일 때는 가족이거나 단체 손님이었다. 손님 방문이 잦다 보니 내 짐작도 몰라보게 정확해졌다.

손님들이 마지막 계단에 모습을 드러내면, 우리 식구들의 환영 인사를 시작으로 폭포수 같은 대화가 쏟아지기 시작한다. 그런 재회의 기쁨을 나누노라면 그 힘든 계단을 언제 올라왔는지 모르게 모두 집 안에 들어와 있기 일쑤였다.

손님과의 친밀도에 따라 우리는 셔츠 작업을 계속할 수도 있고, 중단할 수도 있었다. 사람들은 프랑스 이야기보다 아르메니아 이야기를 주로 했고, 죽은 사람들 이야기로 눈물 흘리지 않기 위해 주로 산 사람들 이야기로 웃음꽃을 피웠다.

때론 CH.라는 사람이 쓴 신문 사설이 화제에 오르기도 했다. CH.는 〈아라치(Haratch)〉라는 일간지를 만든 유명한 논객의 이니셜이었다. 손님과 우리 식구는 오랫동안 끊임없이 이야기를 나누었다. 내일이 노점상들의 장날이라는 것, 구두를 만들 가죽과 정장을 지을 양복감, 용접기를 쓰고 세공해야 할 보석 등등 자신의 힘겨운 일상을 잊기 위해 그렇게 열심히 이야기에 빠졌는지도 모르겠다.

그러노라면 피할 수 없는 그 노동의 운명을 일깨워주는 손님이 반드시 있었다.

"아, 벌써 시간이 이렇게 됐네!"

손님들이 떠나고 나면, 생자크 가 101번지 우리 집은 밤늦도록 불이 꺼지지 않았다. 마무리해서 다음 날 배달해야 할 셔츠가 얼마나 밀려 있느냐에 따라 불 꺼지는 시간은 매번 달랐다.

시간이 꽤 흐른 뒤, 전화라는 것이 이런 깜짝 방문의 부담을 어느 정도 덜어주기는 했다. 방문 날짜와 시간을 서로 협의할 수 있었기 때문이다.

시간이 좀 더 흐른 뒤에는 '초대에 응해주시면 아무개 부부의 특별한 즐거움이 될 것입니다' 처럼 고급스러운 초대장이 전화를 대신하기도 했다. 하지만 나는 생자크 가의 그 평온한 깜짝 방문을 결코 잊을 수 없다. 이리저리 왔다 갔다 하면 이제 잘 시간이라는 명령이 떨어질까봐 어떻게든 눈에 안 띄게 방 한구석에서 잔뜩 몸을 웅크리던 그 작은 파티를 말이다.

10. 인간의 세상

핵폭풍이 나가사키를 휩쓸고 지나가기 며칠 전 아침이었다. 눈을 뜨니, 식구들이 모두 사색이 되어 처음 보는 봉투 하나를 가운데 놓고 앉아 있었다. 뭔가 심상찮은 일이 벌어진 게 틀림없었다. 봉투는 아직 뜯지도 않은 채였다. 봉투의 왼쪽 상단에 발신자 이름이 있었다. '프랑스 정부, 재정부, 조세국.' 동그란 우체국 소인은 그 편지가 이름도 예쁜 '실바벨' 거리에서 날아왔다는 걸 알려주었다.

수신자 이름도 쓰여 있었다. 대문자로 인쇄된 '귀하'라는 글자 앞에 휘갈겨 쓴 철자를 자세히 읽고 나서야 나는 그게 아빠 엄마 이름이라는 걸 겨우 알 수 있었다. 내가 한참을 고민했던 이유는 아빠와 엄마 이름이 뒤바뀌어 있었기 때문이다. 그나마 아빠의 성은 제대로 썼기 때문에 편지가 우리한테 온 것이라고 결론내릴 수밖에 없었다. 겨우 정신을 차린 아빠가 힘들게 입을 열었다.

"뜯어보렴."

나는 '프랑스 정부, 재정부, 조세국'의 편지를 개봉하기 시작했다. 그때는 조세국과의 첫 인연이 그렇게 질기도록 이어질 거라고 생각지 못했고, 융통성이라고는 눈곱만큼도 없는 철저하고도 영원한 원칙주의가 바로 세금이라는 것도 몰랐다.

나는 떨리는 손으로 편지를 펼쳤다. 보통과는 다르게 쓰인 특이한 편지였다. 글씨는 모두 인쇄되어 있었는데, 군데군데 지워진 곳도 있고, 어떤 문장에는 조그맣게 X 표시를 해놓기도 했다. 한 문단을 통째로 삭제한 곳도 있었는데, 그러고는 뭔가 이상했는지 삭제 표시를 지그재그로 마구 긋고 지운 문단을 되살려놓기도 했다. 내 눈에 가장 거슬린 것은 편지의 순수 미학적 측면이었다. 편지 여기저기에 널린 '해당 사항' '해당 사항 아님' 표시가 일 처리를 날림으로 했다는 인상을 주기에 충분했기 때문이다. 나는 숙제를 그런 식으로 해서 제출한 적이 한 번도 없었다. 중요한 것은 그렇게 여러 번 지우고 다시 쓴 너저분한 그 편지가 전달하고자 하는 얘기가 뭔지 알아내는 것이었다. 내 입만 애타게 바라보는 식구들 때문이었다.

두 가지 언어 속에서 살아온 나는 거의 실시간 동시통역이 가능했다. 처음 두 줄은 "00 세무서의 직접세 담당 부서는 00 씨가 최단기간 내에 …납부해주실 것을 통보하는 바입니다"라는 말이었다.

그다음부터는 중국 만리장성 한복판에 떨어진 것 같았다. 생전 듣도 보도 못한 낯선 언어와 맞닥뜨렸기 때문이다. 문제가 된 것은 "재원을 증명할 법적 서류… 비용 처리… 세금 공제… 부양가족 공제… 총소득… 가족 계수 상한선(Col. 491. a,b,c)"이라는 말이었는데 죄다 내 이해력을 넘어서는 외계 언어였다.

다음 페이지에 나와 있는 '참조' 역시 못 알아듣기는 마찬가지였다. "Q.F.가 나타내는 가족계수를 계산하려면 가능 소득 R(Col. 36)을 부양가족

수 N으로 나눌 것." 전혀 '참조'가 안 되는 '참조'였다.

수학 수업 때 한 번도 배우지 않은 것들이었다.

식구들에게 나는 프랑스와 관련한 모든 임무를 처리하는 '특별 각료'였다. 하지만 불안한 눈으로 날 바라보는 식구들 앞에서 나는 그 편지에 대해 아무것도 설명할 수 없었다.

나는 아주 잠깐 동안 좀 더 열심히 공부하지 않은 나 자신의 게으름에 죄책감을 느끼지 않을 수 없었다. 하지만 이내 늑막염으로 오래 결석했기 때문에 어쩔 수 없다고 나 자신을 정당화시켰다. 학교에 갔더라면 이 수수께끼 같은 글자와 숫자를 해독할 수 있겠지만 못 갔기 때문에 어쩔 수 없다고.

그 복잡하고 난해한 세무 관련 언어에 평생토록 적응할 수 없을 거라는 사실을 그때는 몰랐다.

인쇄된 처음 세 장의 편지를 아주 꼼꼼히 독해한 내 결론은 이랬다. 알아보기 어려운 글씨를 쓴 그 편지의 발신자가 일주일에 두 번, 그러니까 화요일과 목요일 9시부터 12시까지 세무 상담을 한다는 것 그리고 발신자가 우리 가정이 두루 평안하기를 기원한다는 것이었다.

나는 이 마지막 문장을 쓸데없이 오래 들여다보았다. 어쨌든 불안한 마음이 약간은 가시는 듯했기 때문이다. 우리는 엄마와 내가 함께 갈 수 있는 목요일에 상담을 하기로 했다.

일을 다시 시작하기 위해 식구들이 각자 자기 자리로 돌아간 동안, 나는 마지막 페이지를 다시 읽어보았다. 글씨가 너무 작아 코를 바짝 갖다 대야 했다. 그중 한 문단에 나는 파랗게 질렸다. "불충분하거나 허위 정보를 제공하는 자에게는 1년에서 4년의 징역형과 00의 벌금형에 처한다…." 법령 번호와 날짜가 그러한 사법 처분의 정당성을 증명하고 있었다. 나는 식구들에게 차마 그것까지 번역해줄 수는 없었다.

***

편지에서 말한 '최단기간'을 지키기 위해 우리는 그 '운명의 목요일'이 오기 전 며칠 동안 여러 사람의 자문을 구했고, 그 결과 전혀 새로운 개념을 알게 되었다. 그건 바로 '소득세'라는 것이었다.

그때까지 우리는 셔츠를 만들어주고 받은 현금으로 필요한 지출을 하며 생활했다. 너무도 단순한 우리 집의 경제 구조는 '수입-지출' 간의 불안정한 균형에 의존했지만, 돈이란 들어오는 속도보다 나가는 속도가 훨씬 빠른 법이다. 그런데 언제 무너질지 모르는 그 불안한 재정 상태에서 이번에는 프랑스까지 자기 몫을 요구하며 나섰고, 그 몫은 편지에도 나와 있듯이 '과세 기준'이라는 것에 따라 계산된다고 했다. 생각지도 않게 우리 밥상에 끼어 앉은 그 불청객의 입맛에 따라 아빠가 공장으로 다시 출근할 것인지 말 것인지가 결정될 판이었다.

목요일의 상담을 며칠 앞둔 저녁 친목회는 우리 집 전속 코미디언의 억지 연기에도 불구하고 유난히 썰렁하고 침울했다.

그때만 해도 학교에서 배우는 과목의 대부분은 암기 위주였다. 가장 높은 점수를 받는 학생은 관사나 전치사, 부사 따위를 하나도 빼먹지 않고 가장 잘 외우는 학생이었다. 그날 밤, 언젠가 학교에서 배웠던 앙시앵 레짐의 한 챕터가 내 암기 장치 속에서 서서히 분리되어 나왔다. 무슨 말인지도 모르고 무작정 외우기만 했던 그 용어들이 갑자기 의미를 획득하기 시작한 것이다. 나는 지나간 역사를 환기시켜 현재를 설명할 수 있는 스스로가 너무나도 대견한 나머지 그 옛날의 조세 제도에 대해 어른들에게 끝도 없이 늘어놓았다.

그 옛날은 한낮의 햇빛과 공기가 드나든다는 이유로 문이란 문은 물론 창문까지 죄다 세금을 매기지 않았을까 싶은 그런 시절이었다. 나는 갖가지 명목의 세금을 가지고 그 시절을 하나하나 되돌아보았다. 우선 소금세는 국가가 독점하던 소금을 나라에서 정해준 가격에 따라 일정량을 의무적으로 소비해야 했던 사람들이 내는 세금이었는데, 내지 않으면 사기죄로 처벌을 받았다. 십일조는 교회가 거두는 세금이고, 인두세는 봉건 시대의 농노들이 내던 세금이었다. 왕정 시대의 상납금은 귀족들이 쓰는 경비를 평민들이 나누어 분담하던 세금이었다. 그리고 마지막으로 한 가지. 프랑스 대혁명에 의해 폐지되었던 이 모든 조세와 공물 제도가 바로 '소득세'라는 이름으로 다시 부활했다.

＊＊＊

실바벨 가. 직접세 담당 사무실 입구 벽에는 누군가가 숯으로 그림 낙서 두 개를 그려놓았다. 프랑스 정부를 '비역질을 할' 놈이라고 써놓은 첫 번째 낙서는 프랑스 정부 전체에 대한 지독한 반감이 엿보였다. 다른 하나는 훨씬 위협적이고 개인적인 원한을 보여주었다. "어디 두고 보자!"라는 선명한 글씨에서 시작된 화살표는 아무개 세무조사관의 근무 일자와 시간을 적어놓은 안내판으로 이어졌다.

지우려고 애쓴 흔적이 역력했지만 매번 누군가가 다시 그려놓은 것 같았다. 처음에는 흰색 분필이었다가 그걸 지운 자리에 붉은 페인트로 더욱 뚜렷하게, 크기도 세 배는 더 크게 다시 그린 낙서였기 때문이다.

사무실 안으로 들어갔다. 지은 지 오래된 건물이라는 걸 한눈에 알 수 있었다. 벽에 칠한 페인트는 빛이 바랬고, 갑갑한 공기에 곰팡이 냄새까지 나는 것 같았다. 상단에 녹슨 쇠창살이 박힌 낡은 목재 칸막이를 사이에 두고

민원인 대기실과 직원용 사무실로 나뉜 큰 방이었다. 넓은 쪽 방에서는 직원들이 서류 같은 걸 열심히 들여다보고 있었다. 민원인에게 제공된 로비는 좁은 복도 같았다. 사람들은 키 높이만 한 철책에 마련된 세 개의 작은 창구 앞에 서서 지루해 죽겠다는 표정을 짓고 있는 담당자가 한쪽에서 미리 거두어놓은 서류를 큰 방에 접수하기만을 기다리고 있었다. '이의 신청'이라는 글씨가 붙은 창구를 보자 반짝 희망이 보이는 듯했지만 그 희망은 이내 실망으로 바뀌었다. 납부 일자는 연기가 불가능하고 고지된 금액에도 오류는 없다는 얘기를 들었기 때문이다.

우리는 창구 앞에 줄을 서서 기다렸다. 우리 차례가 되자 나는 담당 세무조사관을 뵈러 왔다고 정중하게 말했다. 그러자 쇠창살 사이로 커다란 집게손가락 하나가 튀어나오더니 다른 쪽 문을 가리켰다. 거기에는 좀 특이한 글씨체로 '세무조사관'이라고 쓴 네모난 종이가 붙어 있었다. 네 개의 나사 자국과 문짝보다 색깔이 덜 바랜 직사각형의 흔적이 있는 것으로 보건대 한때는 제대로 된 정식 간판이 있었던 모양이다. 문 옆의 기다란 인조가죽 의자에는 먼저 온 민원인들이 차례를 기다리고 있었다. 엄마를 본 그들은 서로 바짝 다가앉으며 자리를 내주는 것으로 동병상련의 마음을 표시했다. 직원들이 서류를 검토하는 안쪽 방은 창구 쪽을 제외한 나머지 세 벽이 모두 서류로 가득 차 있었다. 바닥에서 천장까지 세워놓은 선반에는 검은 표지로 싼 두껍고 커다란 서류철이 빼곡했다. 직원들은 키 큰 사다리를 이리저리 옮겨가며 필요한 서류를 찾았고, 검토가 끝나면 재빨리 제자리에 갖다 꽂았다. 서류철은 흰 바탕에 빨갛게 표시된 얇은 분류표에 따라 알파벳 순서로 정리되어 있었다. M으로 시작하는 분류표 부근을 두 눈으로 열심히 더듬었지만, 거리가 너무 멀어서 '말라키안'의 서류는 어느 서류철에 끼워져 있는지 알 수 없었다. 분명 선반 어딘가에 있을 터였다. 그건 우리를 현상범 쫓듯

집요하게 추적하고 미행해온 빨간 눈의 괴물이었다. 그리스 신화 속의 외눈박이 괴물 키클롭스 같은 놈인지도 모르겠다.

이제 남은 사람은 엄마와 나 그리고 어떤 아저씨였다. 나는 그날을 오늘처럼 생생하게 기억한다. 두 시간은 족히 되는 그 기나긴 기다림 동안, 나는 그 아저씨를 계속해서 주시하고 있었다. 왜냐하면 그 아저씨 다음에는 바로 우리가 세무조사실이라는 그 사자 우리 속으로 끌려들어가야 했기 때문이다.

그 아저씨는 왠지 퇴역 군인처럼 보였다. 퇴역한 군인들은 사복을 입어도 여전히 뻣뻣한 군기가 느껴진다. 살기등등한 그들의 날카로운 눈빛은 '차려!'와 동시에 울리는 낭랑한 워커 뒤축의 소리, 앞으로 영영 들을 일 없는 그 소리를 항상 그리워하는 것 같았다. 아저씨는 낡았지만 그나마 간수를 잘한 덕분에 오래 입은 것 같은 그런 옷차림이었다. 형편이 어려운 사람들에게서 흔히 볼 수 있는 입성이었다. 반질반질하게 닳은 팔꿈치, 잦은 다림질로 반들반들 광택이 나는 무릎이 그의 넉넉지 않은 상황을 짐작케 했다.

굽은 허리, 원래 그런 건지 아니면 일부러 무게를 잡으려고 그러는 건지는 알 수 없지만 유난히 앞으로 내민 가슴, 오래된 실크처럼 밋밋하고 무표정한 얼굴은 뭐랄까 '절대 남의 간섭 따위는 안 받는 사람, 남들 말에는 절대로 수긍하지 않는 사람' 같은 인상이었다. 나는 그가 소리 없이 입술을 달싹거리는 것을 여러 번 보았다. 세무조사실에 들어가 목청 높여 이야기할 내용을 속으로 미리 연습하는 듯했다.

아저씨의 면담은 생각보다 짧았다.

그는 문을 쾅 닫고 자신만만하게 들어갔었다. 들어가기 직전, 큰 소리로 "절대 그렇게는 안 될걸!" 하고 내뱉기도 했다. 그렇지만 세상에는 꼭 '그렇게'만 되는 일이 너무도 많은 법이다.

이제 정말 우리 차례였다. 앞 사람 때문에 틀림없이 심기가 불편할 공무원의 저기압 후유증을 고스란히 떠맡아야 할 차례인 것이다.

***

세무조사실은 마치 골방처럼 음산하고 허름했다. 거대한 서류 더미 뒤로 한 남자의 얼굴이 보였다. 백발인 머리는 스포츠형으로 아주 짧았고, 파란 눈동자에 눈매가 매서웠다. 그는 아주 강한 코르시카 억양으로 엄마에게 자리에 앉으라고 말했다.

우리에게 보낸 편지 중에서 삭제 안 된 부분을 재빨리 훑어본 그는 우리 이름이 적힌 얇은 서류철을 찾아 들고 왔다. 드디어 심문이 시작되었다.

우리가 프랑스에 입국한 연도, 아빠의 직업, 부양 자식의 수, 내가 다니는 학교 이름, 그 전에 살던 집 주소, 엄마의 직업….

엄마는 모든 질문에 너무도 정직하게 대답했다. 그 바람에 나는 어른들이 놀랄까봐 일부러 알려주지 않았던 그 깨알같이 작은 글씨의 문단, 즉 징역형과 높은 벌금형을 경고한 그 문제의 문단 속으로 천천히 빠져들고 있다는 불길한 예감이 들기 시작했다.

엄마는 앞서의 답변에 대한 확실한 증거로 가방에서 커다란 종이 한 장을 꺼내 조사관의 책상 위에 펼쳤다. 종이에는 반으로 두 번 접은 선이 십자가처럼 선명했다. 접힌 선이 꽤 닳은 것으로 보아 그 자료가 최근에 작성된 것이 아니라는 걸 짐작할 수 있었다. 그 종이에는 아르메니아어로 '자수용 광택 면사' '광목' '삼' '아빠 월급' '셔츠 수입' '식료품' '아들 병원비' 등의 항목이 있고, 그 아래 깨알 같은 숫자가 앞뒤로 빽빽하게 적혀 있었다.

숫자 중에는 항목의 성격과 맞지 않는 경우도 많았고, 숫자 하나가 여러 항목에 해당되는 경우도 있었다. 그러다 보니 마치 만화의 말풍선처럼 펜으로 숫자 몇 개를 따로 묶어 정확한 카테고리에 다시 집어넣은 흔적도 보였다.

조사관은 그 크고 파란 눈으로 엄마가 작성한 서류를 한참 동안 들여다보았다. 그러곤 핀셋으로 물건을 집듯 엄지와 집게손가락으로 종이 한 끝을 잡고는 그 증거라는 것이 얼마나 변변찮은 것인지 여실히 보여주기라도 하듯 빙글빙글 돌리면서 엄마에게 물었다.

"부인, 이건 댁의 가계부인 것 같은데요?"

질문이 내포한 빈정거림의 뉘앙스를 놓치지 않은 엄마는 지극히 공손하게 선생님의 질문에 정확하게 대답하기 위해 준비한 보조 자료일 뿐이라고 대답했다.

나는 그 조사관이 금방이라도 버럭 소리를 지를 것만 같았다.

하지만 다행히 그런 일은 없었다.

두 손으로 눈을 문질러대고 양 볼과 코를 만지작거리던 그는 급기야 두 손으로 얼굴을 감싸 쥐고 아래위로 훑기 시작했다. 그건 분명 '열 받지 말자'는 뜻이었다. 그러더니 갑자기 동작을 멈추고 큰 소리로 말했다.

"좋습니다!"

하지만 정말 좋아서 좋다는 말은 결코 아니었다. 앞으로 사태가 더 악화되리라는 걸 그렇게 경고하고, 진짜 하고자 하는 말은 이제부터라는 걸 의미하는 그런 "좋습니다!"였다.

태풍의 눈 같은 사인을 보낸 조사관은 1인용 팔걸이의자에 깊이 눌러 앉아 팔짱을 끼고 엄마를 쳐다보았다. 그렇게 몇 초 동안 침묵을 지키더니, 상황의 심각성을 제대로 알리기 위해서인지 한마디 한마디씩 또박또박 말하기 시작했다.

"부인, 거의 10년 동안 부인이 세법을 위반하셨다는 걸 아십니까?"

엄마는 우물쭈물하며 '세법 위반'이라는 것이 무슨 뜻인지 다시 물어보았다.

"이 나라의 법을 어겼다는 말씀입니다, 부인! 불·법·을·저·질·렀·다! 이 말입니다. '그 누구도 법을 어겨서는 안 된다.' 법에는 분명 이렇게 명시되어 있습니다!"

그러곤 잠시 틈을 두었다가 짤막하게 말을 이었다.

"당신네들이 지금 어떤 일을 당해야 하는지 아십니까?"

순간 혈관에서 피가 모두 빠져나간 것처럼 엄마의 얼굴이 하얗게 질렸다. 하지만 이와 대조적으로 엄마의 태도는 이상하리만치 침착했다. 엄마는 두려움의 경지를 넘어서고 있었다.

엄마는 전혀 동요하지 않는 것 같았다.

그때까지 엄마는 남성 명사와 여성 명사를 혼동하거나 동사 활용을 제대로 못하고 원형으로 그냥 말하는 등의 가벼운 실수 몇 가지를 빼고는 분명히 알아들을 수 있는 프랑스어로 대답했다.

"당신네들이 지금 어떤 일을 당해야 하는지 아십니까?"

'부인'이 아니고 '당신네들'이라고 한 것은 분명 그 어떤 일을 당해야 할 대상이 우리 가족 전체라는 사실을 말하고 있었다.

엄마가 내 쪽으로 몸을 숙였다. 엄마의 입술이 잠시 움직였다. 생각은 아르메니아어로 하고 말은 프랑스어로 할 때 항상 저지르는 오류를 피하기 위해 엄마는 아르메니아 말로 중얼거린 내용을 남자에게 통역해줄 것을 내게 부탁했다.

"선생님, 우리는 구사일생으로 살아남은 사람들입니다. 죽음 문턱까지 갔다 온 사람들이죠. 그런 우리가 이제 뭘 두려워하겠습니까."

나는 예상치 못한 마지막 문장에 당황했지만, 엄마의 오리지널 버전을 프랑스어로 정확하게 옮겼다.

나는 북받치는 감정과 목구멍을 타고 올라와 온몸을 죄는 갑작스러운 긴장감을 떨쳐버리기 위해 필사적으로 싸웠다. 심장이 오그라드는 것 같은 긴장감에 금방이라도 울음이 터질 것 같았지만, 그렇게 울어버리면 정말 어찌할 도리가 없을 터였다. 난 이를 악물고 버텼다. 눈물이 차오르는 그 짧은 순간을 느닷없는 기침으로 모면했다. 그리고 기침을 가장해 쉬고 갈라진 목소리로 통역을 마쳤다.

내 말을 듣는 세무조사관의 표정은 변화가 없었다. 그 무표정한 마스크는 그동안 그가 맡아 해온 감시 감독, 집행 명령, 세금 고지, 세금 추적, 세금 인상, 재산 압류, 독촉장 등 법의 무자비한 집행과 더불어 다년간에 걸쳐 굳어진 게 틀림없었다.

잠시 침묵이 흘렀다.

그리고 인간에게 부여된 불멸의 '힘'이 그 잔인한 냉혈한의 마스크 속에 조금씩 스며들기 시작했다. 그때까지 한 번도 제 모습을 드러내지 않던 인정 많고 따뜻한 코르시카인의 심성이 마음 한 귀퉁이를 움직였는지도 모른다. 어쨌든 자신이 처리하고 집행해야 할 공문 속에 파묻혀 사는 철두철미하고 인정사정없는 그 세무 공무원의 태도는 조금씩 누그러지고 있었다.

그가 또다시 말했다.

"좋습니다!"

하지만 이번에는 먼젓번의 "좋습니다!"에 비해 좀 더 호의적이고 동정적인 뉘앙스를 가진 게 분명했다.

남자는 마지막으로, 부유세 과세 기준에 해당될지도 모르는 멜리장 사립학교에 대해 물었다.

엄마가 대답했다.

"선생님, 혹시라도 밤늦은 시간이나 이른 새벽에 생자크 가를 지나실 일이 있으면, 우리 6층 집을 한 번 올려다보세요. 창문 하나가 밤늦게까지 그리고 새벽부터 불을 밝히고 있는 걸 보실 수 있을 겁니다. 바로 그 전등불이 제 아들의 학비를 대고 있습니다."

암브로시아니 씨(내가 그 남자의 이름을 안 것은 훨씬 뒤의 일이다)는 두꺼운 서식 용지를 꺼내더니 뭔가를 쓰기 시작했다. 그리고 우리 대신 세금 신고서를 모두 작성했다.

우리 집 같은 경우는 법에 규정되어 있지 않은 사례였기 때문에 특별히 더 복잡했다.

과세 대상 세대는 양 부모와 그 미성년 자녀에게만 한정되기 때문에 세무서에 말하는 '대가족'이란 그 부모가 낳은 자녀의 수가 많은 경우만을 지칭하는 것이었다. 이 '자식들'이 일단 가정을 떠나면 과세 대상은 남편과 그 아내로 축소되고, 이들만이 유일한 가족 구성원이자 과세 대상으로 남는다.

세법이 그런 것이라면, 부모도 그 부양 자녀도 아닌 안나 이모와 카이아네 이모는 어느 범주에 들어가야 할까? 법의 사각 지대에 놓인 이 두 사람은 그저 세무 행정을 복잡하게 만드는 번거로운 '방계 혈족'일 뿐인가?

우리 집의 가족 구성은 씨족, 부족, 대가족 또는 입법부에서 미리 정해놓지 않아 뭐라고 딱 집어 정의하기 애매한 일종의 소비조합에 가까웠다.

세금 신고서는 항상 그 이전 해의 소득과 관련이 있기 때문에 아빠의 공장 월급은 아무 문제가 없었다. 엄마와 이모들의 작년 총소득액을 엄마가 알려주자 신고서를 작성하던 남자의 손이 잠시 멈추었다. 그러곤 눈을 감고 곰곰이 생각에 잠겼다. 남자는 우리의 세액을 산정하는 데 최대한의 선의를 발휘하고 있었다.

"그러니까 부인, 상황을 정리하면, 일을 하는 건 3명인데, 각자 월급을 따로따로 받는 건 아니다, 이 말이죠?"

"그렇습니다, 선생님."

"그러면 수입금은 누가 받아옵니까?"

"우리 셋 중에서, 주말에 셔츠를 배달하는 사람이 받아옵니다."

***

우리 집 찬장 선반 위에는 노란색 종이 상자가 하나 놓여 있었다. 상자는 1년 내내 늘 그 자리를 지켰다. 뚜껑에 인쇄된 D.M.C.라는 글씨는 재봉실 회사 상표였다. 엄마는 셔츠 공장 사장님에게서 받은 돈을 그 상자 속에 모두 넣었고, 아빠도 공장을 그만두기 전에는 토요일 밤마다 수입을 몽땅 그 속에 넣었다. 우리 집의 일주일 생활비는 바로 그 상자에서 나왔다.

그 상자는 우리 식구 모두의 것이었다.

몇 푼 안 되는 우리 집 수입을 모두 담아두던 그 유리 금고를 내가 또렷하게 기억하는 이유는 그 상자와 오랫동안 운명을 같이한 말 한마디 때문이다.

"필요한 만큼 가져가렴."

내가 학용품이나 색연필 따위를 새로 사고 싶어 돈이 필요하다고 할 때마다 엄마가 내게 했던 말이다.

"필요한 만큼 가져가렴."

엄마는 그렇게 말하고 고개를 살짝 끄덕이며 찬장을 가리켰다. 그런데 내가 필요한 만큼의 돈을 꺼내려는 바로 그 순간, 엄마는 우연인 것처럼 항상 그 자리에 없었다. 언제 나갔는지도 모르게 살짝 방을 빠져나갔다.

"필요한 만큼 가져가렴."

나는 엄마의 이 말을 한 번도 잊은 적이 없었다.

아들에 대한 전폭적 신뢰를 보여준 그 말 덕분에 나는 온갖 못된 생각, 옹졸한 마음, 잔머리 따위를 피해갈 수 있었다.

***

우리의 세무조사관은 마침내 월급봉투 하나에 딸린 3명의 근로자라는 문제를 해결함으로써 가슴으로 이어진 우리 가족을 적절한 과세 대상 세대로 편입시키는 데 성공했다.

우리 식구는 일단 분할되었다가 세법에 맞게 재구성되었다. 한 장의 세금 신고서에서 과세 대상은 아빠와 엄마뿐이었다. 안나 이모는 엄마와 아무 상관없는 엄마 회사의 근로자로 분류되었고, 카이아네 이모는 견습생이라는 직위로 강등되었다.

그렇게 하면 이 세 자매(세금 신고서상에는 더 이상 자매가 아니다)가 각각 번 돈을 모두 '비과세' 항목으로 분류할 수 있었다. 사장, 근로자, 견습생이 모두 한 지붕 아래 살고 있는 것은 물론 어쩌다 그렇게 된 우연일 뿐이었다.

세금 신고서상의 우리 가족은 어떻게 보면 좀 뒤죽박죽이었다. 엄마는 우리 모두를 대표해 신고서에 서명했다. 이렇게 우리 가족은 정말 힘든 난관에서 빠져나올 수 있었다. 그건 피도 눈물도 없는 세무 공무원의 마스크를 과감히 벗어던진 한 남자 덕분이었다. 그는 훗날 자기 고향 섬 코르시카에 대해 이야기하면서 그곳에도 아직 우리 가족과 약간 비슷하게 살아가는 사람들이 있다고 했다.

엄마는 늘 그랬던 것처럼 정성을 다해 지은 셔츠 몇 장을 선물했다. 그는 손사래를 치며 기분 좋게 껄껄 웃었다. 그러고는 코르시카 억양으로 이렇게 말했다.

"부인, 공무원이 이런 거 받으면 뇌물입니다!"

엄마가 대답했다.

"아니에요, 선생님. 저희가 사드릴 형편은 못 된답니다."

그는 은퇴하는 날까지 몇 년 동안 우리를 위해 성심껏 세금 자문을 해주었다. 그리고 은퇴 후에는 고향 섬으로 돌아가 여생을 보냈다.

무슈 암브로시아니. 그는 주인공이 잘 먹고 잘사는 것으로 끝나는 해피엔딩이 꼭 옛날이야기 속에서만 나오는 건 아니라는 사실을 몸소 증명해준 사람이었다.

11. 몽상의 시절

5학년을 코앞에 둔 어느 날, 나는 기분 좋은 깜짝 선물을 받았다. 덕분에 늑막염으로 인한 장기 결석이 새 학년에 지장을 주지 않을까 하는 걱정에서 벗어날 수 있었다.

아빠는 내가 요양에서 돌아오자마자 과외 학습 프로그램에 착수해 한 아르메니아 선생님을 집으로 초빙했다. 그 선생님은 아르메니아어 읽기와 쓰기를 내게 가르쳐주었다.

새로 경험하게 된 지식의 세계 속에서 프랑코-아르메니아 영웅들이 시대를 넘나들며 서로 조우했다. 아르메니아의 티그라네스 1세는 파르티아인들의 도움으로 왕위에 오를 수 있었다. 5세기 바르탄 마미코니안이 무적불패의 보병 부대와 코끼리 부대, 갑옷으로 무장한 군대를 이끌고 페르시아와 맞서 싸우다 아바라이르 전투에서 장렬히 전사할 때에는 나도 모르게 눈물이 쏟아졌다. 그러다 느닷없이 중세 프랑스 기사 바이야르가 프랑수아 1세와 함께 마리냐 전투에 보무도 당당히 등장하기도 했다.

이런 고대 역사 속에서는 그 인물이 착한지, 악당인지 그 이름만으로도 알 수 있다. 가령 '악당' 샤를 0세를 무찌른 프랑스의 명장 뒤게클랭은 같은 이름의 다른 왕 '현인' 샤를 0와 한편이었고, 카스티유 전투에서는 '폭군' 피에르 1세를 무찔렀다.

그렇지만 내가 가장 좋아한 인물은 언제나 왕자 중의 왕자 아쇼드 바그라투니였다. 아르메니아 바그라티드 왕조의 왕자였던 그는 다소 불분명한 행적에도 불구하고 나와 이름이 똑같다는 점에서 내가 존경하는 위인 중 단연 일위였다.

***

오전 휴식 시간이었다.

또다시 나의 고독한 몽상을 통해 현실의 굴욕을 보상받는 시간이었다.

내 상상의 세계 저 밑바닥에서 공을 차는 아이들의 발길질 소리가 어렴풋이 들려오는가 싶더니 이내 시끄러운 고함이 이어졌다. 그건 또 다른 세계 어디엔가 또 다른 나의 목적지가 새롭게 등장했다는 걸 예고하는 것이기도 했다.

엘도라도로 들어가는 문은 벌써부터 한 젊은이 눈앞에 활짝 열려 있었고, 그 젊은이는 신기하게도 나랑 꼭 닮았다.

전투에서 승승장구하던 나는 모든 영광을 한 몸에 지닌 채 군중 속을 유유히 행진하고 있었다. 지나갈 때마다 내 이름을 연호하는 사람들 속에서 나는 초연하고 담담한 표정으로, 나에 대한 흠모로 어쩔 줄 몰라 하는 수많은 여인의 시선을 애써 외면했다.

두 눈을 말똥말똥 뜨고 꾸는 이 한낮의 백일몽은 밤에 꾸는 꿈처럼 황당하거나 기상천외하지도 않았고, 해를 거듭할수록 늘 새롭게 변모했다. 내가 한 살씩 나이를 먹어감에 따라 꾸밀 줄 모르는 조신한 표정으로 치마를 입고 앉아 뜨개질이나 하던 백일몽 속의 여인들도 조금씩 달라졌다. 뭔지 모를 막연하고 미묘한 분위기를 풍기는 여인들의 모습이 조금씩 내 눈에 들어오기 시작한 것이다.

그런 야릇한 스토리로 들어찬 내 상상 주머니를 그냥 철모르는 아이가 지어낸 장난일 뿐이라고 치부하는 건 사양하겠다. 식구들의 정상 참작 요청 정도는 가능할까 몰라도 말이다. 내가 지어낸 그 유치한 유토피아의 황당한 주인공들은 내가 너무도 사랑한 가족들이기도 했기 때문이다. 나의 결혼식 또는 나랑 닮은 그 젊은 영웅이 아름다운 여인과 결혼하는 그 황홀한 파티에 참석한 엄마와 이모들은 가슴이 훤히 드러나는 빨간색 드레스 차림이었다. 그 드레스는 모두 최고급 오트쿠튀르였다. 아빠와 나는 웃옷 안쪽에 빨간색 장식 단추가 달린 턱시도를 차려입었다. 화려한 네온 간판만 구경했지 한 번도 가본 적 없는 유명 레스토랑이 특별 메뉴를 자랑하며 우리를 맞이했다. 식구들이 쇼윈도 너머로만 어렴풋이 짐작했던 그 호사스러운 행복을 나는 그런 식으로 그들에게 선사했다.

휴식 시간이 끝날 무렵, 승리의 월계관을 머리에 얹은 나의 영웅은 그 찬란한 영예를 뒤로하고 비현실의 세계로 다시 돌아와야 했다. 약속의 땅에 도달하기 위해서는 반신반인의 영웅도 인간의 몸을 빌려 태어나는 수고를 감수해야 하는 세계로 복귀해야 했던 것이다. 하지만 그 젊은 영웅에 대해 모르는 것이 없던 나는 그 영웅의 환영을 일상의 현실 속에 편입시켜야 한다는 사실을 잘 알고 있었다. 그러기 위해서는 그 영웅에게 좀 더 인간적인 환경을 마련해주어야 했고, 고상하고 품격 있는 신념과 인격을 통해 그 성격과 특징도 부여해야 했다.

영웅의 외모도 익히 잘 알고 있던 나는 벌써부터 그의 몸을 빚기 시작했다. 나는 그의 빛나는 미래도 염두에 두고 있었다. 이제는 그에 걸맞은 직업만 있으면 된다. 그러면 이 최고의 전형, 인간 모델은 손댈 데 없는 완벽한 인간으로 탄생할 것이고, 그를 본받기만 하면 나도 언젠가 희망을 이룰 수 있을 터였다.

***

교실 문이 왈칵 열린 건 바로 그때였다. 나는 내 상상의 세계 속에서 후다닥 뛰쳐나와야 했다.

문을 열고 들어온 사람은 담임인 시메옹 선생님이었다. 그 남자 선생님의 별명은 '수수(Susu: 모계 중심 사회라는 뜻—옮긴이)'였다. 왜 그렇게 부르는지는 나도 알 수 없었다. 왜 그런 별명이 붙게 되었는지는 세월이 흐르면서 흐지부지되었지만, 그 별명만은 수년간 학생들의 입을 통해 전통 아닌 전통으로 굳어졌다.

그는 친절함과 자상함이 몸에 밴 사람이었다. 가끔 아이들의 못 말리는 장난질을 그치게 하려고 버럭버럭 소리를 지르기도 했지만 정말로 화를 낸다고 믿는 아이들은 아무도 없었다.

내 책상에 가만히 앉아 있는 나를 시메옹 선생님은 알아채지 못했다. 그는 열쇠로 잠가놓은 자기 사물함 앞에서 발길을 멈추었다. 채점해야 할 시험지, 백묵, 출출할 때 간식으로 먹는 비스킷 한 통, 소화 불량에 먹는 소화제 몇 알, 양복 위에 걸치는 회색 작업복, 우산, 그 외 모든 돌발 상황에 대처하기 위한 일련의 물품이 들어 있는 곳이었다.

내게 등을 돌리고 있었지만 어깨의 움직임, 이리저리 돌리는 열쇠의 삐걱거림, 사물함의 양철 문을 무릎으로 쾅쾅 찧는 소리 따위로 보건대 잘 안 열리는 사물함 때문에 애를 먹는다는 사실을 쉽게 알 수 있었다.

그럴 때는 조급할수록 더 안 열린다는 것 정도는 대단한 열쇠공이 아니라도 알 수 있다. 그런 상황에서 침착할 수 없다면 다른 사람에게 맡기는 편이 훨씬 낫다.

그래서 내가 나섰다.

"제가 좀 도와드릴까요, 선생님?"

선생님이 놀라서 뒤를 돌아보았다.

"어! 너, 거기서 혼자 뭐하니?"

"감기 기운이 좀 있어서요. 찬바람을 쐬면 안 좋거든요."

그는 내게 열쇠를 내밀었지만 크게 기대하는 눈치는 아니었다. 안에서 잠겨버렸기 때문에 열쇠공이 아니면 힘들다고 이미 결론을 내린 것 같았다.

나는 열쇠를 완전히 집어넣지 않은 상태에서 좌우로 조금씩 움직이며 정확한 구멍을 탐색했다. 구멍을 제대로 찾은 다음 열쇠를 돌려야 성공할 수 있기 때문이다. 빗장이 자물쇠 판 속으로 스르륵 미끄러져 들어가더니 문이 금세 열렸다.

선생님은 신기하다는 듯 나를 쳐다보더니 이내 말했다.

"와, 너, 정말 마술사구나!"

"아니에요, 선생님. 제가 선생님보다 좀 더 침착했던 것뿐이에요."

그는 찾으려던 시험지를 챙겨 들었다. 밖으로 나가려던 그가 갑자기 내 앞에 와서 앉았다. 책상을 몇 개 사이에 두고 나는 선생님과 마주 앉았다.

"쉽지는 않지. 안 그래, 말라키안?"

내 공부를 말하는 것인지, 내 고향 이야기를 하는 건지, 아니면 세상일이 대체로 그렇다는 건지 퍼뜩 감이 오지 않았다. 의심스러울 때는 최대한 조심스럽게 처신해야 한다는 게 내 원칙이었다.

"네, 쉽지는 않아요. 하지만 다 잘될 거라고 생각해요."

"너도 알겠지만, 다들 너무 오냐 오냐 자라서 철딱서니들이 없어. 그렇지만 악의가 있다기보다는 너무 부산스럽고 장난꾸러기들이라서 그래."

나는 아무 말도 하지 않았다. 그 완곡한 변명에 굳이 맞장구를 치고 싶지는 않았다.

그는 다 안다는 듯 슬쩍 웃으며, 지금까지 나를 휴식 시간에 동참하지 못하게 한 그 숱한 감기 기운과 만성기관지염에 대해 이야기했다.

내가 대답했다.

"선생님, 그게 다른 사람에게 피해를 주는 것은 아니라고 생각합니다."

선생님과 나는 우리 가족과 우리가 겪은 고행에 대해 오랫동안 이야기를 나누었다. 그는 아르메니아의 불행한 역사를 대충은 알고 있었다. 학교 교과서가 그 역사에 대해 침묵을 지키는 것이 얼마나 부끄러운 짓인지도 이야기했다. 교과서는 학살자들이 한 민족을 엄청나게 유린했던 역사를 모르는 척하고 있었기 때문이다.

그 학교에 다닌 4년 동안, 나는 수업 시간 외에는 선생님의 목소리를 들어본 적이 없었다. 그저 지식을 전달하는 기계이고, 배운 걸 제대로 외웠는지 아닌지를 확인하는 로봇에 불과한 선생님이라는 대상이 난생처음 인간의 음성을 들려주는 순간이었다.

선생님이 던진 마지막 질문은 내 심장을 덜컥 내려앉게 했다. 나는 그 자리에 얼어붙은 것처럼 꼼짝도 할 수 없었다. 그가 아무에게도 말하지 않은 내 변변찮고 비밀스러운 백일몽을 들여다본 것처럼 장래에 대해 생각해본 적이 있냐고, 나중에 뭐가 되고 싶으냐고 물었기 때문이다. 선생님은 내가 대답하기 곤란해할까봐 나만 들을 수 있는 정도의 작은 목소리로 말했다. '이건 우리끼리 얘긴데.' 분명 그런 어감이었다.

나는 여러 번 생각해봤지만 아직 결정하지 못했다고 대답했다. 그건 내 비밀의 화원을 위해 남겨놓은 최소한의 진실이었다.

그는 최근에 나온 책 한 권을 꼼꼼하게 읽어보라고 권해주었다. 대학교 학위를 몇 개나 딴 교수님이 썼다는 그 책 제목은 《당신의 직업을 선택하는 방법》이었다. 교실을 나가기 전 선생님은 마지막 당부를 잊지 않았다.

"고민 있으면, 망설이지 말고 내게 말하렴."

고등사범대학의 교원 자격시험에 합격한 장 피에르 바르바루 교수가 쓴 《당신의 직업을 선택하는 방법》이라는 책은 서점에 없었다. 출판사에 따로 주문을 하고 선금을 내야 한다고 했다.

책이 도착할 때까지 며칠 동안은 하루가 한 달처럼 길었다. 마침내 책이 도착했다. 전화번호부만큼이나 두껍고 묵직한 책이었다.

화려한 미래를 약속하는, 알파벳 순서로 정리한 그 지식의 바이블은 무게만큼이나 값도 비쌌다. 나는 그 책을 구입한 궁극적 목적을 식구들한테 교묘히 숨겼다. 엄마는 언제나처럼 우리의 작은 금고를 가리키고 살며시 방을 나가며 말했다.

"필요한 만큼 가져가렴."

'Agriculture(농업)'에서부터 'Xylographe(목판화)'를 거쳐 'Zoogeographie(동물 지리학)'에 이르기까지 그 책은 거의 모든 직업을 상세히 설명하고 있었다. 관련 학교 입학시험을 보려면 어떤 학교에서 입시 준비를 해야 하는지 그 자세한 목록도 나와 있고, 해당 직업에 종사하는 사람들이 제공하는 취업 전망까지 볼 수 있었다.

600페이지에 달하는 그 많은 직업이 앞다투어 내게 손을 내미는 상황에서 나는 (비록 내 무지에 기초한 방법이기는 하지만) 내 나름의 방식을 이용하기로 했다.

우선 '농업' 분야는 고려 사항에서 빼기로 했다. 앙시앵 레짐 시대의 가난한 농부가 자꾸 연상됐기 때문이다. '변호사'도 제외했다. 엄마 아빠를 죽인 살인자와도 만나야 하는 직업이기 때문이었다. '영화' 부분도 가볍게 통과. 영화는 점잖지 못한 것이라는 식구들의 말을 들은 적이 있었기 때문이다. '외과 의사'는 볼 것도 없이 통과. 피투성이 뱃속을 주물럭거리다 창자나 위장을 갈가리 잘라내는 직업이었다.

'동물학' 분야에는 열 가지 정도의 직업이 있었다. '외과 의사'보다는 덜 잔인해 꽤 해볼 만한 것 같기도 했다.

그 많은 직업 중 하나가 강하게 내 시선을 끌었다. 다른 페이지를 보다가도 계속 그 페이지로 되돌아와 그 직업에 대한 설명을 읽고 또 읽었다. 하도 그 페이지만 펴다 보니 책을 수직으로 세워놓으면 최면이라도 걸린 것처럼 아예 그쪽만 자동으로 벌어질 정도였다.

조각조각 떠다니는 내 모든 환상을 순식간에 하나로 결집시킨 전도양양한 직업이 드디어 내 눈앞에 등장한 것이다. 그것은 바로 '해군 기관과(機關科) 기술 장교'였다.

아무도 없다는 것을 확인한 나는 라신의 희극을 읊듯 그 직업란을 또랑또랑 낭독하기 시작했다. 내 낭독은 한 편의 아름다운 교향곡처럼 내 귓가에 울려 퍼졌다.

'기술 장교'라는 말에서는 뭔지 모를 기품과 위엄이 느껴졌고, '기관과'라는 말은 먹고살 걱정 없는 확실한 일자리를 보장해줄 것 같았다. '해군'은 장식 줄이 달린 근사한 세일러 군복과 바다의 상징인 닻을 새긴 금빛 단추를 떠올리게 했다.

없는 게 없는 그 책에는 어떤 과정을 거쳐야 기술 장교가 될 수 있는지까지 상세히 설명해두었다.

우선은 4년 동안의 입시 준비 과정이 있고, 그 준비반을 거쳐 국립기술공예학교 입학시험을 치러야 했다. 수백 명의 지원자 중에서 60명을 뽑는 그 시험에 합격해 3년 과정의 공부를 마치면 기술공예기사 학위를 딸 수 있다. 그 후 해군사관학교에서 2년을 더 공부하면 비로소 그 분야의 실무와 이론 과정을 모두 이수하게 된다.

다른 것은 눈에 들어오지도 않는 그 화려한 정상을 정복하기 위해 9년간 학업을 하는 동안, 우리 가족은 나를 지원하기 위해 프랑스 땅을 거의 다 덮고도 남을 만큼의 셔츠를 지어야 할지도 몰랐다. 그 최고의 지위에 도전하겠다는 의지를 식구들에게 알리기까지 내게는 오랜 숙고의 시간이 필요했다. 그동안에도 바르바루 교수의 직업 가이드북은 줄곧 '기술 장교' 페이지만 펼쳐져 있었다.

나는 그 얘기를 시메옹 선생님에게만 털어놓았다. 그는 내 선택을 열렬히 환영했다. 선생님은 기계에 대한 나의 남다른 재능을 믿어 의심치 않았다. 말 안 듣는 그의 사물함을 단번에 딸깍 열어버린 내가 아닌가! 시메옹 선생님은 해군성에 편지를 쓰는 게 어떻겠냐고 제안했다. 내 장래 희망을 이루기 위한 여정을 공식적으로 인증받자는 얘기였다. 선생님이 써준 편지를 내가 옮겨 쓰고 마지막에 서명까지 했다.

그런데 며칠 있으면 파리에서 편지 한 통이 올 거라는 말을 식구들에게 미처 알리지 못했다. 덕분에 이번에는 '프랑스 공화국, 해군성' 발신의 편지 한 통을 두고 또 한바탕 소란이 일었다. 식구들의 얼굴에 먹구름이 몰려온 건 당연했다. 자라 보고 놀란 가슴 솥뚜껑 보고 놀란 격이었다.

학교에서 돌아온 나는 모두를 진정시킨 뒤, 놀란 표정을 한 식구들 앞에서 아무것도 아니라는 듯 한마디 했다.

"해군성 장관이 나한테 보낸 답장이에요. 제가 개인적으로 편지를 썼거든요."

내가 내린 결정의 중요성을 알 리 없는 장관 대신 여러 부처 중 하나에 속하는 비서관이 역시나 '알아보기 힘든' 글씨로 서명한 편지였다. 비서관은 바르바루 교수의 책에 나온 내용을 빠짐없이 하나하나 확인해주었다. 하지만 나는 답장을 읽는 동안 비서관이 아닌 이 나라 최고의 해군장성이 내 볼을 다정하게 쓰다듬어주는 느낌을 지울 수 없었다.

이제 결정은 끝났다. 남은 것은 이번 주 일요일, 교회에 다녀온 뒤 식구들에게 그 엄청난 소식을 발표하는 것뿐이었다.

***

'해변 카페'는 이름 그대로 음료를 파는 카페였다. 해변의 '산책로'라는 것이 꽤나 그럴듯하게 들리기는 하지만 그때만 해도 콘크리트 빌딩이 들어서기 전이라 그다지 볼거리가 있는 건 아니었다. 나무로 지은 2층짜리 오두막이 바다 바로 옆에 나지막이 서 있을 뿐이었다. 물보라와 해풍에 오래 시달린 건물 정면을 자세히 살펴보니, 처음에는 녹색 페인트로 칠을 했던 것 같았다.

우리 가족은 일요일 오후면 그곳에 자주 들렀다. 출입문에는 손으로 쓴 안내판이 걸려 있었다. '먹을 것 지참 가능.' 덕분에 우리는 저녁 식사거리를 모두 챙겨 넣은 장바구니를 갖고 들어갈 수 있었다.

그날 그 일요일, 2층 홀에는 우리밖에 없었다. 우리는 커다란 판유리 너머로 바다가 훤히 내다보이는 테이블에 자리를 잡았다. 우리가 제일 좋아하는 자리였다. 창밖의 수평선에는 푸른 하늘과 푸른 바다가 맞닿아 있었다. 웨이터가 주문한 음료를 가져다주었다. 우리는 언제나 차가운 레모네이드 큰 것 두 병밖에 안 시켰지만 웨이터는 전혀 눈치를 주지 않았다. 웨이터가 돌아가자 나는 그 원대한 프로젝트를 망설임 없이 밝혔다. '해군 기관과 기술 장교.' 아무런 설명 한마디 없이 식구들 앞에 느닷없이 던져진 프로젝트 제목은 돌격을 알리는 군대의 나팔 소리와도 같았다.

나의 갑작스러운 비약에 식구들은 잠시 입을 열지 못했다. 격식을 갖춘 정중한 경의를 표할 때 동반되는 그런 침묵이었다. 식구들은 망치로 뒤통수를 맞은 것 같기도 하고, 바다가 뿌리는 마법 가루에 취한 것 같기도 했을 것이다. 우리 귀에 들리는 건 밀려오는 무기력한 파도 소리, 그 파도가 모래사장에서 철썩대며 부서지는 소리뿐이었다.

아빠가 입을 열었지만, 그건 내가 무슨 소리를 했는지 다시 말해달라는 얘기였다. 나는 그 화려한 직업의 이름을 세 번 네 번 더 반복해야 했다. 아빠는 눈을 지그시 감고 마치 리스트 오페라의 서곡을 듣는 표정이었다.

엄마는 마냥 기뻐하지만은 않았다. 내가 오랫동안 가족들과 떨어져 있어야 한다는 걱정 때문이었다. 엄마가 말했다.

"그럼 계속 떠나 있어야겠구나."

안나 이모는 자랑스럽다거나 우쭐해하는 기색이 전혀 없었다. 이모에게 해군… 어쩌고 하는 직업은 끝없이 펼쳐진 넓은 바다로 노를 저어 나가는 한 척의 배를 생각나게 할 뿐이었다. 깊이를 알 수 없는 그 바다는 가끔씩 거품을 가득 문 채 길길이 날뛰며 사람을 삼켜버리는 괴물이기도 했다. 이모는 불안한 눈빛으로 중얼거렸다.

"근데… 너 수영할 줄 모르잖아!"

나는 내가 바닷물에 뛰어들어 밧줄로 배를 인양하거나 하는 일은 없고, 더군다나 요즘 배들은 자체 추진 장치가 있어 그럴 일이 없다고, 내가 하게 될 일은 그런 추진 장치 같은 기계를 담당하는 것이라는 말로 이모를 안심시켰다.

카이아네 이모는 벌써 바다 한복판에 나가 있는 듯했다. 이모가 앉은 창가 자리에서는 아래쪽 해변은 보이지 않고 바로 바다가 보였기 때문이다. 바다를 배경으로 창가에 앉은 이모의 모습은 수평선 한가운데에서 앞뒤로 흔들리는 배 위에 앉아 접시며 컵, 레모네이드 병들이 이리 기우뚱 저리 기우뚱하는 식탁을 물끄러미 바라보는 것 같았다.

다들 속으로는 이 생각 저 생각 하느라 심란했겠지만, 나를 바라보는 시선만큼은 뿌듯함이 가득 묻어났고, 양 볼은 장밋빛 미래에 대한 기대로 발그레 물들어 있었다.

태양은 어느새 수평선 뒤로 넘어가고 없었다. 우리는 그제야 해변 카페를 나왔다.

*＊＊

벼락이 눈앞에 내리꽂히는 경험을 한 사람이라면, 살아 있다는 것 자체가 놀라움이고 경이일 것이다. 세상사도 그런 게 아닐까 싶다. 국립기술공예학교의 입학시험 규정이 집으로 배달되었다. 입학의 제일 첫 번째 조건은 단순하면서도 단호했다. '국적: 프랑스인.' 그런데 우리 가족의 여권에는 다른 인장이 찍혀 있다. '난민, 우연히 생존.' 다른 사람들이 우리의 신분을 잊어먹지 않도록 선명하게 찍어준 인장이었다.

프랑수아 드 라 로슈푸코 리앙쿠르 공작은 1770년경, '애국소년학교'를 설립했는데 이 학교가 나중에 바로 '국립기술공예학교'가 되었다고 한다.

그런 이유로 루이 16세 때부터 이 고매한 애국학교에는 조국 프랑스의 자식들이 계속 진학을 했고, 그로부터 160년이 지난 20세기에도 여전히 학생들의 프랑스 국적을 요구하고 있었던 것이다.

나는 군 입대가 가능한 성년, 일테면 스무 살이 되어야 귀화 신청을 할 수 있었다. 그런데 입학시험에 응시할 수 있는 나이는 스무 살까지였다.

국민들에 대한 허락과 금지, 강제와 명령을 수행하는 수많은 법률 중에는 시대에 맞지 않는 불합리한 규정 때문에 효력을 상실한 것들도 있다. 입법부는 그런 법들을 행정부의 뜻에 따라 폐지 또는 수정한다. 다시 말하면, 행정부 다수당의 입맛에 따라, 즉 플래카드를 앞세우고 막무가내로 왕왕대거나 때론 협박도 서슴지 않는 다수파의 압력에 못 이겨 폐지하거나 수정하는 것이다. 폐지를 주장하는 시위 참가자가 몇 명이나 되느냐를 두고 당사자들과 그 반대파들의 말은 제각각이다. 100명이다. 200명이다. 누구 말이 맞는지는 알 수 없다.

나의 경우, 이런 효력 상실 법안 폐지 시위에 참여할 사람은 단 한 사람, 나 혼자뿐이었고, 그럴 경우 분명 여론이 결정적 역할을 하게 될 것이다. 문제는 내 주장이 사람들에게 전해지기도 전에 벌써 반 토막은 잘려나간다는 것이다. 결국 사람들은 "어제 열다섯 살 된 십대 청소년 하나가 뭐라고 썼는지 잘 보이지도 않는 찢어진 플래카드를 들고 마르세유 어느 길거리에서 시위를 했다"는 말만 듣게 될 것이 뻔했다.

어쨌든 그 입학 규정은 약간의 융통성을 발휘하게끔 수정되었고, 나는 거미줄에 걸린 파리 신세를 겨우 면할 수 있었다. 망명자, 강제 이주자, 난민, 이민자는 '기사' 학위 타이틀에 '외국인'이라는 꼬리표를 다는 조건으로 그 학위에 도전할 수 있다는 것이 그 개정 내용이었다. 나 같은 지원자에게 프랑스 출신이 아니라는 사실을 주지시키려고 애쓰는 건 학문이나 과학도 예외는 아니었다.

나에 대한 프랑스의 그런 방어 시스템 또는 감시 체제를 감수해야 한다는 건 약간 서글픈 일이기도 했다. 언젠가는 프랑스의 국익과 국가적 자존심으로 무장한 그 철통같은 요새 안으로 들어갈 수 있을 거라는 희망을 놓지 않은 나로서는 더더욱 그랬다. 그런 프랑스가 순순히 나를 그들과 동등하게 대우해주는 경우도 있긴 했다. 혈통과 전혀 상관없이 아르메니아 난민도 프랑스인과 동일한 군복무 의무를 수행해야 한다는 게 그것이었다.

프랑스 국적을 얻기 위한 과정은 길고도 험난했다. 귀화 신청이 법적으로 아무 문제가 없다 하더라도, 해당 행정부의 길고 지루한 조사가 뒤따랐기 때문이다. 그 조사라는 것도 공무원의 책상서랍 속에서 먼지를 잔뜩 뒤집어쓰고 있던 서류를 새삼스레 뒤적거리는 정도였지만 돌아오는 건 "귀하의 신청을 받아들일 수 없음을" 유감스러워하는 답변뿐이었다. 그러고 나면 또 3년을 더 기다려야 귀화 신청을 할 수 있었다.

나는 1949년 11월 4일자 법령에 따라 프랑스 국적으로 귀화했다. 마르세유에 발을 디딘 지 딱 25년 만의 일이었다.

＊＊＊

내가 살던 남프랑스의 프로방스 지방에는 그 '기술공예학교'에 들어가기 위해 거쳐야 할 준비 학교가 두 군데 있었다. 하나는 마르세유에 있었는데 이미 정원이 다 차버렸고, 나머지 하나는 엑상프로방스에 있었는데 자리가 아직 몇 개 남아 있다고 했다. 나는 당연히 그 학교에 등록했다.

엑상프로방스는 집에서 30킬로미터 떨어져 있어 기숙사 생활을 해야 했다. 내 새로운 삶을 기약하는 그 도시는 학업을 위해 진출할 만한 유명 도시의 외관을 거의 갖추고 있었다.

학기가 시작되는 10월이면 나와 헤어져야 하는 식구들은 미리 마음의 준비를 하기 위해 일요일마다 엑상프로방스 인근 시골로 여러 번 소풍을 갔다. 가족들은 앞으로 4년 동안 내가 생활하게 될 기숙사 앞에 서서 한동안 건물을 눈여겨보았다. 그곳은 오래된 수도원 같았다. 나는 갈라진 벽 틈으로 안을 들여다보았다. 아치형의 아케이드와 기둥을 따라 뻗은 기다란 회랑이 네모난 마당을 둘러싸고 있었다.

내 원대한 야망이 실현될 건물은 거기에서 몇 블록 떨어진 곳에 있었다. 우리는 그 안으로 들어간 적도 있었다. 교실 창문에 나란히 붙어 서서 안을 들여다보았다. 이론 수업을 하는 원형 강의실이 눈앞에 펼쳐졌다. 계단식으로 점점 높아지는 대형 강의실이었다. 실기 수업은 높은 공장 굴뚝 주변에 자리 잡은 대형 작업실에서 이루어지는 것 같았다. 넓은 철공소와 제련소, 목공실, 기계실, 기전실, 연구소가 차례로 펼쳐져 있었다.

나를 기다리고 있는 엄청난 모험의 세계에 입이 딱 벌어진 채 우리는 '미라보'라는 이름의 거리로 나왔다. 두 시간에 걸쳐 우리를 마르세유로 데려다줄 절망스러울 정도로 느려빠진 전차를 타기 위해서였다.

12. 새로운 출발

"가방은 하나면 충분해요!"

내가 안나 이모에게 한 말이다.

날이 갈수록 늘어만 가는 짐 꾸러미들 앞에서 나는 이모를 '협박' 할 수밖에 없었다.

"두 개면 손에 잡히는 대로 하나만 가지고 갈 테니까, 그렇게 알아요!"

안나 이모는 장차 위대한 학자가 될 조카의 말에 순종하는 척하며 고개를 끄덕였지만, 눈으로는 쌓아놓은 보퉁이들을 재빨리 훑었다. 이모가 보기에는 나한테 꼭 필요한 것들뿐이었다. 그 짐을 꾸릴 가방은 집에 있는 것 중에서 가장 큰 인조가죽 트렁크였다. 하지만 그 많은 짐을 그 트렁크 안에 모두 집어넣는 건 분명 무리였다.

안나 이모는 엄마와 카이아네 이모와 한 가지 묘안을 짜냈다. 나 몰래 트렁크를 새로 사고야 만 것이다. 천으로 된 그 가방은 바닥에 두꺼운 종이가 깔려 있고, 몸통은 부채처럼 접이식이어서 보통 가방보다 용량이 두 배는 넘었다.

나는 떠나는 날 아침, 문간에서 그 가방을 처음 보았다. 배가 불룩 나오고 입구까지 가득 찬 그 가방을 들어보려고 했지만 바닥에 붙어버린 것처럼 꿈쩍도 하지 않았다. 다시 들어보려 했지만 이번에는 가방의 재봉선이 금방이라고 툭 뜯어질 것 같았다.

안나 이모는 내 눈을 애써 피했지만 그래도 자기로서는 '최선을 다했고 모두가 나를 위한 것'이라는 표정으로 나의 짜증이 언제쯤 터질지 눈치를 보고 있었다. 내가 뭐라고 한마디 하려는 순간, 아빠가 끼어들었다.

"좀 무겁긴 하군! 그래도 내가 학교까지 들어다줄 거니까 걱정 안 해도 돼."

"그건 핑계가 안 돼요! 무거운 건 누가 들어도 무거운 거라고요. 그렇다고 아빠가 들고 가게 할 수는 없어요!"

"전차가 실어다줄 거잖아."

"그렇긴 하죠! 그렇지만 정류장까지 들고 가야 되고, 내려서는 또 어떡해요!"

"괜찮아, 우리 둘이서 같이 들면 돼. 팔을 바꿔가며 말이야."

헤어지는 그 순간, 가슴이 먹먹해지고 무슨 말을 해야 할지 모르는 그 순간에 나는 왜 그렇게 신경질을 냈을까?

나는 장차 엔지니어가 될 사람은 울면 안 된다고 생각했다. 그래서 터질 것 같은 눈물을 참기 위해 그렇게 화를 냈던 것이다. 눈가에 차오르기 시작하는 반짝이는 눈물을 감추려고 나는 엄마한테 달려가 목덜미에 얼굴을 파묻었다.

애정이 넘치는 우리 집이었지만 서로를 껴안는 것은 식구 중 누가 멀리 떠날 때나 오랫동안 떠나 있다 집으로 돌아왔을 때, 내 생일이나 새해 첫날

같이 특별할 때에만 하는 인사였다.

우리는 서양식 관습인 '비즈'라는 그 볼 인사에 아직 익숙지 않았다. 하루 중 언제 어디서나 상대의 볼에 자기 볼을 서너 번 가볍게 스치며 입으로 쪽 소리만 내는 그 인사가 우리에게는 여전히 낯선 때였다.

살아가는 동안 정말 소중한 때를 위해 남겨둔 그 포옹은 그만큼 의미도 남달랐고, 그때의 입맞춤은 서로의 사랑을 남김없이 나누어갖는 진정한 결합 의식이었다.

나는 그렇게 내 3명의 엄마와 작별 인사를 했다. 그리고 그 힘든 시절을 견디게 해준 포근하고 안락했던 내 유년기도 함께 떠나보냈다.

그날, 집을 나선 나는 내 순수의 시대에 작별을 고하고, 향수와 회상의 시간 속으로 한 발 내딛었다.

6층 창문으로 몸을 내밀고 나를 바라보던 엄마와 이모들의 모습이 지금도 눈에 선하다. 그들은 손을 흔들고 있었다. 끈끈한 애착으로부터 자신들을 해방시켜줄 소박하고도 가슴을 에는 그 작별 인사는 모퉁이를 돌아설 때까지 계속되었다.

전차를 타고 가는 두 시간 동안, 마지막 작별이 얼마 남지 않았다는 걸 알고 있는 아빠와 나는 내내 말이 없었다.

전차는 프로방스의 시골을 바쁠 것 하나 없이 한가롭게 가로질렀다. 하지만 그날따라 하늘은 우중충한 납빛으로 뒤덮여 있었다.

괜히 울적해지는 마음을 날려버리기 위해 나는 벌써부터 크리스마스 방학 때 집으로 돌아오는 그림을 머릿속에 그렸다. 내가 지어낸 이야기가 여기저기 가미된 길고 긴 모험담을 듣는 가족들의 호기심 가득한 얼굴도 상상해보았다.

사실 크리스마스가 그리 오래 남지는 않았다. 석 달, 아니 정확히 두 달하고 18일이 남아 있었다.

일주일에 세 번 집에 편지를 써야 했지만, 나는 내 얘기를 다 하지는 않으리라 마음먹었다. 나중에 얼굴을 보고 직접 들려줄 이야깃거리는 남겨둬야 했기 때문이다.

전차가 미라보 거리의 르네 왕(王) 분수를 지날 즈음 엑상프로방스에는 비가 내리고 있었다. 이제 곧 종점인 뇌프카농 분수가 나타날 터였다. 얼굴을 때리는 빗줄기, 목덜미를 적시고 옷 속을 파고드는 빗방울, 아침에 빼입은 옷을 흠뻑 적신 채 생쥐 꼴로 진창을 걷게 하고 결국 얼음처럼 차가운 외투 속에서 몸을 떨게 만드는 그 빗줄기를 주옥같은 단어를 동원해가며 아름답게 노래하는 사람도 있다. 하지만 한편에는 그런 사람을 증오하는 이들도 있다.

엑상프로방스의 그날, 나는 기꺼이 후자 편이었다. 하늘의 눈물로 흠뻑 젖은 이들을 감싸주는 소박한 우산이나 처마 밑이 훨씬 더 아름다워 보였기 때문이다.

차양을 둘러친 정문을 지나자 기숙사 입구가 나타났다. 아빠는 비에 젖은 트렁크를 낡은 기숙사 입구의 아치형 아케이드 아래 내려놓았다. 그러곤 작별 인사를 할 여유도 없이 나를 재촉했다.

"얼른 가서 옷 갈아입어. 잘 말리고."

아빠는 빗물이 뚝뚝 흐르는 뺨을 내 얼굴에 대고는 마지막 작별 인사를 했다. 그리고 무거운 발걸음을 돌려 수위실을 거쳐 기숙사를 나갔다. 아치형 아케이드 밖으로 멀어지는 아빠의 모습이 보였다. 아빠는 사납게 내리는 심술궂은 소나기도 아랑곳 않고 온몸으로 비바람을 맞으며 도로 한가운데를 걷고 있었다. 내가 당신을 보고 있을 거라는 생각에 뒤도 돌아보지 않고 한 팔만 번쩍 들어 보였다. 그리고 거센 비바람 속으로 사라졌다.

이제 모든 것이 달라졌다는 걸 깨달은 건 바로 그 순간이었다.

나는 그제야 주변을 둘러보았다. 폭우로 진흙탕이 되어버린 마당은 텅 비었고, 회랑의 지붕 아래로 학생들이 북적대고 있었다.

재학생들은 한눈에 알아볼 수 있었다. 그곳을 잘 안다는 듯 가고자 하는 문이나 계단 쪽으로 어렵잖게 발길을 옮겼기 때문이다. 가던 발길을 멈추고 지난 몇 년간의 동질감에 바탕을 둔 몇 마디 농담을 주고받는 여유도 보였다. 신입생들은 판에 박은 듯 똑같이 움직였다. 하나같이 어디가 어딘지 몰라 머뭇거리며 그 신세계의 복도 안을 배회했다.

학생주임 선생님의 사무실에서 오른팔에 의수를 하고 검은 장갑을 낀 한 남자가 내 이름을 호명하더니 등록 번호를 큰 소리로 알려주었다. '153번, C호 침실.'

공동 침실에는 각각 80개의 침대가 있었다. 그런 침실 세 개를 가로지르자 마침내 내 번호가 적힌 침대가 나타났다. 바퀴 달린 철제 침대였다. 매트리스 위에 내 큰 트렁크를 올려놓자 침대 스프링이 삐걱거렸다.

갑자기 외로움이 사방에서 나를 죄어왔다. 나는 아무 말 없이 한동안 침대 앞에 그렇게 서 있었다. 이전 학교에서 몇 년 동안 겪었던 혼자만의 휴식 시간조차 여기에 비하면 아무것도 아니었다. 그때는 매일같이 돌아갈 집이 있었기 때문이다.

새로운 생활을 꿈꾸던 내가 그날 당장 해야 할 일은 내 삶의 뻥 뚫린 구멍을 인정하고 받아들이는 것이었다.

나는 기계적으로 트렁크의 잠금 장치를 풀었다. 한쪽 덮개가 강력 스프링이 달린 것처럼 훌쩍 열렸다. 그와 동시에 안에 들어 있던 내용물의 부피가 한층 커졌다.

　살구 잼, 장미꽃 잼, 체리 잼, 오렌지 마멀레이드라는 이름표가 하나씩 붙은 커다란 병 네 개가 한쪽 구석에 자리 잡고 있었다. 옷가지들은 추울 때, 더울 때, 따듯할 때… 한눈에 알 수 있도록 계절별로 차곡차곡 나뉘어 있었다. 개켜놓은 모직 옷들 위에 메모가 한 장 붙어 있었다. '조금이라도 서늘해지면 꼭 입을 것.' 스웨터 밑에는 디저트용 스푼들이 숨어 있고, 셔츠 옆에 메모가 한 장 더 있었다. 속옷은 매일 갈아입어야 하고, 주말마다 아빠가 빨랫감을 가지러 오겠다는 내용이었다. 조금이라도 틈이 있으면 필요한 것, 필요 없는 것 할 것 없이 뭐든 꼭꼭 들어차 있었다. 상비약도 잔뜩 있고, 심지어 어디에 먹는 건지 모르는 약도 있었다. 가방 밑바닥에 안나 이모의 얼굴이 보이는 듯했다. 웃는 얼굴, 걱정스러운 얼굴, 별것도 없는 내 옹색한 옷장 앞에서 꼼꼼하고 억척스럽게 짐을 꾸렸을 이모의 모습이 거기 있었다.

　"네가 말라키안이야?"

　난 황급히 고개를 들었다.

　침대 끝에서 한 남자애가 나를 보며 웃고 있었다.

　"응?"

　"내 이름은 바르타미안이야!"

　그 이름이 내게 구세주의 선물처럼 다가왔다. 너무도 친근하고 익숙한 그 마지막 음절은 그가 내 동족이라는 것을 분명히 말해주었다. 그 친구도 아르메니아인이었다.

　우리는 같은 꿈을 꾸는 동지로서 침대 끝에 나란히 앉았다. 그는 공부 얘기보다는 실생활에 관한 자질구레한 내용 중심으로 학교 이야기를 이것저것 해주었는데, 말투에 경험자로서의 자신감 같은 것이 배어 있었다. 알고 보니 2학년이었다. 그는 어떤 함정을 조심해야 하는지, 어떤 스케줄은 피해야 하는지 따위를 알려주기도 했다.

학생주임의 의수를 오래 쳐다본다든가 하는 짓은 안 하는 게 좋다고 했다. 수학 선생님은 역사 선생님의 남편인데, 사이가 좋지 않아 지금 이혼 직전이라고 했다. 프랑스어 선생님은 몰리에르의 작품《수전노》의 주인공 아르파공(Harpagon)을 '하아아르르르파공'으로 발음한다고 했다. 수전노인 주인공 아르파공의 인색함과 욕심을 제대로 표현하기 위해 원래 묵음인 'h'를 발음하고 'r' 발음도 추가로 더 굴려준다는 것이었다. 산업디자인 선생님은 아주 '젠틀한' 반면 물리화학 선생님은 '괴팍하다'는 것도 알게 되었다.

마침 저녁 식사 시간을 알리는 종이 울렸다.

구내식당은 자기 자리가 정해져 있기 때문에 바르타미안과 함께 앉을 수 없었다. 그는 마지막으로 한마디 더 해주었다. 음식은 5인분씩 담겨 나오지만, 처음부터 자기 몫을 확실히 챙기지 않으면 계속 배를 곯게 되는 불상사가 생길 수 있다는 것이었다.

하지만 그날 저녁 바르타미안의 충고는 내게 별 도움이 되지 못했다. 불쌍한 채소 몇 쪽만 드문드문 떠다니는, 물인지 수프인지 구분이 안 되는 멀건 국물은 도무지 먹고 싶은 마음조차 들지 않았다. 감자 오믈렛은 첫 숟갈부터 목구멍에 걸려 넘어가지 않을 정도였고, 치즈는 촉촉함이라곤 하나 없이 말라비틀어져 있었다. 나는 후식을 옆 친구에게 줘버렸다. 안나 이모의 맛있는 요리가 생각나 도저히 먹을 수 없었다.

식단은 항상 거기서 거기였다. 그러던 어느 날, 난 구내식당의 모든 걸 맛있게 먹기 시작했다. 먹어야 한다는 본능이 마침내 미식의 즐거움을 눌러버린 것이다. 프랑스 속담에 "식욕은 먹을수록 생긴다"는 말이 있다. 하지만 그때의 나는 정반대였다.

학교에 입학한 바로 다음 날, 정말 새로운 세계로 들어왔다는 사실을 실감할 수 있었다. 나의 특이한 이름과 성 따위는 전혀 놀림거리가 아니었다. 누가 뒤퐁이든 뒤랑이든 베르트랑이든 말라키안이든 아무도 관심이 없었.

모든 것이 첫 주 목요일에 확실해졌다. 목요일 오후는 여가 활동 시간이었다. 생활주임 선생님의 감독 하에 그냥 시내 구경을 나가거나 영화를 보러 갈 수도 있었다. 외출 명단을 작성하기 위해 수업 시간에 미리 신청을 받았다.

"극장에 갈 사람?"

나는 팔을 번쩍 들고 집게손가락을 세웠다. 그런데 손을 든 사람은 나 혼자였다. 난 얼른 손을 내렸다. 학생들은 교과 과정이 아닌 〈로빈 후드의 모험〉보다는 수업을 복습하고 싶어 했다. 치열하고 힘든 경쟁의 시작을 알리는 서론이었다. 진짜 본론, 즉 본게임이 시작되고 있었던 것이다.

본게임은 시작부터 나를 석차 피라미드 저 아래로 밀어냈다. 그때까지 나는 맹인들의 나라에서 혼자 애꾸눈을 한 채 잘난 척을 하고 있었던 셈이다. 그전까지 '매우 우수'만 받았는데, 기술학교 첫 학기 성적은 '보통'에 그쳤다. 석차는 겨우 중간을 유지했다. 프랑스어는 탁월한 점수를 받았지만 방정식 세우기, 미분, 적분 등은 시험의 가중치 때문인지 점수가 형편없었다.

나는 하루에 15시간씩 책과 씨름했다. 그러지 않으면 2학년으로 올라갈 수 없었기 때문이다.

그런 가운데 겨울방학이, 그 기나긴 진짜 방학이 다가오고 있었다. 공부하느라 정신이 없어 얼마 남았는지 미처 세어보지도 못한 방학이 어느새 코앞에 와 있었다.

***

아빠는 3년 내내 한 번도 거르지 않고 주말마다 나를 보러 왔다. 기숙사 담 뒤나 복도에서 오랫동안 나를 기다리다 몇 마디 이야기도 나누지 못한 채 깨끗하게 빨아 깔끔하게 다림질까지 한 속옷과 안나 이모의 과자를 가득 담은 상자만 전해주고 돌아갔다. "다 잘하고 있어요, 아빠!"라는 내 말에 아빠는 행복에 겨운 표정을 짓곤 했다. 아빠가 올 때마다 엄마의 편지도 함께 왔고, 안나 이모와 카이아네 이모는 엄마 편지에 몇 줄 보태는 것으로 안부를 전했다. 아빠와 함께 우리 식구 모두가 나를 보러 오는 셈이었다.

겨울방학을 몇 주 앞둔 주말이었다. 늘 아빠를 만나던 바로 그 시간, 나는 아빠가 아닌 새로운 얼굴의 등장에 놀라지 않을 수 없었다. 가구 제작 일을 하던 바스켄 아저씨였다. 우리 식구와 잘 아는 분이었다. 통나무처럼 키가 머쓱하니 크고 비쩍 마른 아저씨는 재미있는 성격에 다른 사람의 일이라면 발 벗고 나서서 도와주었다.

아저씨의 높은 소프라노 음성을 들으며 눈물이 날 만큼 웃던 기억이 났다. 몸은 남자인데 목소리는 여자인 아저씨는 억센 마르세유 억양으로 내게 말했다.

"근처에 배달 올 일이 있었거든. 그 김에 내가 가져오면 아빠가 굳이 수고를 안 하셔도 될 것 같아서 말이야."

바스켄 아저씨는 그때 아직 대여섯 살밖에 안 된 아들을 의사로 키울 거라고 했다.

"하지만 감기나 고치는 그런 시시한 의사는 안 돼. 별것도 아닌 걸로 밤샘을 해야 되잖아!"

아들을 기다리고 있을 그 정상의 자리에 대한 자기 생각을 좀 더 구체적으로 표현하기 위해 아저씨가 한마디 덧붙였다.

"그러니까, 예약을 해야 만날 수 있는 그런 의사가 될 거라고!"

아저씨의 그 원대한 포부에 사람들은 코웃음을 쳤다. 절친한 친구들조차 아저씨를 어처구니없어하며 비웃었다. 그때부터 사람들은 아저씨네 다른 식구들 소식은 전혀 관심 밖이고, 오직 그 '의사 아드님'의 근황이 '어떠신지' 놀리듯 물어보곤 했다.

그런데 그 아들이 정말 의사가 됐다. 자기 분야에서 세계적으로 권위 있는 의대 교수가 되었다. 그 아들은 자기네 마당 한구석에 있던 컴컴한 목공소를 기억할까? 구멍가게 같은 그 누추한 곳에서 아빠가 일요일도 없이 일했다는 것도 기억할까? 아빠가 하루 종일 엎드려 일하던 작업대와 대패질할 때마다 수북이 쌓이던 대팻밥은? 머리에 톱밥을 먼지처럼 인 아빠 몸에서 나던 향긋한 나무 냄새를 기억할까? 그 냄새만큼이나 아빠 머리를 줄곧 떠나지 않았던 것이 "우리 아들은 예약을 해야만 만날 수 있는 의사가 될 거라고!"였다는 것도 기억할까?

목공인 바스켄 아저씨가 시립 병원의 다인용 병실에서 투병할 때, 당직 인턴이 아저씨의 눈을 감겨줄 때, 그 아들은 뉴욕과 뭄바이에서 특진 환자를 진료했다.

방학 직전 마지막 주말에도 복도에서 나를 기다린 사람은 바스켄 아저씨였다.

"요즘은 이쪽에 배달이 많으신가봐요. 이러다 엑상프로방스에 아저씨 없으면 안 되는 거 아녜요? 아니면 우리 아버지가 날 아주 잊어버리셨나?"

나는 아저씨를 슬쩍 떠보았다.

아저씨는 어색한 웃음과 함께 그 유명한 하이 톤으로 대답했다.

"오, 그럴 리가! 네 아빠가 안 오신 건 두 번밖에 안 됐잖아. 아빠가 널 잊다니, 말도 안 되지. 아빠가 아들을 생각하는 건 단순하고 불가항력적이면서도 절대적인 것이거든!"

바스켄 아저씨가 잘 알지도 못하는 말을 늘어놓기 시작하는 것은 진짜 속내를 곧 털어놓을 거라는 징조였다. 아저씨는 주변을 둘러보고 듣는 사람이 아무도 없다는 걸 확인한 다음 내 팔을 끌어당겼다. 그러고는 머리를 기울이더니 '은밀하게' 내 귀에 대고 비밀을 털어놓기 시작했다.

"네 집 벽에, 그러니까 창문 사이에 걸려 있던 달력 기억나지? 하루에 한 장씩 뜯어내는 두툼한 일력 말이야."

"네, 알아요. 그런데 그 달력이 왜요?"

"네가 이 학교로 오던 날, 네 아버지가 그 달력 한복판에다 커다란 압정을 하나 꽂아놨어. 네가 떠난 날에 시간이 멈춰버린 거지. 9월 30일이 한참 지났는데도 달력이 그대로이기에 내가 그랬지. 말라키안 씨, 여기 달력이 안 맞네요? 그런데 네 아빠가 놀라는 척하더니 금세 무관심한 거야. 한 번도 생각 안 해봤다는 표정으로 말이야. 그래도 누가 그 달력을 만지는 건 싫어하는대. 아빠가 안 계실 때, 네 엄마랑 이모들이 말해줘서 나도 알게 된 거야."

문 쪽으로 걸음을 옮기던 아저씨가 뒤를 돌아보더니 마지막 당부의 말을 남겼다.

"내가 한 말, 아빠한테는 절대 하면 안 된다. 왜냐하면… 그건 다른 사람들이 알 수 없는 사랑의 비밀이거든."

시험의 중압감에서 해방되자 그 무겁던 트렁크도 새털처럼 가벼웠다. 나는 9월 30일에 멈춰버린 시간, 압정으로 못 박힌 그 시간을 해방시키기 위해, 가족과의 재회를 위해 날듯이 달려갔다.

기회가 되면 엄청나게 느린, 고장 난 달력을 갖고 농담 한마디 정도는 던져도 되지 않을까. 나는 어떤 농담이 가장 세련된 것인지 혼자 고민했다. 물론 바스켄 아저씨를 배신하지 않는 방법이어야 한다.

* * *

　달력은 커다란 압정이 꽂힌 채 그 자리에 그대로 걸려 있었다. 그 두꺼운 일력 위쪽에는 빨간색과 흰색이 어우러진 바둑판무늬 원피스를 입은 금발머리 소녀가 알록달록한 들꽃을 한 아름 가슴에 끌어안고 있었다. 꼼짝 않고 앉은 소녀의 파란 눈동자가 나를 똑바로 쳐다보며 웃었다. 달콤한 미래를 보장하는 모든 광고에 어김없이 등장하는 판에 박힌 미소였지만, 소녀의 표정은 사진 속에서 금방이라도 튀어나올 것처럼 생생했다.
　그 옆에 있는 유제품 회사의 라벨은 자기네 크림만 먹으면 그 소녀처럼 뽀얀 우윳빛 살결을 되찾을 수 있다는 광고를 하고 있었다.
　나는 나의 귀향이 개선장군의 그것처럼 즐겁고 활기찬 파티가 될 거라고 상상했다. 그런데 집 안 분위기가 왠지 무기력했다. 물론 뜨거운 포옹의 인사는 있었다. 하지만 내 뺨에 와 닿은 식구들의 얼굴이 평소보다 조금 더 오래 머물렀다. 얼굴 마주 보기가 불편해 피하는 것 같기도 했다.
　식구들을 일일이 껴안으며 각기 다른 향기를 모두 느낀 나는 안나 이모의 냄새가 빠졌다는 걸 깨달았다. 음식을 하느라 내가 들어오는 소리를 못 들은 게 분명했다. 나는 부엌으로 달려갔다. 프로방스의 허브를 곁들인 먹음직스러운 새끼양고기튀김이 이모의 프라이팬 속에서 천천히 익고 있었다. 약한 불 위에서 버섯, 양파, 토마토와 감자도 함께 노랗게 익어가고 있었지만, 그걸 지켜보는 사람은 아무도 없었다. 안나 이모가 그 앞에 없었던 것이다.
　나는 밖에서 다 들릴 만큼 큰 소리로 물었다.
　"안나 이모 없어요?"

말을 하고 보니 참 바보 같은 질문이었다. 안나 이모는 여간해서 집 밖으로 나가는 사람이 아니었기 때문이다. 설령 어디에 갔다 하더라도 내가 오전에 온다는 걸 알면서 굳이 그 시간에 나갔을 리도 만무했다.

아무도 대답이 없었다.

다시 우리의 거실 겸 작업장으로 돌아왔을 때, 아빠와 엄마 그리고 카이아네 이모는 각자의 일감만 들여다보고 있었다. 하지만 손은 움직이지 않았다.

"안나 이모, 어디 있어요?"

바로 그 순간, 엄마와 카이아네 이모의 뺨 위로 굵은 눈물이 흘러내렸다. 기운이 하나도 없는 목소리로 아빠가 말했다.

"만체스, 우리한테 너무 큰 불행이 닥쳤단다. …안나 이모가 우릴 떠났다."

"이모가 떠나요? …어디로 …뭣 때문에요?"

이모는 다른 곳으로 가려고 우리를 떠날 사람이 절대 아님에도 그 어리석은 질문을 두 번씩이나 던진 것은 돌이킬 수 없는 사실을 받아들일 단 몇 초의 시간을 벌기 위해서였다. 엄연한 현실의 고통을 인정해야 했지만, 뾰족하고 기다란 쇠침이 가슴을 후벼 파는 것 같은 무자비하고 날카로운 통증을 나는 자꾸만 밀쳐내고 있었다.

보통 때는 슬픈 옛날이야기 한 토막에도 눈물바람을 하던 내가 그날은 눈물샘이 얼어붙고 그 자리에 못 박은 듯 서 있기만 했다. 격심한 통증이 머릿속을 울리기 시작했고, 속이 메스꺼워 금방이라도 토할 것만 같았.

다리가 후들거려 주저앉을 것 같았지만 있는 힘을 다해 버텼다. 누군가가 다가와 두 팔로 감싸 안는 것도 싫었다. 갈가리 찢기고 불타버린 쓰라린 상처를 어설프게 위로해주는 것은 더욱 싫었다.

그런 내 마음을 알아차렸던 걸까? 말로 다할 수 없는 나의 그 육중한 고통을 가라앉히려고 애쓰는 식구는 아무도 없었다. 다 소용없는 짓이라는 걸 알고 있었기 때문이다.

　그건 분명 죽음이었다. 그날 아침 집에 도착하기 전까지 죽음이란 내게 열심히 달리기를 하는 건강한 사람을 멈춰 세우는 단순한 돌발 사건 같은 것에 불과했다. 그건 이웃 사람이나 기껏해야 한두 번 얼굴을 본 사람, 아니면 앞으로 평생 볼일 없는 사람이나 걸리는 병에 지나지 않았다. 적어도 나에게 죽음이란 검은 천을 씌우고 꽃으로 장식한 멋진 마차를 두 마리 말이 끌고, 이어서 검은 옷을 입은 사람들이 슬픈 표정을 지으며 따라가고, 뒤로 갈수록 슬픔이 점점 옅어지는 그런 장례 행렬로서 모든 게 끝나버리는 것이었다.

　그날 아침, 벼락을 맞은 듯 꼼짝없이 떨고 있는 동안, 나는 그 화려한 꽃마차와 촛대와 향불로 이어지는 행렬 끝에서 전에 없던 낯선 단어 하나를 발견했다. 그건 바로 '마지막'이라는 말이었다.

　다소 진정된 목소리로 내가 물었다.

　"무슨 일이 있었던 거죠?"

　처음 입을 연 건 아빠였다. 하지만 아빠의 흐느낌 때문에 엄마가 말을 이었고, 이야기를 맺은 건 애처로운 모습의 카이아네 이모였다.

　안나 이모가 병을 앓은 건 아니었다. 3주 전 어느 날 저녁, 이모가 "몸이 좀 안 좋은 것 같아. 좀 누워 있어야겠어"라고 말했다. 하지만 이모는 잠들지 못하고 이방 저방 계속 서성거리기만 했다고 한다. 매일 가장 늦게 잠자리에 드는 습관 때문이었다. 식구들은 다음 날 아침이 밝으면 곧장 의사를 부를 생각이었다.

　그런데 이모는 그날 밤, 나와 늘 함께 지내던 그 방에서 식구들을 깨우지 않고 조용히 자존심을 지키며 혼자 저 세상으로 갔다.

　이모는 죽는 순간까지도 '안나 이모'의 모습 그대로였던 것이다.

이모는 예순두 살이었다.

나는 마지막 두 주 동안 바스켄 아저씨가 학교로 온 이유를 그제야 깨달았다. 아빠는 슬픔을 감출 자신이 없었던 것이다.

그런데 식구들은 왜 나한테 아무 말도 하지 않았던 걸까?

"왜 나한테는 알리지 않았어요?"

아빠가 대답했다.

"만체스, 시험 기간에 네가 이리로 올 수는 없잖니. 그러다 낙제라도 하면 어떡하려고. 너도 짐작하겠지만, 이모도 그건 바라지 않으셨을 거다. 이모를 위해 네가 할 일은 이모를 평생 잊지 않는 것이다. 그게… 장례식에 오는 것보다 훨씬 나은 거야."

안나 이모도 분명 국화꽃이 만발한 수레를 탔을 것이고, 조종이 울려 퍼지는 가운데 사람들은 엄숙한 표정으로 창백하고 희미한 등불 속에서 죽음을 노래했을 것이다.

갑자기 목구멍이 타는 것 같은 갈증을 느껴 찬물 한 컵을 벌컥벌컥 들이켰다.

문 앞 계단참에서 안나 이모의 모습이 보였다. 이모는 내가 떠나던 날 아침 내 짜증을 불러일으켰던 그 크고 육중한 가방 앞에서 약간은 걱정스럽고 불안해하는 모습을 하고 있었다.

집을 떠나던 그날, 다른 식구들보다 안나 이모와 더 오래 껴안았던 것 같기도 했다. 그건 이모에 대한 미안한 마음 때문에 나 나름대로 용서를 구하는 제스처였다. 그런데… 그게 그날이 맞는지 아닌지 확실치가 않다.

3명의 엄마들도 그렇게 부서지기 쉬운 존재라는 사실을, 어느 날 아침 문득 눈을 떴을 때 그 엄마들이 없을 수도 있다는 사실을, 그때 가서 '미리 알았더라면'이라고 후회해봐야 아무 소용 없다는 사실을 까맣게 몰랐다는 것에 대한 후회가 밀려오기 시작했다.

그때 문득 부엌에서 이모의 잔소리가 들려오는 것 같았다.

"너무 찬 물은 마시지 마라!"

내 눈길은 부엌 찬장에 멈추었다. 거기에는 손님이 올 때만 내놓는 고급 커피 잔 열두 개가 나란히 정리되어 있었다.

***

내가 열 살 때쯤, 여간해서 밖에 나가지 않던 안나 이모가 엄마와 함께 외출한 적이 있었다. 엄마가 이모를 모시고 안과에 갔던 날이다. 엄마와 이모가 없는 동안, 아는 사람이 우리 집을 방문했고 그날은 아빠가 아르메니아식 커피를 대접했다. 손님이 돌아간 뒤 커피 잔과 컵받침을 설거지하던 아빠가 부엌으로 나를 불렀다. 뭔가 짓궂은 장난을 꾸미자는 것이었다.

"안나 이모가 오면 여기저기 둘러보면서 자기가 없는 동안에도 집 안 물건이 제자리에 다 잘 있는지 확인부터 할 거야."

그러면서 아빠는 예전에도 장난으로 물건을 이리저리 옮겨놓은 적이 몇 번 있다고 말했다. 그럴 때마다 어김없이 "이런, 누가 이걸 여기다 갖다놨지?" 또는 "내 접시가 도대체 어디로 갔지?"라는 안나 이모의 잔소리가 이어졌다. 하지만 매번 아빠를 놀라게 한 건 점쟁이처럼 모든 걸 꿰뚫어보는 이모의 신기한 능력이었다. 이모는 집에 들어서자마자, 이렇게 말하곤 했다.

"아! 오늘은 집에 손님이 왔다 가셨네."

이모의 신통력은 틀린 적이 없었다.

아빠는 그런 이야기를 하며 다 씻은 커피 잔의 물기를 꼼꼼하게 닦아 원래 있던 자리에 조심스럽게 올려놓았다. 컵받침은 컵받침 자리에 따로 두었고, 아빠가 팔로 살짝 건드리는 바람에 방향이 약간 돌아간 냄비 손잡이도 정확하게 원위치에 놓았다. 그날 저녁 내가 이모에게 안과 의사가 맘에 들었는지 물어보면, 아빠가 "처형, 정말 잘됐군요. 처형 시력이 급격히 나빠지기 시작한 것 같거든요"라고 말하기로 했다. 그러면서 오후에 누가 왔었다는 사실을 이모가 눈치채지 못했다는 걸 밝히는 것이 우리 연극의 전말이었다. 물론 카이아네 이모는 그 취약한 '비밀' 준수 능력 때문에 우리 연극에서 배제되었다.

그날 병원에서 돌아오자마자 부엌으로 들어간 안나 이모가 함박웃음을 띤 얼굴로 말했다.

"누가 왔었어?"

아빠가 대답했다.

"누가 왔었어? …아무도 …안 왔는데요, 안나 처형."

하지만 이모는 누가 왔었다는 걸 분명히 알고 묻는 말이었다.

"제부, 나한테 뭔가 숨기고 싶은 게 있는 것 같은데, 멍청한 그 거짓말을 내가 곧이곧대로 믿으면 좋겠지만, 그럴 수는 없죠! 솔직하게 말하는 게 좋을 거예요. '네, 누가 왔었어요. 하지만 처형은 몰라도 돼요.' 이렇게 말이죠."

이모는 자존심이 상해서 방을 나가려고 했다.

그러자 아빠가 갑자기 나를 돌아보며 말했다.

"이모한테 아무도 안 왔다고 말씀드려!"

나를 바라보는 안나 이모의 눈길은 진실을 요구했고, 아빠의 눈은 비밀 엄수를 요구하고 있었다. 정반대의 능력을 동시에 요구받은 나는 극단을 피해 중도 노선을 취하기로 했다. 나의 타협안은 이랬다.

"아무도 안 왔던 것 같아요. 하지만 내 방에 틀어박혀 있었기 때문에 누가 왔어도 못 들었을 수 있어요."

안나 이모가 말했다.

"그래? 물론 네 방에서는 고막이 찢어질 것 같은 초인종 소리도 안 들렸겠지…."

그런 후 이모는 아빠를 똑바로 쳐다보았다.

"나를 화나게 하는 건… 제부가 저 어린애한테 거짓말을 하라고 시켰다는 거예요!"

바로 그때, 재봉틀 앞에 앉아 있던 카이아네 이모가 웃음을 참지 못하고 킥킥댔다. 그러자 이번에는 카이아네 이모까지 안나 이모의 비난을 들어야 했다.

"카이아네, 너는? 너도 저 벽을 뚫고 우리 집에 들어와서 커피를 마시고 놀다 간 그 유령 소리를 못 들었겠지?"

안나 이모가 이렇게 우리 요새의 취약 부분을 공격하기 시작하자 아빠도 지지 않고 막으려 했다.

"카이아네 처제는 아무 소리도 못 들었어요. 아무 소리도 안 났으니까요!"

"카이아네가 직접 대답하게 놔둬요. 제부의 그 얄미운 장난이 어디까지 가나 보자고요!"

그런데 우리의 우려와 달리 카이아네 이모는 줏대 있고 당당했다. 이모는 두 진영 중 어느 편의 손도 들어주지 않았다.

"난 두 사람 싸움에 끼어들 시간 없어요."

뜻밖의 대꾸에 안나 이모에게는 그 '커피 손님'이 엄청난 규모와 의미로 다가간 듯했다. 하지만 우리의 관심사는 애초 안나 이모의 그 신통력 메커니즘이 어떻게 작동하는지 알아내는 것이었다. 우리가 흔적을 남김없이 지웠는데도 이모는 어떻게 그 손님의 존재를 그렇게 확실히 간파할 수 있을까?

아빠는 그걸 알기 위해 최후통첩을 날렸다.

"처형, 누가 왔었다는 짐작은 말도 안 돼요. 하지만 누구나 짐작은 할 수 있죠. 그렇다면 누가 왔었다는 걸 어떻게…."

안나 이모는 아빠가 쳐놓은 덫을 단번에 감지하고 아빠 말을 단칼에 잘랐다.

"정말로 아무도 안 왔다면, 나는 '누가 왔었다'는 짐작 따윈 안 해요!"

아빠는 그냥 이모가 그런 걸 어떻게 아는지 궁금했을 뿐인데 이모는 자기를 마녀 취급하는 게 싫었던 것이다.

이모는 그렇게 말하고 정말 방을 나가버렸다.

나는 저녁밥을 먹으면서 물어보려 했던 안과 의사나 안경 따위의 말은 물론 입에 올리지도 못했다. 대신 부엌에서 설거지를 하는 안나 이모에게 슬그머니 다가갔다.

"안나 이모, 이모도 알잖아요. 그냥 재미로 한 거예요. 그런데 이모, 비밀 약속을 할 테니까 나한테만 말해주면 안 돼요? 혼자만 알고 있을게요. 이모는 손님이 온 걸 어떻게 알 수 있어요?"

안나 이모는 나를 보며 빙긋 웃었다. 그러곤 커피 잔 열두 개가 가지런히 진열되어 있는 찬장을 손가락으로 가리켰다. 열한 개의 찻잔 손잡이가 모두 같은 방향, 그러니까 왼쪽에서 오른쪽으로 향해 있었다. 그런데 단 하나, 아빠가 씻은 그 찻잔만은 손잡이가 반대쪽을 보고 있었다.

***

내 주변에서 안나 이모의 흔적은 도처에 있었다. 이모가 남긴 사랑의 흔적을 하나하나 주워 모으던 내 눈길은 이모의 손길이 스친 물건들 사이를 떠나지 못하고 배회했다. 부엌 냄비 바닥에서는 여름방학의 추억이 불쑥 튀어나왔다. 넓고 깊숙한 들통 속에도 이모의 헌신과 희생으로 가득했던 어릴 적 추억의 조각들이 남아 있었다. 이모가 물건을 정리해두던 벽장에서는 함께했던 행복한 이야기가 수도 없이 쏟아져 나왔다.

이모와 나의 침대가 있던 우리의 공용 침실 문을 열어보았다.

언젠가 거기서 무슨 이야기를 하던 중이었는지 정확하게 기억나지 않지만 내가 이렇게 이모를 놀린 적이 있었다.

"뭐라고 해도 난 이모 조카일 뿐이야!"

사랑의 서열 관계에서 내가 그런 식으로 거리를 두자 이모는 얼굴이 하얘지면서 떨리는 입술로 이렇게 대답했다.

"그래도… 그래도 넌 우리 아들이야…."

그때 난 깔깔 웃으며 이모의 양 볼을 손가락으로 꼬집고 이렇게 말했다.

"이모는 정말 유머 감각이 없다니까."

시시껄렁한 농담이나 우스갯소리에 시도 때도 없이 적용하는 그 '유머 감각'이란 말을 그때 막 배운 터라 이모한테 써먹었던 것이다.

마음을 진정시킨 이모는 내게 말했다.

"난 그게 무슨 말인지 몰라. 하지만 금방 네가 말한 그걸 네가 갖고 있다 해도 별로 칭찬해주고 싶진 않아."

잠 못 들던 무더운 여름밤의 기억도 많았다. 숨이 턱턱 막힐 만큼 더운 그 방에서 이리 뒤척거리고 저리 뒤척거리며 오지 않는 잠을 청하는 내게 안나 이모가 말했다.

"너 안 자니?"

"안 자요!"

"물 한 잔 줄까?"

"목 안 말라요!"

"그럼 이야기나 좀 할까?"

내가 원한 게 바로 그거였다. 한여름 밤의 기나긴 얘기는 그렇게 시작되었고, 어느새 잠이 든 내가 이모의 마지막 말에 더 이상 대꾸하지 못할 때까지 계속되었다.

앞으로 주인 없이 비어 있을 그 침대 앞에서 나는 눈물을 쏟으며 어린애처럼 엉엉 울기 시작했다.

난생처음 진정한 이별로서 죽음을 실감하는 순간이었다. 한 번에 수십 개의 손을 이리저리 뻗었던 안나 이모라는 커다란 나무가 정말로 뿌리째 뽑혀 사라진 것이었다.

그 후로 몇 년 동안 마르세유와 엑상프로방스를 오가던 내 트렁크는 안나 이모가 꾸려주던 짐과 걱정을 덜어버려서인지 훨씬 가벼워졌다.

나는 여름방학과 겨울방학 그리고 부활절 휴가, 크리스마스 방학에는 늘 마르세유의 집을 찾았다. 그때마다 친절한 나의 안나 이모는 수많은 추억의 옷을 걸치고 깊은 잠에서 빠져나와 아무도 몰래 내 앞에 나타나곤 했다. 곁에 없다고 잊히는 건 결코 아니었다.

바쁘게 살아가는 삶에 지치고 문득 외로움을 느낄 때면, 지금도 나는 안나 이모와 나란히 앉아 이모 장례식 때 땅을 판 인부는 괜한 헛고생만 한 거라며 배꼽을 잡고 웃곤 한다.

이모는 이제 128세이다. 그 나이에도 놀라우리만큼 건강하다.

13. 살아 남은 자의 슬픔

양쪽을 합쳐 건물이라곤 열 채도 채 안 되는 거리였지만, 사람들은 테오도르 튀르넬이라는 인물을 기리기 위해 튀르넬 대로(大路)라는 거창한 이름을 붙였다. 하지만 그 사람이 누군지, 무슨 일을 했는지 나는 몰랐다.

양쪽으로 플라타너스 가로수가 뻗어 있는 가파른 그 짧은 골목길 3번지는 바로 우리가 새로 이사한 곳이었다.

10번지까지밖에 없는 거리에 자기 이름의 '대로'를 소유한 그 튀르넬 씨처럼 우리도 드디어 '하청 셔츠'라는 간판을 내건 우리 '가게'를 갖게 되었다. 정면에서 보면 꽤 그럴듯했지만 안으로 들어가면 재봉틀 두 대와 재단 테이블 하나를 겨우 놓을 만한 공간밖에 없었다. 우리는 그 작업장을 최대한 활용해 칸막이 하나를 치고 그 뒤에 조그만 휴식 공간을 마련했다.

아빠는 그곳에 긴 소파를 갖다놓고 잠을 잤다. 소파와 맞붙은 곳이 바로 그 건물의 벽이기 때문에 공간을 더 넓히고 싶어도 그럴 수 없었다. 그런데 그 벽에 누가 좁은 통로를 뚫어 작은 간이 부엌을 만들어놓았다. 큰 유리창이 지붕처럼 덮인 그 부엌은 건물 밖의 좁은 뒷마당 위로 불쑥 솟아 있었다.

아무리 기름칠을 해도 우리 가게의 철문 셔터는 올리고 내릴 때마다 엄청난 굉음을 냈다. 더욱이 우리가 너무 늦게까지 일하고 새벽에도 너무 일찍 문을 열었기 때문에 고요한 침묵을 뒤흔드는 그 천둥소리는 곤히 자는 이웃들에게 늘 민폐였다.

아빠는 안나 이모를 대신해 부엌을 맡았다. 아빠는 정말 놀라운 요리 실력을 발휘했고, 덕분에 우리 식탁은 늘 손님들로 북적였다. 그 당시 아빠의 즐거움은 손님들의 얼굴에서 맛있는 음식에 흠뻑 취한 행복한 미소를 보는 것이었다.

시내 중심에 자리한 우리 가게 덕분에 집을 찾는 손님들은 더 많아졌고, '아르메니아'라는 이름의 80명 규모의 합창단이 만들어진 뒤부터는 손님 수도 급격히 늘어났다. 이 합창단의 총지휘를 맡은 사람은 코미타스라는 아르메니아 천재 음악가의 마지막 제자라고 했다. 아르메니아 전통 민요를 편곡하기도 한 그는 '대형 연례 콘서트'를 준비하기 위해 특별히 브뤼셀에서 날아왔다. 그 공연은 마르세유의 유명 극장 '레 살롱 마실리아'에서 열렸다.

프랑스가 받아준 아르메니아라는 민족이 오랜 역사와 전통을 자랑하는 문화 민족이라는 것을 프랑스에 알리겠다는 희망은 콘서트 당일 마르세유 부시장이 직접 자리를 빛내줌으로써 그 뜻을 이루었다.

철마다 연례행사로 이루어지는 그런 번잡한 이벤트 이외에도 교회는 우리 아빠의 활동을 위해 항상 좋은 장소를 마련해주었다.

종교에 대한 아르메니아 사람들의 태도는 양단간 택일을 해야 하는 햄릿처럼 그렇게 비장하거나 고민스러운 것은 아니었다. 믿느냐 마느냐 그것이 문제가 아니라, 믿든 말든 큰 문제가 안 되었다는 뜻이다.

신자가 아닌 사람도 자기 정체성과 전통 혹은 자기 뿌리가 주는 그 따뜻함을 느끼기 위해 교회에 올 수 있었다. 신자들은 거기다 플러스알파로 신을 알현한다는 것이 차이라면 차이일 뿐이었다. 양쪽 모두 경건한 미사에 참여했고, 경건한 기도에 눈물을 흘리는 것은 신자와 비신자의 차이가 없었다. 주님의 영광을 찬양하며 분위기가 점점 고조된 미사는 어느덧 축제로 변하곤 했다.

나는 당시 2층에 있던 우리 골방에서 가슴 절절한 찬송가나 아빠가 일할 때 늘 흥얼거리는 힘찬 환희의 찬가를 배경 음악 삼아 공부하곤 했다.

하루는 1층으로 연결된 나선형 계단 입구에서 엄마가 물었다.

"만체스, 공부에 방해되지?"

"아뇨, 엄마. 하나도 안 들려요."

엄마는 '방해' 되느냐고 물었을 뿐인데 내가 안 '들린다' 고 대답했기 때문에 엄마는 노랫소리가 내 방까지 들린다는 걸 충분히 짐작했을 것이다.

그때 아빠의 노랫소리가 뚝 그쳤다. 나는 화학 기호들만 가득한 썰렁한 골방에 덩그러니 혼자 남고 말았다.

***

프로방스 지방도 크리스마스 때 작은 인형들로 예수님이 태어난 구유를 장식한다. 튀르넬 대로라는 우리의 작은 세상에도 예수님과 비슷한 일명 '순결하고 순진무구한' 사람이 한 명 있었다. 좋게 말해서 그렇고, 동네 사람들은 '좀 모자란' 사람이라고 했다. 그 사람의 이름은 '나자렛' 이었는데, 그게 본명이었다.

지적 장애인 그 사람은 말도 안 되는 자기 자랑을 늘어놓는 과대망상증 환자이기도 했다. 하루는 마술사가 쓰는 기다란 중절모 같은 걸 쓰고 나타나 자기가 프랑스 대통령이라고 했다. 또 하루는 커다란 검은 망토를 걸치고 목에는 십자가 목걸이를 한 채 나타나 자기가 마르세유 교회의 추기경이라며 허공에 크게 성호를 긋고 우리 가족을 축복했다.

선전포고를 하는 육군 장성, 애국 훈장을 수도 없이 받은 외교관, 아르메니아합중국 대사, 무고한 사람을 사형대에서 구해주는 변호사협회 회장 등 그가 몇 년 동안 연출한 직업은 수도 없었다.

그는 늘 우리 가게 한복판에서 장황한 연설을 늘어놓곤 했다. 구사하는 단어 하나하나는 그 의미가 아주 정확했지만, 가만히 들어보면 앞뒤가 전혀 안 맞는 맥락 없는 횡설수설에 가까웠다.

제정신으로 보일 때 그는 항상 솜씨 좋은 기술자가 만든 고급 양복 차림이었다. 문제는 자기 치수보다 2~3단계 큰 치수나 작은 치수를 입는다는 것이었다. 신문 부고란 따위를 봤는지 검은 양복을 입고 나타날 때도 간혹 있었다. 이런 '민간인' 신분일 때, 그는 온 세상의 심각한 일들에 관한 철학적 대화를 기꺼이 수락했다. 그런데 이상한 것은 합리적이고 이성적인 면에서는 둘째가라면 서러워할 아빠가 그 아저씨의 말도 안 되는 논리를 심각하고 진지하게 들으며 맞장구를 친다는 것이었다.

하루는 그 아저씨가 전 세계 죄수들을 모조리 석방시키더니 다른 죄목의 다른 범죄자를 엄청나게 잡아들이는 바람에 감옥이 새로 들어온 죄수들로 미어터질 지경이 되었다. 허풍쟁이 아저씨가 돌아가고 난 뒤, 나는 아빠에게 물었다.

"그런데요, 아빠. 아빠는 그 이상한 아저씨 헛소리를 어떻게 웃지도 않고 듣고 있어요?"

"그게 말이다, 내 생각에 사람들이 나자렛 아저씨를 놀리는 건 자기들은 나자렛과 다르다는 걸 확인하고 안심하기 위해서 그러는 거란다. 그러니까 '나자렛보다 똑똑하다'는 일종의 자격증 같은 걸 따는 거라고나 할까. 나자렛을 놀리는 사람은 저절로 …나자렛보다 똑똑한 사람이 되는 거지. 그런데 사람들이 나자렛을 둘러싸고 놀려먹는 동안, 나자렛은 저 혼자 우주선을 타고 날아올라 더 어마어마하고 원대한 인생이나 운명을 꿈꾸지. 너는 밤에 잘 때 그런 꿈 꾼 적 없어? 그런 거랑 비슷한 거야."

솔직하게 대답하면, 낮에도 그런 황당한 꿈을 꾼다고 고백하는 게 마땅했다. 하지만 내 허황되고 기상천외한 망상은 한밤중의 꿈나라 정도에만 한정하는 게 좋을 듯했다. 아빠가 물어본 것도 그런 뜻이었으니까.

"그럼요, 저도 그런 꿈을 꿔요. 하지만 그건 말도 안 되는 거잖아요. 실제로는 절대 안 일어나는 허황되고… 바보 같은 짓 아니에요?"

"우리도 어떻게 보면 밤에는 나자렛 아저씨랑 다를 게 없어. 단지 아무한테도 방해가 안 되는 밤에만 남 몰래 그런 꿈을 꾼다는 게 다를 뿐이야. 그리고 아침에 눈을 뜨면, 웃으며 이렇게 말하지. '내가 중국 황제가 되는 꿈을 꿨다니까.' 그러곤 얼른 재봉틀 앞에 앉아 셔츠를 박지. 일상의 질서를 깨버리면 안 되니까 말이야. 하지만 나자렛의 머릿속은 아무에게도 해를 끼치지 않는 망상의 씨앗이 가득 차 있어서 한낮에도 이상한 꿈들을 계속 꾸어대는 거란다. 그게 우리가 밤에 꾸는 꿈보다 더 이상하다고는 할 수 없겠지."

너무 단순해 보이는 그런 해석을 아빠 역시 완전히 수긍하는 건 아니라는 듯이 나를 흘낏 보며 아빠가 덧붙였다.

"그다지 과학적인 설명은 아니지…."

아빠의 얼굴이 조금씩 어두워지더니, 잠시 후 말했다.

"어릴 때부터 봐온 사람들 말로는… 나자렛이 원래부터 그렇지는 않았대."

아빠는 터키의 에르진잔에서 죽음 문턱까지 갔다 도망쳐온 사람들이 들려준 그 끔찍했던 하루에 대해 들려주었다.

집단 총살은 아침부터 자행되었다.

터키 군인들은 기독교 지역에 있는 집들을 모조리 약탈하고 불 질러버렸다. 부상자에게는 도끼를 휘둘러 남김없이 숨통을 끊었고, 머리채를 잡힌 채 질질 끌려간 젊은 여인들은 인간 백정들에게 끔찍한 치욕을 당해야 했다.

그 피비린내 나는 지옥 한가운데서 사람들은 어린 나자렛을 보았다고 한다. 죽은 엄마의 피로 온몸이 피범벅 된 어린아이는 내장이 다 터진 시체 밑을 겨우 빠져나와 죽은 자기 형제들 사이를 엉금엉금 기었다. 그렇게 그 불바다를 탈출했던 것이다.

그다음 이야기는 적십자의 보고서에 기록되어 있다고 했다. 산속에 쓰러져 있는 아이를 쿠르드 농부 가족이 발견했는데, 그들은 심하게 다친 아이의 머리를 몇 달 동안 치료해주었다. 상처가 아물자 농부 가족은 아이에게 쿠르드족 옷을 입힌 다음 마차의 건초 더미 밑에 숨겨 이 마을 저 마을 옮겨 다녔다. 그리고 마침내 전쟁의 화마가 미치지 않은 페르시아 국경까지 오게 되었다. 거기서 그들은 아이를 적십자 직원들에게 넘겼고, 그동안 아이가 어떤 고초를 겪었는지 세상에 알려지게 되었다.

아이의 목에 걸린 의료 카드에는 나자렛이라는 이름과 함께 목덜미 앞쪽에 생긴 깊은 상처 자국에 대한 진료 기록이 적혀 있었다. '특이 사항' 칸에는 이렇게 기록되어 있었다.

'지적 장애.'

나자렛은 걷는 데 전혀 이상이 없고 말도 잘하고 잘 웃었다. 논리적 사고가 불가능하다는 것 말고는 언뜻 봐서 낮은 지능과 무자비한 도끼날이 남긴 상처 사이의 인과관계를 쉽게 짐작하기 어려웠다고 한다.

나자렛은 열악하기 짝이 없는 고아원을 전전하며 자랐다. 민족 대참사에서 살아남은 아이들을 위해 아르메니아 사람들이 십시일반 돈을 모아 급하게 지은 고아원이었다.

그런 나자렛이 마르세유에는 어떻게 오게 된 걸까? 프랑스에 올 때에는 과연 어떤 모습이었을까?

승리한 개선 부대의 선두에 선 총사령관으로?

프랑스 정부 측의 교황 대사로?

아르메니아 민족의 소송을 맡아 전 세계의 양심에 호소하며 아르메니아를 변호하는 유명 변호사로?

속을 알 수 없는 나자렛의 그 복잡한 머릿속에서 그의 모습은 다양하고도 변화무쌍했다. 한 가지 확실한 것은 나자렛이 그 에르진잔의 학살을 단 한 장면도 기억하지 못한다는 것이다.

마르세유에서 나자렛은 동향인들의 인정 많은 보살핌을 받았다. 그런데 자신의 그 예민하고 독특한 감성을 지키기 위해 베푸는 이웃의 온정과 은혜를 잘 몰라주는 것 같았다. 그는 자기가 일해서 버는 돈이 아니면 한 푼도 받을 수 없다며 어떤 경제적 도움도 거절했다. 그런데 문제는 할 줄 아는 게 아무것도 없고, 책임감 같은 걸 가르치는 것도 무척 힘들었다고 한다.

어린애도 아닌 그의 천진함은 남들을 너무 귀찮게 하는 성가신 것이기도 했다. 그래서 사람들은 그 천진함을 피하기 위해 한 가지 기발한 속임수를 생각해냈다.

"이봐, 나자렛. 디아스포라를 겪은 아르메니아 사람들이 만장일치로 자네를 '언론 담당 특보'로 뽑았다네."

그러면서 아르메니아의 일간지, 주간지, 월간지를 모두 나자렛에게 가져다주었다. 나자렛은 그것들을 팔아 그 수익으로 '특보'의 '판공비'를 벌었다.

'특보'라는 자기 직함에 들뜬 나자렛은 그렇게 아르메니아 신문 보급이라는 기나긴 봉사 활동을 시작했다. 그가 갖고 있는 신문이나 잡지는 몇 달 전 것인 경우도 허다했다. 하지만 그걸 신경 쓰는 사람은 아무도 없었다. 만약 나자렛이 그 사실을 알고 이상하게 생각하면 이웃의 모든 온정이 물거품이 될 수도 있었다. 그래서 아빠는 나자렛에게 이렇게 말해주었다고 한다.

"사람들이 꼭 그날 신문을 사는 건 아니야. 날짜를 보고 사는 게 아니라 신문 이름이나 내용을 보고 사는 거지."

나자렛은 아빠의 말을 자기만의 논리로 단단히 기억했다. 그리고 아빠가 한 말이라며 사람에게 그 얘기를 들먹였다.

그를 점심 식탁에 붙잡아두려면 인내심이 꽤나 필요했다. 밥을 먹다 말고 벌떡 일어나 기분 좋게 떠들어댔기 때문이다.

"여기 있으면 하느님의 식탁에 있는 것 같다니까요!"

사람의 마음을 끄는 힘은 아빠한테 있는 게 아니라 누구나 자기 집 식탁에 초대하고 싶어 하는 바로 그 하느님에게 있었다.

나자렛은 밥은 눈곱만큼 먹으면서 말은 엄청 많았다. 그럴 때마다 그의 두 눈은 자존감을 되찾은 행복감으로 반짝반짝 빛났다.

그렇게 때 묻지 않은 우리의 친구 나자렛은 이웃들의 작지만 따뜻한 애정 덕분에 상상 속의 순진무구한 성(城)을 향해 날아오르는 꼬마 요정으로 살아갈 수 있었다.

* * *

생피에르 드 마르세유 공동묘지는 입구 양쪽에 편백나무가 줄지어 서 있었다. 황금색 글씨로 새긴 비문과 하늘을 향해 우뚝 솟은 비석을 갖춘 호화로운 묘들만 보면 여느 대도시의 대형 묘지와 별로 다를 바 없었다. 하지만 위쪽 지방에서 차가운 대륙풍이 불어 닥치는 계절에도 프로방스는 톡 쏘는

박하 향과 가시덤불 속의 백리 향 냄새, 솔밭에서 풍기는 송진 향을 진하게 풍긴다. 그리고 자신의 짧은 생애를 잘 알고 있는 매미들은 죽기 전에 원 없이 울어보겠다는 듯 목이 터져라 빽빽댄다.

내가 나자렛 노인을 마지막으로 본 것은 바로 그 한없이 평화로운 묘지의 풍경 한가운데에서였다.

그는 다른 사람들과 멀찍이 떨어진 채 국화 몇 송이를 담은 도자기 꽃병 하나를 가슴에 안고 있었다. 생전에 나자렛을 가장 잘 이해해준 한 남자의 영혼이 신부님의 인도로 하느님께 나아갔다.

그리고 나는… 아버지를 위해 눈물을 흘렸다.

＊＊＊

튀르넬 대로 3번지에 있는 코딱지만 한 우리 집에서도 전 세계의 뉴스를 들을 수 있었다. 그건 마호가니 나무로 만들어 반들반들하게 니스 칠을 한 무선 라디오 덕분이었다. 그 당시 아나운서들은 모두 비슷비슷하게 부자연스러운 음성으로 모든 전선에 특이 사항이 전혀 없다는 총사령부의 성명을 매시간 우리에게 알려주었다. 전쟁이란 원래 인간의 삶을 체계적으로 파괴하는 것이건만 총사령부의 성명처럼 거의 한 사람도 죽지 않았다는 그 무장 투쟁이 내게는 꽤나 기이하게 들렸다. 명백한 희생자가 없다는 점에서 그 자발적이고 적극적인 대학살을 잔인하고 폭력적이고 피비린내 나는 인명 살상의 전면전이라고 말할 수 없었던 그 전쟁은 결국 '기묘한 전쟁'이라는 독특한 이름을 얻게 되었다.

하루에 두 번 울리는 사이렌은 처음엔 저음으로 시작해 점점 귀가 찢어질 듯한 날카로운 소음으로 변했다. 유사시 공습을 받을 수 있다는 걸 경고하는 메시지였다.

시민들을 공습에서 보호하기 위한 일명 '방공 조치'는 지역 주민의 자발적 협조를 요구하는 자체 방어 훈련이었다. 우리는 전등을 파란색으로 칠해 밝기를 최소한 줄여야 했다. 안 그러면 작은 불빛 하나로도 도시 전체가 폭격을 맞을 수 있기 때문이었다. 유리창에도 테이프를 겹겹이 붙여 폭격 때 깨지는 것을 최대한 막았다.

날카로운 호루라기 소리가 들리면 담뱃불까지 모조리 꺼야 했고, 어기면 벌금을 물었다. 빨간 담뱃불 역시 마르세유를 잿더미로 만들 수 있는 위험 요소였기 때문이다.

이 모든 조악한 예방 조치는 정작 급박한 상황이 닥치자 우리가 뭘 몰라도 한참 몰랐다는 사실을 증명해주었다. 그로부터 5년 후, 운명의 바로 그날, 폭격기들이 퍼부어댄 조명탄이 도시 전체를 대낮처럼 환히 밝혔고, 한밤중의 마르세유는 햇볕 가득한 8월의 오후쯤으로 변해버렸기 때문이다.

텔레비전이 없던 때라 우리에게 전쟁을 시각적으로 보여주는 것은 극장에서 영화 상영 직전 틀어주던 이른바 '시사 뉴스'였다. 그 전쟁 화면을 보면서 관객들은 박수를 치기도 하고 극도로 흥분하기도 했다. 큰 소리로 야유를 하거나 휘파람을 불어대는 사람도 있었다.

그때의 그 영상은 지금도 전 세계 모든 분쟁의 한 가지 사례로 사람들에게 방송되고 있다.

화면에서 하늘을 향해 쏘아 올린 장거리 포탄은 3배속 영상 편집 덕분에 연속 발사한 것처럼 보인다. 관객은 포탄이 날아가 떨어지기까지의 과정을 상상하고, 목소리에 힘이 잔뜩 들어간 해설자는 군대가 조준한 목표물에 포탄이 정확하게 명중했다는 것을 관객에게 확실히 주지시킨다.

아이를 안은 한 여인이 뛰어서 길을 건넌다.

대규모 병력 수송단이 길을 따라 이동한다.

탱크 몇 대가 들판에 흩어져 이동한다.

한 군인이 어딘지 알 수 없는 지평선에서 기관총의 탄창을 갈아 끼운다.

어디선가 폭탄이 터진다.

아군 짓인지 적군 짓인지 알 수 없지만, 어쨌든 건물 한 채가 폭격에 폭삭 주저앉는다.

종군 기자가 목숨을 걸고 찍은 경우가 대부분인 이 화면들은 시대에 상관없이 두루 활용되고 있다. 판화로 찍어낸 것처럼 한결같이 진부하고 도식적인 영상들은 해설만 바꾸면 적군도 똑같이 이용해 먹을 수 있을 정도다.

시간이 지나면 누구나 전쟁의 참상에서 차츰 벗어난다. 그때의 심정, 상실감, 절망과 반항심 따위도 차츰 희미해진다. 당시의 심정은 나중에 새로 수정된 일종의 개정판을 통해서만 존재할 뿐이다. 실제로 우리가 느끼고 생각했던 것을 증명할 이들이 하나도 남아 있지 않은 상황에서 말이다.

그 전쟁 이후 40년이 넘는 동안 내가 책에서 읽고 배운 것들을 모두 배제하면, 내 기억 속에 남아 있는 것은 갓 스무 살 된 한 청년뿐이다. 그의 군용 수첩에는 이런 메모가 남아 있다. "이해관계에는 국적이 없다." 나는 1940년 10월 1일, 군에 입대할 예정이었다.

일상생활 중에서 기억에 남는 것은 티켓만 있으면 빵과 고기, 버터, 커피, 오일, 신발, 옷가지 등 먹고사는 데 필요한 모든 걸 구할 수 있었던 때가 있었다는 것이다. 수요 공급의 법칙에 따른 변수 때문에 부르는 게 값이기는 했지만 필요한 건 뭐든 전쟁 전과 똑같이 다 구할 수 있던 암시장도 생각난다. 고급 자동차들이 휘발유 대신 가스를 충전하기 위해 조용하고 외딴 농가 앞에 줄을 서던 때도 있었다.

크고 작은 오페라 극장, 뮤직홀, 극장은 연일 만원사례를 이루었고, 모리스 슈발리에는 우리의 사소한 걱정거리를 위로해주기 위해 이런 노래를 불렀다.

"인생은 근심 걱정이 아니랍니다. 걱정은 날려버리세요. 나는 걱정 따윈 안 하죠…."

하지만 1940년이 되자 우리 집은 '걱정거리가 한두 가지가 아니었다.'

부모님은 입대를 앞둔 아들 때문에 걱정이 이만저만 아니었다.

연초부터 9월까지 별말 없이 짤막하기만 하던 정부 발표가 갑자기 잇단 항복 소식으로 바뀌기 시작했다. 히틀러의 군대가 전 유럽을 휩쓸면서 나치의 깃발이 각국의 수도를 뒤덮기 시작했기 때문이다.

담 너머 벨기에를 손아귀에 넣자마자 독일군은 파리의 샹젤리제로 물밀듯 쏟아져 들어왔다.

프랑스의 늙은 지도자 페탱 원수는 1940년 6월 17일, 독일에 휴전을 요청했다.

그날 밤 튀르넬 대로 3번지 우리 집에서도 눈물이 마르지 않았다. 하지만 그 눈물이 프랑스의 치욕적인 패배 때문인지, 하나뿐인 아들이 군대에 가지 않아도 된다는 안도감 때문인지는 정확하지 않았다.

이튿날인 6월 18일, 프랑스의 젊은 장군 드골이 대독 투쟁을 계속할 것이라며 프랑스 국민을 격려하는 메시지가 런던에서 날아들었다.

그때 우리는 라디오에서 흘러나오는 연설 따위는 듣지 않았다. 점령군이 장악한 방송은 이 잠깐 동안의 전쟁에서 프랑스가 단 한 번밖에 패하지 않았음을 프랑스 국민에게 알리느라 여념이 없었기 때문이다.

뒤죽박죽 서로 밀고 당기며 싸우는 그 모순덩어리 전쟁 속에서 나는 당시의 내 모습과 내가 원했던 당위적인 내 모습 사이에서 갈피를 못 잡은 채 우왕좌왕했다. 나에게 내려진 총동원령은 다름 아닌 국립기술공예학교 입학시험이었다. 내가 오랫동안 준비해온 관문이었다.

그리고 1940년 7월, 나는 떨리는 가슴을 안고 필기시험과 구두시험 장소로 향했다.

합격자 명단은 오후 4시 30분에서 5시 사이 학교 교문 앞에 게시될 예정이었다.

엄마는 회중시계를 내 손목시계 시간과 똑같이 맞추었다. 발표가 나면 그 길로 곧장 앙자니 아저씨의 약국으로 전화를 하기로 약속했다. 그러면 아저씨가 길 건너 우리 가게를 향해 고래고래 고함을 질러 아빠를 부르기로 한 것이다.

"말라키안 씨! 전화!"

하지만 그렇게 부를 일은 결코 없을 터였다. 아빠는 발표 시간 한참 전부터 약국 진열장에 놓인 전화통만 뚫어져라 보고 계실 게 분명하니까 말이다.

나는 전차 시간표를 보고 몇 시에 집으로 갈지 정했다. 전차는 한 시간마다 있었다.

나는 저녁 6시 전차를 타기로 했다. 그럼 8시쯤 마르세유에 도착할 수 있고, 집에는 늦어도 8시 15분에 당도할 수 있을 것이다.

***

학교 앞에는 300~400명쯤 되는 학생이 합격자 명단이 게시되길 기다리며 모여 있었다. 1940년도 입학생의 영광을 누릴 수 있는 사람은 60명뿐이었다.

합격이냐 불합격이냐가 걸린 그 명단을 이제나저제나 초조하게 기다리는 학생들이 길을 따라 길게 늘어섰다. 같은 준비 학교에서 공부한 학생들끼리, 같은 고향 출신끼리, 아니면 4년간의 준비 기간 동안 친해진 동기들끼리 무리를 지어 있었다. 저마다 불안한 마음은 똑같았지만 방망이질 치는 가슴속의 복잡한 심정을 감추기라도 하듯 겉으로는 모두 초연한 표정이었다. 교문이 열리기만을 초조한 눈빛으로 바라보던 와중에 주고받는 잡담과 시시껄렁한 농담은 불확실한 미래에 대한 신경과민에 가까운 불안을 반증하는 것이기도 했다.

나는 지금까지 그래온 것처럼 그날도 불안과 흥분을 혼자 감당하기로 했다.

나는 조금만 있으면 열릴 교문에서 과감하게 등을 돌렸다. 굳이 지켜보지 않아도 교문이 열리는 소리에 다들 벌떼처럼 모여들 것이기 때문이다.

내가 할 수 있는 일은 눈 대신 두 귀를 쫑긋 세우고 유치한 장난으로 그 긴박한 분위기를 조금이라도 바꿔보는 것뿐이었다.

이윽고 사람들이 이리저리 흩어지기 시작했다. 그리고 확실한 미래에 굶주린 거지 떼처럼 너나 할 것 없이 벽보 앞으로 돌진했다. 60명의 이름이 적힌 그 네모난 종이 앞으로 수백 명의 인파가 삽시간에 와글와글 모여들었다.

맞은편 인도에 있던 나는 넓은 대로를 느릿느릿 건너 교문 쪽으로 다가갔다. 다른 학생들보다 더 침착하지도 더 담담하지도 않았다. 전혀 급할 것 없는 내 행동은 그 최후의 순간과의 대면을 지연시키려는 의도 외에 다른 뜻은 전혀 없었다. 그 최후의 순간부터는 내가 할 수 있는 일이 아무것도 없을 터였다.

나는 앙자니 아저씨 약국의 전화통과 나 사이에 놓인 그 몇 초의 순간을 자꾸만 연장시키고 있었다. 약국에서 전화벨 소리만 고대하고 있을 아빠, 가게 유리창 너머에서 길 건너 약국 문만 바라보고 있을 엄마, 재봉틀 앞에 앉아 언니 눈치만 보고 있을 카이아네 이모가 떠올랐다. 그 불안의 사슬 가장 끄트머리에는 16년이라는 기나긴 희망과 기다림의 세월이 자리 잡고 있었다.

내 목이나 심장 어디쯤에 붙어 있을 그 불안 덩어리와 함께 나는 학생들 속으로 로봇처럼 뚜벅뚜벅 걸어갔다. 뒤에 있던 사람들이 앞 사람들을 밀치며 앞으로 나아가려 했지만, 인파는 좌우로만 우왕좌왕할 뿐이었다. 사람들 속에 파묻힌 나는 벽보 바로 앞까지 갔다가 다시 뒤로 밀려 나왔다. 인파 속에는 고배의 상처로 얼룩진 얼굴과 합격의 희열로 빛나는 얼굴들이 뒤섞여 있었다.

조금만 더 앞으로 가면 명단이 눈에 들어올 것 같은 지점에서 난 겨우겨우 사람들을 비집고 나아갈 수 있었다.

뭐든 집어삼킬 것 같은 내 눈 속으로 60명의 이름이 한꺼번에 들어왔다. 두 번째로 명단을 훑어보던 내 몸이 길게 부르르 떨렸다. 눈 깜짝할 사이였지만 분명 내 이름을 보았기 때문이다. 나는 팔꿈치와 어깨로 사람들을 헤집고 나와 엑상프로방스의 오래된 골목길을 달리기 시작했다. 나를 기다리고 있을 사람들의 걱정을 덜어주는 것이 가장 급선무였다.

그렇게 한참을 달리던 중 문득 떠오른 생각이 있었다.

내가 제대로 본 걸까? 내 이름이 정말 있었던가? 너무 간절한 마음에 헛것을 본 건 아닐까?

착시나 신기루, 눈속임이 아니라면 왜 처음에는 안 보였다가 두 번째에 보였던 걸까?

그 바보 같은 의문이 나를 그 자리에 우뚝 멈춰 세웠다. 멍하니 서 있던 나는 왔던 길을 되짚어 다시 달리기 시작했다. 마법을 부려 두 번 중 한 번만 내 이름을 보여준 그 불가사의한 명단을 향해 다시 뛰기 시작한 것이다.

'말라키안 아쇼드.' 내 이름이 분명했다. 좀 전까지만 해도 헛것을 본 것 같았는데 이번에는 그 하얀 종이에서 내 이름만 커다랗게 눈에 들어왔다.

나는 그제야 미라보 거리를 향해, 분수에서 솟아오르는 그 맑은 샘물을 향해, 주변에 늘어선 카페와 술집들을 향해, 그곳에 있는 전화기를 향해 날듯이 달렸다.

***

"전화용 동전 하나랑 맥주 반잔 주세요!"

카페 카운터 위에 걸린 시계가 전차 시간까지는 집에 전화하고도 국립기술공예학교 학생으로서 처음으로 맥주 반잔을 마실 시간은 충분히 남아 있다는 것을 알려주고 있었다. 카페 유리창 너머로 일찌감치 도착한 푸른색 전차가 보였다. 약속대로 8시쯤에는 나를 마르세유에 내려줄 전차였다.

공중전화 부스에서 사람이 나오는 걸 보고 그쪽으로 가려는 순간, '존경해마지 않는 선배님' 한 명과 마주쳤다. 그 호칭은 3학년 학생을 가리키는 말이었는데, 그 속에는 선배에 대한 신입생의 절대적 복종이라는 의미가 담겨 있었다.

나는 그를 잘 알고 있었다. 마지막 2년 동안 그 선배와 여러 번 상담을 했기 때문이다. 내가 입학시험에 합격하면 그는 기꺼이 나의 대부 혹은 추천인이 되어주기로 했다. 국립기술공예학교의 전통 중에 '고참'이 주관하는 거창한 세례식 같은 신고식이 있었다. 세례식에 쓰는 성유(聖油) 대신 공업용 기름 덩어리를 사용했는데, 어느 정도의 비율로 섞을 것인지는 최고참 선배가 정했다. 그 의식을 통해 입학이 명실상부 마무리된다는 점에서 신입생들은 신고식을 학수고대했지만, 한편으로는 꺼리는 면도 없지 않았다. 끈적끈적한 기름 덩어리가 머리카락에 엉겨 붙어 아무리 열심히 머리를 감아도 꽤 오랫동안 고생을 해야 하기 때문이다.

카페 전화 부스 앞에서 마주친 사람이 바로 그런 선배였다. 나는 마주친 김에 합격 소식을 전했다.

아주 잠깐이었지만 그의 얼굴에 환한 미소가 번졌다. 하지만 금세 무심한 표정을 지으며 눈썹을 찡그렸다. 그러더니 고향 카탈로니아의 억센 억양과 근엄한 선배의 음성으로 전화 부스로 향하는 나를 불러 세웠다.

"신입생, 자기소개!"

선후배 관계를 규정하는 깍듯한 인사법을 나는 거의 외우고 있었다. 나는 군기가 팍 들어간 차려 자세로 선배님의 시선과 마주치지 않는 허공을 노려보며 대답했다.

"존경해마지 않는 선배님, 신고합니다!

신입생, 말라키안 MALAKIAN

M, 한없이 작은.

A, 한없이, 한없이 작은.

L, 한없이, 한없이, 한없이 작은…."

이런 식으로 이름의 철자를 하나씩 부를 때마다 '한없이 작은' 이라는 말을 뒤에 붙임으로써 신입생으로 하여금 결국 땅 위에 있는 먼지 한 톨만큼이나 하찮은 존재라는 것을 자각케 하는 신고 방식이었다.

물론, 신병이나 신입생에 대한 그런 신고식은 늘 있어왔다. 하지만 겉보기와 달리 보통은 친근하고 편안한 분위기 속에서 이루어졌다.

국립기술공예학교 학생들의 호된 신고식은 150년도 더 된 전통이었다. 그 전통은 학교의 공식 규율이 미치지 않는 곳에서 나름의 원칙과 그들만의 은어, 그들만의 이미지, 그들만의 축제와 의식을 고집하며 학교의 규범과 끊임없이 갈등을 빚었다.

하지만 1학년에 갓 입학한 신참은 찔러도 피 한 방울 안 날 것 같은 그 준엄한 전통의 이면에 뜨거운 연대 의식이 있고, 선배란 늘 든든한 버팀목이 되어주는 존재라는 걸 잘 알고 있었다. 바로 그런 오묘하고도 신비에 가까운 분위기 속에서 가끔은 혹독한 고통이 따르기도 했지만, 신입생들은 기꺼이 그 의식을 받아들였다.

나의 신고식은 카페 전화 부스 앞에서 손에 동전을 꼭 쥔 채로 시작되었다. 선배는 내 입학을 축하하기 위해 내 팔을 끌고 카페 뒤쪽으로 데려갔다. 전화 한 통만 하게 해달라고 사정했지만, 선배는 나를 무섭게 쏘아보며 명령했다.

"이봐, 신입생. 전화는 나중에 할아버지 집에서나 해!"

문이 열리자 작은 홀이 보였다. 담배 연기 자욱한 그곳에는 테이블 하나를 가운데 두고 20명 정도의 선배가 둘러앉아 있었다. 정말 올 것이 오고야 만 것이다.

선배들은 진정한 형제애와 열렬한 환호로 나를 맞이하고, 내가 마시고 싶은 걸 권하기도 했지만 결코 '선배님'의 역할을 방기하지 않았다.

선배 하나가 내 옷차림에 대해 심문을 시작했다.

"이봐, 신입생. 자네 복장에 뭐 이상한 점 없나?"

완벽한 신입생이 되기 위한 매뉴얼에는 신참이 지켜야 할 세 가지 기본 규칙이 있었다. 넥타이, 벨트(허리에 두르는 계급 줄 하나로 충분했다), 그 외 눈에 띄는 화려한 물품은 전면 착용을 금지한다는 것이었다. 강제적이고 꽤나 불쾌한 그 규범은 처음 교회에 갔을 때 뭐가 뭔지 모르게 복잡해 보이는 각종 의례처럼 처음에는 쓸데없고 어이없게만 보였다. 그렇지만 그 전통에는 장차 엔지니어가 될 신입생을 철저한 '현장 기술자'로 만들기 위해서라는 심오한 뜻이 숨어 있었다. 날을 세워 다림질한 빳빳한 양복에 세련된 넥타이, 고급 시계를 차고 나타나 현장의 실정보다 책에서 배운 전문 기술만 고집하는 꽉 막힌 고위 공무원의 이미지를 깨부수기 위한 규범이었다.

선배들이 원하는 것은 사무실의 푹신한 사무용 의자에 앉아 펜대나 돌리는 그런 젊은 기술자, 아는 것은 무지하게 많지만 그것들을 현실에 어떻게 적용해야 할지에 대해서는 도통 깜깜한 애송이, 윗분들의 집에 드나들며 사교나 즐기는 속물 관료가 아니었다. 우리는 건설 현장이나 일선 작업장에서 늘 뭔가를 만들어내고 고민하는 진정한 일꾼이 되어야 했다! 결국 자존심을 깡그리 뭉개버리는 그 신고식은 이른바 일류 대학 출신의 잘난 척과 거드름이라는 가면을 처음부터 벗겨버리는 데 목적이 있었다.

그날 '더 로얄' 카페의 연기 자욱한 그 뒷방에서, 한 치의 양보도 없는 그 무시무시한 선배들 앞에서 의기양양함이나 자만심 따위는 조금도 설 자리가 없었다. 나는 넥타이, 벨트, 반들반들 윤이 나는 손목시계를 호주머니에 죄다 쑤셔 넣었다. 그리고 왼손으로 흘러내리는 바지를 움켜잡은 채 신고식에 임했다.

가장 첫 번째 순서는 통상적 자기소개였다. 나는 내 성 'MALAKIAN'의 철자 여덟 개와 서른여섯 번의 '한없이 작은'으로 내 소개를 했다. 소개가 끝나자 누군가가 일명 '자바식' 자기소개를 명령했다. 인도네시아의 '자바'를 의미하는 그 방식은 모음 앞에 모조리 'AV'라는 철자 두 개를 끼워 넣어 이름을 다시 말하는 것이었다. 가령 프랑스어로 성(姓)이라는 뜻의 '농(nom)'은 '나봉(nAVom)'이 되는 식이었다. 이렇게 하면 'MALAKIAN'이라는 내 성은 'MAVALAVAKAVIAVAN'이 된다. 나는 일흔두 번의 '한없이 작은'을 끝도 없이 읊어댔다. 중간에 틀리는 바람에 처음부터 다시 시작해야 했기 때문이다.

교가 부르기도 신고식에 속했다. 나는 테이블 위에 올라가 한쪽 다리로 겨우 중심을 잡고 다른 쪽 다리는 직각을 유지한 채 노래를 불렀다. 몸을 배배 꼬아 재주를 부리기도 하고, 러시아식이라는 괴상망측한 댄스를 추기도 했다.

전통 사투리의 뜻도 외웠다. 우스꽝스러운 꼭두각시 인형이 되어 선배들이 줄을 조종하는 대로 흐느적거리기도 했다. "재주 세 개만 더 부리고 끝내기로" 한 내 코미디 공연은 한없이 길어졌다. 손바닥에 쥐고 있는 동전을 느낄 때마다 노심초사 나를 기다리고 있을 가족들의 얼굴이 자꾸만 떠올랐다.

나는 남아 있는 용기와 자신감을 몽땅 동원해 6시 기차를 놓치지 않으려면 그 엄숙한 신고식장을 떠나야 할 것 같다고 정중하게 말했다.

그런데 그 시간에 꼭 전차를 타야 한다는 건 누군가가 나를 기다리고 있음을 의미하고, 덕분에 '기다리는 그녀'를 테마로 한 선배들의 예상치 못한 질문 공세가 쏟아졌다.

그 질문들에 나는 '네' '아니요'로만 대답했다. 그런데 어느새 내 대답 속에서 가상의 한 여인이 만들어졌다. 그녀 이름은 엘렌이고, 나이는 18세, 눈동자는 푸른색, 매력적인 몸매에 성격은 따듯하고 지적이었다. 그런 그녀가 지금 콩닥거리는 가슴을 안고 재회의 순간만을 기다리고 있었다.

이 피고 측 증인의 등장에도 불구하고 내 존경스러운 선배 재판관들은 그 자리를 떠나고자 하는 내 의도를 자기들만이 누리는 석방권에 대한 심각한 침해로 간주했다. 게다가 내 진술 형식에 뭔가 석연찮은 점이 있다고까지 지적했다. 하지만 그건 핑계였다. 사실 그들은 내 진술에서 반항아의 싹수를 발견했고, 그들 입장에서 그건 가차 없이 잘라버려야 할 위험 요소였다.

판결은 냉혹했다.

머릿속이 온통 전차에만 가 있다는 죄목으로 나는 해당 전차의 50미터에 이르는 긴 선로를, 보통은 녹이라고 부르는 수산화철이 완전히 없어질 때까지 사포질하라는 형벌에 처해졌다. 말 그대로 그 구간을 '번쩍번쩍 광이 날 때까지' 닦고 또 닦아야 한다는 것이었다. 재판은 그렇게 끝이 났다.

교도관이 나를 형집행장까지 데려갔다. 기술학교의 그런 신고식에 익숙한 주민들이 우리를 보며 웃었다. 하지만 외지 사람들은 가던 길을 멈추고 웬 정신 나간 사람 다 보겠다는 표정으로 나를 바라보았다. 나는 레일에 엎드려 가로세로 몇 센티미터밖에 안 되는 사포 한 장으로 전차 선로의 잘 떨어지지 않는 녹을 낑낑대고 긁었다.

나를 데리고 형을 집행하러 온 선배는 사람들 속에 섞여 무심한 얼굴로 나의 고독한 작업을 지켜보고 있었다. 그 덕분에 나의 작업은 더더욱 미친 짓이 되었고, 나는 영락없는 정신병자였다. 행인들은 머리가 어떻게 된 것 아니냐며 손가락을 머리에 대고 빙글빙글 돌리기도 했다.

멀리 전차 종점이 보였다. 전차 운전사가 기관차의 운전석에 앉아 있었다. 전차가 천천히 움직이는가 싶더니 어느새 내 앞을 줄줄이 지나갔다. 6시 전차가 막 떠나버린 것이다.

다음 전차는 한 시간 후에나 있었다.

하지만 검붉은 녹과 먼지투성이 양손으로 녹과 사투를 벌이던 나는 레일을 겨우 1미터밖에 닦지 못했다. 7시 전차는 벌써 선로에 대기하고 있었다. 이제 49미터만 더 닦으면 된다…. 바로 그때 뜻밖에도 감형이 결정되었다.

지켜보던 선배가 다가오더니 강제 노역에서 나를 구해주며, 엘렌과의 멋진 해후를 기원했다.

나는 저만치 가는 전차를 향해, 튀르넬 대로에서 나를 기다리고 있을 3명의 내 엘렌을 향해 달리기 시작했다.

* * *

마르세유는 이미 한밤중이었다. 별이 총총한 마르세유의 하늘은 다른 곳의 하늘보다 늘 더 밝게 보였다. 그 하늘 아래에서 내가 탄 전차는 종점인 비유포르를 향해 마지막 레일로 접어들고 있었다.

내가 탄 기관차 바로 뒤 칸은 사람들로 미어터질 지경이었다. 정류장까지 100미터나 남아 있었지만 전차 출입문 계단에 서 있던 나는 정류장 천막 아래 서 있는 아빠의 실루엣을 단번에 알아보았다. 나는 창문으로 손을 내밀어 내 존재를 알렸다. 아빠는 두 팔을 위로 뻗어 휘휘 젓기 시작했다. 소리치는 아빠의 목소리가 들렸다.

"괜찮다. 걱정하지 마. 내년에 붙으면 돼."

울리지 않은 앙자니 아저씨의 전화, 기다려도 오지 않는 내가 탄 전차…. 그 모든 것이 아빠에게는 내 불합격과 다르지 않았다.

하지만 아빠는 변함없는 나의 아빠였다. 실패의 좌절감을 애써 지운 채 슬픔을 안고 쓸쓸히 돌아올 내 걱정만 하고 있었던 것이다.

나는 아빠에게 걱정 말라는 뜻으로 사람들을 떼밀고 밟아가며 겨우 고개를 끄덕였다. 하지만 내 목소리는 전차 바퀴의 시끄러운 쇳소리에 묻혀버렸다.

마지막 직원이 전차의 전류봉을 떼어내고 다음 날 아침 운행을 시작할 때까지 전기를 차단하는 작업을 하고 있었다. 정류장에는 아빠와 나밖에 없었다. 우리는 고즈넉한 정류장의 나무 벤치에 나란히 앉아 있었다.

감정에 복받쳐 눈물을 흘리는 재회는 우리에게 별로 어울리지 않았다. 그

저 서로를 끌어안고 등을 두드려주는 것으로 인사를 끝냈다. 기쁨의 불꽃은 각자의 마음속에서 말없이 타오를 뿐이었다. 집으로 가기 위해 벤치에서 일어나며 아빠가 아껴두었던 한마디를 내게 던졌다.
"정말이지, 네가 오늘 밤 우리에게 멋진 선물을 했구나."

튀르넬 대로 저 끝에 엄마의 모습이 보였다. 우리 가게 앞에 선 우리의 초병, 카이아네 이모도 보였다. 이모는 우리 모습을 조금이라도 빨리 보려고 까치발을 하고 있었다. 가게 진열장에 기대 선 바스켄 아저씨도 보였다. 맞은편 건물 2층 창문에서는 앙자니 아저씨가 잠옷 바람으로 밖을 내다보고 있었다. 아저씨는 그날 밤, 내게서 걸려올 전화 때문에 약국 문을 늦게까지 닫지 못했다.

아빠와 내가 가파른 언덕길을 올라가는 동안, 아빠의 팬터마임 솜씨는 그 진가를 유감없이 발휘했다. 아빠의 고갯짓, 손짓, 팔짓은 그 자체로 멋진 언어가 되어 기다리던 이들에게 희소식을 전했다. 앙자니 아저씨가 방 안으로 고개를 돌려 외치는 소리가 들렸다. 침대에 있는 부인에게 외치는 것이었으리라.

"여보, 말라키안 씨네 아들이 합격했대."
아직은 이웃의 기쁨이나 슬픔을 자기 것처럼 느끼던 시절이었다.
집 앞에 이르자 앙자니 아저씨의 배짱 두둑하고 호탕한 목소리를 들을 수 있었다.
"난 하나도 걱정 안 했다니까. 합격할 줄 알고 있었거든!"
엄마와 카이아네 이모는 애써 웃음을 참고 있었지만, 바스켄 아저씨는 금방이라도 웃음을 터뜨릴 것만 같았다. 아저씨가 내 팔을 잡고 한쪽 구석으로 가더니 평소의 그 억센 마르세유 억양과 하이 소프라노로 말했다.

"와, 정말 웃긴다, 웃겨! 네 아버지 말이야. 지금은 저렇게 웃고 있지만, 아까 오후에는… 네가 한 번 봤어야 하는데. 정말 가관이었어. 어찌나 쥐어짠 우거지상인지 기름을 짜도 한 바가지는 나오겠더라니까."

우리는 아저씨께 함께 저녁을 먹자고 계속 붙잡았지만, 아저씨는 한마디로 거절했다.

"이런 날은 가족끼리 있어야 해!"

장난기 많은 우리의 바스켄 아저씨는 튀르넬 대로의 가파른 비탈길을 기분 좋게 달려 내려갔다.

말도 못하게 시끄러운 우리 가게 셔터 문이 고요히 잠든 동네를 또 한 번 뒤흔들었다.

그날 밤, 아빠는 요리 실력을 총동원해 저녁 식탁을 차렸다. 언제까지 그런 실력을 유지할 수 있을지 불확실했지만, 그래도 그 식탁은 요리에 대한 아빠의 확고한 자신감을 보여주는 것이었다.

나는 배가 고프지 않았다. 그렇지만 나에 대한 그 무한하고 절대적인 신뢰 앞에서는 식욕이 문제가 아니었다. 나는 식구들에 대한 애정과 존경을 담아 아빠의 특별 요리를 빼놓지 않고 맛있게 열심히 먹었다.

커피가 나오자 아빠는 아침저녁 하루에 두 번만 피우는 식후 담배에 불을 붙였다. 그리고 진지한 표정으로 담뱃갑을 내게 내밀었다. 한 대 피우라는 뜻이었다.

서양에서 흔히 볼 수 있는 그 평범한 제스처는 아르메니아 사람들에게 하나의 특별한 의식이었다. 그건 아버지가 아들을 그 순간부터 '성인'으로 인정한다는 의미였다. 그런 식으로 아버지가 담배를 허락하기 전에 아버지 앞에서 담배를 피운다는 것은 아주 불손하고 무례한 행위였다. 나는 그때까지 기꺼이 그 관습을 지켰다. 집에 들어가기 전에 피우던 담배를 비벼 꺼버리면 그만이기 때문에 그리 어려운 일도 아니었다.

나는 오랫동안 그 관습을 이해할 수 없었다. 우습기도 하고 어떻게 보면 위선적이기도 했다. 왜냐하면 밖에서는 내가 담배를 피운다는 걸 식구들도 짐작하고 있었기 때문이다. 나는 한동안 그런 식으로 담배를 피웠다. 그러다 대대적인 금연 캠페인에 등장한 갖가지 금연 보조 상품을 본 후 담배를 끊었다. 그때 난 아르메니아의 그런 전통이 아버지에 대한 존경이라는 관습 아래 담배로부터 자식들의 폐를 지켜주기 위한 지혜라는 것을 알게 되었다. 그건 사순절의 단식이 금욕을 통해 사람들의 콜레스테롤 수치를 낮추는 것과도 비슷했다.

옛날부터 우리 집의 식탁 음료는 냉수뿐이었다.

우리 집에서 마시는 술이라고는 카이아네 이모의 쟁반 위에서 흔들거리는 샴페인이 다였다. 특별한 경우에만 마시는 그 샴페인 병이 우리 집에 있다는 건 모두가 아는 사실이었지만, 그것이 어떻게 우리 집에 오게 되었는지는 오래전에 다 잊어버렸다. 장보기를 담당하던 안나 이모만이 그걸 알고 있었기 때문이다.

하지만 안나 이모가 떠난 후의 시간들이 그 샴페인에 바람직한 결과를 가져왔다. 누구나 알고 있듯이 와인은 오래 묵을수록 맛이 더 그윽해지는 법이기 때문이다.

우리는 아빠를 빙 둘러싸고 어떻게 하면 최소의 폭발로 샴페인을 딸지 저마다 한마디씩 참견을 해댔다. 아빠는 샴페인 병을 바닥에 댄 채 다른 곳으로 옮겼다. 폭발하는 거품에 전등이 상할 수도 있기 때문이다. 아빠는 병 입구를 단단히 싼 철사를 조심스럽게 벗겨냈다. 카이아네 이모와 엄마는 벌써부터 눈을 감고 곧 있을 폭발과 거품 폭탄에 대비했다. 거품을 밀어내며 솟아오를 샴페인을 담기 위해 와인 잔을 준비했고, 병 속의 기포들은 해방의 순간만을 기다리며 투명하게 반짝이고 있었다.

하지만 기대했던 이벤트는 없었다.

너무 오래된 코르크 마개가 쪼글쪼글 오그라들어 그 사이로 압력이 모두 빠져나갔기 때문이었다.

우리 생각대로라면 와인은 훌륭하게 숙성되었어야 했다. 그런데 문제는 숙성이 너무 지나쳐 거품도 기포도 남아 있지 않았고, 아빠가 우리 잔에 따른 건 샴페인이 아니라 노란색의 걸쭉한 액체일 뿐이었다. 나라에서 훈장까지 받은 와인 전문가 슈발리에 뒤 타스트뱅처럼 아빠는 두 팔을 내저으며 우리의 건배를 만류했다. 그러곤 아빠 혼자 시음을 자처했다.

입술을 대자마자 우거지상이 된 아빠의 얼굴로 우리는 그 맛을 능히 짐작할 수 있었다. 사람들이 입에 침이 마르게 떠들어대는 그 유명한 샴페인이라는 것도 다 사기라는 게 아빠의 결론이었다.

우리의 샴페인 파티는 그렇게 웃지 못할 해프닝으로 끝났다. 물 같은 와인은 보기에도 딱할 정도였지만 우리에게 샴페인처럼 거품 가득한 유머가 꼭 필요한 건 아니었다. 우리 집은 이미 황홀하고 즐거운 감동으로 가득했기 때문이다.

나는 식구들에게 앞으로 다니게 될 학교의 재미있는 전통에 대해서도 이야기해주었다. 물론 낮에 겪었던 그 말도 안 되는 수모는 모두 빼버렸다. 바로 그때, 엄마가 눈짓을 하자 카이아네 이모와 아빠의 얼굴에 보일락 말락 뭔가가 스쳤다.

식구들끼리 중요한 순간을 예고할 때에는 눈으로 신호를 보내는 것이 우

리 집의 오랜 관례였다. 그 눈짓에 익숙하지 않은 사람들은 절대 그 신호의 의미를 포착할 수 없었다.

엄마가 부엌 찬장 서랍에서 조그만 상자 하나를 꺼내왔다. 얇은 종이로 포장한 그 상자를 내게 내밀며 엄마가 말했다.

"우리 셋이 마련한 조그만 선물이야. 기쁘게 하고 다니렴."

선물을 줄 때 기쁨의 기원을 잊지 않는 것 역시 아르메니아 사람들의 전통이었다.

나는 상자를 열었다. 바닥에는 솜이 깔려 있고, 그 위에 놓인 것은 글자가 새겨진 진짜 '순금' 반지였다. 반지의 납작한 윗면에 내 이니셜이 새겨져 있었다.

엄마와 아빠, 카이아네 이모가 나를 바라보았다.

반지는 내 마음에 쏙 들었다. 하지만 그 과분한 선물과 무엇보다 그걸 마련하느라 식구들이 치렀을 고생을 생각하니 고마움을 표시할 여유도 없었다. 나는 그 자리에 꼼짝 않고 앉아 있다가 가만히 반지를 껴보았다. 반지는 크지도 작지도 않고 딱 맞았다.

맞춘 듯 딱 맞는 반지는 결코 우연이 아니었다. 몇 달 전 어느 저녁의 기억이 떠올랐다. 보석을 가공해 파는 가르비스 아저씨가 놀러 와서는 손가락 모양을 보면 그 사람의 성격을 알 수 있다며 우리 식구의 손을 모두 봐준 적이 있었다. 그런데 유난히 내 손가락만 오랫동안 만지며 살펴보던 아저씨가 예술가가 될 것 같다고 했다. 장차 엔지니어가 될 사람한테 그런 말을 하는 게 꽤나 우스웠다. 아저씨는 그때 내 손가락 사이즈를 가늠했던 것이다.

입이 '가벼운' 카이아네 이모가 그 비밀을 지키려고 부단히 애썼을 생각을 하니 웃음이 절로 나왔다. 감격에 겨운 나머지 내 예쁜 반지에서 눈을 뗄 수 없었다. 하고 싶은 말은 너무 많았지만 어떻게 감사를 표해야 할지 막막

했다.

나는 그 답답하고 소심한 침묵을 깨기 위해, 꾹꾹 눌러둔 내 마음속의 말들을 자유롭게 풀어놓기 위해 두 팔을 활짝 벌리고 카이아네 이모에게 다가갔다. 얼굴을 이모 얼굴에 갖다 대고는 느닷없이 왈츠를 추기 시작했다. 왈츠 스텝을 밟으며 '푸른 도나우 강'에 목청껏 즉석에서 작곡한 '빰 빠라밤 빠라밤 빠라밤 빰빰!'을 외치며 리듬까지 맞추었다.

빙글빙글 돌다 가구에 부딪힌 카이아네 이모가 비명을 질렀다. 우리의 엉뚱한 스텝에 의자가 나뒹굴었다. 옆에 있던 엄마와 아빠가 우리보다 훨씬 더 빠른 속도로 왈츠를 추기 시작했다. 처음부터 줄곧 깔깔대며 웃던 카이아네 이모가 소리쳤다.

"그만, 너 때문에 넘어지겠어!"

나는 엄마와 체인징 파트너를 했고, 새로운 스텝으로 원을 그리기 시작했다.

아빠로부터 엄마의 손을 건네받는 순간, 뭔가가 내 눈을 섬광처럼 스쳤다. 엄마의 굵은 결혼반지가 보이지 않았던 것이다. 나는 아빠의 손가락을 훔쳐보았다. 아빠의 반지도 사라지고 없었다.

그제야 나는 내 반지가 얼마짜리인지 알 수 있었다.

에필로그

1980년 1월 5일.
스무 살 때의 그 왈츠 파티로부터 40년이 흘렀다.
오늘 밤, 나는 새하얗고 고운 엄마의 손을 바라본다. 그 손에는 평생 바느질만 해온 고귀한 노동의 흔적이 고스란히 남아 있다. 결혼반지 없는 그 가느다란 손가락들은 금욕과 자기희생의 흔적이기도 하다.
엄마는 곧 죽는다.
엄마는 기나긴 여행의 짐을 꾸리듯 당신이 조용히 준비해온 그 생의 마지막을 한없이 평온한 얼굴로 담담하게 기다린다. 엄마는 늘 이렇게 말했다.
"여든여섯까지 살았는데, 더 살면 추하지."
엄마는 당신이 입을 수의에서부터 당신이 떠나고 난 뒤 남은 사람들이 처리해야 할 일들의 목록을 하나하나 즐겁게 말해주었다. 하지만 끝까지 다 말하도록 두고 볼 수는 없었다.
엄마에게 예쁜 새 집을 선물하는 것은 쉽지 않은 일이었다.

어려웠던 시절, 늘 나중을 생각하며 살아온 엄마에게 새 집을 산다는 것은 '절대 받아들일 수 없는 미친 짓' 이었기 때문이다.

그래서 엄마가 바캉스에서 돌아오기 전에 이사를 모두 끝내놓아야 했다.

엄마의 물건은 새 집에 미리 정리해놓았다. 나는 괜한 너스레를 떨며 엄마를 맞았다.

"여기 사실래요, 아니면 양로원에 가실래요! 어디가 좋아요?"

엄마가 처음 거실로 들어왔을 때의 그 모습을 잊을 수가 없다. 문간에 서서 꼼짝도 않던 엄마는 영국제 수입 가구들과 벽지와 똑같은 무늬의 이중 커튼, 대형 텔레비전, 장식장 안의 하이파이 오디오를 넋을 잃고 바라보았다. 이중문이 달린 붙박이장 안에는 우리가 어렵게 살 때 엄마가 처음으로 장만했던 재봉틀도 들어 있었다. 엄마는 그걸로 손자손녀들의 옷을 지어주겠다며 절대 버리지 않았다.

엄마는 두꺼운 모직 카펫이 더러워질까봐 조심스럽게 걸으며 거실 안으로 들어왔다.

엄마는 열린 창문을 통해 맞은편에 있는 내 집을 바라보았다. 엄마 집과 내 집 사이에는 100여 그루의 나무와 꽃이 만발한 화단이 있고, 향긋한 라일락 향이 온 방 안을 가득 채우고 있었다.

엄마는 아무 말 없이 긴 소파 끝에 앉았다. 그곳은 엄마 집이었지만, 엄마는 주인이 아닌 낯선 손님 같았다. 초점 없는 시선으로 엄마는 새 집에 대한 감상을 딱 한마디 했을 뿐이다.

"네 아버지, 안나 이모, 카이아네 이모도 이걸 봤으면 얼마나 좋았을까!"

엄마는 떨리는 입술을 지그시 깨물었다. 그렇게 우리 다섯 식구가 함께 했던 시절을 떠올리며 그 속절없는 그리움과 싸웠다. 이윽고 눈가에 글썽이던 눈물이 엄마의 양 볼을 타고 방울져 흘러내렸다. 맑디맑은 엄마의 눈물은 비록 잠깐이라 할지라도 하느님을 생각나게 했다. 내 눈에서도 눈물이 흘렀다.

눈물을 감추기 위해 나는 버튼이 유난히 많은 전화기를 가리키며 엄마에게 기능을 설명하기 시작했다.

"여기 1번을 누르면 가정부 아줌마가 나와요. 2번은 내 사무실이고, 3번은 아이들 층, 4번은 거실, 5번… 6번… 7번…."

그 첨단 기계에는 전혀 관심도 없이 그저 고개만 끄덕이던 엄마의 얼굴이 갑자기 환하게 밝아졌다. 금쪽같은 손자손녀들이 고함을 지르며 할머니 집으로 달려오는 소리가 들렸기 때문이다.

"할머니 오셨다!"

그날의 그 진한 라일락 향기는 이제 우리 곁에 없다. 바싹 마른 꽃향기만이 방 안을 맴돌고 있을 뿐이다.

엄마는 이 집이 작고 아담하다고 했었다. 집 안의 가구들은 한 번도 사용하지 않은 새 것 같다. 하도 오래 앉아 대야처럼 우묵하게 패인 소파만이 세월의 흔적을 간직하고 있다.

엄마는 늘 그 소파에 앉아 추억을 더듬었다. 엄마의 추억 여행은 학교에서 돌아온 손자손녀들이 달려와 할머니 품에 안길 때까지 계속되었다.

손자손녀는 할머니가 특별히 준비한 사브레 과자를 들고서야 집으로 돌아왔다. 손자는 아몬드를 넣은 사브레를 좋아했고, 손녀는 호두 앙금을 넣은 걸 좋아했고, 엄마는 그 손자손녀를 세상에서 제일 좋아했다.

그래도 엄마의 하루 일과 중 가장 중요한 시간은 이 집에서 모든 식구가 식탁에 둘러앉는 아침과 저녁 식사 시간이었다.

내 사무실 창을 통해 내다보면 늘 엄마가 보였다. 엄마는 손자의 손을 잡고 정원을 둘러보았다. 열 살 남짓할 무렵부터 손자의 얼굴에는 '우리 할머니는 내가 지킨다' 는 표정이 늘 함께했다.

그 어린 기사가 한없이 자랑스러운 엄마는 끝을 은으로 감싼 지팡이를 짚으며 천천히 하지만 당당하게 한 걸음 한 걸음 앞으로 나아갔다.

검은 술로 장식한 커다란 숄에 싸인 백발의 노파가 반바지에 발그레한 볼을 한 어린애와 꼭 붙어 걸어가는 그 장면은 녹음이 우거진 정원 한복판을 배경으로 그린 한 폭의 그림이었고, 시간에 따라 시시각각 변하는 빛을 그대로 옮겨놓은 거장의 작품이었다.

나는 내 사무실에서 매일같이 르누아르의 그림을 감상하고 있었던 셈이다. 나는 조금씩 늙어가는 엄마 생의 마지막 여정도 함께 지켜보았다. 가쁜 숨 때문에 중간에 쉬어가는 횟수가 점점 잦아지는 것이 바로 그 증거였다.

엄마는 그럴 때마다 지팡이로 나무 꼭대기나 정원의 꽃들을 가리키며 힘들어서가 아니라 뭔가 할 말이 있어서인 것처럼 행동했다. 때론 어린 손자에게 뭔가를 물어보는 시늉도 했다. 손짓 발짓을 해가며 열심히 설명하는 손자의 모습이 그런 짐작을 가능케 했다.

손자의 대답이 끝나면, 할머니와 어린 손자 커플은 그 앞의 장미 화단으로 천천히 걸음을 옮겼다. 곧 있으면 화사하게 만발할 귀한 몸이라는 걸 과시라도 하듯 온통 가시로 무장한 장미 꽃망울들을 향해 걷는 엄마는 조금씩 가빠오는 숨을 손자 몰래 진정시켰다.

오늘 밤, 쥐죽은 듯한 침묵만이 감도는 이곳에 곧 죽음이 자기 모습을 드러낼 것이다. 엄마의 애장품인 그 소파 바로 옆에는 마호가니 나무로 된 작은 판자가 하나 놓여 있다. 엄마가 늘 무릎에 올려놓고 정해진 규칙에 따라 카드 점을 치던 판자다. 우리의 운명을 좋은 쪽으로 바꿔보려는 속임수 덕분에 엄마의 점괘는 희망적일 때가 훨씬 많았다. 적어도 두 번 중 한 번은 그대로 들어맞았던 것 같다. 저 판자도 이제는 곧 주인을 잃을 것이다.

책장에 가득 꽂힌 앨범은 지난 수십 년 동안의 사진과 기록이 고스란히 담겨 있는 자서전이다. 한 살 두 살 나이를 먹어가는 나 자신을 비추는 불안과 번민의 거울이 들어 있는 곳이기도 하다.

엄마가 쓰던 낮은 탁자 위에는 요리 레시피를 적은 노트가 한 권 놓여 있다. 거기에는 우리 집 주방장인 아빠가 손으로 쓰고 지우고 고쳐가며 만든 레시피가 빼곡히 기록되어 있다.

샤토브리앙의 《아탈라》, 빅토르 위고의 《세기의 전설》과 《레미제라블》, 플로베르의 《마담 보바리》 따위가 사이좋게 나란히 꽂혀 있는 엄마의 소박한 책장에서 표지가 떨어져나간 닳고 닳은 책 한 권을 끄집어낸다. 아르메니아 시(詩) 선집이다. 한쪽 끝을 접어놓은 페이지들이 엄마가 어떤 시를 좋아했는지 보여준다. 봉투에 넣어 봉한 편지 한 통이 접힌 페이지 사이에서 툭 떨어진다. 겉봉에는 이렇게 쓰여 있다.

'아들에게. 엄마가 죽거든 보거라.'

나는 평생을 함께할 엄마의 그 사후 육성을 호주머니 깊숙이 밀어 넣는다. 엄마가 접어놓은 시에는 여기저기 빨간색 밑줄이 그어져 있다.

    우리는 우리의 산천처럼 평화로웠네.
    당신들은 미친 돌풍처럼 찾아왔네.

    우리는 우리의 산천처럼 당당히 맞섰네.
    당신들은 미친 돌풍처럼 울부짖었네.

우리는 우리의 산천처럼 영원하리라.

그리고 당신들은 미친 돌풍처럼 지나갈 것이네.

  한 생명이 그 끝을 향해 다가가고 있는 이 밤, 희미한 전등만이 어둠 속의 전조등처럼 홀로 타오르는 이 밤, 평생 고난의 시간을 살아온 나의 어머니는 이제 그렇게 고군분투하지 않는다. 지금 그 누구보다도 평온한 어머니는 육신을 떠나 저 멀리 미지의 곳으로 떠날 순간을 기다린다. 평생 '죽으면 끝'이라고 생각해온 나이지만 오늘 밤만은 어쩌면 천국이 있을지도 모른다는 막연한 기대와 가슴 시린 허망함을 안고 이 차가운 대리석 바닥과 계속 함께할 것이다.

                                  1985년 5월 7일, 뇌이쉬르센에서

사랑하는 나의 세 어머니

초판 1쇄 인쇄 : 2011년 5월 11일
초판 1쇄 발행 : 2011년 5월 17일

지은이 : 앙리 베르뇌유
옮긴이 : 박언주
펴낸이 : 박연
펴낸곳 : 도서출판 한결미디어

등록일자 : 2006년 7월 24일
등록번호 : 제 313-2006-000152호
주소 : 서울 마포구 용강동 469 하나빌딩 3층
대표전화 : 02 · 704 · 3331
팩스 : 02 · 704 · 3360

ISBN 978-89-93151-27-5 03860

ⓒ한결미디어

잘못 만들어진 책은 구입처나 본사에서 교환해드립니다.
책값은 뒤표지에 있습니다